R&B

E. F. Benson

Mapp und Lucia

Aus dem Englischen von
Hans M. Herzog

Rogner & Bernhard
bei Zweitausendeins

1. Auflage, August 1992

Titel der Originalausgabe: MAPP UND LUCIA.

Erstmals erschienen bei Hodder & Stoughton 1935.

ISBN 3-8077-0261-X

Umschlaggestaltung: Walter Landmann.
Herstellung: Eberhard Delius, Berlin.
Satz und Druck: Wagner GmbH, Nördlingen.
Einband: G. Lachenmaier, Reutlingen.
Printed in Germany.

Dieses Buch gibt es nur bei Zweitausendeins im Versand (Postfach 610637, D-6000 Frankfurt am Main 60) oder in den Zweitausendeins-Läden in Berlin, Essen, Frankfurt, Freiburg, Hamburg, Köln, München, Saarbrücken, Stuttgart.

In der Schweiz über buch 2000, Postfach 89, CH-8910 Affoltern a. A.
In Österreich über den VKA-Buchladen und Versand, Stiegengasse 20, Postfach 76, A-1060 Wien.

1

Obwohl seit dem Tode ihres Gatten fast ein Jahr vergangen war, trug Emmeline Lucas (bei ihren Freunden generell als Lucia bekannt) noch immer die tiefste und kompromißloseste Trauer. Gewiß stand Schwarz ihr sehr gut, was jedoch, entgegen anderslautender Behauptungen, mit dem fortdauernden Tragen dieser Farbe nichts zu tun hatte. Peppino und sie waren einander mehr als fünfundzwanzig Jahre lang außerordentlich zugetan gewesen, und ihr Kummer über seinen Verlust kam aus tiefstem Herzen: Sie vermißte ihn ständig und schmerzhaft. Aber inzwischen war es Monate her, daß sie, mit ihrer so aktiven und vitalen Persönlichkeit, zum ersten Mal den ganz natürlichen Drang verspürt hatte, wieder in all jene aufregenden Aktivitäten einzutauchen, die das Leben in dem elisabethanischen Dorf Riseholme zu einer so spannenden Angelegenheit machten, und sie hatte sich noch nicht entschließen können, diesen ersehnten Sprung zu tun. Wenn sie auch in den Zeichen ihrer Trauer nicht direkt geschwelgt hatte, so hatte sie vielleicht doch, ein kleines bißchen, ein Theater daraus gemacht.

Ein Beispiel. Auf dem Dorfanger gab es diesen Buchladen, »Zeichen der Narcisse«, unter dessen Impressum Peppino seine äußerst limitierte Ausgabe von *Flüchtige Poesie* sowie *Pensieri Persi* veröffentlicht hatte. Volle sechs Monate nach seinem Tod war Lucia mit Georgie Pillson dort vorbeigegangen und hatte im Fenster ein Buch gesehen, das sie gern erworben hätte. Doch daneben lag auf dem Bord das dünne Bändchen von Peppinos *Pensieri Persi*, und es war, offen gesagt, ziemlich theaterhaft von ihr, wie sie auf der Schwelle zögerte und mit bemüht schwimmenden Augen zu Georgie sagte:

»Ich könnte es nicht so recht ertragen, den Laden zu betreten, Georgie. Eine Schwäche von mir, ich weiß, aber so ist es nun einmal. Würden Sie freundlicherweise rasch hineinschauen, *caro*, und sie bitten, mir *Beethovens Jugendzeit* ins Haus zu bringen? Ich schlendere derweil weiter.«

Also hatte Georgie ihr die Hand gedrückt und diesen kleinen Botengang für sie erledigt, und natürlich hatte er diesen ergreifenden kleinen Zwischenfall weitererzählt. Das Geschehen war mit diskreten Ausschmückungen versehen worden, und bald wußte ganz Riseholme, daß die arme Lucia »Zeichen der Narcisse« betreten hatte, um ein Buch über Beethovens Jugend zu erstehen, jedoch vom Anblick der Gedichte Peppinos in ihrem groben braunen Leinen mit der dunkelgrünen Schnur zum Zubinden so getroffen war (auch wenn sie das gleiche Werk ständig zu Hause sah), daß sie einen regelrechten Zusammenbruch erlitt. Einige erzählten, Riechsalz sei verabreicht worden.

Genausowenig hatte sie sich je dazu durchringen können, eine Runde Golf zu spielen oder ihre Dante-Lektüre wieder aufzunehmen, und nachdem sie so den Eindruck vermittelt hatte, ihr Leben sei vollständig aus den Fugen geraten, fiel ihr der Entschluß schwer, es ab dem nächsten Dienstag oder Mittwoch wieder zu kitten, weshalb sie in den Trümmern ihres Daseins verharrte. Als vernünftige Frau achtete sie sehr auf ihre körperliche Gesundheit, und da ihr die Betonung der Trauer Golfspielen oder flotte Spaziergänge unmöglich machte, ließ sie sich ein sehr aufschlußreiches Büchlein kommen, *Ein ideales System von Freiübungen für die nicht mehr junge Generation* betitelt, und setzte in einer abgelegenen Ecke ihres Gartens so viel von sich wie noch eben schicklich war der belebenden Kraft der Sonne aus, so sie denn schien, hatte gemäß den schriftlichen Anweisungen lange Hüpfanfälle, trat und ruckte und wackelte graziös und kraftvoll mit dem Rumpf. Die Wirkung war höchst zufriedenstellend, und ganz, ganz weit im Hinterkopf hielt sie es für möglich, daß sie eines Tages Freiübungskurse für diejenigen Damen in Riseholme abhalten würde, die nicht mehr ganz jung waren.

Dann war da noch die wichtigere Angelegenheit des im nächsten August abzuhaltenden elisabethanischen Festes, wenn es in Riseholme von Touristen nur so wimmeln würde. Die Idee ging voll und ganz auf Lucia zurück, und vor Peppinos Tod hatte es etliche Sitzungen des Festkomitees gegeben (dessen Präsidentin selbstverständlich sie war). Sie hatte die zentrale Szene des Festes geplant, und zwar Königin Elisabeths Besuch der *Golden Hind*, als Ihre Majestät nach Beendigung von Francis Drakes Weltumsegelung an Bord seines Schiffes in Deptford mit ihm speiste und ihn zum Ritter schlug. Die *Golden Hind* sollte im Dorfteich auf dem Anger vertäut werden; oder besser gesagt, eine Plattform auf Pfählen sollte dort errichtet werden, in Gestalt eines Schiffsdecks, samt Masten, Ruder, Kanonen und Schanzkleid, samt Fahnen und Wimpeln, vor allem Wimpeln. Der Teich würde eine hervorragende Bühne abgeben, da man um ihn herum Sitzreihen errichten wollte, von denen jedermann wunderbar würde sehen können. Die Prozession der Königin mit Trompetern, Bewaffneten und Hofdamen sollte an The Hurst, Lucias Haus, beginnen und von dort ihren glitzernden und melodiösen Weg zum Klang von Madrigalen und mittelalterlichen Märschen über den Anger nach Deptford nehmen. Lucia sollte die Königin verkörpern, mit Peppino als Raleigh im Schlepptau, und Georgie sollte Francis Drake darstellen. Aber in einem frühen Stadium dieser Planungen war Peppino gestorben, und Lucia hatte sich in einer unentrinnbaren Witwenrolle verfangen. Inzwischen waren die Regierungsgeschäfte in die kleinen Wurstfinger Daisy Quantocks gefallen, die sich in diesen wie in allen anderen Dingen für die Königin von Riseholme hielt, bis Lucia wieder auf dem Damm war und sie eines Besseren belehren konnte.

Eines Junimorgens, gut sieben Wochen vor dem für das Fest bestimmten Datum, rief Mrs. Quantock aus ihrem keine hundert Meter entfernten Haus an, um Lucia mitzuteilen, sie müsse sie unbedingt sprechen und ob Lucia nicht auf einen kleinen Plausch vorbeikommen könne. Lucia hatte in letzter Zeit nichts von den Festvorbereitungen gehört, denn als zuletzt in ihrer Anwesenheit davon die Rede gewesen war, hatte sie geschluckt, eine Hand vor die Augen gelegt und war einen Moment lang von der Erinnerung daran überwältigt worden, wie unbeschwert sie das Fest geplant hatte. Doch wie sie wußte, mußten die Planungen mittlerweile recht fortgeschritten sein, und sie vermutete sofort, daß Daisy sie aus diesem Grund sprechen wollte. Manchmal hatte sie solche Vorahnungen, und sie war sicher, daß dies eine war. Wahrscheinlich wollte Daisy einen flammenden Appell an sie richten, um des allgemeinen Wohls von Riseholme willen besagtes Fest zum Anlaß zu nehmen, aus ihrer hermetischen Witwenschaft aufzutauchen. Diese Vorstellung hatte in Lucias Augen viel für sich, da sie zum Zeitpunkt des Festes seit über einem Jahr Witwe sein würde und sie der Auffassung war, ihr lieber Peppino hätte nie gewollt, daß sie so lange in Trauer verharrte; außerdem stand das Renommee Riseholmes auf dem Spiel. Zudem juckte es sie regelrecht, wieder die Zügel in die Hand und im Sattel Platz zu nehmen und Daisy von diesem wackligen Sitz zu verdrängen, und das Fest wäre eine vortreffliche Gelegenheit. Daher seufzte sie zunächst, wie inzwischen bei ihr üblich, in den Telephonhörer, antwortete mit leiser Stimme, mit Vergnügen werde sie Daisy empfangen, und seufzte erneut. Daisy bemerkte dümmlicherweise, hoffentlich sei Lucia nicht erkältet, was, wie ihr versichert wurde, nicht der Fall war.

Lucia überlegte ein Weilchen, ob sie sich am Klavier befinden sollte, den Trauermarsch aus Beethovens Sonate in As-Dur spielend, den sie auswendig konnte, oder draußen in Perditas Garten sitzen und Peppinos Gedichte lesen. Sie entschied sich für letzteres, setzte einen Strohhut mit Trauerflor auf, griff sich einen Gedichtband aus dem Regal und eilte in Perditas Garten hinaus. Außerdem trug sie ein Exemplar der *Times* von heute, die sie noch nicht gelesen hatte.

Perditas Garten erfordert einige erläuternde Worte. Es handelte sich um ein entzückendes kleines, vor der Fachwerkfassade von The Hurst gelegenes rechteckiges Stückchen Land, von Eibenhecken umgeben und von Wegen durchschnitten, die mit Mosaikpflaster bedeckt und sorgfältig mit Fetthenne überwuchert waren und zu der im Mittelpunkt befindlichen elisabethanischen Sonnenuhr aus der Wardour Street führten. Im Frühling war es ein farbenprächtiger Ort mit jenen fröhlichen Blumen (und keinen anderen), die Perdita so abgöttisch liebte. Es wuchsen »Violen dunkel«, Primeln und Annemonen, die erschienen, eh' die Schwalb' es wagt, und des (normalerweise Aprils) Wind mit ihrer Schönheit fesselten. Doch jetzt im Juni war es schon lange her, daß die Schwalb' es gewagt hatte, und wenn Frühling und Anemonen vergangen waren, gestattete Lucia Perditas Garten ein immer breiteres, wenn auch noch streng shakespearisches Repertoire. Nun standen die Schottische Zaunrose (Wildrose von Penzance) in voller Blüte, Geißblatt und Goldlack, zahlreiche Vergißmeinicht zum Andenken und jede Menge Raute (in diesem Jahr mehr als gewöhnlich), und so war Perditas Garten den ganzen Sommer lang mit fröhlichen, bunten Blumen übersät.

An diesem Morgen also nahm Lucia neben der Sonnenuhr Platz, ganz in Schwarz, auf einer steinernen Bank, in die der Sinnspruch gemeißelt war: »Oh Nordwind komm und weh' gen Süd, daß man die Kräuter sprießen sieht«. Wie sie so dasaß mit Peppinos Gedichten und der *Times*, verdeckte sie etwa ein Drittel der Inschrift, und die dicke kleine Daisy würde den Rest verdecken... Es war recht ärgerlich, daß die

Schnüre, mit denen der Einband von Peppinos Gedichten zusammengehalten wurde, sich zu einem festen Knoten verheddert hatten, den sie partout nicht lösen konnte, denn sie hatte vorgehabt, Daisy näherkommen zu lassen, von Lucia in ihrer Versunkenheit unbemerkt, während sie gerade das »Einsamkeit« betitelte Poem las. Aber es gelang ihr nicht, die Schnüre zu entwirren, und sobald sie Daisys Schritte hörte, versank sie in Träumereien, das geschlossene Buch auf dem Schoß und den berühmten entrückten Blick in den Augen.

Es war ein sehr heißer Morgen. Wie viele Frauen mittleren Alters, die sich bester Gesundheit erfreuen, hielt sich Daisy immerzu an irgendwelche medizinischen Vorschriften hygienischer Natur, und gerade zu jener Zeit war sie eine treue Sklavin der körperlichen Ausscheidungsprozesse. Die Hautporen waren dabei die wichtigsten Funktionsträger, und nachdem Daisy am offenen Schlafzimmerfenster ihre Freiübungen absolviert hatte, war sie bei all der Hitze noch über den Anger getrabt, um die Ausscheidung in Gang zu halten. Sie wischte sich ein wenig Schweiß ab und keuchte. »Hat mich zu einem ganz neuen Menschen gemacht«, sagte sie. »Sie sollten es mal versuchen, liebe Lucia. Aber wie nett von Ihnen, mich zu empfangen, und ich werde sofort zur Sache kommen. Das elisabethanische Fest, Sie wissen schon. Sehen Sie, es wird nicht vor August stattfinden. Können wir Sie nicht überreden, daß Sie sich, wie man so sagt, wieder in unsere Mitte zu treten? Wir alle möchten Sie dabei haben. . . Sie würden der Sache neuen Schwung geben.«

Lucia zweifelte nicht daran, daß dieses Ansinnen mit der Hoffnung verbunden war, sie werde sich dazu überreden lassen, die Rolle der Königin Elisabeth zu übernehmen, und unter dem Banne des sich auf Perditas Garten ergießenden reichlichen Sonnenscheins spürte sie den erregenden Pulsschlag des Lebens durch ihre Adern zucken. Das Fest würde eine ausgezeichnete Gelegenheit abgeben, um wieder die Arena der Aktivitäten zu betreten, und, wie Daisy (für ihre Verhältnisse recht dezent) angedeutet hatte, im August hatte sie mehr als ein Jahr ihres Witwendaseins hinter sich. Auch war es selbstlos von Daisy, von sich aus diesen Vorschlag zu machen, denn Lucia wußte, daß Daisy nach geltenden Plänen die Rolle der jungfräulichen Königin übernehmen sollte, und Georgie hatte Lucia schon vor Wochen (als das Thema Fest zum letzten Mal angesprochen worden war) berichtet, daß Daisy sich bereits eifrig die Finger wundpiekste, da sie eine Krause für ihren dicken kleinen Hals nähte, und daß sie bei Woolworth eine gewaltige Perlenkette gekauft hatte. Vielleicht hatte Daisy ja eingesehen, was für eine höchst lächerliche Figur sie als Königin abgeben würde, und legte es um des Festes willen darauf an, sich von einer solch lachhaften Rolle zurückzuziehen. Doch wie auch immer, es war nett von ihr, freiwillig ihre Abdankung anzubieten.

Lucia hielt es nur für recht und billig, sich von Daisy ein wenig drängen zu lassen. Man forderte sie, Lucia, auf, ihre privaten Gefühle zu opfern, sie, die so sehr von der Öffentlichkeit zurückschauderte, und um Riseholmes willen das Fest davor zu bewahren, zu einer Farce zu werden. Darauf war sie sehr erpicht, und ein wenig Drängen würde ausreichen. Sie seufzte also erneut und strich über den Einband von Peppinos Gedichten, sprach aber recht energisch.

»Liebe Daisy«, sagte sie, »ich glaube nicht, daß ich das ertragen könnte. Ich kann mir nicht vorstellen, wie ich in Samt und Seide aus meinem Haus treten soll, um ohne meinen Peppino meinen Platz in der Prozession einzunehmen. Sie erinnern sich, er hätte Raleigh sein, und direkt hinter mir gehen sollen. Das Willkommen, die Rufe, der Jubel, die Madrigale, die Moriskentänze, und ich mit meinem armen, trauernden Herzen! Aber vielleicht sollte ich mich aufraffen. Mein geliebter Peppino, das weiß ich, hätte es so gewollt. Sie sind auch dieser Meinung, und ich habe Ihr vernunftgeprägtes Urteil immer respektiert.«

Auf Daisys rundlichem roten Gesicht zeigte sich eine leichte Veränderung. Lucia hatte es viel zu eilig und ging viel zu weit.

»Meine Liebe, keiner von uns hätte je daran gedacht, Sie zu bitten, die Königin Elisabeth zu spielen«, sagte Daisy. »So unsensibel sind wir nicht, denn natürlich wäre das eine viel zu große Belastung für Sie. Daran dürfen Sie nicht einmal denken. Ich wollte lediglich vorschlagen, daß Sie die Rolle von Drakes Frau übernehmen. Sie tritt nur für einen Augenblick nach vorn und macht vor mir – ich meine vor der Königin – ihren Hofknicks, um anschließend wieder in den Chor der Hofdamen, Hellebardiere und so weiter zurückzutreten.«

Lucias glänzende kleine Augen waren einen Moment lang mit einem Ausdruck ausgesuchter Verachtung auf Daisys recht aufgeregtes Gesicht gerichtet.

Was war die arme Daisy doch für eine Närrin, zu glauben, sie, Lucia, könnte sich bereit erklären, in Riseholme, wo sie so lange Königin gewesen war, irgendeine untergeordnete Rolle in lebenden Bildern, Aufzügen oder sonst etwas zu spielen! Sie hatte im stillen beschlossen, daß sie nach ein klein wenig wohlüberlegtem Drängen die Rolle der Königin übernehmen und somit ihren großartigen Wiedereinzug in das gesellschaftliche Leben Riseholmes halten würde, aber aller Druck der Welt würde sie nicht bewegen, irgendeinen anderen Part zu übernehmen außer der Doppelrolle mit der Königin. Gab es etwas Taktloseres als Daisys Takt?...

Sie lächelte frostig und strich wieder über den Einband von Peppinos Gedichten.

»Entzückend von Ihnen, dieser Vorschlag, Liebes«, sagte sie, »aber es wäre wohl tatsächlich zuviel für mich. Es war ein Fehler, daß ich auch nur einen Moment lang mit der Idee gespielt habe. Natürlich wird mein Interesse an dem Fest groß, sogar *sehr* groß sein, aber Sie werden gewiß Verständnis haben, wenn ich mich nicht einmal imstande fühle, es zu besuchen, sondern statt dessen im *Worcestershire Herald* davon lese.«

Sie hielt inne. Vielleicht stand es der Leere ihres Herzens besser an, wenn sie nichts mehr über das Fest äußerte. Andererseits verspürte sie eine bohrende Neugier zu erfahren, wie sie vorankamen. Sie seufzte.

»Ich muß mich langsam wieder für die Mitwelt interessieren«, sagte sie. »Erzählen Sie mir also alles, Daisy, wenn Sie möchten.«

Daisy war sehr erleichtert zu erfahren, daß selbst

die Rolle als Drakes Frau für Lucia zuviel war. Damit war jedes Risiko aus dem Weg geräumt, daß man ihr, Daisy, die weit anstrengendere Rolle der Königin wegnahm.

»Alles läuft ausgezeichnet«, sagte sie. »Als Aufmacher eine Feier auf dem Anger, einschließlich Madrigale und Moriskentänze. Dann kommt die Szene auf der *Golden Hind*, die voll und ganz Ihre Idee war. Wir haben sie nur ein wenig ausgearbeitet. Es wird ein Feuer geben, und zwar achtern auf dem Schiff, oder ist es der Bug?«

»Es hängt davon ab, Liebes, welches Ende des Schiffes Sie meinen«, sagte Lucia.

»Den hinteren Teil, das Heck. Achtern, nicht wahr? Jedenfalls wird es achtern ein Feuer zum Kochen geben. Völlig ungefährlich, heißt es, wenn man die Scheite auf ein Eisenblech legt. Über dem Feuer werden wir einen elisabethanischen Spieß anbringen und daran ein Schaf braten.«

»Das würde ich nicht tun«, bemerkte Lucia und spürte, wie der Glanz dieser Pläne sie innerlich erfüllte. »Außen wird es verkohlt sein und innen blutig.«

»Nein, Liebes«, widersprach Daisy. »Es wird erst im ›Ambermere Arms‹ gebraten und dann auf der *Golden Hind* übers Feuer gehängt.«

»Ah ja; damit es im Qualm noch ein wenig geräuchert wird«, sagte Lucia.

»Macht gar nichts. Natürlich werde ich nichts davon essen, weil ich keinerlei Fleisch mehr anrühre. . . ich werde nur so tun als ob. Aber es gibt die Szene, in der für das Festessen der Königin an Bord der *Golden Hind* gekocht wird, nur um die Zeit zu füllen, während sich die königliche Prozession formiert. Oh, ich frage mich, ob wir die Prozession von Ihrem Haus statt von meinem beginnen lassen könnten. Die Strecke würde viel weiter durch offenes Gelände führen; alle könnten besser sehen. Ich würde eine halbe Stunde vorher zum Umziehen herüberkommen, wenn Sie nichts dagegen hätten.«

Natürlich wußte Lucia sehr gut, daß Daisy die Königin darstellen sollte, wollte es aber aus ihrem eigenen Mund hören.

»Gewiß, fangen Sie hier an«, sagte Lucia. »Ich helfe wirklich gern. Und kleiden Sie sich hier um. Mal sehen... was werden Sie sein?«

»Alle haben darauf bestanden, daß ich Königin Elisabeth spiele«, antwortete Daisy rasch. »Wo waren wir stehengeblieben? Ach ja: Während sich die Prozession formiert, wird gekocht. Lieder natürlich, ein Chor der Köche. Dann überquert die Prozession den Anger zur *Golden Hind*, danach das Festessen, und dann schlage ich Drake zum Ritter. Was für ein entzückendes Schwert. Anschließend elisabethanische Spiele, Wettlaufen, Weitsprung, Ringen und so weiter. Wir dachten daran, einen Bären zu hetzen, einen aus einer Menagerie, der garantiert nicht böse wird, aber das haben wir wieder aufgegeben. Wenn er nicht böse würde, könnte man ihn nicht hetzen, und wenn er böse würde, wäre es schrecklich.«

»Sehr wohlüberlegt«, befand Lucia.

»Dann stehle ich mich fort in das recht nahegelegene ›Ambermere Arms‹ und ziehe meine Reitkleidung an. An der Tür wartet ein weißes Reitpferd, das sonst den Milchwagen zieht. Ach ja, ich vergaß. Während ich mich umkleide, bevor das Reitpferd ins Spiel kommt, galoppiert auf einem mit Seifenschaum bedeckten Pferd ein Reiter aus Plymouth heran und berichtet, die Spanische Armada sei gesichtet worden. Ich glaube, dafür brauchen wir ein Megaphon, sonst hört es keiner. Ich komme also heraus und besteige mein Reitpferd, um in Tilbury meine Rede an die Truppen zu halten. Ein großes Schild, verstehen Sie, auf dem ›Tilbury‹ steht, wie in einem Bahnhof. Das ist wie bei Shakespeare. Ich werde alles auswendig lernen müssen und lasse wohl einfach Raleigh mit einem Exemplar meiner Rede neben dem Reitpferd Aufstellung nehmen, um mir weiterzuhelfen, wenn mir etwas entfällt.«

Für Lucia strahlte der alte wohlbekannte Glanz immer heller, während Daisy sprach. Sie fragte sich, ob es nicht ein Fehler gewesen war, die lächerliche Rolle als Drakes Frau abzulehnen, um in diesen Dingen wieder Fuß zu fassen, in Komitees mitzuwirken, Daisy nach und nach aus ihrer führenden Stellung zu verdrängen und selbst die Rolle der Königin zu übernehmen. Sie merkte, daß sie das alles überdenken und entscheiden mußte, ob sich das in einem solch fortgeschrittenen Planungsstadium machen ließ. Gegenwärtig, bis sie sich entschieden hatte, war es, um keinen Verdacht zu erregen, klüger so zu tun, als lägen ihr all diese Dinge sehr fern. Sie würde sich schwach, aber wohlwollend dafür interessieren, als beobachte irgendein älterer Mensch spielende Kinder, und lächle schwermütig über ihre netten Freudensprünge. Aber sich das Fest anzusehen, wenn das Datum heranrückte, das war undenkbar. Entweder würde sie selbst

Königin Elisabeth oder gar nicht in Riseholme sein. Und damit basta.

»Nun, da haben Sie ja eine Menge vor, liebe Daisy«, sagte sie und zupfte verstohlen an dem verknoteten Band um Peppinos Gedichte. »Was werden Sie für einen Spaß haben, und, du meine Güte, wie weit weg das alles zu sein scheint!«

Daisy riß ihre Gedanken von dem Fest los.

»Das wird nicht so bleiben, Liebes«, sagte sie und versetzte Lucias Handgelenk einen kleinen Klaps. »Ihre Lebensfreude wird bald wieder erwachen. Wie ich sehe, haben Sie Peppinos Gedichte dabei. Lesen Sie mir eines vor?«

Lucia reagierte auf diese Geste ebenfalls mit einem Klaps. »Erinnern Sie sich noch an das letzte, das er geschrieben hat?« fragte sie. »Er nannte es ›Einsamkeit‹. Ich war zu der Zeit in London. Es fängt an:

›Die lahmen Gewitterwolken humpeln über den ruinösen Himmel,
Während ich allein dasitze.
Zuhauf durch die beißende Luft fliegen die tumben Blätter...‹

Aber ich werde es Ihnen jetzt nicht vorlesen. Ein andermal.«

Daisy versetzte ihrem Handgelenk noch einen mitfühlenden kleinen Schlag und erhob sich.

»Ich muß los«, sagte sie. »Möchten Sie nicht heute abend zu einem ruhigen Essen vorbeikommen?«

»Ich kann nicht, danke vielmals. Georgie speist mit mir. Gibt es heute morgen in Riseholme irgend etwas Neues?«

Daisy überlegte kurz. »Ach ja«, rief sie. »Mrs. Antrobus hat einen wunderbaren neuen Apparat. Ganz und gar kein Hörrohr. Sie beißt einfach auf ein kleines Lederkissen und hört alles perfekt. Dann nimmt sie es aus dem Mund, antwortet und legt es zum Zuhören wieder in den Mund.«

»Nein!« sagte Lucia aufgeregt. »Ist es sehr naß?«

»Ziemlich trocken. Nur zwischen ihren Zähnen. Jedenfalls nicht nasser als ein Federhalter, den man in den Mund steckt, das versichere ich Ihnen.«

Daisy eilte fort, um sich weiteren Übungen zu widmen und vor dem Mittagessen gläserweise heißes Wasser zu trinken. Sie hatte das Gefühl, eine Lage heil überstanden zu haben, die leicht gefährlich hätte werden können, denn fraglos zeigte Lucia wieder Anzeichen ihres alten Temperaments, auch wenn sie geseufzt und wehmütig den Einband von Peppinos Gedichten gestreichelt hatte, und trotz ihres großartigen Trauerflors. Aus ihren kleinen glänzenden Augen, die so stechend dreinsehen konnten, hatte sie Daisy den einen oder anderen Blick zugeworfen, sie hatte sich für Themen wie das Braten des Schafes und Mrs. Antrobus' Gerät interessiert, die ihrem trauernden Geist vor noch ein paar Wochen nicht die geringste Reaktion entlockt hätten, und es war ein Glück, fand Daisy, daß Lucia eindeutig versichert hatte, selbst die Rolle von Drakes Frau bei dem Fest sei zuviel für sie. Denn wer wußte schon, wie rasch Lucia sich erholte, wenn sie entschied, daß sie auf dem Wege der Besserung sei, oder welche mentale Pferdestärke sie nach dieser ungenutzten Phase der Ruhe hinsichtlich Intrigen und Herrschaftsgelüsten entwickeln würde. Eine neue Atmosphäre hatte sie heute umgeben: Sie glich einem Frühlingsmorgen, an dem, auch wenn die Winde noch kühl und die Sonnenstrahlen noch lau und schwach sein mochten, die Luft geschwängert von der bevorstehenden Geburt neuen Lebens. Aber offenbar beabsichtigte sie nicht, sich an dem Fest zu beteiligen, das zur Zeit Daisys Horizont zur Gänze ausfüllte. »Später kann sie machen, was sie will«, dachte Daisy und fiel in leichten Trab, »aber Königin Elisabeth bin ich.«

Ihr Haus, mit dem Maulbeerbaum davor und dem Garten dahinter, stand neben dem von Georgie Pillson am Rande des Angers, und als sie es durchquerte und den Rasen auf der Rückseite betrat, hörte sie von der anderen Seite des Lattenzauns das Tocktock von Krokethammer und Kugel, das zur Zeit beinahe pausenlos die Stunden jedes schönen Morgens durchbrach. Georgie hatte ein Faible für Solo-Krocket entwickelt; den halben Tag verbrachte er damit, ganz allein zu üben, und vernachlässigte sowohl seine Aquarellmalerei wie auch sein Klavierspiel stark. Von Krocket abgesehen, schien er tatsächlich seine Lebensfreude zu verlieren; sein altes Interesse an den aufregenden Vorgängen in Riseholme war vergangen. Daisys Beschreibung von Mrs. Antrobus' neuem Apparat hatte ihn kein bißchen erregt, und die Aussicht, bei dem bevorstehenden Fest Francis Drake zu verkörpern, rief bei ihm allenfalls laue Begeisterung hervor. Ein Buch über elisabethanische Kostüme, voller prächtiger Farbtafeln, hatte ihn ein Weilchen aus seiner Lethargie geweckt, und er hatte eine weiße Satintunika mit karmesinrot gestreiften Puffärmeln ausgewählt, dazu einen Umhang aus roséfarbener Seide, mit deren Herstellung sein unvergleichliches Hausmädchen Foljambe beschäftigt war, aber jeglicher Eifer schien ihm abzugehen. Natürlich hatte er in letzter Zeit mit einigen recht grausamen Schicksalsschlägen zu kämpfen gehabt: Miss Olga Bracely, die Primadonna, der er so ergeben gewesen war, hatte Riseholme vor einem Monat zu einer einjährigen Operntournee durch die Vereinigten Staaten und Australien verlassen, ein trauriger Verlust für ihn, während Lucias Entschlossenheit, nichts von alledem zu tun, was sie sonst so sehr genossen hatte, ihn der vielen Duette beraubte, die sie miteinander gespielt hatten. Des weiteren nahm glaubte man in Riseholme an (wenn man es sich auch nur hinter vorgehaltener Hand zuflüsterte), daß Foljambe, dieses Muster eines Hausmädchens, auf dem das reibungslose und bequeme Funktionieren seines häuslichen Daseins beruhte, sich mit Lucias Chauffeur Cadman traf. Das mußte nicht unbedingt etwas bedeuten, aber falls doch, falls Foljambe und Cadman vorhatten zu heiraten und Foljambe Georgie verließ und falls Georgie Wind davon bekommen hatte, dann gab es allerdings guten Grund für seinen mangelnden Schwung, für jene Aura von Düsterkeit und Besorgnis, die ihn mittlerweile so häufig umgab. All diese Gründe, jene Schläge, die das Schicksal ihm bereits versetzt hatte, trugen wahrscheinlich zum Absinken seiner Energien bei.

Daisy nahm auf der Gartenbank Platz und begann mit ein paar Atemübungen, einem Überbleibsel aus der Zeit, als sie Yoga erlernt hatte. Es war wichtig, sich zu konzentrieren (sonst hatte das tiefe Atmen überhaupt keinen Sinn), oder besser noch, seinen Kopf völlig zu entleeren und all jene irdischen Interessen aus ihm zu verbannen, die Maya, also Illusion, waren. Doch an diesem Vormittag fiel ihr das schwer... ganze Bataillone von Themen schossen wie Pilze immer von neuem empor. Eben noch beglückwünschte sie sich, dafür gesorgt zu haben, daß Lucia sich nicht in das Fest einmischen wollte, dann kamen ihr Zweifel – dies waren beunruhigende Pilze –, ob das wirklich so sicher war, da Lucia seit Peppinos Tod nicht mehr so energisch gewesen war wie heute, und wenn das so weiterging, würde sich ihr neu erwachtes Interesse am Leben gewiß ein Betätigungsfeld suchen. Anschließend schlich sich der Gedanke an ihre eigene Rede an die Truppen in Tilbury in ihren Kopf: Würde sie diese je so gut auswendig können, daß sie das sichere Gefühl haben durfte, keinerlei Nervosität oder Bewegung seitens des Reitpferdes würde die Worte aus ihrem Kopf drängen? Vor allem kam da noch dieses störende Tocktock aus Georgies Garten, und wie sehr sie auch versuchte, ihren Kopf zu leeren, sie ertappte sich doch dabei, daß sie auf das nächste Tock lauschte... Es hatte keinen Zweck, und sie stand auf.

»Georgie, sind Sie da?« rief sie.

»Ja«, antwortete seine Stimme, vor Aufregung zitternd. »Warten Sie eine Minute. Ich habe neun Tore geschafft und... Oh, wie gräßlich, ich habe ein recht einfaches verfehlt. Was gibt es? Ich wollte, Sie hätten nicht gerade jetzt nach mir gerufen.« Georgie war groß, und er konnte über den Lattenzaun schauen. Daisy zog ihren Stuhl heran und kletterte darauf, so daß sie auf gleicher Höhe konversieren konnten.

»Tut mir ja so leid, Georgie«, sagte sie, »ich wußte

ja nicht, daß Sie gerade solch eine Glückssträhne hatten. Man stelle sich vor! Neun! Ich wollte Ihnen erzählen, daß ich von Lucia komme.«

»Ist das alles? Das weiß ich, weil ich Sie gesehen habe«, sagte Georgie. »Ich putzte gerade meine Nippessachen im Salon. Und Sie beide haben in Perditas Garten gesessen.«

»Aber es gibt eine Veränderung«, fuhr Daisy fort, die den Mund offen gelassen hatte, um weiterreden zu können, sobald Georgie schwieg. »Es geht ihr besser. Deutlich. Interessierter und nicht so schwach und schmachtend. Beispielsweise sarkastisch wegen des Schafbratens.«

»Was? Hat sie wieder von dem Fest gesprochen?« fragte Georgie. »Das ist ein Fortschritt.«

»Deswegen wollte ich ja mit ihr reden. Ich fragte sie, ob sie sich nicht vielleicht dazu durchringen könnte, Drakes Frau zu spielen. Aber sie sagte, die Anstrengung sei zu groß.«

»Meine Liebe, Sie haben sie doch nicht etwa gebeten, Drakes Frau zu spielen?« sagte Georgie mit ungläubigem Staunen. »Genausogut hätten Sie sie bitten können, ein diffuses Volksgemurmel zu sein. Was haben Sie sich bloß dabei gedacht?«

»Jedenfalls erklärte sie, sie könne gar nichts spielen«, sagte Daisy. »Dafür habe ich ihr Wort. Aber wenn sie auf dem Weg der Besserung ist, und das ist sie gewiß, wird sie wieder jede Menge Pläne schmieden. Darüber bin ich nicht ganz glücklich.«

»Anders formuliert, Sie befürchten, daß sie womöglich wieder Königin sein will«, schloß Georgie scharfsinnig.

»Ich gebe die Rolle nicht wieder her«, sagte Daisy sehr entschieden, ohne sich die Mühe zu machen, eine so naheliegende Interpretation zu bestätigen. »Ich hatte den ganzen Ärger damit und habe die Rede an die Truppen schon fast ganz gelernt, meine Halskrause genäht und eine Perlenkette gekauft. Es wäre ungerecht, Georgie. Ermuntern Sie sie also nicht, ja? Ich weiß, daß Sie heute mit ihr zu Abend essen.«

»Nein, ich werde sie nicht ermuntern«, versprach er. »Aber Sie kennen ja Lucia, wenn sie arbeitsfähig ist. Wenn sie etwas will, kriegt sie es auch irgendwie. Es passiert. Mehr ist dazu nicht zu sagen.«

»Nun, diesmal wird es nicht passieren«, sagte Daisy und stieg von ihrem Korbstuhl, der sich bereits durchbog. »Es wäre zu gemein. Übrigens wäre mir am liebsten, wenn Sie jetzt herüberkämen und wir die Szene üben könnten, in der ich Sie zum Ritter schlage. Die müssen wir sehr professionell hinkriegen.«

»Heute morgen nicht«, sagte Georgie. »Ich kann meine Rolle: Ich muß mich nur hinknien. Sie können an irgendeinem Sofaende üben. Außerdem muß ich, wenn Lucia wirklich zu sich kommt, einige Duette mit zu ihr hinübernehmen und mich an ein paar davon vorher versuchen. Ich habe mein Klavier seit Wochen nicht angerührt. Und an der Stelle, wo Sie mich neulich zum Ritter geschlagen haben, schmerzt meine Schulter immer noch. Eine ordentliche Prellung.«

Plötzlich fiel Daisy noch etwas ein.

»Und Lucia hat mir etliche Zeilen aus einem der letzten Gedichte Peppinos vorgetragen«, sagte sie. »Vor einem Monat hätte sie das unmöglich tun können, ohne einen Zusammenbruch zu erleiden. Ich glaube, sie hätte mir eines vorgelesen, als ich sie darum bat, bin mir aber ziemlich sicher, daß sie eine der Schnüre nicht aufbekam, die das Buch zusammenhalten. Ein fester Knoten. Sie zupfte daran herum...«

»Oh, es geht ihr bestimmt besser«, sagte er. »Viel besser sogar.«

Also ging Georgie ins Haus, um für den Fall, daß Lucia in der Stimmung war, am Klavier die Erinnerung an fröhlichere Zeiten zu wecken, einige der alten Duette zu üben, während Daisy mit dem Schirm ein halbes Dutzend Mal auf ein Ende ihres Sofas einschlug und es aufforderte, sich als Sir Francis Drake zu erheben. Sie fragte sich immer noch, ob Lucia irgendeine gemeine Intrige ausheckte, doch obwohl es nach ihrem Gespräch in Perditas Garten einige Minuten gegeben hatte, die ihre Chance, als Königin zu fungieren, in hohem Maße hätten gefährden können, waren diese bereits verstrichen, als sie das Sofa zum Ritter schlug. Denn Lucia, die immer noch überlegte, ob sie nicht Pläne schmieden sollte, um Daisy auszumanövrieren, hatte sich, da sie die verknotete Schnur nicht aufbekam, ihrer ungelesenen *Times* zugewandt und deren Spalten eher nachlässig überflogen. Da stand nichts, was irgendwen interessieren könnte, und ihr Blick wanderte die Spalten der Stellengesuche und -angebote und der Abfahrtszeiten der Dampfschiffe hinauf und hinunter, bis er schließlich an den während der Sommermonate zu vermietenden Häusern hängenblieb. Eines war abgebildet, mit einer angenehm schlichten Queen-Anne-Fassade, die auf eine kopfsteingepflasterte Straße blickte. Es war höchst ansprechend, und darunter las sie, daß Miss Mapp für die

Monate August und September einen Mieter für ihr Mallards genanntes Haus in Tilling suchte. Sieben Schlafzimmer, vier Wohnzimmer, fl. k. u. w. Wasser und ein malerischer Garten. Just in diesem psychologisch bedeutsamen Moment erschienen Daisys Aussichten, die Königin Elisabeth zu spielen, wieder in einem weit rosigeren Licht, da dieses zu vermietende Haus Lucia auf einen Gedanken brachte, der andere Pläne umgehend verdrängte. Sie mußte noch an diesem Abend mit Georgie darüber reden; bis dahin konnte die Idee ein wenig köcheln. Und gewiß weckte der Name Miss Mapp diffuse Erinnerungen bei ihr; Lucia glaubte, sich an eine massige Frau mit breitem Lächeln zu erinnern, die vor ein paar Jahren im ›Ambermere Arms‹ abgestiegen war, eine sehr nette, aber leicht überhebliche Person. Wahrscheinlich erinnerte sich Georgie an sie. . . Da mittlerweile die Sonne sehr an Kraft gewonnen hatte, sammelte Lucia die *Times* und ihren Gedichtband ein und begab sich nach drinnen in den kühlen holzgetäfelten Salon, wo sich ihr Klavier befand. Daneben stand ein Bücherregal voller gebundener Notenblätter, dem sie die Duette entnahm, an denen sich Georgie und sie so vergnügt und eifrig versucht hatten. Es handelte sich um für vier Hände arrangierte Quartette Mozarts, entzückende, perlende Weisen; es war Monate her, daß sie sich damit beschäftigt hatte oder im Musikzimmer andere als nur die ernstesten und schwermütigsten Klänge ertönt waren. Jetzt öffnete sie das Buch und stellte es auf den Notenständer. »*Uno*, *due*, *tre*«, sagte sie vor sich hin und begann, den Diskant zu üben, der sich amüsanter spielte.

Georgie bemerkte den Unterschied sofort, als er am selben Abend zum Essen eintraf. Sie saß draußen in Perditas Garten und begrüßte ihn zum erstenmal wieder wie früher in perfektem Italienisch.

»*Bueno sera*, *caro*«, sagte sie. »*Come sta?*«

»*Molto bene*«, erwiderte er, »und was für ein *caldo* Tag. Ich habe ein paar Noten mit herübergebracht, falls Sie in Stimmung sind. Mozartino.«

»Was für eine gute Idee! Wir werden anschließend *un po' di musica* haben, aber vorher habe ich *tanto*, *tanto* zu besprechen. Treten Sie ein; das Abendessen ist bald fertig. Was gibt's Neues?«

»Lassen Sie mich überlegen«, sagte er. »Nein, da gibt es wohl nicht viel. Ich habe eine ziemlich starke Prellung an der Schulter, wo Daisy mich neulich zum Ritter schlug...«

»Die liebe Daisy!« rief Lucia aus. »Gelegentlich ein wenig ungeschickt, finden Sie nicht? Ihr fehlt die leichte Hand. Heute morgen war sie hier, um über das Fest zu sprechen. Sie drang in mich, ich sollte daran teilnehmen. Was, glauben Sie, hat sie vorgeschlagen, Georgie? Sie werden es nie erraten.«

»Das würde ich nie, wenn sie es mir nicht erzählt hätte«, gestand er. »Der lächerlichste Vorschlag, der mir je zu Ohren gekommen ist.«

Lucia seufzte.

»Leider kaum lächerlicher als die Tatsache, daß sie die Königin Elisabeth spielt«, sagte sie. »Daisy auf einem Reitpferd hält eine Rede an ihre Truppen! Mein lieber Georgie, stellen Sie sich das vor! Das klingt wie dieses recht geschmacklose Spiel namens ›Konsequenzen‹. Von dem Gedanken, eine Königin darzustellen, ist Daisy leider ganz beschwipst vor Aufregung. Sie läuft Amok und wird sich furchtbar lächerlich machen, so daß Riseholme zum Gespött all der amerikanischen Touristen wird, die sich im August hier einfinden, um unser hübsches elisabethanisches Dorf zu bewundern. Dem Dorf wird es nichts ausmachen, aber was ist mit Elisabeth? *Tacete un momento*, Georgie. *Le domestiche*.«

Nach so langer Nichtverwendung war Georgies Italienisch eingerostet, doch es gelang ihm, diesen Satz im stillen zu übersetzen, und er folgerte treffsicher, daß Lucia das Thema nicht weiter verfolgen wollte, solange Grosvenor, das Hausmädchen, und ihre Kollegin im Zimmer waren.

»*Sicuro*«, sagte er und nahm sich rasch etwas Fisch. Die *domestiche* verließen daraufhin wieder den Raum, wurden aber durch das Klingeln einer wie eine Ambrakugel geformte Glocke zurückgerufen, die zwischen Pfeffer- und Senfbehältern neben Lucia stand. Beinahe bevor sich die Tür hinter ihnen geschlossen hatte, ergriff Lucia erneut das Wort.

»Natürlich werde ich mich nach dem Vorschlag der armen Daisy nicht an diesem Fest beteiligen«, sagte sie; »selbst wenn sie mich auf den Knien anflehen würde, die Königin Elisabeth zu verkörpern, würde mir das nicht im Traum einfallen. Sie kann mich nicht dessen berauben, was ich einen angemessenen Stolz nennen darf, und da sie es für richtig erachtet hat, mir die Rolle als Drakes Frau anzubieten, die, wie sie sich zu erklären beeilte, nur kurz vortritt und vor ihr knickst, um sich dann in die Reihen der Bewaffneten und Hofdamen zurückzuziehen, würde es mir meine

Würde, von der noch ein paar kleine Reste übriggeblieben sind, natürlich verbieten, in irgendeiner Form an der Aufführung teilzunehmen, unter keinen Umständen. Aber Daisy tut mir leid, da sie sich ihrer eigenen Grenzen so wenig bewußt ist, und ich werde Riseholme beklagen, falls die Arme die ganze Angelegenheit dermaßen verkorkst, wie sie es ganz zweifellos tun wird, wenn man ihr die Organisation überläßt. Das ist alles.«

Es schien jedoch, als wäre da noch ein wenig mehr, da Lucia rasch ihren Fisch aufaß und umgehend fortfuhr.

»Nach dem, was sie mir heute morgen sagte, kann ich ihr zwar nicht selbst meine Hilfe anbieten, aber falls Sie das tun möchten, Georgie, können Sie ihr sagen – wohlbemerkt nicht ausrichten, sondern als Ihren eigenen Eindruck schildern –, daß Sie glauben, ich sei durchaus gewillt, mit ihr zu proben, um eine möglichst gute Verkörperung der großen Königin Bess aus ihr herauszuholen. Vielleicht läßt sich etwas aus ihr machen. Sie ist klein, aber das war die Königin auch. Sie hat ziemlich schlechte Zähne, aber das ist unwichtig, denn die hatte die Königin auch. Eine richtige Lady ist sie auch nicht, aber die Königin hatte ebenfalls deutlich vulgäre und bourgeoise Züge. Im Wesen der Tudors gab es einen groben Zug, wie ich immer betont habe. Dies alles, lieber Georgie, hat sein Gutes. Wenn die liebe Daisy nur nicht versucht, größer zu wirken, wenn sie ausgiebig lächelt und sich natürlich benimmt, sind dies Vorzüge, echte Vorzüge. Dennoch wird Daisy sich selbst und Riseholme gewiß der Lächerlichkeit preisgeben, wenn es ihr nicht gelingt, sich einen gewissen Anschein von Würde und königlicher Haltung zu geben. Kleine Gesten, kleine Kopfbewegungen, kleine anmutige Gebärden... solche Dinge machen Schauspielerei aus. Das habe ich mir in der schönen alten Zeit zurechtgelegt, als wir mit den Planungen anfingen, und, wie gesagt, ich werde der armen Daisy gern alle nur möglichen Tips geben, falls sie mich darum bitten sollte. Aber nicht vergessen, Georgie, der Vorschlag darf nicht von mir kommen. Es steht Ihnen frei, zu sagen, ich würde ihr womöglich helfen, aber mehr nicht. *Capite?*«

Dieses italienische, dem gemeinen Volk nicht verständliche Wort, kam recht spät, da Lucia bereits geläutet hatte, um, unbewußt, ihren großzügigen Vorschlag zu unterstreichen, und Grosvenor und ihr Satellit schon seit einer ganzen Weile im Raum waren. Ihn vor den *domestiche* zu verheimlichen war somit nicht mehr möglich. Genauer gesagt, Georgie und Lucia hatten die *domestiche* völlig vergessen.

»Das ist sehr freundlich von Ihnen, Lucia«, sagte Georgie. »Aber Sie wissen ja, wie Daisy ist. So halsstarrig wie...«

»Wie ein Reitpferd«, unterbrach Lucia.

»Ja, genau. Gewiß erzähle ich ihr, was Sie gesagt haben, oder besser gesagt, deute an, was Sie eventuell sagen würden, falls sie sich mit der Bitte um Instruktionen an Sie wenden würde, aber ich glaube nicht, daß es viel hilft. Das ganze Fest ist unendlich lästig geworden. Es sind noch sechs Wochen Zeit, aber sie will täglich proben, wie sie mich zum Ritter schlägt, hält in ihrem Garten Prozessionen ab und läßt sämtliche Ladenbesitzer und Handwerker als Hellebardiere und Kapitäne vor sich aufmarschieren, während diese sich eigentlich um ihre eigene Arbeit kümmern, Fleisch hauen und Kühe melken müßten. Alle haben die Nase voll davon. Ich wünschte, Sie würden die Sache in die Hand nehmen und selbst die Königin spielen. O weh, das habe ich ganz vergessen, ich versprach Daisy, Sie dazu nicht zu ermuntern. Du liebe Güte, wie schrecklich!«

Lucia lachte, lachte wirklich. Dies war ein gewaltiger Fortschritt, verglichen mit dem früheren schwermütigen Lächeln.

»Ganz und gar nicht schrecklich, Georgino mio«, sagte sie. »Ich kann mir Daisys fieberhafte Furcht, daß ich sie daran hindern könnte, sich lächerlich zu machen, gut vorstellen. Sie macht sich liebend gern lächerlich, die Gute; es ist ein Komplex von ihr – ich muß unbedingt einmal in dem wunderbaren neuen Buch von Freud nachlesen –, und in ihrem Unterbewußten sehnt sie sich danach, in möglichst großem Maßstab lächerlich zu sein. Aber daß ich die Sache in die Hand nehme, das kommt überhaupt nicht in Frage. Zunächst einmal werde ich vermutlich gar nicht hier sein. Der zwölfte August, nicht wahr? Da beginnt die Jagdsaison für Moorhühner in Schottland und die Bärenhatz in Riseholme.«

»Nein, das wurde fallengelassen«, entgegnete Georgie. »Dem habe ich mich im Komitee nachhaltig widersetzt. Ich sagte sogar, selbst wenn wir überhaupt einen Bären bekämen, könnte man ihn nicht hetzen, falls er nicht böse würde...«

Lucia unterbrach ihn. »Und wenn er böse würde, wäre es schrecklich«, warf sie ein.

»Ja. Woher wußten Sie, daß ich das gesagt habe?« fragte Georgie. »Hübsch formuliert, nicht wahr?«

»Wirklich sehr hübsch, *caro*«, sagte sie. »Ich wußte, daß es von Ihnen stammt, weil Daisy mir erzählte, sie habe es selbst gesagt.«

»Welch ein Betrug!« rief Georgie entrüstet.

Lucia betrachtete ihn ernst.

»Ach, Sie dürfen mit der armen Daisy nicht zu hart ins Gericht gehen«, sagte sie. »Betrug ist ein zu starkes Wort. Vielleicht nur ein wenig Neid auf die klugen, geistreichen Dinge, die andere sagen. Schließlich ist sie selbst nicht besonders schlagfertig.«

»Wie auch immer, ich werde ihr erzählen, daß ich weiß, wer meinen Scherz geklaut hat«, sagte er.

»Mein Lieber, das lohnt sich nicht. Sie werden noch jede Menge andere erfinden. Eine Belanglosigkeit, nicht der Rede wert. Unter Ihrer Würde.«

Lucia beugte sich vor, die Ellenbogen auf den Tisch gestützt, auf ihre alte zupackende Art. Sie ließ den Kopf nicht mehr hängen. »Aber wir müssen uns über viel wichtigere Dinge unterhalten als über Daisys kleine Diebereien«, sagte sie. »Wo soll ich anfangen?«

»Am Anfang«, schlug Georgie wißbegierig vor. Seit Lucia sich in ihrer Trauer vergraben hatte, hatte er sich nicht mehr so intensiv für die alltäglichen Begebenheiten interessiert.

»Also, der eigentliche Anfang war heute morgen«, sagte sie, »als ich in der *Times* etwas entdeckte.«

»Was ich von mir nicht behaupten kann«, gestand Georgie. »Ging es da um Riseholme oder um das Fest? Hat Daisy nicht gesagt, sie wolle darüber einen Leserbrief an die *Times* schreiben?«

»Den habe ich wohl übersehen«, sagte Lucia, »es sei denn, er wurde zufällig nicht abgedruckt. Nein, es ging weder um das Fest noch um Riseholme. Georgie, erinnern Sie sich an eine Frau, die eines Sommers im ›Ambermere Arms‹ abstieg und Miss Mapp hieß?«

Georgie dachte scharf nach. »Ich erinnere mich an den Namen, weil sie ziemlich raumgreifend war, wie eine Weltkarte«, sagte er. »Halt, mir fällt es wieder ein. Massig, mit einem breiten Lächeln. Zähne.«

»Ja, die ist es«, rief Lucia. »Hier geht etwas Telepathisches vor, Georgie. Wir regen uns gegenseitig an... Ähnelte einer Hyäne, einer recht ansprechenden Hyäne. Im Moment nicht hungrig, könnte es aber werden.«

»Genau. Und sie sprach von einem Ort namens Tilling, wo sie ein Queen-Anne-Haus ihr eigen nannte. Deswegen verachteten wir sie ziemlich. Ach ja, und sie kam zu einer von mir ausgerichteten Gartenparty. Und jetzt weiß ich auch, wann das war. Es war der Sommer, in dem Ihnen einfiel, ›Au reservoir‹ statt ›Au revoir‹ zu sagen. Wir alle sagten es ungefähr eine Woche lang, dann hatten wir es satt. Etwa um diese Zeit muß Miss Mapp hergekommen sein, weil sie es auf meiner Gartenparty aufschnappte. Sie blieb so ziemlich bis zum Ende, aß haufenweise rotes Johannisbeermus mit Schlagsahne und sagte, sie habe von ihrer Großmutter ein Rezept geerbt, das sie mir schicken werde. Was sie auch tat, und mein Koch sagte, es sei Unfug. Ja: Es war das *Au-reservoir*-Jahr, weil sie sich beim Gehen von jedem mit ›*Au reservoir*‹ verabschiedete und mir erzählte, sie werde es zu Hause in Tilling einführen. Die ist es. Warum?«

»Georgie, Ihr Gedächtnis ist umwerfend«, sagte Lucia. »Zurück zu der Anzeige, die ich in der *Times* fand. Miss Mapp vermietet ihr Queen-Anne-Haus, das Mallards heißt, fl. k. u. w. Wasser und malerischer Garten, im August und September. Ich möchte, daß wir beide morgen hinüberfahren und es uns ansehen. Wenn es meinen Erwartungen entspricht, halte ich es für sehr wahrscheinlich, daß ich es nehme.«

»Nein!« rief Georgie. »Natürlich fahre ich morgen mit Ihnen hinüber. Was für ein Spaß! Aber es wird zu schrecklich sein, wenn Sie für zwei Monate verreisen. Was soll ich tun? Erst geht Olga für ein Jahr fort, und jetzt tragen Sie sich mit dem Gedanken wegzufahren, und mir bleibt nichts mehr außer meinem Krocket und der Drake-Rolle.«

Lucia schenkte ihm einen jener Blicke, die eine starke Entschlossenheit verrieten, deren Ziel fraglos zum gegebenen Zeitpunkt enthüllt werden würde. Die Bienen regten sich wieder im Stock, und eh man sich's versah, würden sie herauskommen, um auszuschwärmen, zu stechen oder Honig zu ernten... Es war köstlich, Lucia wieder so zu erleben.

»Georgie, ich brauche Veränderung«, sagte sie, »und auch wenn ich die Vorstellung rührend finde, ich könnte Ihnen fehlen, komme ich wohl nicht darum herum. Ich will wieder aufgerüttelt, erschüttert und in Schwung gebracht werden. Luftveränderung, Ortsveränderung, andere Menschen. Ich nehme nicht an, daß ein anderer lebender Mensch mehr als ich in die große Zeit Elisabeths eingetaucht ist oder sich mehr der shakespearischen Tradition und seinem Umfeld gewidmet hat – vielleicht sollte ich Sir Sidney Lee ausnehmen? – als ich, doch gegenwärtig will ich mich jedenfalls davon zurückziehen, zumal die arme Daisy vorhat, alles, was mir seit so langer Zeit heilig ist, in diese erbärmliche öffentliche Parodie zu verwandeln.«

Lucia schluckte drei oder vier Erdbeeren hinunter, als wären es Tabletten, und kippte einen Schluck Wasser hinterher.

»Ich könnte es wohl nicht ertragen, während all der Proben hier zu sein«, sagte sie, »von meinem geliebten Garten aus zwischen Geißblatt und Raute einen Blick nach draußen zu werfen und zu sehen, wie sie von ihrem Reitpferd aus zu ihren Riseholmer Lehnsleuten spricht und sie in einer Prozession vor sich hergehen läßt. Heute morgen kam mir der Gedanke, ich könnte eingreifen, die Rolle der Königin selbst übernehmen und wie in glücklicheren Tagen ein von mir geplantes Festspiel veranstalten, das jener großen Zeit zur Ehre gereicht und Riseholme Anerkennung eingebracht hätte, doch das würde Daisys Lebenstraum vernichten, und man muß großzügig sein. Ich will damit jedoch nichts mehr zu tun haben, auch wenn ich ihr natürlich gestatte, sich hier umzuziehen und die Prozession an meinem Haus beginnen zu lassen. Das wollte sie, und so soll es sein, aber selbstredend muß sie ins Programm schreiben, daß die Prozession von Mrs. Philip Lucas' Haus ihren Anfang nimmt. Es wäre zuviel verlangt, die Zuschauer, falls es denn welche gibt, glauben zu lassen, mein wunderschönes Hurst gehöre Daisy. Und, wie gesagt, ich bin gern bereit, mit ihr zu proben und zu sehen, ob ich etwas aus ihr machen kann. Zum Fest werde ich allerdings nicht hier sein, aber irgendwo muß ich ja sein, und deshalb denke ich an Tilling.«

Sie hatten sich ins Musikzimmer begeben, wo inmitten von Blumenvasen die Shakespeare-Büste stand und das von Tancred Sigismund gemalte Portrait Lucias, das aussah wie ein Schachbrett, aus dem ein paar Arme, Beine und Augen ragten, an der Wand hing. Dort fanden sich Georgies Zeichnungen, der Flügel war geöffnet, auf dem Tisch lag *Beethovens Jugendzeit* mit dem Brieföffner zwischen den Seiten, und in den Raum war wieder Bewegung eingekehrt.

Lucia nahm auf dem Stuhl Platz, der gut aus Anne Hathaways Landhaus hätte stammen können, obwohl es eigentlich keinen Grund zu der Vermutung gab, daß dem so war.

»Georgie, langsam fühle ich mich wieder lebendig«, sagte sie. »Wissen Sie noch, was der großartige Alfred in *Maud* sagt? ›Mein Leben kroch so lange mit einem gebrochenen Flügel dahin.‹ Das galt auch für mein Leben, doch jetzt werde ich nicht mehr kriechen. Und für den Augenblick habe ich mich, wie gesagt, vom Elisabethanischen Zeitalter ›verabschiedet‹, woran die arme Daisy zweifellos mitschuldig ist. Doch es gab andere Zeitalter, Georgie, das Perikleische Zeitalter beispielsweise. Stellen Sie sich vor, zu Sokrates' oder Platos Füßen zu sitzen und sie reden zu hören, während über Salamis oder Pentelicus die Sonne untergeht. Ich muß mein Griechisch aufpolieren, Georgie. Ich konnte einmal ein wenig Griechisch, und falls ich je wieder lebende Bilder inszeniere, müssen wir den Tod des Agamemnon nehmen. Und dann wäre da noch das Zeitalter von Königin Anne. Was für eine herrliche Zeit, Pope und Addison! So zivilisiert, so kultiviert. Ihre großen Abend- und Teegesellschaften und Lockenräubereien. Bei aller Großartigkeit und Pracht des Elisabethanischen Zeitalters, sie müssen auch etwas Grobes und Rohes an sich gehabt haben. Niemand verehrt diese Zeit mehr als ich, aber es ist ein Fehler, zu lange an einem Ort zu verharren. Es kommt eine Phase im Trachten der Menschen, die, wenn man sie nicht im Keim erstickt, zu Langeweile führt.«

»Meine Liebe, ist das von Ihnen?« fragte Georgie. »Und dazu noch absolut aus dem Stegreif! Sie sind einfach genial.«

So ganz aus dem Stegreif war es nicht, da es Lucia im Bad eingefallen war. Aber es wäre mühsam gewesen, das zu erklären.

»Gewagt von mir, zugegeben«, sagte sie. »Aber es drückt meine derzeitigen Gefühle aus. Ich brauche eine Veränderung, und daß mir plötzlich Miss Mapps Anzeige in der *Times* auffiel, scheint mir ein bemerkenswerter Zufall zu sein. Fast als wäre sie geschickt worden... eine sogenannte Fügung. Wie auch immer, wir beide fahren morgen nach Tilling und sehen uns das Haus an. Lassen Sie uns einen Ausflug daraus machen, Georgie, es ist nämlich eine lange Fahrt, und dort in einem Gasthaus übernachten. Dann haben wir jede Menge Zeit, uns den Ort anzusehen.«

Das war ein ziemlich gewagtes Projekt, und Georgie wußte nicht recht, ob es schicklich war. Doch er kannte sich gut genug, um sicher zu sein, daß kein leidenschaftlicher Impuls von seiner Seite Lucia nötigen würde, ihren auf Vertrauen beruhenden Vorschlag zu bereuen.

»Das wird ein Pfundsspaß«, sagte er. »Ich nehme meine Malsachen mit. Ich habe seit Wochen nicht gezeichnet.«

»*Cattivo ragazzo!*« sagte Lucia. »Was haben Sie denn mit sich angefangen?«

»Gar nichts. Es war niemand zum Klavierspielen da und niemand, der sich auskennt, dem ich meine Zeichnungen hätte zeigen können. Stundenlang Krocket, bloß zum Zeitvertreib. Wie mich dieses Fest langweilt!«

»Oh, armes Bubi!« rief Lucia, wieder in die Babysprache verfallend, mit der sie und Georgie sich so oft vergnügt hatten. »Abba jetz binnich wieda da, und ich werd dich danz danz doll aussimpfen, wenndu nich fleißich üben tust.«

»Und ich bin danz doll froh, daß ich wieda ausdesimpft werd«, bekannte Georgie. »Ich fauler Knabe! Du liebe Güte, wie schön das alles ist!« rief er begeistert aus.

Die Uhr auf der alten Kommode schlug zehn, und Lucia sprang auf.

»Georgie, schon zehn Uhr«, rief sie. »Wie die Zeit vergangen ist. Jetzt schreibe ich ein Telegramm, das morgen früh als erstes an Miss Mapp übermittelt wird und in dem steht, daß wir nachmittags nach Tilling kommen, um uns ihr Haus anzusehen, und dann tleines *musica*. Es gab da ein Mozart-Duett, das wir gespielt haben. Wir könnten uns wieder einmal daran versuchen.«

Sie öffnete das auf dem Klavier stehende Buch. Glücklicherweise hatte Georgie am Morgen eben diese Noten geprobt. (Genau wie Lucia.)

»Das wird köstlich«, sagte er. »Aber Sie dürfen nicht mit mir schimpfen, wenn ich danz doll slecht spiele. Ich habe monatelang keinen Blick darauf geworfen.«

»Genau wie ich«, sagte Lucia. »Da wären wir! Soll ich den Diskant übernehmen? Das ist ein wenig leichter für meine armen Finger. Also: *Uno*, *due*, *tre!* Auf geht's!«

2

Sie trafen mitten am Nachmittag in Tilling ein, von der langen flachen Straße kommend, die sich über das trockengelegte Marschland nach Westen erstreckte. Blau war der Himmel über ihnen, mit Lerchen, kleinen weißen Wölkchen und allem Drum und Dran; das Städtchen röstete in der heißen Junisonne, und an seinen schmalen Straßen drängten sich die roten Backsteinhäuser mit Ziegeldächern, die »Königin Anne« und »Georg I.« in Lucias entzückte Ohren flüsterten und Georgies Finger nach seinen Zeichenutensilien jucken ließen.

»Lieber Georgie, ausgesprochen hinreißend!« rief Lucia aus. »Hiermit erkläre ich, daß ich mich bereits zu Hause fühle. Sehen Sie, da steht noch ein entzükkendes Haus. Wir müssen bis zum Ende dieser Straße fahren, dann erkundigen wir uns, wo Mallards liegt. Und wie die Menschen aussehen, das gefällt mir auch. Gesichter voller Interesse. Als hätten sie auf uns gewartet.«

Das Auto hatte angehalten, damit ein Pferdewagen aus einem auf den Hügel führenden steilen, kopfsteingepflasterten Weg auf die High Street einbiegen konnte. Auf dem Bürgersteig an der Ecke stand ein Grüppchen der Einwohner von Tilling, eine bunte Mischung: da waren ein Priester, eine kleine, rundliche, geschäftige Frau in einem lila Hauskleid, mit rosa Rosen bedeckt, die aussahen, als wären sie aus Chintz, ein großer, militärisch aussehender Mann mit zwei Golfschlägern in der Hand und ein Mädchen mit kurzen Haaren und ohne Hut, die einen Fischerpullover und Knickerbocker trug und einwandfrei auf die Straße spuckte.

»Wir müssen fragen, wo das Haus steht«, sagte Lucia und lehnte sich aus dem Fenster ihres Rolls-Royce. »Ob Sie mir wohl freundlicherweise verraten könnten...«

Der Priester sprang vor.

»Ei, Sie suchen gewiß Miss Mapps Haus«, sagte er in breitem schottischen Akzent. »Die Straße hinauf bis zu jenner Ecke, und gleich da finden Sie Mistress Mapps Haus.«

Das seltsam aussehende Mädchen lachte kurz auf, und alle starrten Lucia an. Das Auto wendete unter Schwierigkeiten und schaukelte langsam die steile enge Straße hinauf.

»Georgie, er hat mir den Weg gewiesen, noch bevor ich gefragt habe«, sagte Lucia. »Offenbar weiß man in Tilling, daß ich komme. Was hatte dieser Priester für einen seltsamen Akzent! Ein wenig beschwipst, meinen Sie nicht, oder einfach nur schottisch? Und die anderen auch, alle höchst interessant und ungewöhnlich. Lieber Himmel, da fährt uns ein riesiges Auto entgegen. Ob wir daran vorbeikommen, was meinen Sie?«

Dadurch, daß beide Autos jeweils auf ihrer Seite der kopfsteingepflasterten Straße auf den Bürgersteig fuhren, konnten sie passieren, und Lucia erhaschte einen Blick auf die im anderen Fahrzeug sitzende massige Frau, die trotz der Hitze eine prachtvolle Zobeljacke trug. In ihrem Schatten saß ein kleiner Mann mit Monokel. Dann, rechts und links waren noch mehr Backsteinhäuser zu sehen, hielt ihr eigener Wagen auf dem Scheitelpunkt der Straße, gegenüber einer sehr ehrwürdigen Tür. Direkt vor ihren Augen, wo die Straße in rechtem Winkel abbog, sahen sie ein Zimmer mit einem großen Erkerfenster; es war zwar leicht von dem Haus abgesetzt, gehörte aber anscheinend dazu. Georgie glaubte, durch die halb zugezogenen Vorhänge das spähende Gesicht einer Frau zu erkennen, doch es verschwand rasch wieder.

»Georgie, ein Traum«, flüsterte Lucia, als sie auf der Türschwelle warteten, daß man auf ihr Klingeln reagierte. »Dieser herrliche Schornstein, sehen Sie, ganz schief. Die Kirche, die Pflastersteine, dazwischen Grashalme und Löwenzahn. . . Oh, ist Miss Mapp zu Hause? Mrs. Lucas. Sie erwartet mich.«

Kaum waren sie eingetreten, da eilte Miss Mapp auch schon durch eine Tür aus Richtung des Erkerfensters, hinter dem Georgie ein Gesicht gesehen zu haben glaubte.

»Liebe Mrs. Lucas«, sagte sie. »Jede Vorstellung ist überflüssig, was die Freude noch erhöht, denn wie gut erinnere ich mich an Sie in Riseholme, in Ihrem entzückenden Riseholme. Und Mr. Pillson! Ihre großartige Gartenparty! Als wäre es gestern gewesen. Tage, die man sich im Kalender rot anstreicht! Wenn man sich vorstellt, daß Sie den langen Weg gefahren sind, um sich mein Häuschen anzusehen! Bringen Sie umgehend Tee, Withers, bitte. In das Gartenzimmer. Welch eine lange Fahrt, aber an was für einem himmlischen Tag. Ich bekam Ihr Telegramm heute morgen um die Frühstückszeit. Bei dem Gedanken, möglicherweise eine Mieterin wie Mrs. Lucas aus Riseholme zu bekommen, hätte ich vor Freude in die Hände klatschen können. Aber lassen Sie uns erst eine Tasse Tee trinken. Ihr Chauffeur? Natürlich nimmt er seinen Tee auch hier. Withers, Mrs. Lucas' Chauffeur. Kümmern Sie sich um ihn.«

Miss Mapp nahm Lucias leichten Mantel in Empfang und führte sie, ohne ihren locker dahinplätschernden gastlichen Monolog zu unterbrechen, durch einen kleinen getäfelten Salon, aus dem man in den Garten gelangte. Eine Treppe mit acht Stufen, über der ein Baldachin aus Glyzinen hing, führte in das Gartenzimmer.

»Mein Fleckchen Erde«, sagte Miss Mapp. »Sehr bescheiden, wie Sie sehen, kaum anderthalb Morgen, aber gut abgeschirmt. Meine Blumenbeete: Kletterrosen, umschwirrt von Trauermänteln. Eine recht hübsche Klematis. Meinen kleinen Garten Eden nenne ich ihn, so winzig, aber mir doch so ans Herz gewachsen.«

»Zauberhaft!« sagte Lucia und sah sich in dem Garten um, ehe sie die Treppe zur Gartenzimmertür hinaufstieg. Der sehr grüne und gepflegte Rasen wurde von leuchtenden Blumenbeeten eingerahmt. An einem Ende trennte ihn ein Spalier von einem dahinterliegenden Küchengarten, den Rest umgaben hohe Backsteinmauern, über die die Dächer der umliegenden Häuser lugten. In einer dieser Mauern befand sich ein gewölbter Torbogen und darüber ein Kopf von della Robbia.

»Wollen wir kurz über den Rasen springen«, sagte Miss Mapp, auf das Tor deutend, »und einen Blick hindurchwerfen, während Withers unseren Tee bringt? Nur um die... die Glieder zu strecken, Mrs. Lucas, nach der langen Fahrt. Auf der anderen Seite liegt ein winziges Fleckchen, für das ich sehr viel übrig habe. Und da kommt die süße Mietzekatze, um meine Freunde zu begrüßen. Lämmchen! Turteltäubchen!«

Turteltäubchens Willkommen bestand darin, ziemlich übellaunig nach der von Frauchen ausgestreckten Hand zu schlagen und anschließend wegzulaufen, um sich im Schutze von ein paar schönen Stockrosen in den Hinterhalt zu legen, von wo aus es die Menschen ausgesprochen ungnädig musterte.

»Mein kleiner geheimer Garten«, fuhr Miss Mapp am Tor angekommen fort. »Wenn ich hier bin und die Tür schließe, darf man mich höchstens wegen eines Telegramms stören. Eine Hausregel – da bin ich sehr strikt. Der Kirchturm hält Wacht über mein Eckchen, wie ich immer sage, und über mich. Ansonsten hat keiner Einblick. Ein kleiner gepflasterter Weg führt rund herum, sehen Sie, Blumenbeete, ein taschentuchgroßer Rasen, und in der Mitte eine Säule mit einer Büste der guten Königin Anne. Habe ich in einem hiesigen Laden für ein Butterbrot bekommen. Einer meiner Glückstage.«

»O Georgie, ist das nicht ganz allerliebst?« rief Lucia. »*Un giardino segreto. Molto bello!*«

Miss Mapp gab ein kleines ekstatisches Schnurren von sich.

»Wie wunderbar, wenn man das Italienische so beherrscht«, sagte sie. »Hocherfreut, daß er Ihnen gefällt, mein kleiner ... *giardino segreto*, nicht wahr? Nun nehmen wir unseren Tee, denn Sie möchten gewiß erst eine Erfrischung und sich danach das Haus ansehen? Oder würden Sie einen kleinen Whisky-Soda vorziehen, Mr. Pillson? Ich wäre nicht schockiert. Major Benjy – Major Flint sollte ich besser sagen – zieht häufig einen kleinen Whisky-Soda dem Tee vor, wenn er nach seiner Runde Golf vorbeikommt und mir Bericht erstattet.«

Das auch in Riseholme so hartnäckig kultivierte intensive Interesse an den Mitmenschen überdeckte für einen Augenblick Lucias Bewunderung für den geheimen Garten.

»Ich frage mich, ob er es war, den wir an der Ecke zur High Street stehen sahen«, sagte sie. »Ein großer, soldatisch wirkender Mann mit ein paar Golfschlägern.«

»Wie treffend Sie ihn mit wenigen Worten charakterisiert haben«, rief Miss Mapp bewundernd aus. »Das kann kein anderer als Major Benjy sein. Zweifellos mit der Dampfbahn unterwegs (sehr bequem, bringt einen dicht an den Platz heran), um nach dem Tee eine Runde Golf zu spielen. Ich bedeutete ihm, es sei viel zu heiß, um früher zu spielen. Ich sagte, ich würde ihn ausschimpfen, wenn er unartig wäre und nach dem Mittagessen spielte. Er hat viele Jahre in Indien gedient. Hindustanisch ist für ihn praktisch eine zweite Muttersprache. Ruft ›Qui-hi‹, wenn er sein Frühstück haben will. Bändeweise großartige Tagebücher, die, wie wir alle hoffen, eines Tages veröffentlicht werden. Sein Haus steht neben meinem, die Straße hinunter. Jede Menge Tigerfelle. Ein ziemlich ungestümer Bridgespieler. . . gelegentlich recht unbeherrscht. Sie spielen natürlich Bridge, Mrs. Lucas. Wird in Tilling sehr gepflegt. Einige gute Spieler.«

Sie waren über den Rasen zurück ins Gartenzimmer gegangen, wo Withers den Tee auftrug. Es war kühl und geräumig, ein Fenster lag im Schatten der großen Blätter eines Feigenbaumes, durch die Miss Mapp, ohne gesehen zu werden, häufig nach draußen zu spähen pflegte, um zu sehen, ob der Gärtner faul war. Vor dem großen, auf die Straße gehenden Erkerfenster war ein Vorhang halb zugezogen, daneben stand ein Konzertflügel, die untere Hälfte der Wände säumten Bücherregale, und über ihnen hingen zahlreiche Aquarelle von der Sorte, die auf heimische Produktion schließen ließen. Auch die Motive verrieten sie, denn eine zeigte die Fassade von Miss Mapps Haus, eines den geheimen Garten, ein anderes den schiefen Schornstein und etliche den Kirchturm, der über die Hausdächer hinweg auf Miss Mapps Rasen schaute.

Obwohl sie ihre Besucher auch weiterhin mit einem Schwall schmeichelhafter und liebenswürdiger Banalitäten eindeckte, rang Miss Mapp insgeheim mit dem Problem, wieviel sie, wenn es um die diffizile Frage der wöchentlichen Miete ging, von Lucia verlangen sollte. Der Preis war in der Anzeige nicht erwähnt worden, und obwohl Miss Mapp dem örtlichen Makler aufgetragen hatte, zwölf Guineen die Woche zu verlangen, schien, da Lucia doch augenscheinlich von dem, was sie gesehen hatte, mehr als begeistert war, es eine unsinnige Donquichotterie, ihr das Haus für zwölf zu lassen, wenn sie durchaus bereit sein mochte, fünfzehn zu zahlen. Zudem war Miss Mapp (aufgrund ihrer Beobachterposition hinter dem Vorhang, wo Georgie sie bemerkt hatte) darüber im Bilde, daß Lucia einen Rolls-Royce fuhr, so daß es ihr auf ein paar Guineen mehr oder weniger die Woche wahrscheinlich nicht ankam. Sollte Lucia allerdings von dem Haus nicht so hingerissen sein wie vom Garten, wäre es eventuell unklug, fünfzehn zu verlangen, da sie das vielleicht für überhöht halten und irgend etwas Unangenehmes sagen würde, beispielsweise, daß sie sich melden werde, sobald sie sicher wieder in Riseholme angelangt sei, was gleichbedeutend mit einer Absage wäre. Würde sie aber weiterhin schwärmen und italienisch über das Haus reden, während sie sich im Inneren umsah, dann lag die Miete bei fünfzehn Guineen. Und davon bekämen die Herren Woolgar und Pipstow, die Makler, keinen Penny, da Lucia sich eindeutig auf die Anzeige in der *Times* bezogen hatte. Das war Miss Mapps Angelegenheit und ging Woolgar und Pipstow gar nichts an. Unterdessen flehte sie Georgie an, die Aquarelle an den Wänden nicht zu beachten.

»Ein paar kleine Fingerübungen von mir«, verkündete sie, sehr darauf bedacht, daß diese Tatsache bekannt wurde. »Ich müßte eigentlich vor Scham in den Boden versinken, lieber Mr. Pillson, schließlich weiß ich, was Sie für ein großer Künstler sind. Außerdem hat Withers unseren Tee gebracht... Gefällt Ihnen das Bild von meinem kleinen *giardino segreto*? (Diesen herrlichen Ausdruck muß ich mir merken.) Wie nett von Ihnen, so etwas zu sagen! Vielleicht ist es nicht ganz so schlimm wie die anderen, da mich das Motiv inspiriert hat, und das ist doch so wichtig, nicht wahr, daß man sein Motiv liebt? Major Benjy gefällt es auch. Sahne, Mrs. Lucas? Wie ich sehe, hat Withers aus meinem kleinen Beet ein paar Erdbeeren für uns gepflückt. Ein gutes Erdbeerjahr! Und Major Benjy hat zweifellos mit Freunden geplaudert, als Sie an ihm vorbeifuhren.«

»Ja, mit einem Priester«, bestätigte Lucia, »der uns freundlicherweise den Weg zu Ihrem Haus beschrieb. Er schien sogar schon zu wissen, wohin wir wollten, bevor wir es sagten, nicht wahr, Georgie? Er hat einen breiten schottischen Akzent.«

»Der gute Padre!« sagte Miss Mapp. »Schottisch zu reden ist eine seiner kleinen Marotten, er stammt nämlich aus Birmingham. Ein sehr guter Bridgespieler, wenn er die Zeit findet, was er gewöhnlich tut. Reverend Kenneth Bartlett. War zufällig eine winzigkleine, dürre, mausähnliche Frau bei ihm? Das war dann nämlich seine Frau.«

»Nein, ganz und gar nicht dürr«, entgegnete Lucia höchst interessiert. »Ganz im Gegenteil, geradezu rundlich. Ein lila Hauskleid, mit rosa Rosen bedeckt, die aussahen, als wären sie aus Chintz.«

Miss Mapp entging bei ihrem ersten Schluck Tee nur knapp einem Erstickungsanfall.

»Ich muß gestehen, ich finde Sie regelrecht beängstigend, Mrs. Lucas«, sagte sie. »Was Sie für ein Auge haben. Die liebe, von uns allen hochgeschätzte Diva Plaistow. Richtiger Vorname Godiva! Was für ein Handikap! Und es *waren* Chintzrosen, die sie aus zwei alten Vorhängen ausgeschnitten und aufgenäht hat. Sie steckt voll solcher absurden und köstlichen Ideen. Sorgt dafür, daß wir in einen Lachkrampf nach dem anderen verfallen. Sonst noch wer?«

»Ja, ein Mädchen ohne Hut, aber mit Eton-Haarschnitt. Sie trug einen Fischerpullover und Knickerbocker.« Miss Mapp wirkte nachdenklich.

»Die drollige Irene«, sagte sie. »Irene Coles. Nur ein klein wenig unkonventionell, was manchmal sehr erfrischend ist, aber auch recht peinlich sein kann. Widmet sich ihrer Kunst. Sie malt merkwürdige Bilder, unbekleidete Männer und Frauen. Man darf nicht vergessen zu klopfen, wenn man die drollige Irene in ihrem Atelier besucht. Aber ein echtes Original.«

»Und als wir dann aus der High Street abbogen«, erzählte Georgie eifrig, »kam uns ein anderer Rolls-Royce entgegen. Ich befürchtete, wir kämen nicht daran vorbei.«

»Ich auch«, sagte Miss Mapp, wodurch sie unabsichtlich verriet, daß sie aus dem Gartenzimmer zugesehen hatte. »Dieser Wagen fährt hier immerzu die Straße auf und ab.«

»Eine große Frau saß drin«, sagte Lucia. »An so einem glühendheißen Tag in Zobel gehüllt. Neben ihr ein kleiner Mann.«

»Mr. und Mrs. Wyse«, erklärte Miss Mapp. »Frisch verheiratet. Sie hieß früher Mrs. Poppit, M.B.E. Sehr ehrenwert, und so furchtbar snobistisch.«

Sobald der Tee beendet und die Einwohner Tillings solchermaßen gerupft und gebraten waren, nahm die Führung durch das Haus ihren Lauf. Es gab entzükkende kleine getäfelte Salons mit großen Fenstern, die jede Menge Licht, Luft und Sonne einließen, und in denen frische Blumen auf den Tischen standen. Es gab eine breite Treppe mit flachen Stufen, und mit jedem Moment war Lucia von den schlichten, gutgeschnittenen Räumen mehr angetan. Alles sah so weiß und wohnlich aus und, wenn jemand auf Veränderung aus war, so anders als The Hurst mit seinen kleinen vergitterten Fenstern, seinen steilen, schiefen Treppen, seinen – auf- oder abwärtsführenden – einzelnen Stufen an der Schwelle jedes Zimmers. Die Menschen im Zeitalter von Queen Anne schienen sich weit besser auf häusliche Bequemlichkeit verstanden zu haben, so daß sich Lucias italienische Ausrufe erfreulich häuften. Miss Mapps Schlafzimmer betrat sie nur in Begleitung der Besitzerin, Georgie auf dem Treppenabsatz zurücklassend, der Takt gestattete es nämlich nicht, daß er einen Blick auf den Bereich warf, wo Miss Mapp sich allnächtlich entkleidete, und auf das Bett, in dem sie sich allnächtlich zur Ruhe niederließ. Als sie allein waren, fiel es Lucia zudem leichter, jene wichtige direkte Frage nach den Konditionen zu stellen, und Miss Mapp selbst, sie zu beantworten.

»Ich finde das Haus zauberhaft«, sagte Lucia. »Und was genau, will sagen: wieviel, für einen Zeitraum von zwei Monaten...«

»Fünfzehn Guineen pro Woche«, antwortete Miss Mapp ohne Zögern. »Die Benutzung meines Klaviers inklusiv. Ein hübsches Instrument von Blumenfelt.«

»Ich nehme es für August und September«, sagte Lucia.

»Und Sie werden hoffentlich bestimmt so zufrieden damit sein«, sagte Miss Mapp, »wie ich es bestimmt mit meiner Mieterin sein werde.«

Da kam ihr eine glänzende Idee, und ihr Lächeln wurde breiter als je zuvor.

»Der Lohn meines Gärtners ist natürlich nicht inbegriffen, so ein netter ausgeglichener Mann«, sagte sie, »ebensowenig die Gartenprodukte. Blumen für das Haus wohl, aber weder Obst noch Gemüse.«

In diesem Augenblick hätte sich Lucia, von Zuneigung für Mallards, Tilling und dessen Bewohner geblendet, liebend gern bereit erklärt, auch das Wassergeld zu zahlen. Hätte Miss Mapp das geahnt, hätte sie diese ungewöhnliche Bedingung bestimmt genannt.

Miss Mapp war Lucias Bitte nachgekommen und hatte Zimmer für diese und Georgie in einer angenehmen nahegelegenen Pension namens Trader's Arms bestellt, und sie begleitete die beiden dorthin – mit Lucias Auto im Schlepptau, wie eine leere Kutsche bei einer Beerdigung –, um zu sehen, ob alles für sie vorbereitet war. Offenbar hatte es bei der Auftragsübermittlung einen Irrtum gegeben, wie Georgie feststellte, da ein Doppelzimmer für sie vorgesehen war. Glücklicherweise verweilte Lucia noch bei Miss Mapp im Freien, wo sie die Aussicht über die Marsch genoß, während der verlegen errötende Georgie an der Rezeption erklärte, dies sei ganz und gar unmöglich, wobei seine Handflächen kalt und feucht wurden, bis der Fehler ausgelöscht und behoben war. Dann ließ Miss Mapp die beiden allein, und sie spazierten durch den Ort. Doch Mallards war der Magnet für Lucias verzückte Augen, und rasch schlichen sie sich dorthin zurück. Offenbar waren zur Zeit in Tilling viele möblierte Häuser zu vermieten, und auch Georgies bemächtigte sich der Drang, eines zu haben. Ohne Lucia würde Riseholme ausgesprochen trist sein, denn er hatte das Gefühl, daß sofort nach Beendigung des Festes im Anschluß an die Aufregung eine erschreckende Reaktion einsetzen würde; vielleicht würde er dann sogar dem Ritterschlag nachtrauern. Alles Skizzierbare hatte er skizziert, es gäbe niemanden, mit dem er

Duette spielen könnte, und der ganze Ort würde erneut erstarren, bis Lucia zurückkam, so wie er während der undurchdringlichen Witwenphase erstarrt war. Hier hingegen fanden sich zahllose Motive für Georgies Pinsel, und Lucia würde mit einem Blumenfelt im Gartenzimmer in Mallards untergebracht sein, während, das war bereits offensichtlich, ein Strudel von Aktivitäten durch ihr Hirn wirbelte. Major Benjy interessierte sie, genau wie die drollige Irene und der Padre, genaugenommen die ganze Gruppe, die sie hatte hinauffahren sehen, wohlwissend, so schien es, welches ihr Bestimmungsort war.

Die Mauer um Miss Mapps Garten, ihnen mittlerweile von der anderen Seite bekannt, führte bis zu der Stelle, wo sie sich jetzt befanden und die Fassade von Mallards betrachteten, als Georgie plötzlich auffiel, daß direkt neben ihnen ein ganz entzückendes Landhäuschen mit Giebeldach stand, vor dem ein Schild verkündete, es sei möbliert zu vermieten.

»Schauen Sie, Lucia«, sagte er. »Wie überaus faszinierend! Wäre das vermaledeite Fest nicht, wäre ich durchaus geneigt, es zu nehmen, wenn ich es für die zwei Monate bekäme, in denen Sie hier sind.«

Genau darauf hatte Lucia gewartet. Sie hatte vorgehabt, über kurz oder lang etwas in der Art anzudeuten, falls er es nicht tat, und sie hatte sich entschieden, zum Abendessen eine Flasche Champagner zu spendieren, so daß beim anschließenden Spaziergang, zu dem sie fest entschlossen war, ein vom Wein abenteuerlustig gestimmter Georgie das auf die georgianischen Fassaden des Städtchens und die sie umgebende Landschaft fallende Licht der untergehenden Sonne möglichst unwiderstehlich finden würde. Aber wie klug, gewartet zu haben, so daß Georgie den Vorschlag selbst machen konnte.

»Mein Lieber, was für eine köstliche Idee!« sagte sie. »Tragen Sie sich wirklich mit diesem Gedanken? Wäre himmlisch für mich, einen Freund hier zu haben, anstatt unter Fremden zu weilen. Und es ist fraglos ein reizendes Häuschen. Offenbar ist es unbewohnt, aus den Schornsteinen kommt kein Rauch. Ich glaube, wir könnten tatsächlich einen Blick durch die Fenster werfen und uns einen Eindruck davon verschaffen, wie's drinnen aussieht.«

Dazu mußten sie sich auf die Zehenspitzen stellen, doch als sie ihre Augen vor der im Westen stehenden Sonne schützten, gewannen sie einen recht guten Eindruck vom Inneren.

»Das muß das Speisezimmer sein«, sagte Georgie, als er hineinsah.

»Ein schöner offener Kamin«, ergänzte Lucia. »So gemütlich.«

Wie Krabben bewegten sie sich seitwärts weiter.

»Ein kleiner Hausflur«, sagte Lucia. »Davon geht eine hübsche Treppe nach oben.«

Erneute krabbenartige Bewegungen.

»Das Wohnzimmer«, stellte Georgie fest. »Recht geschmackvoll, und wenn man seine Nase fest gegen die Scheibe drückt, sieht man aus dem anderen Fenster in den dahinterliegenden Garten. Die Staketen gehören bestimmt zu Ihrem Küchengarten.«

Sie traten auf die Straße zurück, um einen besseren Eindruck von der Topographie zu bekommen, und in diesem Moment schaute Miss Mapp aus dem Erkerfenster ihres Gartenzimmers und sah sie dort stehen. Das fand sie ebenso interessant wie die beiden das Haus.

»Und drei Schlafzimmer oben, würde ich meinen«, sagte Lucia, »darüber zwei Mansarden. Massenhaft Platz.«

»Gleich morgen früh statte ich dem Makler einen Besuch ab«, versprach Georgie. »Ich kann mir vorstellen, daß ich mich dort sehr wohl fühlen würde.«

Sie bummelten über den stillgelegten, die Kirche umgebenden Friedhof. Als Lucia sich umwandte, weil sie noch einen Blick auf die Fassade von Mallards werfen wollte, machte Miss Mapp rasch einen tiefen Knicks und blieb unten, so daß sie vollständig verschwand.

»Was das olle Fest angeht«, sagte Georgie, »ich will Daisy nicht sitzenlassen, weil sie keinen anderen Drake mehr findet.«

»Aber Sie können eine Woche lang hinüberfahren«, wandte Lucia ein, die schon alles durchdacht hatte, »und zurückkommen, sobald es vorbei ist. Mittlerweile wissen Sie ja, wie man zum Ritter geschlagen wird. All die endlosen Proben brauchen Sie nicht mitzumachen. Georgie, sehen Sie nur die herrliche Kirchturmuhr.«

»Wunderschön«, sagte Georgie geistesabwesend. »Ich sagte zu Daisy, ich ließe mich nicht jeden Tag zum Ritter schlagen. Dann hätte ich bald gar keine Schulter mehr.«

»Und das muß wohl das Rathaus sein«, sagte Lucia. »Sie haben völlig recht, daß Sie sich nicht so häufig zum Ritter schlagen lassen wollen. Davon könnten Sie eine herrliche Zeichnung machen.«

»In dem Häuschen ist haufenweise Platz für uns alle«, sagte Georgie. »Hoffentlich gibt es einen Aufenthaltsraum für die Dienstboten.«

»Die werden den ganzen Tag lang in Mallards ein- und ausgehen«, sagte Lucia. »Da gibt es eine entzükkende Gesindestube.«

»Wenn ich es kriegen kann, nehme ich es«, entschied Georgie. »Ich werde versuchen, mein Haus in Riseholme zu vermieten, aber meine Nippessachen mitbringen. Für das Haus gab es schon häufig Interessenten. Hoffentlich wird Tilling Foljambe gefallen. Wenn nicht, wird sie es mich büßen lassen. Lauwarmes Wasser, Fusseln auf meiner Kleidung.«

Es war an der Zeit, in die Pension zurückzukehren, um ihre Sachen auszupacken, aber Georgie sehnte sich nach einem weiteren Blick auf sein Häuschen, und Lucia nach einem auf Mallards. Als sie gerade um die Ecke bogen, was sie in Sichtweite der beiden Häuser brachte, wurde aus dem Fenster von Miss Mapps Gartenzimmer eine Hand gehalten, die ein weißes Taschentuch schwenkte, eventuell aus einem Seidenstoff.

»Georgie, was kann das bedeuten?« flüsterte Lucia. »Es muß irgendein Signal sein. Oder hat uns Miss Mapp einen Gutenachtgruß zugewunken?«

»Eher unwahrscheinlich«, meinte er. »Warten wir eine Sekunde.«

Kaum hatte er das gesagt, da eilte Miss Coles, gefolgt von der atemlosen Mrs. Plaistow, die zu der Haustür von Mallards führenden drei Stufen hinauf und trat ein.

»Diva und die drollige Irene«, sagte Lucia. »Es muß ein Signal gewesen sein.«

»Vielleicht war es Zufall«, sagte Georgie. Lucia hielt es für überflüssig, auf diese infantile Bemerkung zu antworten.

Natürlich war es ein Signal gewesen, und zwar ein seit langem verabredetes, denn für etliche Hausbesitzer in Tilling war es von höchstem Interesse, ob Miss Mapp einen Mieter für Mallards fand, und sie hatte Diva und der drolligen Irene versprochen, um Punkt sechs Uhr mit einem Taschentuch aus dem Fenster des Gartenzimmers zu winken, da man mit Fug und Recht annehmen konnte, daß ihre Besucher sie um diese Zeit verlassen haben würden. Die beiden Damen, die durch die weiter unten liegende Straße bummelten, würden sich dann sputen, um die guten oder schlechten Nachrichten zu vernehmen.

Sie hatten ein lebhaftes Interesse an dem Geschäft; falls es nämlich Miss Mapp gelang, Mallards zu vermieten, würde diese wie versprochen Divas Haus Wasters, zwei Monate lang für acht Guineen die Woche nehmen (da das Haus viel kleiner als ihres war), und Diva würde Irenes Haus Taormina (noch kleiner) für fünf Guineen die Woche mieten, während Irene für zwei Guineen pro Woche ein vierzimmriges (namenloses) Arbeiterhäuschen gleich außerhalb der Stadt beziehen würde, wohingegen der Arbeiter, der mit seiner Familie im August die Ernte einbrachte und im September Hopfen pflückte, in irgendeine Art Schuppen ziehen und gar keine Miete zahlen würde. So hatte auf dieser Leiter von Mietern und Vermietern von oben bis unten jeder seinen Vorteil, denn alle bekamen mehr als sie zahlten, und alle würden die Vorteile einer Veränderung ohne die mit einer Reise und Hotelaufenthalten verbundenen Sorgen und Ausgaben genießen. Jede dieser Damen würde morgens in einem unbekannten Zimmer aufwachen, auf ungewohnten Stühlen sitzen, die Bücher (und möglicherweise Briefe) der jeweils anderen lesen, die Fotos der anderen Person betrachten, alle Stimuli der neuen Umgebung in sich aufnehmen, ohne den Abschiedsschmerz beim Verlassen Tillings. Außerhalb ihres Städtchens war keine wahre Tillingerin je richtig glücklich; Fremde waren ausgesprochen eigenartige, unzuverlässige Personen, und wenn man das Essen nicht mochte, konnte man unmöglich einen neuen Koch für ein Hotel engagieren, das einem nicht gehörte. Die erwähnte Hausvermietungsleiter wurde alljährlich im Sommer eingerichtet und war zu Recht beliebt. Doch das ganze Konstrukt hing von der erfolgreichen Vermietung von Mallards ab, denn wenn Elizabeth Mapp Mallards nicht vermietete, würde weder sie Divas Wasters noch Diva Irenes Taormina nehmen.

Daher eilten Diva und Irene in das Gartenzimmer, wo sie ihr Schicksal erfahren würden; Irene voran mit ihrem langen maskulinen Schritt, der es leicht mit dem von Major Benjy aufnahm, dahinter die kurzbeinige Diva mit ihrem Getrippel, das klang, als flitze eine Drossel über den Rasen.

»Na, Mapp, Erfolg gehabt?« fragte Irene.

Miss Mapp wartete, bis Diva hereingehopst kam.

»Ich glaube, ich werde sie beide foppen«, verkündete sie schelmisch und mit ihrem breitesten Lächeln.

»Nun machen Sie schon«, sagte Irene. »An Ihrer Miene erkenne ich sehr gut, daß Sie es vermietet haben. Sonst wäre alles verkorkst.«

Wenn die drollige Irene so mit ihr sprach, hatte Miss Mapp, auch wenn sie fraglos die gesellschaftliche Königin Tillings war, manchmal das Gefühl, daß häßliche bolschewistische Symptome in der Luft lagen. Und Irene war in puncto Nachäffen schrecklich talentiert, eine zwar ordinäre, aber sehr gefährliche Waffe. Es war immer klug, Nachäffern gegenüber höflich zu sein.

»Geduld, ein wenig Geduld, meine Liebe«, sagte Miss Mapp besänftigend. »Wenn Sie wissen, daß ich es vermietet habe, warum sind Sie dann noch hier?«

»Weil ich gern einen Cocktail hätte«, antwortete Irene. »Wenn Sie einen bringen lassen, können Sie ruhig weiterfoppen.«

»Nun, ich habe es für August und September vermietet«, sagte Miss Mapp, die lieber ihr Foppen aufgab, als Irene einen Cocktail anzubieten. »Und ich habe Glück gehabt mit meiner Mieterin. Einer netteren Frau als der lieben Mrs. Lucas bin ich noch nie begegnet.«

»Gott sei Dank«, sagte Diva und zog ihren Stuhl an den noch immer nicht abgeräumten Tisch. »Geben Sie mir eine Tasse Tee, Elizabeth. Ich habe keinen Bissen heruntergebracht, ehe ich nicht Bescheid wußte.«

»Wieviel haben Sie ihr abgeknöpft?« fragte Irene.

»Wie meinen, Liebes?« erkundigte sich Miss Mapp, von der man nicht erwarten konnte, solch einen ordinären Ausdruck zu verstehen.

»Auf welchen Preis haben Sie die Frau hochgetrieben? Wieviel muß sie Ihnen zahlen?« sagte Irene ungeduldig. »Knete; Kröten.«

»Sie erklärte sich umgehend mit dem von mir vorgeschlagenen Betrag einverstanden«, sagte Miss Mapp. »Ich bin nicht sicher, Drollige, ob eventuell darüber Hinausgehendes Sie, wie man so sagt, etwas angeht.«

»Da bin ich anderer Meinung«, widersprach die Drollige. »Es müßte eine gleitende Preisskala geben. Wenn Sie die Frau ausnehmen, sollte Diva Sie für ihr Haus ausnehmen und ich Diva für meine. Gleichheit, Brüderlichkeit, Ausnehmlichkeit.«

Miss Mapp gluckste vor entwaffnendem Lachen und klingelte nach Irenes Cocktail, der diese vielleicht daran hindern würde, dieses Thema weiter zu verfolgen, denn bisher hatten die Berechnungen auf der gleitenden Preisskala von zwölf, acht und fünf Guineen die Woche beruht. Und wenn Lucia so bereitwillig mehr zahlte, ging das gewiß niemanden etwas an außer den vertragsschließenden Parteien. Die von der Aussicht auf den Cocktail besänftigte Irene verfolgte das Thema nicht weiter, sondern setzte sich an Miss Mapps Klavier und klimperte mit einem unsicheren Finger »God Save the King«. Als sie gerade fertig war, kam ihr Cocktail.

»Danke sehr, Liebes«, sagte Miss Mapp. »Nette Musik.«

»Prost!« rief Irene. »Stellen Sie Lucas die Benutzung eines schönen alten Instruments gesondert in Rechnung?«

Miss Mapp sah sich zu einer direkten und nachdrücklichen Antwort genötigt.

»Nein, Liebes, das tue ich nicht«, sagte sie, »da Sie sich so für Angelegenheiten interessieren, die Sie nicht betreffen.«

»Na, na, nichts für ungut«, sagte Irene. »Danke für

den Cocktail. Schauen Sie morgen zwischen zwölf und eins in meinem Atelier vorbei, wenn Sie den weitaus größten Teil eines gutgebauten Mannes sehen wollen. Ich mache mich jetzt auf, um mein Abendessen vorzubereiten. *Au reservoir*.«

Miss Mapp verspeiste die wenigen Erdbeeren, die Diva übriggelassen hatte, und seufzte.

»Unsere liebe Irene hat manchmal eine sehr derbe Art, Diva«, stellte sie fest. »Nichts Bösartiges, nur gewöhnlich. Traurig! Solch ein Unterschied zu der lieben Mrs. Lucas. So kultiviert... wunderbar artikulierte italienische Brocken. Und von allem so angetan.«

»Sollten wir sie mit einbeziehen?« fragte Diva. »Trauernde Witwe, Sie verstehen.«

Miss Mapp dachte darüber nach. Ein Plan sah vor, daß sie Lucia unter ihre Fittiche nahm (vorausgesetzt, diese war bereit, sich dort niederzulassen), ein anderer, in Tilling zu verbreiten (falls sie nicht wollte), daß sie auf gesellschaftliche Kontakte keinen Wert legte. Das würde Tilling auf die Palme bringen, denn wenn es eines haßte, dann etwas, das sich (Trauerkleidung hin oder her) als Arroganz interpretieren ließ. Auch wenn Lucia nur zwei Monate in Tilling sein würde, wollte Miss Mapp keineswegs, daß sie eine zu große eigene, unabhängige Popularität erlangte. Sie wollte... sie wollte Lucia in der Tasche haben, sie bei der Hand nehmen und Tilling präsentieren, aber die Kontrolle behalten. Das alles bedurfte reiflicher Überlegung.

»Das finde ich heraus, wenn sie kommt«, sagte Miss Mapp. »Ich werde sie fragen, schließlich habe ich das Gefühl, daß wir beide schon alte Freundinnen sind.«

»Und wer ist der Mann?« erkundigte sich Diva.

»Der liebe Mr. Georgie Pillson. Er hat mich so charmant bewirtet, als ich vor einigen Jahren eine oder zwei Nächte lang in Riseholme weilte. Sie sind im Trader's Arms abgestiegen und reisen morgen wieder ab.«

»Was? Sie übernachten dort gemeinsam?« fragte Diva.

Miss Mapp wandte den Kopf leicht ab, als wollte sie einem schwachen unangenehmen Geruch ausweichen.

»Diva, Liebes«, sagte sie. »Und wenn wir noch so alte Freundinnen sind, mir täte es leid, wenn mir solche Gedanken wie Ihnen durch den Kopf gingen. Schrecklich. Sie haben zu viele Romane gelesen. Wenn Trauerkleidung kein ausreichender Schutz gegen derartige Andeutungen ist, wäre nicht einmal ein Neugeborenes in seinem Taufkleidchen sicher.«

»Du liebe Güte, das war keine Andeutung«, sagte die verdutzte Diva. »Ich meinte lediglich, daß es ziemlich gewagt ist. Und das stimmt auch. Alles weitere stammt aus Ihrem Kopf, Elizabeth, nicht aus meinem. Ich bitte Sie nur, es nicht mir unterzuschieben und mich dann schrecklich zu nennen.«

Miss Mapp setzte ihr breitestes Lächeln auf.

»Selbstverständlich akzeptiere ich Ihre Entschuldigung, liebe Diva«, sagte sie. »Voll und ganz, ohne jeden Hintergedanken.«

»Aber ich habe mich nicht entschuldigt und werde es auch nicht tun«, rief Diva. »Das müssen Sie!«

Wer mit den Gepflogenheiten der Damen von Tilling nicht vertraut ist, mag aus solch harten und unverblümten Worten eine ernstliche Verstimmung zwischen alten Freundinnen heraushören. Aber das traf weder auf Elizabeth noch auf Diva zu; beide wären höchst erstaunt gewesen, hätte ein unbeteiligter Zuhörer etwas so Absurdes angedeutet. Solche Reibereien, auch wenn sie noch weit heftiger ausfielen, waren nichts weiter als erfrischende Brisen, die Energie ableiteten, oder Gymnastik für die kleinen grauen Zellen. Keine Boshaftigkeit.

»Noch eine Tasse Tee, Liebe?« fragte Miss Mapp ernst.

Das sah ihr ja so ähnlich, dachte Diva; das war Elizabeth in Reinkultur. Wurde sie durch Logik und gutes Gespür unrettbar in die Enge gedrängt, fegte sie alles beiseite und fragte einen, ob man noch etwas kalten Tee oder kalten Hammel oder was sonst gerade da war haben wollte. Diva gab es auf. Sie wußte, gegen Elizabeth kam sie nicht an, und nahm noch etwas Tee.

»Dann also zu unseren eigenen Angelegenheiten«, sagte sie, »wenn das alles geklärt ist. . .«

»Ja, meine Liebe – so nett und so harmonisch«, sagte Elizabeth.

Diva schluckte neu aufkommenden Groll hinunter und fuhr fort, als wäre sie nicht unterbrochen worden.

». . . übernimmt Mrs. Lucas am ersten August«, sagte sie. »Das heißt, am selben Tag würden Sie gern in Wasters einziehen.«

»Und zwar früh am Tag, Diva, wenn Ihnen das möglich ist«, ergänzte Elizabeth, »da ich meinen Dienstboten Zeit zum Putzen und Aufräumen geben möchte. Ich würde mich morgens blicken lassen, und meine Dienstboten kämen später nach. Alles kein Problem.«

»Dann wäre da noch etwas«, sagte Diva. »Gartenprodukte. Sie lassen die Ihren doch wohl zurück, nehme ich an.«

Miss Mapp stieß ein trällerndes Lachen aus.

»Ich werde doch nicht meine ganzen Kartoffeln ausbuddeln und die Bohnen und Obstbäume plündern«, sagte sie. »Außerdem dachte ich – korrigieren Sie mich ruhig –, daß in den acht Guineen pro Woche für Ihr Häuschen Gartenprodukte inbegriffen sind, und das ist es doch schließlich, was uns beide betrifft. Ich glaube, darauf hatten wir uns verständigt.«

Als das geregelt war, beugte sich Miss Mapp vor, als wolle sie köstliche geheime Informationen weitergeben.

»Diva – etwas Aufregendes«, sagte sie. »Zufällig schaute ich ein paar Minuten, bevor ich euch zuwinkte, aus dem Fenster, und da spähten, regelrecht spähten Mrs. Lucas und Mr. Pillson gerade in die Fenster von Mallards Cottage. Mir drängte sich die Frage auf, ob Mr. Pillson plant, das Haus zu mieten. Sie schienen so in seinen Anblick versunken zu sein. Es ist zu vermieten, denn Isabel Poppit hat drüben beim Golfplatz diesen kleinen braunen Bungalow ohne ordentliche sanitäre Anlagen gemietet.«

»Aufregend!« sagte Diva. »In dem Zaun zwischen dem kleinen Garten hinter Mallards Cottage und Ihrem Garten ist eine Tür. Die könnten Sie aufschließen...«

Sie brach ab, denn ihr Gespräch schlug wieder eine Richtung ein, für die sich beide nicht entschuldigt hatten. »Aber selbst wenn Mr. Pillson vorhat, es zu nehmen, was kommt dann, Elizabeth?« fragte sie.

Miss Mapp beugte sich vor, um die Rosen in der wunderschönen Blumenvase zu küssen, die sie am Morgen für Lucias Besuch geschnitten hatte.

»Nichts Bestimmtes, Liebes«, sagte sie. »Bloß eine meiner ausgefallenen Ideen. Sie und ich, wir könnten Mallards Cottage gemeinsam mieten, wenn es Sie reizt. Die gute Isabel verlangt nur vier Guineen pro Woche dafür. Falls Mr. Pillson – das ist nur eine Spekulation – es zufällig will, könnten wir, sagen wir, sechs verlangen. Sechs ist fast geschenkt.«

Diva erhob sich.

»Kommt für mich nicht in Frage«, sagte sie. »Was ist, wenn Mr. Pillson es nicht will? Reine Spekulation.«

»Es wäre vielleicht recht riskant«, gab Miss Mapp zu. »Und wenn ich es recht bedenke, würde ich damit möglicherweise, möglicherweise meinen Freunden – wie man so sagt – eins auswischen.«

»Unbedingt«, sagte Diva. »Das ›möglicherweise, möglicherweise‹ können Sie getrost streichen.«

Nach dieser pfiffigen Replik zuckte Miss Mapp kurz zusammen und wechselte das Thema.

»Dann werde ich also kaum mehr als einen Monat in meinem geliebten Haus verbringen«, sagte sie, »bevor man mich hinauswirft. Das muß ich nach Kräften ausnützen und für Sie alle kleine Vergnügungen zuhauf bereithalten.«

Nach dem Abendessen unternahmen Georgie und Lucia noch einen ausgedehnten Bummel durch das Städtchen. Die großen himmlischen Zeichen verhielten sich großartig; der Geist Tillings schien dafür gesorgt zu haben, daß Sonne, Mond und Sterne zu seinen Gunsten ihr Bestes gaben, denn kaum hatten die Feuer des Sonnenuntergangs aufgehört, seine roten Mauern und Dächer zu beleuchten und die dünnen Nebelschwaden über der Marsch blutrot zu färben, als im Osten pünktlich ein großer Mond aufstieg und die herrlichsten Nachtstücke in Schwarz und Silber vortrug.

Sie entdeckten einen hohen normannischen Turm, der seewärts Wacht hielt, ein landwärts gerichtetes edwardianisches Tor mit Tambourtürmchen; sie entdeckten einen östlich der Stadt auf einem steilen Hang erbauten Belvedere-Sockel, und der Duft der dort wachsenden blühenden Weißdornbüsche wurde zu ihnen geweht, als sie zu einem in der Entfernung blinkenden Leuchtturm hinübersahen. In einer anderen Straße standen aus Backstein und Holz errichtete elisabethanische Landhäuser, sehr malerisch, aber für Bewohner Riseholmes ohne Interesse. Es fand sich auch Stoff für ihr Interesse an allem Menschlichen: Während der Sonnenuntergang glühte, saß die drollige Irene, hutlos und behost, mitten in der Straße auf einem Campinghocker und malte ein überaus bemerkenswertes Bild, offenbar den Tag des Jüngsten Gerichts darstellend, da auf ihm die ganze Welt in Flammen gehüllt war. Als sie gerade an ihr vorbeigingen, fiel ihre Staffelei um, und mit lauter wütender Stimme sagte Irene: »Verdammt, so ein ekliges Ding.« Dann sahen sie, wie Diva mit einem Vogelkäfig in der Hand über die High Street trippelte. Mit kläglicher Stimme rief sie zu einem offenen Fenster hinauf: »O Mr. Dobbie, bitte! Mein Kanarienvogel hat einen Anfall!« Aus einem anderen, ebenfalls geöffneten und vorhanglosen

Fenster sang eine Baritonstimme: »Sag an, kommst du nicht mehr zurück?«, und tatsächlich, das mußte der Padre aus Birmingham sein, während die kleine graue Maus auf dem Klavier klimperte. Lucia und Georgie konnten sich nicht losreißen (etliche andere Leute hörten ebenfalls zu), bis das Lied zu Ende war. Als sie sich dann die Straße hinaufschlichen, an deren Scheitelpunkt Mallards stand, erscholl aus dem direkt darunter gelegenen Haus der gedämpfte Ruf »Qui-hi« und Lucias Lippen formten die Silben »Major Benjy. An seinen Tagebüchern«. Sie passierten Mallards auf Zehenspitzen, da das Gartenzimmerfenster weit offenstand, dann Mallards Cottage, bis sie außer Sichtweite waren.

»Georgie, bezaubernd«, sagte Lucia. »Sie alle sind so ungekünstelt, und alle so menschlich und geschäftig...«

»Wenn ich Mallards Cottage nicht bekomme«, sagte Georgie, »werde ich sterben.«

»Aber Sie müssen. Sie werden. Jetzt ist es Zeit, schlafen zu gehen, auch wenn ich ewig herumschlendern könnte. Wir müssen früh aufstehen, um beim Makler zu sein, sobald er aufmacht. Woggles und Pickstick, nicht wahr?«

»Jetzt haben Sie mich verwirrt«, sagte Georgie. »So ähnlich, aber nicht ganz.«

Sie gingen zu Bett, die Treppe hoch; ihre Zimmer lagen nebeneinander, es gab eine Verbindungstür. Auf Georgies Seite befand sich ein Riegel, zu dem er rasch hinüberging und ihn vorschob. Noch während er dies tat, hörte er, wie von der anderen Seite leise ein Schlüssel umgedreht wurde. Er entkleidete sich so verstohlen wie ein durch das Haus schleichender Einbrecher, denn irgendwie schüchterte es ihn ein, daß er und Lucia so dicht nebeneinander zu Bett gehen sollten; unendlich vorsichtig putzte er sich die Zähne und beugte sich tief über das Waschbecken, um das Wasser austreten zu lassen (auszuspucken wäre ein zu lärmendes Wort), mit dem er sich den Mund gespült hatte, da es unvorstellbar wäre, das Geräusch derart privater Verrichtungen ins Nebenzimmer dringen zu lassen. Als er halb ausgekleidet war, fiel ihm ein, daß die Makler Woolgar und Pipstow hießen, und er hätte liebend gern an Lucias Tür geklopft und ihr dies mitgeteilt, doch nebenan herrschte Grabesstille, und vielleicht schlief Lucia schon. Oder verhielt sie sich ebenso leise wie er? Wie auch immer (aber besonders in letzterem Fall), kein Zeichen seiner Anwesenheit durfte zu ihr dringen.

Er stieg ins Bett und knipste das Licht aus. Dies konnte er ohne jede Zurückhaltung bewerkstelligen; sie durfte es ruhig hören, da es nur bedeutete, daß alles vorbei war. Doch trotz des langen Tages an der frischen Luft, der für Schläfrigkeit hätte sorgen müssen, fühlte er sich schrecklich hellwach, denn das Thema, das ihn seit Peppinos Tod immer wieder beschäftigt und mit vager Besorgnis erfüllt hatte, stand in den grellsten Farben vor ihm. Seit Jahren kursierte in Riseholme die hübsche Saga, er sei Lucias unerschütterlich platonischer, aber inbrünstiger Liebhaber; irgendwie war dieses interessante Hirngespinst aufgekommen, das Lucia gewiß ebenso gründlich gepflegt hatte wie er. Sie hatte die Vermutungen im Raum stehen lassen, daß er es war und daß sie seine keusche Inbrunst akzeptierte. Doch nun, da ihr Trauerjahr fast abgelaufen war, ragte vor Georgie die schreckliche Tatsache auf, daß es sehr bald nicht den geringsten Grund mehr gab, warum er nicht seine Belohnung für diese jahrelange Treue einfordern und sein leidenschaftliches Zölibat gegen eine noch leidenschaftlichere Ehe eintauschen sollte. Es war eine mehr als beunruhigende Vorstellung, daß er vor Ende des Sommers das Recht haben sollte, an irgendeine Verbindungstür zu klopfen, ähnlich der, die er gerade so sorgfältig verriegelt (und sie abgeschlossen) hatte, und zu sagen: »Darf ich hereinkommen, Liebling?« Er wußte, daß diese Worte auf seiner Zunge einfrieren würden, bevor er sie aussprechen konnte.

Erwartete Lucia, daß er sie heiratete? Das war die Crux, und seine Phantasie schickte sich an, ihn daran zu kreuzigen. Jahrelang hatten sie so getan, als hegten sie eine innige Zuneigung füreinander, was aber wäre, wenn es – für sie – keine Pose gewesen war, sondern schreckliche Realität? Hatte er Hoffnung in ihr geschürt, indem er mit hierhergekommen war, um auf diese höchst kompromittierende Weise im Hotel abzusteigen? In seinen furchtbaren mitternächtlichen Grübeleien schien dies schauderhaft wahrscheinlich. Sein Mitkommen war sehr voreilig gewesen, und den ganzen Nachmittag lang hatte er diesen tollkühnen Pfad weiterverfolgt. Er hatte erklärt, sein Leben sei nicht lebenswert, wenn er Mallards Cottage nicht bekäme, das weniger als einen Steinwurf (selbst er konnte einen Stein so weit werfen) von dem Haus entfernt lag, das sie allein bewohnen würde. Es hatte tatsächlich so ausgesehen, als sei es die Nähe zu ihr gewesen, die das

Cottage so begehrenswert machte. Wenn sie nur wüßte, wie peinlich ihre Nähe gerade jetzt gewesen war, als er sich zu Bett begab ...!

Und Lucia bekam immer, was sie wollte. Eine Kraft umgab sie, so vermutete er (ganz anders als das hektische Kläffen und Toben der armen Daisy), die bewirkte, daß die Dinge so passierten, wie sie es wünschte. Er hatte sich all ihren Plänen mit einer Begeisterung gefügt, die sie mit Fug und Recht als Zustimmung interpretieren konnte: Erst vor ein oder zwei Stunden hatte er feierlich bestätigt, er müsse Mallards Cottage unbedingt mieten, und die Angelegenheit war so gut wie unter Dach und Fach, denn am Morgen würden sie um acht Uhr frühstücken, um die Makler (Woggle und Pipsqueak, oder? Er hatte es wieder vergessen) aufzusuchen, sobald deren Büro öffnete. So war es nun einmal – sie bekam, was sie wollte. »Aber niemals, niemals«, dachte Georgie, »wird sie mich bekommen. Ich könnte sie unmöglich heiraten und werde es auch nicht tun. Ich will in Ruhe leben und nähen und zeichnen und Lucia häufig treffen und Unmengen Duette mit ihr spielen, sie aber nicht heiraten. Gebe Gott, daß sie es nicht von mir verlangt!«

Nebenan lag Lucia ebenfalls wach, und wenn sie voneinander gewußt hätten, woran der jeweils andere gerade dachte, wären sie beide umgehend in einen erquickenden Schlaf verfallen, statt sich hin und her zu wälzen, wie sie es taten. Wie auch Lucia klar war, hatten sie und Georgie es jahrelang als selbstverständlich vorausgesetzt, daß sie einander treu ergeben waren, und diesen »Eindruck etwa gleichermaßen bestärkt. Zugegeben, es war zu einem Intermezzo gekommen, als diese großartige Olga Braceley über Riseholme aufgestiegen war (wie ein singender Abendstern), aber sie würde England ein Jahr lang den Rükken kehren; außerdem war sie verheiratet, und selbst wenn nicht, hätte sie gewiß nicht Georgie geheiratet. »Olga brauchen wir also nicht in Betracht zu ziehen«, dachte Lucia. »Es geht nur um Georgie und mich. Der liebe Georgie: Er war so schrecklich froh, als ich anfing, wieder ich selbst zu sein, und wie er sofort den Plan aufgegriffen hat, nach Tilling zu kommen und die Nacht hier zu verbringen! Und wie er sich in die Idee verrannt hat, Mallards Cottage zu nehmen, sobald er wußte, daß ich Mallards hatte! Leider habe ich ihn ermutigt, sich Hoffnungen zu machen. Er weiß, daß mein Trauerjahr beinahe vorbei ist, und kurz vor Ablauf desselben nehme ich ihn auf diese einsame Expedition mit, nur mit mir allein. Du liebe Güte. . . es sieht aus, als hätte ich es regelrecht darauf abgesehen. Wie absolut schauderhaft!«

Obwohl es völlig dunkel war, merkte Lucia, wie sie errötete.

»Was um alles in der Welt soll ich tun?« gingen diese irritierenden Überlegungen weiter. »Wenn er mir einen Antrag macht, muß ich selbstverständlich ablehnen, denn das könnte ich nicht – ganz unmöglich. Und wenn ich dann nein sage, wird er mir völlig zu Recht Vorwürfe machen und erklären, ich hätte ihn an der Nase herumgeführt. Ich habe im Mondschein nächtliche Spaziergänge mit ihm unternommen, ich bin in diesem Moment allein mit ihm in einem Hotel abgestiegen. O weh! O weh!«

Lucia setzte sich im Bett auf und lauschte. Sie

sehnte sich danach, aus dem Nebenzimmer Schnarchgeräusche zu hören, da dies bedeuten würde, daß der Gedanke an die Erfüllung seiner langen Zuneigung ihn nicht wachhielt, doch sie vernahm nicht den geringsten Laut.

»Morgen muß ich deswegen etwas unternehmen«, sagte sie sich, »denn wenn ich zulasse, daß es so weitergeht, werden die zwei Monate hier mit ihm eine einzige Abfolge von aufregenden Befürchtungen sein. Noch ehe er mich fragt, muß ich ganz klarmachen, daß ich es nicht tun werde. Ich ertrage den Gedanken nicht, Georgie zu kränken, aber die Kränkung wird weniger schlimm ausfallen, wenn ich ihm frühzeitig zeige, daß er keine Chance hat. Irgendwas über die Schönheit einer von Leidenschaft ungetrübten Freundschaft. Etwas über die Ruhe, die das Alter mit sich bringt... Da schlägt diese uralte Kirchturmuhr tatsächlich drei. Die geht bestimmt vor.«

Lucia legte sich wieder hin; endlich wurde sie schläfrig.

»Mallards«, sagte sie bei sich. »Die drollige Irene... Woffles und... Georgie wird es wissen. Jedenfalls ist Tilling faszinierend... Und interessant... Menschen mit stark ausgeprägter Individualität warten darauf, daß man sich mit ihnen beschäftigt... Sehr unterschiedlich, aber ich werde wohl mit ihnen fertig... Und was ist mit Miss Mapp?... Dieses breite Lächeln... Wir werden ja sehen...«

Mit einem lauten Schnarchen weckte Lucia sich selbst aus einem leichten Schlaf und dachte einen verzweifelten Moment lang, es sei Georgie, den schnarchen zu hören sie gehofft hatte, beunruhigend nahe, wie er war. Dieser alptraumhafte Anfall ging rasch vorüber, und sie erkannte, daß sie selbst geschnarcht hatte. Nachdem sie sich solche Mühe gegeben hatte, kein Geräusch durch die Tür dringen zu lassen!

Georgie hörte es. Auch er wurde schläfrig, trotz seiner quälenden Gedanken, war aber noch wach genug, um zu merken, woher das Geräusch gekommen war.

»Und wenn sie auch noch schnarcht...« dachte er und nickte ein.

3

Es war gerade neun Uhr morgens, als sie zu den Maklern aufbrachen, und die besseren Kreise Tillings waren noch nicht so recht munter. Aber in der High Street schwenkte ein blauberockter Ausrufer sein Glöckchen und verkündete, an diesem Tag werde zwischen zwölf und fünfzehn Uhr das Wasser abgestellt. Zu den Maklern zu gelangen erwies sich als schwierig, da in ihrer Straße größere Erdarbeiten im Gange waren, und weil Lucia und Georgie sich für die falsche Straßenseite entschieden hatten, konnten sie zwar auf halber Strecke das Haus gegenüber sehen, mußten aber einen weiten Umweg machen, um dorthin zu gelangen.

»Und doch so typisch, so reizvoll«, sagte Lucia. »Natürlich gibt es in Tilling einen Ausrufer, und natürlich werden die Straßen aufgerissen. Seien Sie nicht so ungeduldig, Georgie. Ah, hier kommen wir hinüber.«

Ihnen stand noch mehr Aufregung bevor.

»Die Bewohnerin von Mallards Cottage«, sagte Mr. Woolgar (vielleicht war es auch Mr. Pipstow), »möchte für drei Monate vermieten, nämlich für Juli, August und September. Ich bin nicht sicher, ob sie in Erwägung ziehen würde...«

»Dann rufen Sie sie bitte an«, unterbrach ihn Georgie, »und teilen ihr mit, Sie hätten ein festes Angebot für zwei Monate.«

Mr. Woolgar drehte an einer Kurbel, wie sie bei

sehr altmodischen Automobilen zum Anlassen des Motors benutzt wird, und als es klingelte, nannte er eine Nummer und begann, sich mit dem kleinen braunen Bungalow ohne ordentliche sanitäre Anlagen zu unterhalten. »Tut mir sehr leid, Sir«, sagte er, »aber Miss Poppit hat zwecks eines Sonnenbades die Sanddünen aufgesucht. Wenn das Wetter schön ist, dauert das gewöhnlich um die drei Stunden.«

»Aber wir reisen heute vormittag wieder ab«, sagte Georgie. »Kann ihr Mädchen, oder wer immer dran ist, nicht nach ihr suchen?«

»Ich werde mich erkundigen, Sir«, sagte Mr. Woolgar mitfühlend. »Aber die Dünen erstrecken sich über mehr als drei Kilometer, und sie könnte überall sein.«

»Erkundigen Sie sich bitte«, sagte Georgie.

Es kam eine schlimme Phase, in der Mr. Woolgar als Reaktion auf unverständliche Schnattergeräusche von der anderen Seite immer wieder »Ganz recht«, »So ist es«, »Verstehe« oder »Aha« sagte, und zwar mit unendlich gedehnter und monotoner Stimme.

»Leider ganz unmöglich«, sagte er schließlich. »Miss Poppit hat nur ein Mädchen, und das muß sich um das Haus kümmern. Außerdem zieht... zieht Miss Poppit sich gern ganz zurück, wenn sie die Sonne genießt.«

»Aber wie gräßlich«, sagte Georgie. »Was soll ich denn tun?«

»Nun, Sir, Miss Poppit hat eine Mutter, mit der Sie sich unter Umständen ins Benehmen setzen sollten. Sie heißt jetzt Mrs. Wyse. Seit kurzem verheiratet. Eine herrliche Hochzeit. Das Haus, das Sie mieten möchten, ist ihr Eigentum.«

»Ich weiß«, warf Lucia ein. »Zobel und ein Rolls-Royce. Mr. Wyse trägt ein Monokel.«

»Ah, wenn Sie die Dame kennen, Madam, ist es ja in Ordnung, und ich kann Ihnen ihre Adresse geben. Starling Cottage, Porpoise Street. Ich schreibe es Ihnen auf.«

»Georgie, Porpoise Street!« flüsterte Lucia hingerissen. »*Com e bello e molto characteristuoso!*«

Während dieser Geschehnisse platzte Diva herein und fing an zu reden, noch ehe sie richtig im Büro war. Es folgte ein kurzes, stürmisches Zwischenspiel.

»... Morgen, Mr. Woolgar«, sagte Diva, »und ich habe Wasters vermietet, Sie können es also aus Ihren Büchern streichen – was für ein schöner Morgen.«

»Allerdings, Madam«, bestätigte Mr. Woolgar. »Sehr zufriedenstellend. Und hoffentlich geht es Ihrem kleinen Kanarienvogel besser.«

»Lebt noch, und die Schmerzen haben nachgelassen, danke der Nachfrage, Pips«, sagte Diva und pflügte lieber durch die Erdhaufen draußen, als Zeit zu vergeuden, indem sie einen Umweg machte.

Mr. Woolgar verstand offenbar, daß Pips kein Gruß, sondern eine Kanarienvogelkrankheit war, und sagte weder »Auf Wiedersehen« noch »Auch Ihnen pieps«. Es kehrte wieder Ruhe ein.

»Ich rufe Mrs. Wyse an und teile ihr mit, daß Sie vorbeikommen, Madam«, sagte er. »Moment mal: Ihr werter Name? Er ist mir im Moment entfallen.«

Da er ihn nie erfahren hatte, war schlecht ersichtlich, wie er ihm entfallen sein konnte.

»Mrs. Lucas und Mr. Pillson«, antwortete Lucia. »Wo ist die Porpoise Street?«

»Zu Fuß zwei Minuten von hier, Madam. Als gingen Sie nach Mallards hinauf, biegen aber kurz vorher rechts ab.«

»Vielen Dank«, sagte Lucia, »ich kenne Mallards.«

»Das beste Haus in Tilling, Madam«, sagte Mr. Woolgar, »falls Ihnen etwas Größeres als Mallards Cottage vorschwebt. Wir führen es ebenfalls.«

Besitzerstolz führte Lucia einen Moment lang in Versuchung, »Ich habe es schon« zu sagen, aber sie unterließ es. Welche Komplikationen sich hätten ergeben können, wenn sie nach dem Preis gefragt hätte, überstieg jede Vorstellungskraft...

»In Tilling sind sehr viele Häuser zu vermieten«, stellte sie fest.

»Ja, Madam, um diese Jahreszeit wird mächtig viel vermietet«, sagte Mr. Woolgar, »aber sie gehen weg wie warme Semmeln. In Tilling schätzen viele Damen im Sommer ein wenig Veränderung.«

Es war unmöglich (da die Zeit so kostbar und Georgie so aufgeregt war nach der Warnung, jemand anderes könnte sich Mallards Cottage vor ihm schnappen, obwohl die Bewohnerin zur Zeit sicher in den Sanddünen lag), die Baustellen auf der Straße zu umgehen, und so entschieden sie sich wie Diva für eine kühne Abkürzung durch Gasrohre, Wasserleitungen, Lötöfen und Backsteine zur anderen Seite. Als Georgie in eine Pfütze trat, traf ein dunkler Schlammspritzer seine rehbraune Hose, was zwar ganz gräßlich war, es hatte aber auch keinen Sinn, ihn abwischen zu wollen, bevor er getrocknet war. Als sie die mittlerweile bekannte Straße nach Mallards hinaufgingen, sahen sie im oberen Fenster eines kleinen Hauses die drollige

Irene lehnen, die versuchte, ein draußen hängendes Schild abzunehmen, auf dem stand, auch dieses Haus sei zu vermieten; diese Aktion schien zu bedeuten, daß es von nun an nicht mehr zu vermieten war. Gerade als sie daran vorbeikamen, rutschte der drolligen Irene das mit den erstaunlichsten Farben bemalte Schild aus der Hand und krachte auf den Bürgersteig, knapp Diva verfehlend, die gleichzeitig aus der Haustür gelaufen kam. Zu ihren Füßen zersplitterte es, und Diva stieß einen schrillen Schreckensschrei aus. Als sie Irene bemerkte, rief sie nach oben: »Nichts passiert, Liebes«, worauf Irene mit zornbebender Stimme schrie: »Nichts passiert? Mein wunderschönes Schild in tausend Stücke zerbrochen. Warum haben Sie es nicht aufgefangen, Dummchen?«

Ein unendlich mitleidiges Schnauben war die einzig angemessene Erwiderung, und Diva trudelte rasch wieder zurück in die High Street.

»Das ist ja wie Bäumchen wechsle dich«, sagte Lucia aufgeregt, »und wir spielen mit. Vermieten sie einander gegenseitig ihre Häuser? Ist das so?«

»Mir egal, wem sie sie vermieten«, sagte Georgie, »solange ich Mallards Cottage bekomme. Sehen Sie sich diesen gräßlichen Schlamm auf meiner Hose an, und ich wage nicht, ihn abzuwischen. Was soll Mrs. Wyse denken? Jedenfalls ist hier die Porpoise Street, und da steht Starling Cottage. Wieder einmal etwas Elisabethanisches.«

Die alte Eichenholztür hatte zwar keinen Klinke, aber einen sorgfältig auf Stil bedachten Griff, in dessen Nähe eine dick patinierte grüne Bronzekette hing, bei der es sich, wie Georgie richtig vermutete, um den

Klingelzug handelte, und so zog er daran. Eine große Bronzeglocke, die ihm nicht aufgefallen war, die aber in der Nähe seines Kopfes hing, machte nun einen derartigen Höllenlärm, daß man ihn nicht nur im Haus, sondern in ganz Tilling hören konnte, und jagte Georgie einen furchtbaren Schrecken ein. Dann wurden von ihnen Rollen und andere Vorrichtungen bewegt, und man führte die beiden in einen Raum, in dem augenscheinlich zwei unterschiedliche Geschmacksrichtungen miteinander wetteiferten. Eichenbalken querten die Decke, Eichenbalken überkreuz an den Wänden; es gab einen großen offenen Kamin aus grauem holländischen Backstein und beiderseits des Rostes Kaminecken, jeweils mit dem Teil eines weiteren Eichenbalkens als Sitzgelegenheit. Die Fenster waren vergittert und wurden mittels antiker Hebel bedient; es gab einen Refektoriumstisch, ein Gewürzschränkchen, einige Zinnkrüge, einen Bibelkasten sowie einen vierbeinigen Eichenholzhocker. Dies alles gehörte zu dem einen Geschmack, und dann mischte sich ein zweiter hinein, denn der Raum war voller wunderschöner, ganz anders gearteter Gegenstände. Den Refektoriumstisch bedeckten in silbernen Rahmen steckende Photographien; eine zeigte einen hochdekorierten Mann in Uniform und trug die Unterschrift »Cecco Faraglione«, eine andere mit einer Dame in Hoftracht sowie etlichen Schmuckfedern auf dem Kopf war »Amelia Faraglione« unterzeichnet. Ein weiteres Photo zeigte den König von Italien, ein viertes einen Mann im Gehrock mit der Unterschrift »Wyse«. Vor diese Photos war ziemlich auffällig eine geöffnete Schachtel aus Saffianleder postiert, in welcher Band und Kreuz eines Mitglieds des Ordens des Britischen Empires ruhten. In einer Ecke stand eine chinesische Vitrine, darauf eine Vase aus Malachit, es gab einen »Beistell«-Tisch mit einer marmornen Mosaikplatte, ein mit einer Stickereiarbeit bedecktes Klavier aus indischem Atlasholz, eine Palme, ein grünes Samtsofa, an dessen einem Ende eine Zobeljacke lag; und all diese Dinge zeugten von nachelisabethanischer Kultiviertheit.

Lange bevor Lucia Zeit gefunden hatte, das alles zu bewundern, klimperte es aus Richtung einer Tür, über der ein Vorhang aus Röhrchen und Perlen hing, und Mrs. Wyse trat ein.

»Tut mir unendlich leid, daß ich Sie warten ließ, Mrs. Lucas«, sagte sie, »aber man glaubte, ich wäre im Garten, dabei war ich die ganze Zeit in meinem Boudoir. Und Sie müssen meinen Aufzug verzeihen, nur mein Einkaufskleid. Und Mr. Pillson, nicht wahr? Sehr angenehm. Nehmen Sie doch bitte Platz.«

Sie verfrachtete die Zobeljacke vom Sofaende auf die Fensterbank.

»Wir kommen gerade vom Makler«, berichtete Georgie eilig, während er sein schlammbedecktes Bein aus dem Licht drehte, »und er sagte, Sie könnten uns eventuell behilflich sein.«

»Gewiß, ausgesprochen gern, wenn ich kann. Verraten Sie mir doch, worum es geht«, sagte Mrs. Wyse, offensichtlich ohne zu ahnen, wobei sie ihm wohl behilflich sein könnte.

»Mallards Cottage«, sagte Georgie. »Anscheinend gibt es keine Möglichkeit, Miss Poppit zu erreichen, und wir müssen abreisen, bevor sie von ihrem Sonnenbad nach Hause kommt. Ich würde das Haus so gern den August und September über mieten.«

Mrs. Wyse stieß ein leises Gurren aus.

»Die gute Isabel!« sagte sie. »Meine Tochter! Den ganzen Vormittag in den Sanddünen! Was, wenn ein Vagabund des Weges käme? Ich habe es ihr gesagt. Aber umsonst: Sie nennt es die Braun-Gesellschaft, und sie dürfe keine Sitzung versäumen. Wie schlagfertig und raffiniert! Braun, nicht der Physiker, sondern durch die Sonneneinwirkung.«

»Ausgesprochen amüsant!« sagte Georgie. »Was Mallards Cottage betrifft...«

»Das Häuschen gehört mir, wie Mr. Woolgar Ihnen zweifellos mitteilte«, sagte Mrs. Wyse, völlig vergessend, daß sie von all dem absolut nichts wußte, »doch bevor eine Entscheidung fällt, müssen Sie es sich unbedingt ansehen... Ah, da kommt Mr. Wyse. Algernon: Mrs. Lucas und Mr. Pillson. Mr. Pillson möchte Mallards Cottage mieten.«

Lucia glaubte, noch nie einem so vollkommen korrekten und höflichen Menschen wie Mr. Wyse begegnet zu sein. Wenn er mit ihnen sprach, machte er jedesmal kleine Verbeugungen und lächelte, und zwar weder herablassend noch unterwürfig, sondern wie jemand, der mit hochrangigen Gleichgestellten Umgang pflegt.

»Aus dem wunderschönen Riseholme, wenn ich mich nicht irre«, sagte er zu Lucia (sich auch vor Riseholme verbeugend). »Und wir alle wiegen uns in der Hoffnung, daß der Charme unseres pittoresken – finden Sie nicht auch? – kleinen Tilling Susan und mir zumindest zwei Monate lang das unschätzbare Vergnügen gewähren wird, Ihre Nachbarn zu sein. Wir sehen dem August mit lebhafter Vorfreude entgegen. Erinnere mich daran, liebe Susan, daß ich Amelia mitteile, was uns dann erwartet.« Er verbeugte sich vor dem August, vor Susan und Amelia, und fuhr fort: »Und jetzt höre ich, daß Mr. Pillson«, (er verbeugte sich vor Georgie und betrachtete den trocknenden Schlammfleck), »hinter, wie man so sagt, hinter Mallards Cottage her ist. Das wird ein Sommer für Tilling werden.«

Während Mr. Wyse diese hübsche Rede ausnehmend formvollendet vortrug, prägte sich Georgie dessen Kleidung und Äußeres ein. Sein glattrasiertes Gesicht, die reichlichen grauen Haare aus der Stirn zurückgekämmt, war das eines Schauspielers, dessen beste Zeit vorbei war, der aber einst in Windsor vor der königlichen Familie aufgetreten war. Er trug eine braune Jacke aus Rippensamt, einen byronesken Kragen und eine von einem Kameering zusammengehaltene Krawatte; er trug braune Knickerbocker samt passenden Strümpfen, er trug elegante Golfschuhe. Er sah aus, als habe er eventuell vor, Golf zu spielen, aber irgendwie schien es eher unwahrscheinlich...

Georgie und Lucia gaben ein höflich-entschuldigendes Murmeln von sich.

»Ich sagte Mr. Pillson soeben, er müsse es sich vorher unbedingt ansehen«, sagte Mrs. Wyse. »Die Schlüssel zum Cottage sind in meinem Boudoir, wenn du sie freundlicherweise holen würdest, Algernon. Und der Royce steht vor der Tür, wie ich sehe, wenn also Mrs. Lucas erlaubt, fahren wir gemeinsam hin und zeigen ihr und Mr. Pillson, was es zu sehen gibt.«

Während Algernon weg war, nahm Mrs. Wyse die mit Amelia Faraglione signierte Photographie in die Hand.

»Zweifellos bemerken Sie die Familienähnlichkeit«, sagte sie zu Lucia. »Amelia, die Schwester meines Mannes, die den Conte de Faraglione geehelicht hat, von altem neapolitanischem Adel. Das ist er.«

»Reizend«, sagte Lucia. »Und sie ähnelt Mr. Wyse so. Und dieser Orden? Was ist das?«

Flink schloß Mrs. Wyse die Schachtel aus Saffianleder.

»Sieht den Dienstboten ähnlich, das herumliegen zu lassen«, sagte sie. »Aber anscheinend sind sie stolz darauf. Wurde mir huldvollerweise verliehen. Mitglied des Britischen Empires. Ah, da ist ja Algernon mit den Schlüsseln. Lieber ich zeigte Mrs. Lucas gerade die Photographie von Amelia. Die Ähnlichkeit fiel ihr sofort auf. Jetzt wollen wir uns alle in den Wagen pferchen. Ein warmer Morgen, nicht wahr? Ich werde meine Pelze wohl nicht brauchen.«

Die zurückzulegende Strecke betrug keine hundert Meter, aber die Porpoise Street war sehr steil, und die Kopfsteine, die man überqueren mußte, sehr unbequem zum Gehen, wie Mrs. Wyse erklärte. An der Ecke, zwanzig Meter von ihrem Ausgangspunkt entfernt, mußten sie ein Weilchen warten, da aus der Richtung von Mallards ein Lastwagen die Straße hinunterkam, an dem der Royce unmöglich vorbeifahren konnte, und dann gerieten sie vor den Fenstern des Gartenzimmers in Miss Mapps Visier. Letztere saß, wie um diese Stunde üblich, mit der Morgenzeitung in der Hand dort, in die sie sich vertiefen konnte, wenn jemand vorbeikam, den sie zu sehen wünschte, während sie ansonsten die Vorkommnisse auf der Straße im Auge behielt.

Diva Plaistow war mit der Neuigkeit aufgetaucht, daß sie Lucia und Georgie im Büro der Makler gesehen habe und daß ihr Kanarienvogel noch lebe. Miss Mapp verlieh ihrer Freude über das Befinden des Vogels Ausdruck, hatte aber ihre Zweifel, ob Diva die Besucher wirklich gesehen hatte. Diva war so phantasievoll; ein fremder Mann und eine fremde Frau reichten ihr, um zu glauben, sie habe sie gesehen. Dann schob sich der Royce um die Ecke in Miss Mapps Gesichtsfeld, und sie wurde ganz aufgeregt.

»Ich glaube, Diva«, sagte sie, »da kommt Mrs. Lucas' herrliches Auto angefahren. Wahrscheinlich besucht sie mich, weil sie irgend etwas wissen will. Wenn Sie sich ans Klavier setzen, können Sie sie sehen, wenn sie aussteigt. Dann werden wir alle wissen, ob Sie wirklich...«

Das Auto kroch die Straße hoch und stieß ein lautes Blaffen aus, aber statt vor der Haustür von Mallards anzuhalten, bog es in die Straße Richtung Mallards Cottage ab. Im selben Moment erhaschte Miss Mapp einen Blick auf den verabscheuungswürdigen Chauffeur von Mrs. Wyse. Im Auto sah sie nicht mehr als die Knie der Insassen (der einzige Nachteil des Gartenzimmers – das Fenster war zu hoch über der Straße), aber davon gab es mehrere Paare.

»Nein, es ist Susans großer Rumpelbus«, sagte sie, »benötigt wie üblich die ganze Straße. Bestimmt hat sie herausgefunden, daß Mrs. Lucas im Trader's Arms abgestiegen ist, und war da, um ihre Karte abzugeben.

Ich habe noch nie eine Frau erlebt, die sich derart aufdrängt, wo sie unerwünscht ist. Glücklicherweise habe ich Mrs. Lucas erzählt, wie furchtbar snobistisch sie ist.«

»Eine Enttäuschung für Sie, Liebe, wenn Sie geglaubt haben, Mrs. Lucas wolle Ihnen einen Besuch abstatten«, befand Diva. »Aber ich habe die beiden heute morgen bei Woolgar gesehen, das läßt sich nicht abstreiten!« Miss Mapp stieß einen schrillen Schrei aus.

»Diva, sie haben vor Mallards Cottage angehalten. Sie steigen aus. Zuerst Susan – das sieht ihr ähnlich – und dann... *sie* sind es. Irgendwie hat sie die beiden gekrallt... Da ist Mr. Wyse mit den Schlüsseln, verbeugt sich... Sie gehen hinein... Ich hatte also recht, als ich sie gestern durch die Fenster spähen sah. Mr. Pillson sieht sich das Haus an, und die Wyses haben sie sich gekrallt. Jede Wette, daß sie inzwischen über Graf und Gräfin Faradiddleone und den Orden des Britischen Empires Bescheid wissen. Ich hätte wirklich nicht gedacht, daß sich Mrs. Lucas so leicht umgarnen läßt. Aber es geht mich ja nichts an.«

Ein besserer Grund für Miss Mapps brennendes Interesse an allem, was um sie her vorging, war nicht denkbar. Aber auf einmal kam ihr eine Idee, und die nervösen Falten in ihrem Gesicht glätteten sich.

»Lassen Sie kurz bei Mallards Cottage vorbeispringen, Diva, solange sie noch dort sind«, schlug sie vor. »Ich fände die Vorstellung unerträglich, daß der Eindruck den Mrs. Lucas von der Gesellschaft, in Tilling gewinnt, von der armen gewöhnlichen Susan gepägt wird. Bestimmt hätten sie vor der langen Rückfahrt nach Riseholme gern einen leichten Lunch.«

Die Besichtigung des Hauses hatte nur kurze Zeit in Anspruch genommen. Georgies Hauptgedanke hatte Foljambes Zufriedenheit gegolten, und es gab ein ausgezeichnetes Schlafzimmer für sie, wohin sie sich zurückziehen konnte, wenn sie nicht beschäftigt war. Die ihn betreffenden Zimmer hatte er am vorigen Abend von der Straße aus durch die Fenster betrachtet. Folglich blieb Miss Mapp kaum Zeit, ihren Gartenhut aufzusetzen und mit Diva die Straße hinaufzuschlendern, ehe die Besichtigungsgruppe aus dem Haus kam.

»Gute Susan!« rief Miss Mapp. »Ich sah Ihren Wagen vorbeifahren... Liebe Mrs. Lucas, guten Morgen, ich bin nur auf einen Sprung vorbeigekommen – dies ist Mrs. Plaistow –, um zu fragen, ob Sie nicht vorbeikommen und früh mit mir zu Mittag speisen wollen, ehe Sie zurück in Ihr zauberhaftes Riseholme fahren. Jede Zeit wäre mir recht, da ich nie frühstücke. Zwölf, halb eins? Ein kleines Häppchen?«

»Wirklich nett von Ihnen«, sagte Lucia, »aber Mrs. Wyse hat uns gerade zum Mittagessen eingeladen.«

»Verstehe«, sagte Miss Mapp mit schrecklichem Grinsen. »Wirklich schade. Ich hatte gehofft... aber da kann man nichts machen.«

Zweifellos oblag es der guten Susan, sie ebenfalls zu diesem frühen Mittagessen einzuladen, doch die gute Susan machte keinerlei Anstalten, etwas Derartiges zu tun. Lucia und Georgie begaben sich ins Trader's Arms, um ihre Habseligkeiten zu packen und den restlichen Vormittag frei zu haben, während die Wyses, nachdem sie die beiden vergeblich zu überreden versucht hatten, sich im Royce dorthin fahren zu lassen, selbst in denselben stiegen und im Rückwärtsgang die Straße hinunterrollten, bis sie an der leicht verbreiterten Stelle gegenüber von Miss Mapps Gartenzimmer wenden konnten. Dies dauerte sehr lange, und Miss Mapp konnte nicht zu ihrer Haustür gelangen, bis das Manöver abgeschlossen war, denn sobald sie versuchte, sich vor dem Auto vorbeizudrücken, machte es einen kurzen Satz vorwärts, und dann wiederum drohte es sie gegen die Mauer ihres eigenen Zimmers zu quetschen, wenn sie es hinten herum versuchte.

Es gab jedoch Dinge, an denen sie sich schadenfroh weiden konnte, und die sie für diesen Akt gesellschaftlicher Piraterie seitens der Wyses entschädigten. Es war ein genialer Schachzug, Mallards ohne Gartenprodukte für fünfzehn Guineen die Woche zu vermieten, und vergleichbar genial, daß sie Divas Haus für acht mit Gartenprodukten bekommen hatte, da Diva etliche ganz ausgezeichnete Pflaumenbäume besaß, deren Früchte in der Zeit von Miss Mapps Anwesenheit reifen würden, von Äpfeln ganz zu schweigen: Miss Mapp stellte sich einen Küchenschrank vor, dessen Türen sich wegen der Marmeladegläser in seinem Inneren nicht mehr schließen ließen. Solche Überlegungen bildeten einen angenehmen gedanklichen Hintergrund, während sie in die Stadt eilte, wo Geschäfte zu erledigen waren, die keinen Aufschub duldeten. Als erstes begab sie sich zum Maklerbüro, wo es sie einige Mühe kostete, Mr. Woolgar davon zu überzeugen, daß die Vermietung von Mallards auf ihre eigene Anzeige in der *Times* zurückzuführen war und sie somit seiner Firma keine Kommission schuldete, doch ihre Logik erwies sich als unwiderlegbar. Von dieser Begegnung erhitzt, aber gestärkt, suchte sie ihren Obst- und Gemüsehändler auf und traf eine vorteilhafte Absprache hinsichtlich des Verkaufs der Erzeugnisse aus ihrem Küchengarten während der Monate August und September mit ihnen. Dieser Gang führte sie zum östlichen Ende der High Street, wo sich Georgie bereits auf dem Belvedere niedergelassen hatte und damit beschäftigt war, das Landtor zu zeichnen, ehe er sich zum Frühstück (wie die Wyses das Mittagessen immer nannten) in die Porpoise Street begab. Miss Mapp wußte noch nicht, ob er Mallards Cottage gemietet hatte oder nicht, was umgehend ermittelt werden mußte.

Sie stützte sich ganz in seiner Nähe auf das Geländer, bewegte sich und raschelte ein wenig, bis er aufblickte.

»Oh, Mr. Pillson, wie ich mich schäme!« sagte sie. »Aber ich konnte nicht anders, ich mußte einen klitzekleinen Blick auf Ihre entzückende Zeichnung werfen. Wie unhöflich von mir... ganz wie ein neugieriger Fremder auf der Straße. Wollte Sie nicht unterbrechen, sondern mich wieder davonschleichen, sobald ich einen kurzen Blick auf Ihr Werk geworfen hatte. Jeder Augenblick ist für Sie wichtig, ich weiß, da Sie heute nachmittag nach Ihrem frühen Lunch abreisen. Aber ich muß Sie fragen, ob Ihr Hotel bequem war. Ich hätte ein ungutes Gefühl bei dem Gedanken, daß ich es empfohlen habe und es Ihnen nicht gefallen hat.«

»Wirklich sehr bequem, danke der Nachfrage«, sagte Georgie.

Miss Mapp schlich zu der Bank, auf der er saß.

»Ich werde mich nur ein Momentchen hier hersetzen, ehe ich wieder davonhusche«, sagte sie, »wenn Sie versprechen, mich nicht zu beachten, sondern mit Ihrem Bildchen weitermachen, als wäre ich nicht da. Wie gut Sie die Perspektive getroffen haben! Jeden Morgen sitze ich zwei oder drei Minuten hier, um mich an der schönen Aussicht zu laben. Wie schade, daß Sie nicht länger bleiben können! Sie haben nur einen flüchtigen Blick auf unser geliebtes Tilling erhascht.«

Georgie hielt seine Zeichnung hoch.

»Glauben Sie wirklich, daß ich die Perspektive richtig getroffen habe?« fragte er. »Ist es nicht gräßlich, wenn man eine bergab führende Straße zeichnen will, und statt dessen geht sie bergauf?«

»Aber doch nicht bei ihnen!« rief Miss Mapp aus. »Wäre ich ein wenig kühner, würde ich Sie bitten, Ihre Zeichnung an unseren hiesigen Kunstverein zu schicken. Jeden Sommer veranstalten wir eine kleine Ausstellung. Könnte ich Sie dazu überreden?«

»Leider werde ich heute vormittag nicht damit fertig«, sagte Georgie.

»Es besteht nicht die Möglichkeit, daß Sie wiederkommen?« fragte sie.

»Im August, hoffentlich«, sagte er, »ich habe nämlich Mallards Cottage für zwei Monate gemietet.«

»Oh, Mr. Pillson, das sind gute Neuigkeiten!« rief Miss Mapp. »Herrlich! Den ganzen August und September. Großartig!«

»Im August muß ich eine Woche weg«, sagte Georgie, »da wir in Riseholme ein elisabethanisches Fest feiern. Ich bin Francis Drake.«

Das war für Miss Mapp ein guter Fang, der umgehend weitergereicht werden mußte. Sie bereitete ihren Abgang vor.

»Nein, wie wunderbar!« rief sie. »Du meine Güte, ich sehe Sie richtig vor mir. Die *Golden Hind*! Spanische Schätze! All der Pomp und das Gepränge. Ich frage mich, ob ich wohl auf einen Sprung vorbeikommen und es mir ansehen könnte. Aber jetzt werde ich Sie nicht mehr stören. So eine Freude, daß es sich nur um ein *au reservoir* handelt, nicht um ein *adieu*.«

Sie ging wieder die Straße hinauf, fast platzend von all den Neuigkeiten. Höchstens die Wyses konnten wissen, daß Georgie Mallards Cottage gemietet hatte, und keiner, daß er Francis Drake verkörpern würde... Da unterhielt sich der Padre mit Major Benjy, zweifellos unterwegs zur Dampfbahn, und ein wenig weiter sah sie Diva und Irene stehen.

»Guten Morgen, Padre; guten Morgen, Major Benjy«, sagte sie.

»Einen guten Morgen, Mistress Mapp,« sagte der Padre. »Und wie ist's werte Befinden? Die Kunde geht, Sie hätten eine schöne Mieterin für Ihr Mallards.«

Miss Mapp feuerte ihre Neuigkeiten in einer Breitseite ab.

»Allerdings, die habe ich, Padre«, sagte sie. »Und dann gibt es auch Neues über Mallards Cottage, wovon Sie wohl noch nicht gehört haben. Mr. Pillson hat es genommen, wird aber nicht die ganze Zeit über hier sein, da er eine Woche lang bei einem Fest in Riseholme den Francis Drake spielt.«

Major Benjys Laune war nicht die beste. Morgens

aß er Porridge, und sein Porridge war angebrannt gewesen. Miss Mapp hatte schon etwas in der Art vermutet, da aus seinem Eßzimmerfenster laute wütende Geräusche gedrungen waren, als sie gerade darunter vorbeiging.

»Der Bursche, den ich heute morgen in Mrs. Lucas' Begleitung sah, mit dem Cape über dem Arm?« fragte er böse. »Keine große Hilfe gegen die Spanier, würde ich meinen. Lachhaft! Teegesellschaften mit haufenweise alten Schabracken scheinen eher seine Sache zu sein. Pah!« Und damit machte er sich auf zur Bahn, Passagiere vom Bürgersteig schubsend.

»Porridge angebrannt, schätze ich«, sagte Miss Mapp nachdenklich, »wenn ich es auch nicht mit Bestimmtheit sagen kann. Morgen, liebe Irene. Noch ein Künstler kommt im August und September nach Tilling.«

»Was ihr nicht sagt, Weib«, sagte Irene, in Würdigung der Anwesenheit des Padre. »Die Kunde hört' ich wohl, da Mistress Wyse vor einer halben Stunde davon sprach.«

»Allerdings wird er für eine Woche abwesend sein, obwohl Sie das natürlich auch wissen«, sagte Miss Mapp leicht verärgert. »Spielt den Francis Drake auf einem Fest in Riseholme.«

Diva schlenderte vorbei.

»Sie haben es wohl noch nicht gehört, Elizabeth«, sagte sie in aller Eile, »daß Mr. Pillson Mallards Cottage gemietet hat.«

Miss Mapp lächelte mitleidig.

»Ganz recht, liebe Diva«, sagte sie. »Mr. Pillson verriet es mir bereits vor Stunden. Er zeichnet gerade das Landtor – ein entzückendes Bildchen – und bestand darauf, daß ich Platz nahm und mit ihm plauderte, während er den Griffel schwang.«

»Himmel! Wie Ihr sie alle in Euern Bann zieht, Mapp«, sagte die drollige Irene. »Für sein Alter sieht er wie ein vielversprechender junger Mann aus, auch wenn es Zeit wird, daß er seine Haare nachfärbt. Grau an den Wurzeln.«

Der Padre riß sich los; er mußte nach Hause eilen und seinem Weibchen Bericht erstatten.

»Herrje, ich sollte nicht den ganzen Tag salbadern hier«, sagte er, »muß über meiner Predigt grübeln.«

Miss Mapp kaufte noch ein wenig ein, schlenderte umher, weil die Möglichkeit bestand, noch einmal Lucia zu begegnen, und ging dann nach Mallards zurück, um sich um ihre hübschen Blumen zu kümmern. Einige Beete mußten gejätet werden, und während sie sich dieser nützlichen Tätigkeit widmete und Kreuzkraut ausriß, hätte jede einzelne von ihr ausgerupfte und in den Korb geworfene Pflanze Mr. und Mrs. Wyse sein können. Es war ausgesprochen ärgerlich, daß sie (so interpretierte Miss Mapps lebhafte Phantasie den Vorgang) Lucia in den Klauen hatten, denn gemäß Miss Mapps Planungen hatte diese lediglich in ihren eigenen Klauen etwas zu suchen. Sie wollte Lucia kontrollieren, sie fördern, kleine Parties für sie verantalten und sie dazu bewegen, nach ihren Vorgaben selbst kleine Parties zu veranstalten; sie wollte sie zwar Tilling vorführen, aber gleichzeitig in ihren Schranken halten. Die Vorsehung – oder welche weniger wohltätige Macht auch immer die Welt regieren mochte – hatte nicht beachtet, daß sie eindeutig das Recht auf ein solches Verhalten besaß, denn schließlich hatte sie die Kosten dafür getragen, Mallards in der *Times* zu inserieren, und allein deswegen war Lucia hierhergekommen und hatte diese angenehme Maschinerie zur Untervermietung von Häusern in Gang gesetzt, so daß alle finanziell profitierten und sich veränderten. Aber im Augenblick konnte sie nichts ausrichten; sie mußte warten, bis Lucia eintraf, und dann wohlwollend und majestätisch zugleich sein. Eine sehr nette Frau, bis jetzt, lautete ihr Verdikt, obwohl ihr möglicherweise scharfe Urteilskraft abging, was sich darin zeigte, daß sie mit den Wyses Freundschaft geschlossen hatte. Dann war da noch Georgie; gegenwärtig war sie auch ihm wohlgesonnen, doch genau wie Lucia würde er brav sein und anerkennen müssen, daß sie die Gebieterin über das gesamte gesellschaftliche Leben Tillings war. Wenn er sich in dieser Hinsicht ordentlich benahm, würde sie vorschlagen, ihn als Ehrenmitglied in den Kunstverein von Tilling aufzunehmen, sowie als Mitglied des Auswahlkomitees dafür sorgen, daß sein Werk einen herausragenden Platz an den Wänden der Ausstellungsräume erhielt. Gleichzeitig aber würde sie (für den Fall, daß er sich nicht benahm) Irenes Worte in Erinnerung behalten, daß seine Haare gefärbt waren und daß Major Benjy fand, er wäre gewiß keine große Hilfe gegen die Spanier gewesen.

Doch Nachdenken machte hungrig, und Jäten machte schmutzig, daher ging sie ins Haus, um sich nach diesem aufregenden Morgen vor dem Mittagessen die Hände zu waschen.

Als Lucias Wagen kam, um sie und Georgie nach ihrem Frühstück abzuholen, führte das in der Porpoise

Street zu einem schrecklichen Stau, da Mrs. Wyses Royce bereits vorgefahren war. Die beiden Fahrzeuge fuhren schnurrend meterweise zurück und voran, sie wichen seitwärts auf für Fußgänger gemachte Bürgersteige aus und blieben dort stehen, und erst als Lucias Wagen wieder um die Ecke unterhalb von Miss Mapps Gartenzimmer zurückgesetzt hatte und Mrs. Wyses Wagen vorwärts bis zur High Street gefahren war, konnte Lucias Auto zur Tür vordringen und die neue offene Porpoise Street für ihre Abfahrt gen Riseholme nutzen. Solange sie in Sichtweite waren, winkte Susan, und Algernon verbeugte sich.

Während der Fahrt versuchte Lucia mehrmals – allerdings immer vergeblich – das Thema anzuschneiden, das sie beide in der vergangenen Nacht wachgehalten hatte, und Georgie zu sagen, daß sie nie wieder heiraten würde, doch sobald sie das Thema Freundschaft berührte oder auch nur fragte, wie lange Mrs. Plaistow schon Witwe war und ob Major Benjy je heiraten würde, entdeckte Georgie durch das Fenster eine Kuh oder einen Regenbogen oder irgend etwas anderes und wies sie nachdrücklich darauf hin. Sie kam nicht recht dahinter, was in seinem Kopf vorging. Vor Themen wie Freundschaft oder Witwenschaft scheute er zurück, und sie fragte sich, ob das daran lag, daß er sich noch nicht völlig bereit fühlte, sich aber selbst unter Druck setzte. Wenn er nur zuließ, daß sie diese Themen weiter ausführte, könnte sie ihm den Schmerz einer direkten Zurückweisung ersparen und dadurch den Schlag abmildern. Sie mußte ihr Vorhaben zwar aufgeben, nahm sich aber vor, sich von seinen Belanglosigkeiten nicht zum Schweigen bringen zu lassen, wenn er heute Abend zum Dinner kam; bevor er zu seiner leidenschaftlichen Erklärung anhub, würde sie ihm klipp und klar sagen, daß sie ihn nie heiraten würde, bei aller Zuneigung, die sie für ihn empfand... Armer Georgie!

Sie setzte ihn vor seinem Haus ab, und sobald er Foljambe erzählt hatte, daß er das Haus in Tilling gemietet hatte (denn das ließ sich nicht aufschieben), würde er sich in The Hurst sehen lassen.

»Hoffentlich sagt ihr die Idee zu«, meinte Georgie beim Aussteigen sehr ernst, »und es gibt ja ein sehr schönes Zimmer für sie, nicht wahr?«

Foljambe öffnete ihm die Tür.

»Hoffentlich war es ein angenehmer Ausflug, Sir«, sagte sie.

»Sehr sogar, danke, Foljambe«, sagte Georgie. »Und ich habe große Neuigkeiten. Mrs. Lucas hat für August und September ein Haus in Tilling gemietet, und ich auch. Ganz in der Nähe von ihrem. Einen Steinwurf entfernt.«

»Das wird eine angenehme Ortsveränderung«, sagte Foljambe.

»Ich glaube, es wird Ihnen gefallen. Ein wunderschönes Zimmer für Sie.«

»Ich glaube es auch«, sagte Foljambe.

Georgie war ungemein erleichtert und vergaß, als er beschwingt zu The Hurst hinüberging, für den Augenblick ganz den drohenden Ehestand.

»Ihr gefällt die Idee«, sagte er, noch bevor er das Tor zu Perditas Garten geöffnet hatte, in dem Lucia saß.

»Georgie, wie wunderbar«, rief sie. »Oh, Foljambe

ist also zufrieden! Da bin ich froh. Ein ausgezeichnetes Schlafzimmer. Ich wußte, daß sie so reagieren würde. Und ich fand einen Brief von Adele Brixton vor; Sie wissen doch, Lady Brixton, die immer nach Amerika reist, wenn ihr Gatte nach England kommt, und umgekehrt, so daß sie einander auf dem Atlantik passieren; sie möchte ›The Hurst‹ drei Monate lang mieten. Sie war einmal an einem Sonntag hier, wissen Sie nicht mehr, und war begeistert. Ich griff sofort zum Telephon und sagte, ich sei einverstanden.«

»Nun, welch ein Glück für Sie«, sagte Georgie. »Aber drei Monate... was machen Sie im dritten?«

»Georgie, ich weiß es nicht, und ich werde darüber auch nicht nachdenken«, sagte sie. »Irgend etwas wird geschehen, ganz gewiß. Mein Lieber, es ist ein hinreißendes Gefühl, wenn der mächtige Strom des Lebens wieder fließt. Wie soll ich nur all die alten Interessen und auch noch die neuen unter einen Hut bekommen! Tilling, das Zeitalter der Königin Anne, außerdem werde ich mir eine Übersetzung von Popes *Ilias* und Platos *Symposion* beschaffen, bis ich mein Griechisch wieder ein wenig auf Vordermann gebracht habe. Ich bin faul gewesen, und ich bin – lassen Sie uns zum Essen hineingehen – beschränkt geworden. Ich glaube, über Sie läßt sich genau das gleiche sagen. Wir müssen uns öffnen, neue Eindrücke gewinnen, uns auf neue Bedingungen einstellen!«

Der letzte Satz erschreckte Georgie nicht zu knapp, auch wenn er sich vielleicht nur auf Tilling bezog, doch Lucia schien seine zögernde Gangart nicht zu bemerken, als er ihr in das getäfelte Speisezimmer mit dem Refektoriumstisch folgte, unter dem man seine

Füße aufgrund der Fußleiste nur schwer bequem plazieren konnte.

»Die Menschen in Tilling«, fuhr sie fort, »wie interessant das alles sein wird. Sie wirkten so lebendig, besonders die Frauen, die ihre Majore und Padres offenbar völlig unter Kontrolle haben. Köstlich, nicht wahr, wenn man an den neuen Erfahrungsaustausch denkt, der uns erwartet. Hier passiert gar nichts. Unsere liebe Daisy wird ein wenig runder, und Mrs. Antrobus ein wenig tauber. Wir bewegen uns in eingefahrenen Gleisen – Riseholme bewegt sich in eingefahrenen Gleisen. Wir wollen da raus, wir beide, und das werden wir auch. Zu neuen Ufern lockt eion neuer Tag, Georgie... Haben Sie etwas auf dem Herzen, mein Lieber? Sie waren auf der Heimfahrt so *abgelenkt*.«

Lucia war, wie der arme Georgie fand, erschreckkend aufgeblüht. Noch vor ein paar Tagen hatte man erfreut registriert, wie sie sich wieder ihren normalen Interessen zuwandte, aber diese Ablehnung Riseholmes und das heftige Verlangen nach der *Ilias*, Tilling und dem *Symposion* ließen auf einen beinahe gefährlichen Appetit nach Neuem schließen. Oder war es nur natürlich, daß es, nachdem sie sich ein Jahr lang zurückgezogen hatte, nun, da der Korken herausgesprungen war, zu dieser Aufwallung kam,? Sie schien mit den Hufen zu scharren, sich zu einer Enthüllung weiterer geistiger oder spiritueller Bedürfnisse anzustacheln. Er erschauerte bei dem Gedanken, welche ganz frische Neuerung als nächstes auftauchen mochte. *Die* Frage vielleicht.

»Tut mir leid, daß ich *abgelenkt* war«, sagte er. »Natürlich machte ich mir Sorgen, wie Foljambe auf die Sache mit Tilling reagieren würde.«

Lucia schlug gegen die Ambrakugel, und die Gewißheit, daß Grosvenor alsbald hereinhuschen würde, war für Georgie eine Erleichterung... Sie lachte und legte ihre Hand liebevoll auf die seine.

»Georgie, Lieber, Sie sind« – als Grosvenor auftauchte, flüchtete sie sich ins Italienische – »Sie sind *una vecchia signorina*.« (Das heißt »alte Jungfer«, dachte Georgie.) »Horizonte erweitern, Georgie; darauf kommt es an. Stellen Sie das übrige Essen auf den Tisch, Grosvenor, wir bedienen uns selbst. Kaffee im Musikzimmer, wenn ich klingle.«

Das war entsetzlich; all dieses Gerede von wegen alte Jungfer und sich an neue Bedingungen anpassen machte Lucias Verhalten wahrhaft beängstigend. Fast fragte er sich, ob sie während ihrer Abgeschiedenheit Affendrüse genommen hatte. Wollte sie ihm etwa mitten beim Essen einen Antrag machen? In all den Jahren der Freundschaft hatte er sich ihr nie so seltsam fremd gefühlt. Aber noch war er Herr seines Schicksals (so hoffte er wenigstens), *diesen* Verlauf würde es nicht nehmen. »Soll ich Ihnen etwas Erdbeermus mit Schlagsahne auftun?« fragte er kläglich.

Lucia schien ihn nicht zu hören.

»Georgie, wir müssen tleines Schwätzchen halten, ehe ich nach Kaffee tlingle«, sagte sie. »Wie lange sind Sie und ich schon so gute Freunde? Länger als jeder von uns glauben möchte.«

»Aber so eine angenehme Zeit«, sagte Georgie und rieb seine feuchtkalten Hände an einer Serviette... Er fragte sich, ob Ertrinken so ähnlich war.

»Mein Lieber, was bedeuten schon die Jahre, wenn sie unsere Freundschaft nur vertieft und ausgeweitet haben? Glückliche Jahre, Georgie, tragen Früchte. Diese herrliche Szene in *Esmondi*; die Kathedrale von Winchester! Und jetzt werden wir beide älter. Sie sind ziemlich allein auf der Welt, genau wie ich, aber Menschen wie wir, zwischen denen solch ein gutes festes Band der Freundschaft besteht, können sich ohne irgendwelche Bedenken – das können wir doch? – auf das Alter freuen. Mit den Jahren kommt die Ruhe, und dieses schrecklich Ding, das Freud Sex nennt, wird ausradiert. Wir müssen wohl etwas Freud lesen; bislang habe ich das versäumt. Das wollte ich Ihnen unter anderem sagen, als Sie mir durch das Fenster ständig Kühe zeigten. Unsere Freundschaft ist genau so perfekt, wie sie ist.«

Georgies Erleichterung, als er herausfand, daß Foljambe mit Tilling einverstanden war, war nichts, absolut gar nichts, verglichen mit der Erleichterung, die er nun verspürte.

»Meine Liebe, wie lieb, daß Sie das sagen«, erklärte er. »Auch ich finde die Qualität unserer Freundschaft in jeder Hinsicht vollkommen. Ja, es ist sogar ganz unmöglich, sich vorzustellen... ich meine, ich bin ganz Ihrer Meinung. Wie Sie sagen, wir werden nicht jünger, ich jedenfalls nicht. Sie haben tausendmal recht.«

Lucia sah in Georgies Gesicht den Morgensonnenschein der Erleichterung heraufziehen, und obwohl sie ernsthaft gehofft hatte, er würde nicht zu verletzt sein, wenn sie ihm gegenüber andeutete, er müsse alle Hoffnungen fahrenlassen, mehr für sie zu sein, als er war, hatte sie mit diesem Strahlen doch nicht so ganz gerechnet. Es schien, als hätte sie nicht sein Urteil verkündet, sondern irgendeine heimliche und schreckliche Last vom ihm genommen. Einen Augenblick lang wurde ihre eigene Befriedigung darüber, diese Angelegenheit über die Bühne gebracht zu haben, ohne ihn zu quälen, von der Überraschung überschattet, daß er alles andere als gepeinigt war. Sollten seine Bemühungen, sie für Kühe und Regenbogen zu interessieren, auf die Befürchtung zurückzuführen gewesen sein, daß sie – auf dem Umweg über Themen wie Freundschaft und Ehe – auf etwas ganz anderes hinauswollte als auf die nun erfolgte Enthüllung, die ihn offensichtlich mit Genugtuung erfüllt, statt das Gegenteil zu tun?

Sie versetzte der Ambrakugel einen recht heftigen Schlag.

»Dann lassen Sie uns gehen und unseren Kaffee einnehmen«, sagte sie. »Sehr schön, daß wir einer Meinung sind. Sehr schön! Da wäre übrigens noch ein Thema, daß wir überhaupt nicht angeschnitten haben. Miss Mapp. Was halten Sie von Miss Mapp? Als sie hörte, das wir bei Mrs. Wyse zu Mittag essen würden, trat ein Ausdruck in ihre Augen, der mich verblüfft hat. Am liebsten hätte sie Mrs. Wyse gebissen oder gekratzt. Was bedeutete das? Es schien, als hätte Mrs. Wyse – sie bat mich übrigens, sie Susan zu nennen, aber ich bin mir nicht sicher, ob ich das schon schaffe, ohne zu üben –, als hätte Mrs. Wyse etwas eingesteckt, was ihr gehörte. Sehr ungewöhnlich. Ich bin nicht Miss Mapps Eigentum. Es ist natürlich unübersehbar, daß sie sich für dem restlichen Tilling weit überlegen hält. Sie nennt all ihre Freunde Engel und Lämmchen, und dann hat sie das eine oder andere an ihnen auszusetzen. *Marcate mie parole, Georgino!* Ich glaube, sie will mich an der kurzen Leine führen. Ich glaube, in Tilling brodelt es von Intrigen. Aber wir werden sehen. Wie ich so etwas hasse! In Riseholme hatten wir ab und zu einen Hauch davon. Als wäre es nicht egal, wer den Kurs angibt! Wir sollten danach streben, gleichberechtigte Bürger einer edlen Republik zu sein, wo wir uns um Kunst und Literatur und all die mannigfaltigen Interessen der Welt kümmern. Jetzt wollen wir ein wenig Musik machen.«

Was auch immer sich in Tilling abspielen mochte, in diesem Monat Juli kochte und brodelte es in Riseholme vor Aufregung. Es war genau wie früher, und wie früher drehte sich alles um Lucia. Sie hatte den Sprung gewagt; sie hatte (wenn auch vorläufig nur für eine kurze Phase, bevor sie sich in Mallards niederließ) ihre angestammte zentrale Position wieder eingenommen. Nach und nach – und auf immer größeren Flächen – nahmen Grau und Weiß und Violett die Stelle des eintönigen Schwarz ein, in dem sie das Jahr ihrer Trauer verbracht hatte; eines Tages trug sie einen weißen Gürtel, an einem anderen fanden sich graue Streifen in ihrem Kleid, dann wieder steckte ein violettes Band an ihrem Gartenhut. Selbst Georgie, der ein gutes Auge für weibliche Kleidung besaß, konnte diesen sich allmählich steigernden Veränderungen nicht präzise folgen; er war nie sicher, ob sie vorher schon einen grauen Umhang getragen oder letzten Sonntag in der Kirche weiße Handschuhe angehabt hatte. Dann nahm ihr Haar, statt in schlaffen und taurigen Flechten über die Ohren zu hängen, wieder seine alte elegante und gewellte Form an, auf ihren blassen Wangen (aschfahl vor Trauer) erblühte ein Tupfen bräunliches Rouge, das wirkte, als habe sie wieder Golf gespielt, und ihre Lippen waren gewiß rötlicher. Das alles war überaus aufregend, eine Reihe dezenter Veränderungen, an deren Ende sie Mitte Juli ohne irgend etwas Schwarzes zu tragen und mit völlig wiederhergestellter Vitalität in der Kirche auftauchte, was beinahe unbemerkt blieb.

Diese äußerlichen sichtbaren, Zeichen spiegelten genau das wider, was sich in ihrem Inneren abspielte. Die Zeit, die bekanntlich alle Wunden heilt, hatte ihr Krankenzimmer aufgesucht, die Hände auf ihre matte Braue gelegt, und die Resultate waren wahrhaft erstaunlich. Lucia war so gut wie neu, – oder wieder ganz die alte. Mrs. Antrobus und ihre großgewachsenen Töchter Piggy und Goosie, Georgie und Daisy sowie ihr Mann, der habgierige Robert, Oberst Boucher samt seiner Frau und die übrigen wurden wieder zum Dinner in The Hurst geladen, manchmal spielte Lucia ihnen den langsamen Satz der Mondscheinsonate vor, und manchmal informierte sie die Anwesenden über jene Feinheiten im Kontrakt-Bridge, die sie selbst im Laufe des Tages gelernt hatte. Sie zeichnete, sie spielte während der Abwesenheit des an Masern erkrankten Organisten in der Kirche Orgel, sie sang ein Solo, »Nun aufwärts froh den Blick gewandt«, als er genas und die erste Chorsängerin Windpocken bekam, sie nahm einen Buchbindekurs im »Zeichen der Narcisse«, sie saß in Perditas Garten, wo sie nicht Shakespeare las, sondern Popes *Ilias*, und murmelte vor dem Schlafengehen halbvergessene Reste griechischer unregelmäßiger Verben. Sie plante, im Frühling Athen zu besuchen (»›das veilchengekrönte‹, ist das nicht ein herrlicher Beiname, Georgie?«), und bewirtete ihre Gäste zu Ehren von Königin Anne mit dicker cremiger Schokolade. Die Jagdhunde des Frühlings setzten den winterlichen Spuren von Lucias Witwenschaft nach und schnappten auch den letzten Rest davon auf, und wirklich schien der Frühling zu ihr zurückgekehrt zu sein, so zahlreich und vielfarbig waren die sich entfaltenden Blüten. Noch nie hatte Riseholme Lucia in besserer künstlerischer und intellektueller Form erlebt, und es war schon lange her, daß sie so vergnügt ausgesehen hatte. Die Welt, oder doch zumindest Riseholme, was in Riseholme so ziemlich auf das gleiche hinauslief, war wieder zu ihrem Terrain geworden.

Völlig erledigt, weil er sich bezüglich Bettwäsche und Besteck mit Foljambe besprechen mußte (denn Isabel Poppit, auf der Suche nach dem einfachen Leben, schlief offenbar im Garten zwischen Decken und aß wie ein Hund rohes Gemüse aus einer Schüssel), weil er das Vanderbiltsche Kontrakt-Bridge lernte, weil er an königlichen Prozessionen über den Anger teilnahm, weil er seine Nippessachen packte und zur Bank schickte, vom Duettspielen und vom Zeichnen, damit er möglichst gut in Form war, wenn er – mit Blick auf eine Ausstellung in der Kunstgesellschaft – in Tilling zu malen begann, fragte sich Georgie, was die wahre Quelle dieser mannigfaltigen Aktivitäten Lucias sein mochte; sie schien sich in Form zu bringen, sich sozusagen im Training für ihren Einsatz in Tilling zu befinden. Irgendwie war das am Wahrscheinlichsten, da sie es wohl kaum für sinnvoll erachtet hätte, Riseholmes Geschicke mit einer derartigen Energie zu lenken, obwohl sie sich für etwa drei Monate aus dem Ort zurückziehen würde. Oder wollte sie Riseholme verdeutlichen, wie schrecklich öde alles sein würde, sobald sie nicht mehr zugegen war? Sehr wahrscheinlich spielten beide Motive eine Rolle; es sähe ihr ähnlich, zwei Fliegen mit einer Klappe zu schlagen. Ja, vielleicht schlug sie sogar drei Fliegen mit einer Klappe, denn so mannigfaltig die Aktivitäten auch waren, denen sie sich widmete, so gab es doch eine in Riseholme gerade besonders wichtige, an der sie seltsam unbeteiligt war, nämlich das elisabethanische Fest. Ihr Elan, die Fähigkeit, ihre Freunde mit ihrer eigenen Begeisterung anzustecken, berührten dieses Thema nie; sie schien gar nicht zu wissen, daß überhaupt ein Fest geplant war, obwohl inzwischen kaum mehr ein Tag verging, ohne daß irgendeine Prozession den Anger überquerte, ein Moriskentanz den Madrigalen probenden Chorsängern in die Quere kam oder eine Gruppe von Soldaten und Höflingen vor dem Haupteingang des Ambermere Arms versammelt wurde, während Daisy sie von einem auf einer Tischplatte plazierten Stuhl herunter mit flammenden Reden traktierte, gelegentlich innehaltend, weil sie den Text vergessen hatte, oder um ihnen zu erlauben, ihre Kopfbedeckungen in die Höhe zu werfen und »Gott segne die Tugend der Königin«, »Zur Hölle mit Spanien« sowie andere passende Ausrufe auszustoßen. Daisy, jetzt gelegentlich komplett kostümiert mit Halskrause, Perlen und allem, kam zum Tor von The Hurst herüber, um zu warten, daß sich die Prozession ihr anschloß, und die in Perditas Garten sitzende Lucia unterhielt sich mit ihr über Tilling oder über die Wichtigkeit, wohlüberlegt vorzugehen, wenn man beim Kontrakt-Bridge verwundbar war, offenbar ohne zu merken, daß Daisy kostümiert war. Einmal trat Lucia gerade aus dem Ambermere Arms, als Daisy während einer Kostümprobe ihr vor den Milchwagen gespanntes Reitpferd bestieg, und Lucia schien definitiv reitpferdblind zu sein. Sie sagte bloß: »Nicht vergessen, Sie und Robert speisen heute abend mit mir. Sechs Uhr dreißig, damit danach noch Zeit für ein gepflegtes Bridge bleibt« und ging ihres Weges... Oder sie kam am Teich vorbei, auf dem das Gerüst der *Golden Hind* bereits fertiggestellt war, wo Georgie jetzt schon niederkniete, um unter schwachen Jubelrufen Piggys und Goosies den Ritterschlag zu erhalten, und sie winkte Georgie lediglich zu und rief: »*Musica* nach dem Lunch, Georgie?« Sie gab keinerlei sarkastische Kommentare ab und ließ nicht erkennen, daß die Anwesenden irgend etwas Ungewöhnliches taten.

Angesichts dieser betonten Ignoranz ihrerseits legte sich eine Art Pesthauch über das Projekt, dem sich Riseholme mit aller Energie hätte widmen sollen. Die Höflinge kamen zu spät zur Probe und nahmen nicht einmal ihre Zigarette aus dem Mund, wenn sie sich bückten, um der Königin die Hand zu küssen, Piggy und Goosie machten Moriskentanzschritte, wenn sie eigentlich Elisabeths Schleppe halten mußten, und Georgie schnappte sich vor seinem Ritterschlag noch rasch ein Kissen zum Schutz seiner Schulter. Die Chorknaben leierten sich Pfefferminzbonbons lutschend durch Madrigale, alles lief leblos und leidenschaftslos ab, weil Lucia, die sämtliche Unternehmungen Riseholmes zu inspirieren pflegte, nicht registrierte, daß etwas im Gange war.

Eines Morgens, der Juli sollte noch zwei Wochen währen, war Drake damit beschäftigt, auf seinem Rasen Krocketkugeln umherzuschieben und die furchtbar schmerzenden weißen Samtschuhe einzulaufen. Aus dem Garten nebenan drangen die bekannten Laute aus der Rede der Königin an ihre Truppen.

»Und bin ich auch nur eine schwache Frau«, deklamierte Daisy, wild entschlossen, die Rede durchzustehen, ohne einen Blick ins Buch zu werfen. »Bin ich auch nur eine schwache Frau, eine schwache Frau...« wiederholte sie.

»So habe ich doch das Herz eines Prinzen«, rief Drake in der freundlichen Absicht, ihr zu soufflieren.

»Danke sehr, Georgie. Oder müßte es Prinzessin heißen, was meinen Sie?«

»Nein: Prinz«, sagte Georgie.

»Prinz«, rief Daisy. »Bin ich auch nur eine schwache Frau, so habe ich doch das Herz eines Prinzen... Mal sehen... Prinzen.«

Es folgte Schweigen.

»Georgie«, sagte Daisy mit ihrer normalen Stimme. »Unterbrechen Sie doch mal eben Ihr Krocket, und kommen Sie an den Zaun. Ich will mit Ihnen reden.«

»Ich versuche, mich an diese Schuhe zu gewöhnen«, sagte Georgie. »Sie tun scheußlich weh. Ich werde sie nach Tilling mitnehmen und dort tragen müssen. Ach ja, ich habe Ihnen noch gar nicht erzählt, Lady Brixton kam gestern abend her...«

»Das weiß ich«, sagte Daisy.

»...und sie meint, ihr Bruder nimmt mein Haus für ein paar Monate, falls ich keine Dienstboten dalasse. Wenn er es nimmt, wird er während des Festes hier sein, darum wüßte ich gern, ob Sie mich unterbringen könnten. Was macht Roberts Erkältung?«

»Schlechter«, sagte sie. »Ich bin auch schlechter geworden. Mir fällt nur noch die Hälfte von dem ein, was ich vor einer Woche auswendig konnte. Gibt es nicht irgendein Gedächtnissystem?«

»Jede Menge, glaube ich«, sagte Georgie. »Aber es ist schon reichlich spät. Sie verbessern das Gedächtnis nicht von einer Minute auf die andere. Ich finde wirklich, Sie sollten Ihre Rede an die Truppen vorlesen, als wäre es die Parlamentseröffnung.«

»Das werde ich nicht tun«, entgegnete Daisy und nahm ihre Halskrause ab. »Ich lerne sie, und wenn es mich den letzten Hauch Blut in meinem Körper kostet... ich meine Tropfen.«

»Tja, wenn Sie alles vergessen, wird es schrecklich peinlich«, befand Georgie. »Wir können nicht gar nichts bejubeln. Wirklich schade, weil Ihre Stimme mittlerweile sehr weit trägt. Ich habe Sie beim Frühstück gehört.«

»Und das ist noch nicht alles«, sagte Daisy. »Das Ganze hat kein Leben. Es wirkt nicht so, als passierte irgend etwas.«

»Nein, das stimmt«, sagte Georgie. »Aber meine gräßlichen Schuhe sind wirklich genug!«

»Langsam glaube ich, wir müßten einen Produzenten haben«, sagte Daisy. »Und doch wäre es so viel schöner, wenn wir alles allein machen könnten, wie...

wie in Oberammergau. Hat sich Lucia schon mal dazu geäußert? Ich finde es unsagbar schäbig von ihr, daß sie sich überhaupt nicht dafür interessiert.«

»Nun, Sie dürfen nicht vergessen, daß Sie sie bloß gebeten haben, meine Frau zu sein«, sagte Georgie. »Das hat ihr natürlich nicht gefallen.«

»Sie sollte uns helfen, statt so zu tun, als wären wir alle unsichtbar«, rief Daisy aus.

»Meine Liebe, sie hat angeboten, Ihnen zu helfen. Wenigstens habe ich Ihnen gegenüber vor Ewigkeiten angedeutet, daß sie es bestimmt tun würde, wenn Sie nur fragten.«

»Ich hätte nicht übel Lust, die ganze Sache zu schmeißen«, gestand Daisy.

»Das können Sie nicht. Es sind jede Menge Eintrittskarten verkauft worden. Und wer soll die *Golden Hind* und das gebratene Schaf und all die Kostüme bezahlen?« fragte Georgie. »Von unserem Aufwand ganz zu schweigen. Warum bitten Sie sie nicht um Hilfe, wenn Sie das möchten?«

»Georgie, würden Sie sie bitten?« sagte Daisy.

»Kommt nicht in Frage«, sagte Georgie sehr bestimmt. »Sie haben die Sache von Anfang an in die Hand genommen. Es ist Ihre Veranstaltung. Ich an Ihrer Stelle würde Lucia jetzt gleich bitten. In ein paar Minuten wird sie hier sein, da wir ein wenig musizieren wollen. Kommen Sie doch herüber.«

Ein melodiöses »*Georgino mio*!« ertönte aus dem geöffneten Fenster von Georgies Salon, woraufhin er den Gartenweg hinaufhinkte. Seit sie dieses wundervolle Einverständnis erzielt hatten, daß sie beide vor der Ehe wie vor einem Schierlingsbecher zurückschreckten, unterhielten sie sich erstaunlich häufig auf Italienisch oder in der Babysprache, einfach weil ihnen so leicht ums Herz war.

»Ich tomm«, rief er. »Du danz dutes Mädchen, Lucia. Du *molto punctuale.*«

(Er hatte gewisse Zweifel, was das letzte Wort betraf, genau wie Lucia, aber sie verstand es.)

»Georgino! *Che curiose scalpe*!« sagte Lucia und beugte sich aus dem Fenster.

»Seien Sie nicht so *cattiva*. Die Schuhe sind *cattivo* genug«, sagte Georgie. »Aber Drake hatte genau solche.«

Natürlich sorgte die bloße Erwähnung Drakes dafür, daß Lucia von etwas anderem sprach. Sie verstand keinerlei Anspielungen auf Drake.

»Und nun zu einer guten Probe«, sagte sie, als Georgie in den Salon gehumpelt kam. »Foljambe hat mich angestrahlt. Wie schön das alles ist! Hoffentlich haben Sie keinem verraten, daß Sie zu Hause sind. Lassen Sie uns sofort beginnen. Können Sie mit diesen merkwürdigen Schuhen das *Sostenuto*-Pedal bedienen?«

Foljambe trat ein. »Mrs. Quantock, Sir«, sagte sie.

»Die liebste Daisy«, sagte Lucia überschwenglich. »Möchte sie unsere kleine Probe anhören? Wir müssen besonders gut spielen, Georgino.«

Daisy trug immer noch ihr Königinnenkostüm, bis auf die Halskrause. Wie gewöhnlich schien Lucia es nicht zu bemerken.

»Lucia, ehe Sie anfangen...« sagte Daisy.

»Viel besser, als zu unterbrechen«, sagte Lucia. »Danke, Liebes. Ja?«

»Es geht um dieses Fest. Gott im Himmel, hören Sie auf, so zu tun, als wüßten Sie nichts davon. Ich sage Ihnen, es findet eines statt. Und es ist alles verkorkst. Können Sie uns nicht helfen?«

Lucia sprang von ihrem Klavierhocker auf. Auf diesen Augenblick hatte sie gewartet, nicht ungeduldig, aber bereit, so er denn kam, was unweigerlich geschehen würde, ohne irgendwelche Intrigen ihrerseits. Aus Perditas Garten hatte sie die zigarettenrauchende ungeordnete Prozession beobachtet, die lustlosen, keineswegs nicht im Gleichschritt marschierenden Hellebardiere, die Ihrer Majestät ins Gesicht gähnenden Höflinge, die sich aus dem Fehlen eines inspirierenden Geistes ergebende Apathie und Disziplinlosigkeit. Die Szene auf der *Golden Hind* und die mit Elisabeths Rede an ihre Truppen waren ihr gleichermaßen geläufig; unter ihrem stets griffbereiten Gartenhut hatte sie zwar beide nicht beobachten können, aber ihr Mann war ein begeisterter Astronom gewesen, und ihr standen große und kleine Fernrohre zur Verfügung, die diese Szenen ganz nah heranholten. Mehr noch, die für Daisy so schwer zu beherrschende Rede kannte sie auswendig. So einfach zu lernen, genau die Sorte billiger Schwulst, in dem Elisabeth schwelgen würde: Sie hatte die Rede in einer kleinen Geschichte Englands gefunden und in ihrem Gedächtnis gespeichert, für alle Fälle...

»Aber ich helfe Ihnen sehr gern, liebe Daisy«, sagte sie. »Ich glaube mich zu erinnern, daß Sie mir etwas von dem Fest erzählten. Sie als Königin Elisabeth, nicht wahr, ein Schafbraten auf der *Golden Hind*, eine Rede an die Truppen, Moriskentänze, Bärenhatz, nein, keine Bärenhatz. Geht das nicht alles wunderbar voran?«

»Nein! Tut es nicht«, erwiderte Daisy mit weinerlicher Stimme. »Ich möchte, daß Sie uns helfen. Es ist alles zäh wie Teig.«

Großartig war Lucia. Sie ritt nicht lange auf dem Mißerfolg herum; sie zögerte nicht, sie reagierte auf diesen Notruf mit nichts anderem als hilfsbereiter und lauterer Herzlichkeit.

»Wir ihr mich alle bedrängt!« sagte sie. »Doch ich werde versuchen, euch zu helfen, wenn ich kann. Georgie, wir müssen unsere Proben beenden und das alles in den Griff bekommen, wenn das Fest Riseholme zur Ehre gereichen soll. Im Moment heißt es *addio, caro Mozartino.* Nun heben Sie an, Daisy, und berichten Sie mir all die Probleme.«

In der folgenden Woche existierten Mozartino, das *Symposion* und Kontrakt-Bridge nicht. Den ganzen Tag lang wurde geprobt. Lucia demonstrierte Daisy, wie sie ihr erstes Erscheinen gestalten sollte. Sie schritt zu einer Fanfare der Trompeter aus der Tür von The Hurst, und ohne die geringste Hast über das Mosaikpflaster. Sie fummelte nicht am Tor herum, wie Daisy es immer tat, sondern sorgte mit einem raschen gebieterischen Nicken in Robert Quantocks Richtung – wodurch er mitten im Niesen innehielt – dafür, daß er angestürzt kam, das Tor öffnete und niederkniete, während sie hindurchging. Sie machte einen wunderschönen Knicks vor ihren Vasallen und bedeutete ihnen, enger zusammenzurücken. Und das alles in ganz normaler Alltagskleidung, ohne die Unterstützung einer Halskrause oder einer einzigen Perle.

»Etwa in der Art, meinen Sie nicht auch, liebe Daisy, zu Beginn der Prozession?« sagte Lucia. »Würden Sie es so probieren und mal sehen, wie es wird? Und ein wenig flotter, meine Herren, bei den Hellebardieren. Würden Sie noch einmal vor mir Aufstellung nehmen, während Mrs. Quantock ins Haus geht. . . Ah, das hat mehr Feuer, stimmt's? Hervorragend. Genau wie richtige Gardisten. Piggy und Goosie, meine Lieben, vergessen sie nicht, daß Sie elisabethanische Gräfinnen sind. Sehr würdevoll, bitte, und Gräfinnen kichern nie. Zwei tiefe Hofknickse, und noch während Sie unten sind, nehmen Sie die Schleppe der Königin auf. Sie haben das Tor sehr ordentlich geöffnet, Robert. Wirklich sehr hübsch. Könnten wir das alles noch einmal wiederholen. Königin, bitte«, rief sie Daisy zu.

Daisy trat in ihrer majestätischen Aufmachung aus dem Haus; um ja nichts zu überhasten, bewegte sie sich so langsam, daß es aussah, als folgte eine Königin einem Leichenwagen. (»Ein wenig schneller, meine Liebe«, rief Lucia aufmunternd. »Wir sind alle soweit.«) Dann stolperte sie über ein lockeres Mosaiksteinchen. Dann nieste sie, da sie sich bei Robert angesteckt hatte. Dann vergaß sie, sich vor ihren Vasallen zu verneigen, bis alle zur Prozession vor ihr angetreten waren, und knickste hinter ihren Rücken.

»Hey ho, nonny, nonny«, sang Lucia, um den Chor in Gang zu bringen. »Los geht's! Rechts, links – Verzeihung, wie dumm von mir –, links, rechts. Crescendo, Chor. Erheben Sie die Stimmen, bitte. Wir sind schließlich das lustige alte England. Fabelhaft!«

Lucia ging neben der Prozession über den Anger,

mit ihrem Parasol aufmunternd und enthusiastisch den Takt schlagend. Gelegentlich ging sie vorneweg und beobachtete, wie sie vorankamen, manchmal blieb sie stehen und sah ihnen beim Vorbeimarsch zu.

»Ein wenig auffächern, Hellebardiere«, rief sie, »damit wir von vorne einen Blick auf die Königin werfen können. Hey nonny! Das hohe G halten, Chorknaben! Königin, Liebes, nicht versuchen, mit den Hellebardieren Schritt zu halten. Es ist viel majestätischer, ganz nach Ihrem Belieben zu gehen. Die Schleppe ein wenig höher, Piggy und Goosie. Hey nonny, nonny HEY!«

Sie schaute sich um, als sie in die Nähe der *Golden Hind* kamen, um nachzusehen, ob die Köche die als Schaf dienende Nackenrolle mit Bratensaft begossen und ob Drakes Matrosen ihren Hornpipe tanzten.

»Tanzt, Matrosen, bitte«, brüllte sie. »Weiter begießen, Köche, bis die Prozession anhält, dann setzt der Matrosenchor mit dem letzten ›nonny hey‹ ein. Die Köche müssen mit einstimmen, sonst kriegen wir nicht genügend Volumen. Auffächern, Hellebardiere, jetzt eine Menge Platz für die Königin lassen, damit sie zwischen Euch durchgehen kann. Langsam, Elisabeth! ›Wenn die Sturmwinde blasen und die Wogen rollen.‹ Lauter! Sind Sie soweit, Georgie? Nein; nicht von der *Golden Hind* steigen. Sie begrüßen die Königin an Bord. Ein wenig schneller, Elisabeth, sonst ist die Strophe vorüber, ehe Sie da sind.«

Lucia klatschte in die Hände.

»Einen Augenblick, bitte«, sagte sie. »Eine phantastische Szene. Nur einen einzigen Vorschlag. Dürfte ich eine Minute lang die Königin sein und Ihnen den

Effekt demonstrieren, den ich erreichen möchte, liebe Daisy? Prozession, wir wollen bitte sieben, acht Meter zurückgehen. Die Hellebardiere marschieren noch vor der Königin. Die Matrosenchöre beginnen ganz von vorn. Auf geht's! Und jetzt, Hellebardiere, auffächern. Halbe Drehung rechts beziehungsweise links. Noch zwei Schritte und halt, eine Gasse bilden.«

Der Ablauf war perfekt. Lucia schritt durch die Gasse von Hellebardieren, und in dem Moment, als die Köche, Höflinge und Matrosen das letzte »Yo ho« gejubelt hatten, bestieg sie mit unbeschreiblicher Erhabenheit das Deck der *Golden Hind*. Einen Augenblick lang stand sie ganz still und flüsterte Georgie zu: »Niederknien und mir die Hand küssen, Georgie. Jetzt, alle zusammen! Gott schütze die Königin. ›Hurra!‹ Hüte in die Luft werfen. Lauter, lauter! Jetzt ausklingen lassen. So!«

Lucia hatte ihren eigenen Hut geschwenkt und sich schrill selbst bejubelt, dann klatschte sie wieder Aufmerksamkeit heischend in die Hände und musterte prüfend das Deck der *Golden Hind*.

»Ich sehe nirgends Drakes Frau«, sagte sie. »Drakes Frau, bitte.«

Drakes Frau fehlte, keine Frage. Sie war außerdem die Frau des Lebensmittelhändlers, und da sie nur kurz vortreten, einen Knicks machen und wieder abtreten mußte, nahm sie es mit ihrer Anwesenheit bei den Proben nicht so genau.

»Ist ja egal«, sagte Lucia. »Dann spiele ich eben Drakes Frau, nur für diese Probe. Das müssen wir noch einmal wiederholen. Es ist einer der wichtigsten Momente, wenn die Königin die *Golden Hind* betritt.

Wir müssen ihn reich an Romantik, an Erhabenheit, an Weitläufigkeit machen. Würde die Prozession bitte zurückgehen und noch mal von vorn beginnen?«

Diesmal war die arme Daisy viel zu früh dran. Lange bevor die Köche und der Chor bereit waren, kam sie an der *Golden Hind* an. Aber es ertönte ein beifälliges Murmeln, als Mrs. Drake (die so bald Lady Drake sein sollte) nach vorn lief, sich in ekstatischer Loyalität der Königin zu Füßen warf und, nachdem sie ihr die Hand geküßt hatte, rückwärts und mit gesenktem Kopf wieder verschwand, wie in tiefer Verehrung.

»Jetzt treten Sie zur Linken der Königin, Georgie«, sagte Lucia, »und ergreifen ihre linke Hand, die Sie hochhalten, und führen sie zum Bankett. Daisy, Liebes, Sie *müssen* an Ihre Schleppe denken. Piggy und Goosie legen sie ab, sobald Sie an Deck angekommen sind, und dann müssen Sie sich selbst darum kümmern. Wenn Sie nicht vorsichtig sind, treten Sie darauf und fallen in die Themse. Sie müssen sich so bewegen, daß sie Ihnen folgt, wenn Sie sich umdrehen.«

»Darf ich gegen die Schleppe treten?« erkundigte sich Daisy.

»Nein, es geht auch ohne. Sie müssen es üben.«

Die ganze Truppe, Matrosen, Soldaten, Höflinge und alle anderen, waren jetzt so eifrig wie Hunde, die von ihrem Frauchen mit nach draußen genommen werden wollen, und Lucia erklärte sich widerstrebend bereit, vorbeizukommen und sich die Szene mit der Parade in Tilbury anzusehen. Möglicherweise, so sagte sie bescheiden, käme ihr ja irgendeine kleine Idee; manchmal sähen neue Augen etwas, und wenn wirklich alle wollten, stehe sie zu ihrer Verfügung. Also zogen sie los zu dem Treffpunkt vor dem Ambermere Arms, und den neuen Augen fiel auf, daß bei der jetzigen Aufstellung von Soldaten und Bevölkerung kein Zuschauer auch nur das geringste von der Königin sehen würde. Das wurde also behoben, die Menge übte, mit angemessenem Eifer an ihre passenden Plätze zu laufen, und Lucia nahm Platz, wo sich die erste Zuschauerreihe befinden würde, um die große Rede zu hören. Als es geschafft war, beglückwünschte sie die Königin herzlich.

»Oh, ich bin ja so froh, daß es Ihnen gefallen hat«, sagte die Königin. »Ist Ihnen irgend noch etwas aufgefallen?«

Lucia saß eine Weile grüblerisch schweigend da.

»Nur ein oder zwei Kleinigkeiten, Liebes«, sagte sie nachdenklich. »Ich konnte es nicht sehr gut verstehen. Manchmal fragte ich mich, worüber die Menge jubelte. Und wäre es nicht vielleicht sicherer, die Rede abzulesen? Es mußte recht viel souffliert werden, was ganz gut hörbar war. Natürlich hat das Ablesen auch Nachteile. Es wirkt nicht so spontan und zündend, wenn man andauernd auf ein Blatt schaut. Aber ich kann mir vorstellen, daß Sie es noch rechtzeitig ziemlich auswendig lernen können. Somit betrifft meine einzige echte Kritik Ihre Gesten, Ihre Bewegungen. Nicht so ganz, ganz majestätisch genug, nicht Mitreißend genug. Eher so, als würden Sie Fliegen verscheuchen. Mehr Breite!«

Lucia seufzte, schien in Meditation versunken zu sein.

»Was für Breite?« fragte Daisy.

»So schwer zu erklären«, sagte Lucia. »Sie müssen Ihre Gestik und Ihre Stimme abwechslungsreicher, wuchtiger gestalten. Gelegentlich müssen Sie grimmig sein, die große Widersacherin Spaniens, Sie müssen sanft sein, die Mutter Ihres Volkes. Sie müssen eine Tudor sein. Die Tochter jenes glorreichen Schurken, König Hal. Grob und königlich. Soll ich Ihnen rasch einmal demonstrieren, was ich meine? Läßt sich bei weitem einfacher zeigen als erklären.«

Daisy verließ der Mut; ihr schwante Schlimmes. Doch da sie um Hilfe gebeten hatte, konnte sie dieses großzügige Angebot kaum ausschlagen, schließlich opferte Lucia einen kompletten Vormittag.

»Sehr freundlich von Ihnen«, sagte sie.

»Dann leihen Sie mir Ihr Exemplar der Rede«, sagte Lucia, »und wenn ich Ihre Halskrause borgen könnte, nur damit ich mich etwas sicherer fühle? Nun lassen Sie mich die Rede einmal leise durchlesen. Ja. . . ja. . . *cresendo* und da aufbrausen. . . wieder innehalten; eine Spur von Güte. . . Nun denn, da Sie darauf bestehen, werde ich Ihnen zu zeigen versuchen, was ich meine. Bin aber schrecklich nervös.«

Lucia trat vor und sprach in überaus gewinnendem Tonfall zu ihrer Armee und den Massen.

»Haben Sie bitte Geduld mit mir, meine Damen und Herren«, sagte sie, »während ich diese Rede noch einmal durchgehe. Herrliche Worte, nicht wahr? Ich weiß, ich kann ihnen nicht gerecht werden. Mal sehen: Das Reitpferd mit der Königin kommt aus dem Garten des ›Ambermere Arms‹, nicht wahr? Dann soll die gesamte Menge bitte in den Garten eilen und anschließend ausgelassen und jubelnd und so weiter vor mir wieder heraustreten. Wenn ich an dem Tisch ankomme, sprich: dort, wo das Reitpferd stehen wird, während ich meine Rede halte, muß ein Teil der Menge zurückbleiben, und die übrigen setzen sich ins Gras, damit die Zuschauer freie Sicht haben. Also bitte.«

Lucia kam aus dem Garten stolziert, gesellte sich gelegentlich zu der Menge, um ihr zu zeigen, wie man Freudensprünge machte, um dann behende (dank Gymnastik) auf den Tisch zu hüpfen, wo der Stuhl stand, auf dem sie, als Pferderücken zweckentfremdend Platz nahm.

Mit einer weit ausholenden Geste begann sie zu sprechen. Das Papier mit der Rede flog ihr aus der Hand, doch das war unwichtig, denn Lucia konnte sie auswendig und ohne Stocken, von den Beifallsausbrüchen der Menge abgesehen, wenn sie dieser ein Zeichen gab: So deklamierte sie die gesamte Rede, mit eben noch steigender, dann fallender Stimme, bald voller Feuer, bald sanft und mütterlich. Dann stieg sie vom Tisch und schritt die Reihen ihrer Truppen ab, bedeutete der Menge – die in den vorigen Szenen Köche und Matrosen und alles mögliche andere gewesen war –, sich mit Rufen, Jubelschreien und Freudensprüngen hinter ihr zu schließen, woraufhin sie auf dem Gartenweg zurückging.

»So in etwa, liebe Daisy, meinen Sie nicht auch?« sagte sie zu der Königin, als sie ihr die Halskrause zurückgab. »Ein wenig grob und unbeholfen ausgeführt, ich weiß, aber vielleicht ließe sich dem Ganzen so ein wenig Leben einhauchen. Ach, da ist Ihr Exemplar der Rede. Mir recht geläufig, wie mir auffiel. Ich habe sie wohl mal in der Schule gelernt. So, jetzt muß ich wirklich gehen. Es wäre zu schön, wenn meine Versuche hilfreich gewesen sind.«

Am nächsten Morgen war Lucia zu beschäftigt, um die Probe zu beaufsichtigen; sie war sicher, daß Daisy diese Aufgabe wunderbar bewältigen würde, und tatsächlich war sie sehr damit beschäftigt, aus dem Musikzimmer mit einem Fernglas die konfuse und farblose Aufführung zu beobachten. Die Hellebardiere latschten mit den Händen in den Taschen umher. Piggy und Goosie setzten sich ins Gras, und Daisy beherrschte ihre Rede weniger denn je. Dem kollektiven Bewußtsein Riseholmes wurde langsam klar, daß ohne Lucia gar nichts lief, und insgeheim besprachen sich Gruppen von Verschwörern, die sich auflösten oder leiser redeten, sobald Königin Elisabeth näherkam, und sich erneut formierten, wenn sie wieder weg war. Der Chor, der so überzeugend gesungen hatte, als Lucia mit ihrem lauten »Hey nonny nonny« zur Stelle gewesen war, kümmerte sich überhaupt nicht mehr um das hohe G, sondern ließ es einfach weg; die jungen Elisabethaner, die unter ihrem beflügelndem Blick wie berauschte Lämmchen herumgehopst waren, lümmelten sich hin und kauten Gänseblümchen; die Köche versuchten gar nicht erst, die Nackenrolle mit Bratensaft zu begießen, und die Rede der Königin an ihre Truppen wurde mit respektvollster Stille aufgenommen.

Georgie, in Drakes Schuhen, die durch häufiges Tragen weniger schmerzten, speiste mit Oberst und Mrs. Boucher zu Abend. Mrs. Boucher war praktisch die einzige Riseholmitin, die sich an dem Fest nicht beteiligte, weil sich ihre Fortbewegungsmöglichkeiten auf die Räder eines Rollstuhls beschränkten. Sie war jedoch bei jeder Probe anwesend, und ihre Ansichten waren so fest wie ihre Stimme.

»Ob es Ihnen gefällt oder nicht«, sagte sie sehr nachdrücklich, »aber euch kann nur ein Mensch helfen, und zwar Lucia.«

»Der armen Daisy kann keiner helfen«, sagte Georgie. »Hoffnungsloser Fall!«

»Das meine ich ja«, sagte sie. »Wenn Lucia nicht Königin ist, sage ich, gebt die ganze Sache auf. Bei der armen Daisy waren, verstehen Sie mich nicht falsch, schließlich sind wir alte Freunde von ihr, die Augen größer als der Magen. Meine Hauskatze, das kann ruhig jeder wissen, würde eine bessere Königin abgeben.«

»Aber Lucia fährt nächste Woche nach Tilling«, gab Georgie zu bedenken. »Sie wird nicht mal hier sein.«

»Nun, bitten und bestürmen Sie sie, Riseholme nicht im Stich zu lassen«, sagte Mrs. Boucher. »Na, alle haben heute morgen davon gemurmelt, Heer, Marine und so weiter. Es glich einer Revolution. Mrs. Antrobus beispielsweise: Sie sagte zu mir: ›O weh, o weh, das klappt nie‹, dabei stand die arme Daisy direkt neben ihr; wir sind alle rot geworden. Ausgesprochen peinlich. Und es ist an Ihnen, Georgie, vor Lucia auf die Knie zu sinken und zu sagen: ›Retten Sie Riseholme!‹ Punktum!«

»Aber sie hat sich strikt geweigert, etwas damit zu tun zu haben, seit Daisy sie gebeten hat, meine Frau zu sein«, wandte Georgie-Drake ein.

»Natürlich war sie zu Recht pikiert. Eine Beleidigung. Aber Sie und Daisy müssen in sie dringen. Vielleicht könnte sie nach Tilling fahren, sich dort einleben und dann zum Fest zurückkehren, zu proben braucht sie ja nicht. Wäre sie eine Menschenmenge, könnte sie jede einzelne Rolle spielen.«

»Umwerfende Frau!« sagte Oberst Boucher. »Kennt die Rede der Königin Wort für Wort auswendig, singt mit dem Chor, begießt den Braten mit den Köchen, tanzt mit den Matrosen. Das nenne ich Instinkt, was? Man hätte meinen können, sie hätte die ganze Zeit über geübt. Ich stimme meiner Frau zu, Georgie. Das Problem ist Daisy. *Würde* sie zurücktreten?«

Georgies Miene hellte auf.

»Vor ein paar Tagen hat sie gesagt, sie hätte nicht übel Lust, die ganze Sache zu schmeißen«, sagte er.

»Damit ist ja alles klar«, sagte Mrs. Boucher. »Erinnern Sie sie an ihre Worte. Dann gehen Sie beide zu Lucia, bevor man mit einer weiteren Probe ohne sie Zeit vergeudet, und flehen sie an. Flehen! Es würde mich kein bißchen wundern, wenn sie ja sagte. Wenn Sie mich fragen, so hat sie sich aus all dem ṛausgehalten, bis alle merken, daß es ohne sie nicht geht. Dann half sie bei einer Probe, damit alle sehen, was mit ihr möglich ist. Nun, ich selbst bin in Jubelrufe ausgebrochen, als sie sagte, sie habe das Herz eines Prinzen. Dann zieht sie sich wieder zurück, wie heute vormittag, und schon seht ihr deutlicher als je zuvor, daß ihr ohne sie nicht zurechtkommt. Ich sage Ihnen, sie wartet nun darauf, daß man sie bittet. Es sähe ihr ähnlich, verstehen Sie.«

Das war ein aufschlußreicher Gedanke; Lucias ganzes Verhalten erinnerte in der Tat an Lucia in Höchstform.

»Ich glaube, Sie haben recht. Sie ist raffinierter als wir alle zusammengenommen«, sagte Georgie. »Ich gehe sofort zu Daisy hinüber sondiere die Lage. Gott sei Dank kann ich in meinen Schuhen jetzt besser laufen.«

Georgie fand eine niedergeschlagene Königin vor, eine Königin von Saba, in der keinerlei Elan mehr steckte, sondern nur noch eine aus der Verzweiflung geborene Ruhe.

»Heute morgen war es schlimmer als je zuvor«, bemerkte sie. »Und ich wage die Behauptung, daß wir den Tiefpunkt noch nicht erreicht haben. Georgie, was ist zu tun?«

Es war taktvoller, Daisy selbst die Gelegenheit zur Abdankung zu geben.

»Da fragen Sie mich zuviel«, sagte er. »Aber irgend etwas muß geschehen. Ich wünschte, mir fiele etwas ein.«

Daisy wurde von Eifersuchtsstichen und dem Bewußtsein ihres überwältigenden Unvermögens schier zerrissen. Sie trank ein halbes Glas Portwein, was laut ihrer Diät tödliches Gift war.

»Georgie! Glauben Sie, es besteht auch nur die geringste Chance, Lucia zu bewegen, daß sie sich als Königin zur Verfügung stellt und die ganze Sache leitet?« fragte sie mit zitternder Stimme.

»Wir könnten es versuchen«, befand Georgie. »Die Bouchers sind dafür, und alle anderen auch, glaube ich.«

»Nun, dann kommen Sie rasch mit, ehe ich es bereue«, sagte Daisy.

Lucia hatte sie kommen sehen und setzte sich ans Klavier. Da sie keine Zeit hatte, die Noten aufzuschlagen, begann sie mit dem ersten Satz der Mondscheinsonate.

»Ach, wie nett!« sagte sie. »Georgie, ich werde den ganzen Nachmittag üben. Arme Fingerchen so eingerostet! Und hattet ihr heute vormittag eine angenehme Probe? Klappte die Rede gut, Daisy? Ganz bestimmt.«

»Konnte mich an kein Wort erinnern«, sagte Daisy. »Lucia, wir alle möchten Ihnen die ganze Angelegenheit übergeben, Königin und so weiter. Würden Sie...«

»Bitte, Lucia«, sagte Georgie.

Lucia schaute erstaunt von einem zum anderen.

»Aber, ihr Lieben, wie könnte ich das tun?« rief sie. »Zunächst einmal bin ich dann nicht hier. Ich werde in Tilling sein. Und dann all die Arbeit, die Sie sich gemacht haben, Daisy. Ich könnte es nicht. Unmöglich. Grausam.«

»Ohne Sie schaffen wir es überhaupt nicht«, sagte Daisy bestimmt. »Das ist also auch unmöglich. Bitte, Lucia.«

Lucia schien von diesen inständigen Bitten ganz verwirrt zu sein.

»Können Sie nicht zum Fest zurückkommen?« fragte Georgie. »Bis zum Monatsende den ganzen Tag, jeden Tag proben. Dann nach Tilling fahren, und später kehren Sie und ich nur zur Festwoche hierher zurück.«

Lucia schien einen schlimmen Kampf mit sich selbst auszufechten.

»Lieber Georgie, liebe Daisy, Sie verlangen ein großes Opfer von mir«, sagte sie. »Ich hatte meine Tage hier so sorgfältig geplant. Meine Musik, mein Dante... all meine Lektionen! Ich muß sie alle aufgeben, wie Sie wissen, wenn ich dieses Fest einigermaßen in Fasson bringen will. Keine Zeit für irgend etwas anderes.«

Eine jämmerliche zweistimmige Fuge mit dem Text: »Bitte, Lucia. Es ist die einzige Chance. Wir schaffen es nicht, wenn Sie nicht die Königin spielen«, verwandelte sich abrupt in die fröhliche Weise »Wie *lieb* von Ihnen. Oh, vielen Dank, Lucia«, und der Tag war gerettet.

Umgehend wurde sie äußerst nüchtern.

»Dann wollen wir keine Zeit verlieren«, sagte sie. »Wir wollen um drei eine Gesamtprobe ansetzen, und danach nehme ich mir die Moriskentänzer und die Hellebardiere vor. Sie und Georgie müssen meine Stellvertreter sein. Wir alle müssen an einem Strang ziehen. Übrigens, welche Rolle werden Sie übernehmen?«

»Was immer Sie wollen«, antwortete Daisy leichtsinnigerweise.

Lucia musterte sie unverwandt mit ihrem stechenden Blick, als schätze sie sorgfältig ihre Möglichkeiten ein.

»Dann wollen wir mal sehen, liebe Daisy«, sagte sie, »was Sie aus Drakes Frau machen können. Eine recht kleine Rolle, ich weiß, aber ungemein wichtig. In diesen einen Augenblick müssen Sie all die Loyalität, all die Zuneigung legen, die Englands Frauen für ihre Königin empfinden.«

Sie erhob sich.

»Lassen Sie uns umgehend mit der Arbeit beginnen«, sagte sie. »Dies ist die *Golden Hind*; ich habe das Schiff soeben betreten. Gehen Sie nun hinter das Klavier, und dann trippeln Sie hervor, voller Verehrung, voller Ehrfurcht... Du meine Güte, so wird das nichts. Soll ich es Ihnen noch einmal vorspielen...?«

4

Lucia war am Abend zuvor spät von der festlichen Woche in Riseholme nach Tilling zurückgekehrt und saß am Morgen nach dem Frühstück am Fenster des Gartenzimmers in Miss Mapps Haus. Es war für jeden am Leben Interessierten, was Lucia mit Sicherheit war, ein magisches Fenster, und was Tilling betraf, so gab es jeden Morgen eine Woge, die man an ihrer höchsten Stelle erwischen mußte. Mrs. Wyses Royce war die Straße hinuntergeschaukelt, Diva hatte mit ihrem Einkaufskorb das Haus der drolligen Irene verlassen, dessen Mieterin sie nun war, Miss Mapps (inzwischen auf besonderen Wunsch »Elizabeth«) Gärtner hatte seinen täglichen Schubkarren voller Gartenerzeugnisse zum Obst- und Gemüseladen geschoben. Elizabeth war auf einen Sprung vorbeigekommen, um sie nach ihrer Rückkehr aus Riseholme zu begrüßen, sie zu dem Fest zu beglückwünschen, von dem die illustrierten Tageszeitungen so voll gewesen seien, und hatte, als sie mit ihr durch den Garten schlenderte, geistesabwesend ein paar Rosen gepflückt (Divas litten unter Blattläusen); der Padre hatte ihr, als er am magischen Fenster vorbeikam, einen guten Morgen, Mistress Lucas, gewünscht, und schließlich war Major Benjy aus seinem Haus gekommen, unterwegs zur Dampfbahn, mit der er zum Golfplatz fuhr. Lucia hatte ihm mit silberheller Stimme ein »Quai-hai« zugerufen, da die beiden in der Zeit, die sie in Tilling verbracht hatte, gute Freunde geworden waren, und ihn daran erinnert, daß er am Abend mit ihr speisen werde. Sehr galant hatte er seine Mütze gezogen und geblafft, dies sei nicht die Sorte Verabredung, bei der die Gefahr bestehe, daß er sie vergesse, *au reservoir*.

Nun war die Woge abgeflacht, und Lucia verließ das Fenster. Es gab so viel zu überlegen, daß sie kaum wußte, wo sie anfangen sollte. Als erstes fiel ihr Blick auf das Klavier, nicht mehr Elizabeths bemerkenswertes Blumenfelt, auf dem zu spielen ihr als Privileg zugestanden worden war, sondern ein anderes, das Lucia in Brighton geliehen hatte. Kein Zweifel, daß, wie Elizabeth betonte, ihr Blumenfelt einmal als erstaunlich schönes Instrument gegolten hatte, doch während der letzten zwanzig Jahre hätte es beim besten Willen niemand mehr für etwas anderes als für eine erstaunliche Kuriosität halten können. Einige Noten klangen, als piepsten Kanarienvögel (Divas Vogel hatte sich von seinem Pips wieder recht gut erholt), andere klangen überhaupt nicht, und das *Sostenuto*-Pedal war ein Ding der Unmöglichkeit. Daher hatte sich Lucia ein neues Klavier geliehen und das Kanarienklavier in das kleine Telephonzimmer neben der Diele gestellt. Das war nun voll, aber man konnte immer noch telephonieren, wenn man den Raum seitwärts betrat. Auf diesen Austausch hatte Elizabeth mit einer gewissen Schärfe reagiert und ziemlich ernst bemerkt, ihr Klavier habe ihrer liebsten Mama gehört und hoffentlich sei es im Telephonzimmer nicht feucht. Es schien sehr wahrscheinlich, daß es ihrer Mutter gehört hatte, wenn nicht ihrer Großmutter, aber schließlich hatte Lucia nicht versprochen, darauf zu spielen.

Soviel zu dem Klavier. Darauf stand nun eine mit zahlreichen Zeitungsausschnitten gefüllte Porzellanschüssel, und Lucia überflog einiges davon, sich an die Triumphe der vergangenen Woche erinnernd. Das Fest, durch phantastisches Wetter und Sonderzüge aus Worcester, Gloucester und Birmingham begünstigt, war ein kolossaler Erfolg gewesen. Die Prozession war auf Zelluloid festgehalten worden, ebenso die Szene auf der *Golden Hind*, und während der gesamten Aufführung hatte sich das Klicken der Photoapparate wie das Zirpen von Zikaden im Süden angehört. The Hurst war das Objekt ungezählter Linsen gewesen (Lucia hatte sich ausgesprochen nachsichtig gezeigt), und sie an ihrem Klavier und in Perditas Garten photographiert worden, und wie sie sinnierend in einer Laube saß, als Königin Elisabeth und als sie selbst, ja sie hatte sogar einen der Künstler bewegen können (recht widerstrebend eigens ein Photo von Drakes armer Frau zu knipsen. Es war nicht sehr gelungen, da Daisy sich bewegt hatte, aber an Lucias edler Absicht war nicht zu deuteln. Und die ganze Zeit über hatte Lucia (wohl wissend, daß keiner ihr glauben würde) Photographen wie Reportern gegenüber darauf bestanden, alles Verdienst gebühre Drakes Frau, die alles (oder fast alles) geplant und die ganze mühevolle Vorarbeit geleistet habe.

Fast hätte es eine schreckliche Katastrophe gegeben. Genauer gesagt, es gab eine Katastrophe, aber die erstaunliche Lucia hatte ganz spontan einen erneuten persönlichen Triumph daraus gemacht. Es war der letzte Tag des Festes, als der Anger die Besucherströme kaum mehr fassen konnte und um den Teich, in dem die *Golden Hind* lag, eine weitere Bankreihe aufgestellt worden war, da kam es zu diesem schrecklichen Augenblick. Königin Elisabeth hatte soeben das Deck verlassen, wo sie sich an einem Teller geräucherter Schlacken gelabt hatte, und die Prozession geleitete sie fort, als das gesamte Heck der *Golden Hind*, auf dem sich das Feuer und das vorher gebratene Schaf sowie ein Mast voller wehender Banner und die Menge jubelnder Köche befand, abbrach und mit einem schrecklichen Zischen ins Wasser platschte. Noch ehe jemand lachen konnte, stieß Lucia (der einfiel, daß das Wasser höchstens einen Meter tief war und keiner ertrinken würde) einen gellenden Schrei aus. »Donner und Doria«, schrie sie. »So werde ich mit Spaniens verdammten Galeonen umspringen«, und mit einer großartigen Geste der Verachtung in Richtung der hüfttief im Wasser stehenden Köche rauschte sie samt ihrer Prozession davon. Die Journalisten erwähnten diesen wunderbaren symbolischen Akt gesondert. Ein paar besonders pingelige hielten ihr Handeln für nicht ganz korrekt, aber keiner stellte den hervorragenden dramatischen Effekt ihres Einfalls in Frage, da er geradezu ideal zum nächsten Thema überleitete, nämlich der Ankunft der Armada. Die Köche wateten ans Ufer, eilten nach Hause, wo sie sich umzogen, und waren rechtzeitig zurück, um ihre Plätze in der Menschenmenge einzunehmen, die ihr weißes Reitpferd begleitete. Wem machte ein kurzes Untertauchen in den Diensten einer solch einfallsreichen Königin schon etwas aus? Von allen Triumphen Lucias während der Woche war dieser Augenblick der Inspiration die Krönung, und sie konnte nicht umhin, sich zu fragen, was die arme Daisy getan hätte, hätte sie an diesem Tag auf dem Thron gesessen. Wahrscheinlich hätte sie gesagt: »O weh, o weh, sie sind ins Wasser gefallen. Wir müssen abbrechen.«

Kein Wunder, daß Riseholme stolz auf Lucia war, und Tilling, das gierig die Zeitungen verschlungen hatte, war auch stolz. Möglicherweise mit einer Ausnahme, dachte sie, nämlich Elizabeth, die gerade eben bei ihrem Begrüßungsbesuch gesagt hatte: »Wie scheußlich dieser ganze Trubel für Sie sein muß, meine Liebe! Wie müssen Sie davor zurückschaudern!«

Doch wie üblich hatte Lucia schnell geschaltet.

»Wie nett, daß Sie so mitfühlend sind, Elizabeth«, hatte sie erwidert. »Aber es war meine Pflicht, dem geliebten Riseholme zu helfen, und an die Konsequenzen für meine Person darf ich nicht denken.«

Das brachte Elizabeth zum Schweigen; sie verlor kein Wort mehr über das Fest.

Während ihr die von besagtem Stapel Zeitungsausschnitten ausgelösten Gedanken durch den Kopf gingen, hatte Lucia das Gefühl, sie müsse sich bald einmal um Elizabeth kümmern, da diese zu einer Art Problem wurde. Doch zuerst, das war dringlicher, mußte sie sich auf Georgie konzentrieren. Im Moment weilte dieser, ohne von dem auf ihn wartenden Verhängnis zu ahnen und mit dem Leben ganz generell mehr als zufrieden, noch in Riseholme, da Adele Brixtons Bruder, Oberst Cresswell, Georgies Haus für zwei Monate gemietet hatte und es zahlreiche Kleinigkeiten gab, Stickereien, Zeichnungen und Fläschchen mit der Aufschrift »Nur zum äußeren Gebrauch bestimmt«, die Georgie wegpacken mußte. Während des Festes hatte er bei Daisy gewohnt, denn Foljambe und seine übrigen Bediensteten waren Anfang August nach Tilling gekommen, und es lohnte sich nicht, sie alle mit zurückzunehmen, auch wenn es schwierig gewesen war, eine Woche lang ohne Foljambe auszukommen. Dann war er nach Ende des Festes noch einen Tag bei Daisy geblieben, um sicherzustellen, daß er alles umsichtig geordnet hinterließ, und Lucia erwartete ihn heute vormittag zurück.

Sie hatte höchst beunruhigende, ja schauderhafte Neuigkeiten für ihn. Die in Riseholme kursierenden vagen Gerüchte waren nur allzu wahr, und Cadman, ihr Chauffeur, war gestern abend mit der Bombe bei ihr aufgetaucht, er und Foljambe trügen sich mit dem Gedanken zu heiraten. Sie hatte auch mit Foljambe gesprochen, die sie angefleht hatte, Georgie die Neuigkeit mitzuteilen.

»Dafür, Ma'am, wäre ich Ihnen zutiefst zu Dank verpflichtet«, hatte Foljambe gesagt, »denn ich könnte mich dazu gewiß nie selbst aufraffen, und er sähe es nicht gern, wenn ich den Entschluß faßte, ohne ihm etwas davon zu sagen. Wir haben keine Eile, Cadman und ich, wir wollen nicht heiraten, ehe wir im Herbst wieder in Riseholme sind, so daß Mr. Georgie etliche Monate Zeit zur Umstellung bleiben. Wenn es ihm überhaupt jemand schonend beibringen kann, dann ganz bestimmt Sie.«

Diese schöne Huldigung an ihren Takt verfehlte ihre Wirkung nicht, und Lucia hatte versprochen, die betrübliche Nachricht zu überbringen. Georgie würde heute rechtzeitig zum Mittagessen eintreffen, und sie war fest entschlossen, es ihm sofort zu sagen. Doch wie furchtbar war der Gedanke an den armen Georgie, der gerade unterwegs war, voller Vorfreude auf die Zukunft (schließlich hatte sich Foljambe mehr als zufrieden mit ihrem Zimmer erklärt) und angetan von seinem bemerkenswerten Erfolg als Drake sowie der sehr beträchtlichen Miete, für die er sein Haus zwei Monate lang abgab. Und nun sollte ihn von ihrer Hand dieser entsetzliche Schlag ereilen. Lucia hatte keine Ahnung, wie er ihn hinnehmen würde, aber mit Sicherheit würde er schrecklich verzweifelt sein. Als sie daher das Gartenzimmer verließ und sich im angenehmen Schatten auf dem Rasen draußen niederließ, machte sie sich eine ganze Reihe erfrischender und wertvoller Gedanken.

Sie wandte ihre Überlegungen Elizabeth Mapp zu. In den zehn Tagen vor Lucias Abreise zu dem Fest nach Riseholme hatte diese tagtäglich auf einen Sprung vorbeigeschaut: daß Elizabeth sie im Auge behielt, war unübersehbar. Sie war immer rasch mit irgendeiner Ausrede zur Hand – sie wollte eine Wärmflasche, einen Fingerhut oder einen Schraubenzieher holen, die mitzunehmen sie vergessen hatte und machte sich – jedes Hilfsangebot ablehnend – allein auf die Suche, in der Gewißheit, sie umgehend zu finden, ohne jemandem zur Last zu fallen. Über das ganze Gesicht strahlend und Lucias Köchin lobend ging sie in die Küche, tauchte in den Dienstbotenzimmern auf, wo sie Cadman gegenüber eine freundliche Bemerkung machte, und kramte in Schränken, um das aufzustöbern, wonach sie suchte. (Auf einem dieser

Ausflüge hatte sie das Klavier ihrer geliebten Mama im Telephonzimmer entdeckt.) Häufig trat sie ein, ohne zu klopfen oder zu klingeln, und wenn dann Lucia oder Grosvenor ihr heimliches Kommen hörten und nachsahen, wer da war, schalt sie sich selbst, weil sie vergessen hatte, daß dies vorübergehend nicht ihr Haus war. Wie vergeßlich von ihr.

Bei einer dieser Gelegenheiten war sie auf einen Sprung im Garten aufgetaucht und hatte Lucia dabei ertappt, wie sie eine Feige von dem Baum aß, der neben dem Gartenzimmer wuchs und sich unter der Last seiner Früchte bog.

»Oh, Sie liebe Diebin!« sagte sie. »Wie war das mit den Gartenprodukten?«

Als sie Lucias verdutzte Miene bemerkte, stieß sie ein perlendes Lachen aus.

»Lulu, meine Liebe! Nur ein Scherz meinerseits!« rief sie. »Erlaube mir ein Späßchen mit Königin Elisabeth. Sie dürfen jede einzelne Feige in meinem Garten essen, und ich wünschte, es wären noch mehr da.«

Bei anderer Gelegenheit hatte Elizabeth Major Benjy beim Tee mit Lucia angetroffen und gesagt: »Oh, wie enttäuscht ich bin! Ich hatte so gehofft, Sie beide einander vorstellen zu können, und jetzt hat mich jemand anders dieses Vergnügens beraubt. Wer war dieser böse Mensch?« Aber vielleicht war das auch ein Scherz. Lucia war nicht sicher, ob ihr Elizabeths Scherze besser gefielen als ihre unangemeldeten Besuche.

An diesem Morgen ließ Lucia den Blick über ihren Garten schweifen. Der Rasen mußte dringend gemäht, die Blumenbeete gejätet, ihre Einfassungen geschnitten werden, und ihr kam der Gedanke, daß der Gärtner, dessen Lohn sie bezahlte, seit ihrer Abreise nicht eine einzige Stunde hier gearbeitet haben konnte. Wenn ihre Erinnerung sie nicht trog, hielt er sich überhaupt nie in diesem Teil des Gartens auf, sondern pflückte ständig Obst und Gemüse im Küchengarten, grub das Spargelbeet um, topfte Chrysanthemen um oder verrichtete andere Tätigkeiten, die nicht ihre, sondern Elizabeths Interessen betrafen. Da war er gerade, ein netter, freundlicher Mann, und füllte einen zweiten Korb mit Gartenprodukten für den Abtransport zum Obstgeschäft, wo Lucia sie später zurückkaufen würde. Eine Nachfrage war umgehend erforderlich.

»Guten Morgen, Coplen«, sagte sie. »Ich möchte, daß Sie heute den Rasen mähen. Das Gras ist schrecklich lang geworden.«

»Tut mir sehr leid, Ma'am«, entgegnete er. »Dazu werde ich persönlich heute wohl keine Zeit finden. Vielleicht könnte ich dafür einen Mann schicken.«

»Mir wäre lieber, wenn Sie es täten«, sagte Lucia. »Sie können ja einen Mann zum Gemüsepflücken schicken.«

»Es geht nicht nur ums Gemüse«, sagte er. »Miss Mapp hat mir aufgetragen, ich soll heute die Erdbeerbeete düngen.«

»Aber was hat Miss Mapp damit zu tun?« fragte sie. »Sie stehen in meinen Diensten.«

»Tja, da ist was Wahres dran«, sagte der unparteiische Coplen. »Aber, sehen Sie, Ma'am, meine Anweisungen lauten, jeden Morgen zu Miss Mapp zu gehen, und sie sagt mir dann, was sie erledigt haben will.«

»Dann kommen Sie in Zukunft jeden Morgen zu mir und hören auch an, was ich erledigt haben will«, sagte Lucia. »Sie beenden, womit Sie gerade beschäftigt sind, und fangen dann sofort mit dem Rasen an. Teilen Sie Miss Mapp unbedingt mit, daß ich Ihnen diese Anweisungen gegeben habe. Und heute wird kein Erdbeerbeet gedüngt werden, und auch darüber hinaus nicht, bis mein Garten weniger wie ein Landstreicher aussieht, der sich seit einer Woche nicht rasiert hat.«

Bestärkt von einem unerschütterlichen Gerechtigkeitssinn, aber immer noch gefährlich aufgebracht, ging Lucia zurück in ihr Gartenzimmer, um sich mit einer Übungsstunde an dem neuen Klavier zu beruhigen. Sehr hübscher Klang; Georgie und sie konnten sich jetzt wieder musikalisch betätigen. Wenn er sich nach der tragischen Neuigkeit dazu in der Lage fühlte, konnte sich vielleicht heute nachmittag ein Duett als heilsam erweisen. Während der triumphalen Woche in Riseholme hatte sie keine einzige Note gespielt. Zunächst also ein paar Tonleitern, und gleich darauf war sie mit einem neuen Mozart beschäftigt, den sie und Georgie später gemeinsam durchgehen würden.

Es klopfte an der Tür des Gartenzimmers. Sie öffnete sich einen Spalt weit, und Elizabeth sagte mit ihrer lieblichsten Stimme: »Darf ich noch einmal hereinschauen, meine Liebe?«

Elizabeth war außer Atem. Im Eiltempo war sie von der High Street heraufgelaufen.

»Verzeihen Sie, daß ich ihre liebliche Musik unterbreche, Lucia *mia*«, sagte sie. »Was für eine hübsche Melodie! Was haben Sie für Finger! Aber mein guter

Coplen kam völlig verstört zu mir. Viel ratsamer, sofort alles aufzuklären, dachte ich, daher kam ich sofort, wenn auch ein wenig in Eile. Ein kleines Mißverständnis, zweifellos. Coplen ist nicht besonders helle.«

Elizabeth atmete schwer, offenbar in einer gewissen Aufregung, auf die sich die fehlende Puste wohl zurückführen ließ. Daher wartete Lucia, bis sie ihre Beherrschung wiedergefunden hatte.

»... und Ihr neues Klavier, meine Liebe?« fragte Elizabeth. »Gefällt es Ihnen? Es klang so nett, wenn auch nicht ganz der Klang des Instruments meiner liebsten Mama. Nun zu Coplen.«

»Ja, zu Coplen«, sagte Lucia.

»Er hat zweifellos falsch verstanden, was Sie vorhin zu ihm sagten. So bekümmert war er; hatte Angst, ich würde ihm zürnen. Ich versprach, mit Ihnen zu reden und alles aufzuklären.«

»Nichts leichter als das, meine Liebe«, sagte Lucia. »Wir können es in einer Minute aufklären. Wie er mir sagte, habe er keine Zeit, heute den Rasen zu mähen, weil er Ihre Erdbeerbeete düngen müsse. Daraufhin sagte ich: ›Den Rasen bitte, und zwar sofort‹, oder etwas in der Art; er hat wohl nicht recht begriffen, daß er von mir beschäftigt wird, also erinnerte ich ihn natürlich daran. Hoffentlich versteht er es jetzt.«

Nach diesen energischen Bemerkungen wirkte Elizabeth einigermaßen durcheinander, und Lucia merkte sofort, daß man so mit ihr umspringen mußte.

»Aber meine Gartenprodukte, liebe Lulu«, sagte Elizabeth, »nützen mir nicht viel, wenn all diese herrlichen Birnen an den Bäumen verfaulen, bis die Wespen sie fressen.«

»Das stimmt gewiß«, bestätigte Lucia; »aber Coplen, dessen Lohn ich zahle, nützt mir gar nichts, wenn er seine gesamte Zeit damit verbringt, sich um Ihre Gartenprodukte zu kümmern. Ich zahle für seine Zeit, liebe Elizabeth, und beabsichtige, diese auch in Anspruch zu nehmen. Das weiteren erzählte er mir, daß er seine Anweisungen jeden Morgen von Ihnen erhielt. So geht das nicht. Das werde ich keinen Moment länger dulden. Hätte ich nicht nur Ihren Gärtner, sondern außerdem Ihre Köchin übernommen, hätte ich ihr auch nicht erlaubt, den ganzen Tag für Sie Hammel zu braten. Das wäre somit geklärt.«

Es dämmerte Elizabeth, daß sie auf verlorenem Posten stand, und sie nahm Platz.

»Lulu«, sagte sie, »alles wäre besser, als mit einem so geschätzten Wesen wie Ihnen Meinungsverschiedenheiten zu haben. Ich werde mich nicht streiten. Ich werde meinen Standpunkt nicht einmal vortragen. Ich gebe nach. So! Wenn Sie Coplen vormittags ein Stündchen entbehren könnten, damit er mein bißchen Obst und Gemüse in den Laden bringt, wäre ich froh.«

»Leider ganz unmöglich, liebe Elizabeth«, entgegnete Lucia betont herzlich. »Coplen hat den Blumengarten schrecklich vernachlässigt, und zur Zeit braucht er seine ganze Arbeitskraft, um ihn wieder auf Vordermann zu bringen. Sie werden sich jemand anderen suchen müssen.«

Einen Moment lang sah Elizabeth recht übel aus; dann strahlte sie wieder über das ganze Gesicht.

»Verehrteste!« sagte sie. »Genau wie Sie wünschen, wird es geschehen. Jetzt muß ich mich sputen. *Au reservoir*. Sie haben wohl heute abend keine Zeit, um sich zu einem kleinen Dinner bei mir einzufinden? Ich würde noch Major Benjy einladen und unsere geliebte Diva, die von Ihnen begeistert, regelrecht begeistert ist. Genau wie Major Benjy. Er schwärmt von Ihnen. Sie schlimmes Geschöpf, alle Herzen Tillings zu stehlen.«

Das arme Ding tat Lucia richtig leid. Bevor sie letzte Woche nach Riseholme aufgebrochen war, hatte Lucia Diva und Major Benjy eingeladen, heute abend bei ihr zu dinieren, und es war schier unglaublich, daß dies immer noch nicht bis zu Elizabeth durchgedrungen war.

»Lieb von Ihnen«, sagte Lucia, »aber ich gebe heute abend selbst eine klitzekleine Gesellschaft. Nur ein oder zwei Gäste.«

Elizabeth verweilte noch einen Augenblick, und Lucia dachte im stillen, weder Daumenschraube noch Folterbank würde sie dazu bringen, Elizabeth einzuladen, mochte sie noch so lange bleiben.

Lucia und sie warfen einander Kußhände zu, als Elizabeth aus der Haustür trat und die Straße hinuntertrabte. »Offensichtlich muß ich ein wenig streng mit ihr sein«, dachte Lucia, »und wenn ich sie in ihre Schranken gewiesen habe, ist es an der Zeit, Güte zu zeigen. Aber im Moment werde ich sie nicht zum Dinner einladen. Sie muß lernen, mich nicht einzuladen, wenn sie weiß, daß ich bereits etwas vorhabe. Und sie soll nicht ohne zu klingeln hereinplatzen. Ich muß Grosvenor auftragen, die Kette vor die Tür zu legen.«

Lucia widmete sich wieder ihrem Klavier, schob aber den neuen Mozart beiseite, als sie bei einem ihrer kurzen Blicke aus dem offenen Fenster Georgie vom Bahnhof die Straße hinaufkommen sah. Er kam mit leichtem und beschwingtem Schritt, augenscheinlich bestens gelaunt, und winkte ihr zu, als er sie sah.

»Gehe bloß mal rasch im Cottage vorbei«, rief er, »nachsehen, ob alles in Ordnung ist, und dann komme ich vor dem Lunch auf einen kleinen Plausch herüber. Bergeweise zu erzählen.«

»Ich auch«, sagte Lucia und dachte reuig an eines der Gesprächsthemen. »Beeilen Sie sich, Georgie.«

Er lief zum Cottage hinauf, und Lucia tat er von Herzen leid, denn bald würde all diese Fröhlichkeit wie vom Erdboden verschluckt sein, und sie, Lucia, würde ihm den Tag verderben. Sollte sie es ihm besser sofort sagen, überlegte sie, oder sich zuerst seine Neuigkeiten anhören und von den letzten Mappschen Schachzügen berichten? Diese aufregenden Themen könnten sich als heilsam erweisen, als etwas, worauf man später zurückgreifen konnte. Wenn sie ihn hingegen sofort überfiel, wären diese Dinge später weder hilfreich noch eine Stärkung. Außerdem gab es geschmorten Hummer zum Essen, Georgies Leibgericht, und den konnte er wahrscheinlich kein bißchen genießen, wenn sie ihm schon vorher den Schlag versetzte.

Noch fast bevor er die Tür geöffnet hatte, fing Georgie an zu reden.

»Alles ganz prima im Cottage«, sagte er, »und Foljambe ausgesprochen zufrieden mit Tilling. Alles blitzsauber und ordentlich, mein Farbkasten gereinigt, das Loch im Teppich ganz herrlich gestopft. Sie war während meiner Abwesenheit bestimmt beschäftigt.«

(»Oje, ojemine, und wie«, dachte Lucia.)

»Und in Riseholme ist alles geregelt«, fuhr der arme Georgie fort. »Oberst Cresswell möchte mein Haus für drei Monate nehmen, also sagte ich zu, und jetzt sind wir bis Oktober ohne Heim, falls wir nicht unsere Häuser hier behalten. Ich mußte gestern meine Drake-Klamotten wieder anziehen, weil mich die *Birmingham Gazette* photographieren wollte. Du liebe Güte, was war das für ein gewaltiger Erfolg, aber ich bin froh, daß ich verschwinden konnte, denn jetzt wird alles sterbenslangweilig, alles außer Daisy. Gleich nach Ihrer Abreise bekam sie Oberwasser, und ich habe sie tatsächlich behaupten hören, wie rasch Sie die Rolle als Königin gelernt hätten, nachdem Sie ihr ein- oder zweimal zugeschaut hätten.«

»Nein! Die Arme!« sagte Lucia voller Mitgefühl.

»Jetzt berichten Sie mir von Tilling«, sagte Georgie, der fand, er müsse sie auch zu Wort kommen lassen.

»Hier kommt langsam Bewegung in den Laden, Georgie«, sagte sie und vergaß für den Augenblick die drohende Tragödie. »Nachtmärsche, Georgie, Manöver. Elizabeth natürlich. Ich hatte gewiß recht, sie will mich kontrollieren, und falls (falls!) das nicht gelingt, wird sie versuchen, mich zu bekämpfen. Ich bemerke Spuren von Haß und Bosheit an ihr.«

»Und werden Sie den Kampf aufnehmen?« fragte Georgie eifrig.

»Nichts dergleichen, mein Lieber«, sagte Lucia. »Wofür halten Sie mich? Immer mal wieder, wenn nötig, werde ich ihr zwei oder drei feste Klapse verpassen. Einen hat sie heute morgen bekommen, ja wirklich. Keinen sehr festen, aber er hat gesessen.«

»Nein! Erzählen Sie«, bat Georgie.

Lucia gab eine kurze, aber völlig korrekte Beschreibung der Gärtnerkrise zum Besten.

»Das habe ich also abgestellt«, sagte sie, »und ich werde noch etliche andere Dinge abstellen. Ich werde zum Beispiel nicht zulassen, daß sie ohne zu klingeln in mein Haus spaziert. Ich habe daher Grosvenor angewiesen, die Kette vorzulegen. Außerdem nennt sie mich Lulu, wobei mir ganz übel wird. Mich hat noch niemand Lulu genannt, und niemand wird jetzt damit anfangen. Mal sehen, ob es etwas nützt, wenn ich sie Liblib nenne. Und dann hat sie mich heute abend zum Dinner eingeladen, obwohl sie sehr wohl gewußt haben muß, daß Major Benjy und Diva bei mir speisen. Sie speisen übrigens auch.«

»Ich weiß nicht, ob das angebracht ist«, sagte Georgie. »Foljambe erwartet womöglich, daß ich am ersten Abend, wo ich wieder hier bin, zu Hause esse. Wie ich weiß, will sie Tischwäsche und Tafelsilber mit mir durchgehen.«

»Nein, Georgie, ganz überflüssig«, sagte sie. »Sie müssen mir helfen, den anderen einen richtig netten Abend zu bereiten. Wir spielen Bridge und lassen zu, daß Major Benjy sich als Autorität aufspielt. Wir geben eine fröhliche Gesellschaft, sie sollen sich wohlfühlen. Und morgen werde ich die Wyses einladen und mich über Gräfinnen unterhalten. Und übermorgen werde ich den Padre und seine Frau einladen und Schottisch reden. Ich möchte Sie an jedem Abend dabei haben. Wie ich inzwischen weiß, ist es neu in Tilling, kleine Abendgesellschaften zu geben. Hier vergnügt man sich gewöhnlich beim Tee. Und Liblib werde ich vor nächster Woche überhaupt nicht einladen.«

»Aber meine Liebe, bedeutet das nicht Krieg?« fragte Georgie. (Es sah ganz danach aus.)

»Keineswegs. Es handelt sich um wohlwollende Neutralität. Wir werden sehen, ob sie Vernunft annimmt. Wenn ja, werde ich wieder sehr nett zu ihr sein und sie zu mehreren angenehmen kleinen Partys bitten. Ich gebe ihr jede erdenkliche Chance. Außerdem, Georgie...« Lucias Augen bekamen jenen stechenden Ausdruck, der einen ernsten Entschluß anzeigte. »Ich will sie verstehen und ihr gegenüber fair sein. Zur Zeit verstehe ich sie nicht. Einem Gärtner Anweisungen zu geben, dessen Lohn ich bezahle! Aber das ist aus und vorbei. Ich kann das Rattern des Rasenmähers hören. Nur zwei oder drei Dinge ertrage ich nicht. Ich lasse mich von Liblib nicht von oben herab behandeln, ich lasse mich nicht Lulu nennen, und ich will nicht, daß sie dauernd in meinem Haus auftaucht, als sei sie eine Kuckucksuhr.«

Das Mittagessen neigte sich dem Ende zu. Georgie sah so blendend und pausbäckig aus mit seinen kastanienfarbenen Haaren, die nicht die geringste Tönung mehr brauchten, und seiner herrlichen Kleidung. Major Benjy, der rasch begriffen hatte, daß man auch mit Georgie Freundschaft schließen mußte, wenn man mit Lucia Freundschaft schließen wollte, hatte ihn bereits den bestgekleideten Mann in Tilling genannt, und Lucia, die derartige Tautropfen unweigerlich weitergab, hatte Georgie mit der Wiederholung dieses Urteils die größte Genugtuung bereitet. Und jetzt war sie kurz davor, ihm einen Dolch ins Herz zu stoßen. Sie stützte ihre Ellbogen auf den Tisch, als wolle sie bereit sein, eine tröstende Hand auf die seine zu legen.

»Georgie, ich muß Ihnen etwas erzählen«, sagte sie.

»Es wird mir bestimmt gefallen«, sagte er. »Nur zu.«

»Nein, wird Ihnen überhaupt nicht gefallen«, sagte sie. Ihm ging der Gedanke durch den Kopf, daß Lucia sich anders entschieden hatte und ihn doch heiraten wollte, aber das konnte es nicht sein, da sie dann niemals gesagt hätte, es würde ihm nicht gefallen. Plötzlich kam ihm eine Eingebung.

»Es hat etwas mit Foljambe zu tun«, sagte er mit zitternder Stimme.

»Ja. Sie und Cadman werden heiraten.«

Georgie wandte ihr ein Gesicht zu, aus dem jeder Ausdruck, von Hoffnungslosigkeit und Verzweiflung abgesehen, gewichen war, und ihre tröstende Hand legte sich auf die seine, selbige fest drückend.

»Wann?« fragte er, nachdem er seine trockenen Lippen befeuchtet hatte.

»Nicht sofort. Nicht ehe wir wieder in Riseholme sind.«

Georgie schob seinen unberührten Kaffee von sich.

»So etwas Entsetzliches ist mir noch nie zugestoßen«, sagte er. »Es hat mir jedes Vergnügen gründlich verdorben. Ich hätte nicht gedacht, daß Foljambe so egoistisch wäre. Seit fünfzehn Jahren ist sie bei mir, und jetzt ruiniert sie mein Zuhause, einfach so.«

»Mein Lieber, das ist eine ziemlich übertriebene Aussage«, sagte Lucia. »Sie können sich ein anderes Hausmädchen suchen. Es gibt andere.«

»Wenn Sie so wollen, könnte sich Cadman auch

eine andere Frau suchen«, sagte Georgie, »außerdem gibt es kein anderes Hausmädchen wie Foljambe. Hin und wieder hatte ich einen Verdacht, glaubte aber nie, daß es soweit kommen würde. Was war ich für ein Narr, sie hier zurückzulassen, als ich zu dem Fest nach Riseholme fuhr! Oder – wären wir nur mit Cadman zurückgefahren, statt den Zug zu nehmen! Es war Irrsinn. Hier hockten sie und hatten nichts zu tun, als hinter unseren Rücken Pläne zu schmieden. Niemand wird sich so wie sie um meine Kleider kümmern. Und um das Silber. Und Ihnen wird Cadman auch fehlen.«

»Ich glaube eigendlich gar nicht, daß er mich verlassen will«, sagte Lucia einigermaßen beunruhigt. »Wie kommen Sie darauf? Er hat nichts davon gesagt.«

»Vielleicht will mich dann Foljambe auch nicht verlassen«, sagte Georgie, der aus den Trümmern seines Zuhauses eine mögliche Morgenröte schimmern sah.

»Das ist etwas anderes«, sagte Lucia. »Sehen Sie, sie muß sich tagsüber um sein Zuhause kümmern, und nachts hätte... hätte er sie gern dort.«

»Schauderhafte Vorstellung«, sagte Georgie verbittert. »Ich frage mich, was sie an ihm findet. Ich hätte nicht übel Lust, auf Dauer in ein Hotel zu ziehen. Und ihr habe ich in meinem Testament fünfhundert Pfund hinterlassen!«

»Georgie, das war sehr großzügig von Ihnen. Sehr«, warf Lucia ein, auch wenn Georgie den Verlust dieser großen Summe nach seinem Tod nicht spüren würde.

»Aber nun werde ich unbedingt einen Zusatz einfügen, in dem es heißt: ›Falls noch in meinen Diensten‹«, sagte Georgie viel weniger großzügig. »Das hätte ich nicht von ihr gedacht.«

Lucia schwieg einen Moment. Georgie nahm sich das wirklich sehr zu Herzen, und sie zerbrach sich ihren genialen Kopf.

»Ich habe eine Idee«, sagte sie endlich. »Ich weiß nicht, ob es sich einrichten läßt, aber würden Sie sich bei dieser Sache weniger elend fühlen, wenn Foljambe sich einverstanden erklärte, um, sagen wir, neun Uhr morgens in Ihr Haus zu kommen und bis nach dem Abendessen dort zu bleiben? Wenn Sie auswärts speisen – was ja häufig der Fall ist –, könnte sie früher nach Hause gehen. Cadman ist schließlich den ganzen Tag lang in The Hurst, da er alles macht, was so anfällt, und sein Häuschen in Riseholme liegt recht nahe bei Ihrem Haus. Allerdings müßten Sie ihnen für die Hausarbeit eine Putzfrau finanzieren.«

»Oh, das ist eine gute Idee«, sagte Georgie und wurde etwas fröhlicher. »Natürlich spendiere ich ihr eine Putzfrau oder was immer sie will, wenn sie sich nur wie bisher um mich kümmert. Schlafen kann sie, wo sie will. Natürlich mag es Phasen geben, in denen sie weg ist, aber das stört mich nicht, solange ich weiß, daß sie zurückkommt. Außerdem ist sie für so was schon ziemlich alt, oder?«

Es hatte keinen Zweck, ungeborene Babys zu zählen, und mit viktorianischem Blick überging Lucia dieses leicht anstößige Thema.

»Zu fragen, ob sie unter diesen Bedingungen bei Ihnen bleibt, kann nichts schaden«, sagte sie.

»Freilich. Ich werde es umgehend vorschlagen«, sagte Georgie. »Ich werde ihr wohl sehr herzlich gratulieren und sagen, wie sehr es mich freut, und sie dann fragen. Oder wäre es besser, betont kühl und beschäftigt zu sein und gar nicht mit ihr zu reden? Das würde sie schrecklich finden, und wenn ich sie dann nach ein paar Tagen frage, ob sie bei mir bleibt, verspricht sie vielleicht alles, damit ich wieder weniger unglücklich bin.«

Lucia war mit dieser machiavellistischen Vorgehensweise nicht recht einverstanden.

»Andererseits könnte sie das veranlassen, Cadman sofort zu heiraten, um die Sache hinter sich zu bringen«, gab sie zu bedenken. »Seien Sie besser vorsichtig.«

»Ich werde darüber nachdenken«, versprach Georgie. »Vielleicht wäre es ungefährlicher, ihr ausgesprochen freundlich zu begegnen und an ihr gutes Herz zu appellieren, falls sie so etwas besitzt. Aber eins weiß ich: Ich werde sie nie Cadman nennen können. Sie muß ihren Mädchennamen behalten, wie eine Schauspielerin.«

Lucia setzte wie angekündigt ihre disziplinarischen Maßnahmen in Kraft, um Elizabeth in die Schranken zu weisen. Major Benjy, Diva und Georgie speisten an diesem Abend bei ihr, und es gab sowohl einen Teller mit Nougatpralinen für Diva, deren außerordentliche Leidenschaft für dieses Naschwerk in ganz Tilling bekannt war, als auch ein scharfes Curry für den Major, zur Erinnerung an Indien, sowie eine Schüssel voller beim Obsthändler erstandener, aber vom Baum vor dem Gartenzimmer gepflückter lila Feigen. Lucia konnte nicht widerstehen, Elizabeth deswegen einen winzigkleinen Klaps zu versetzen, und sagte, es sei ein ziemlich umständliches Verfahren, unten in der High

Street die Feigen zu kaufen, die Coplen von dem Baum im Garten gepflückt und mit anderen Gartenprodukten in den Laden gebracht habe; sie müsse die liebe Elizabeth um die Erlaubnis bitten, sie sozusagen am Grubeneingang zu kaufen. Sie war jedoch ehrlich erstaunt über die Wirkung ihres kleinen Scherzes auf Diva. Hastig verschluckte diese eine ganze Nougatpraline und lief puterrot an.

»Überläßt Ihnen denn Elizabeth keine Gartenprodukte?« fragte sie ungläubig.

»Aber nein«, antwortete Lucia. »Nur Blumen für das Haus. Sonst nichts.«

»Na, da soll mich doch!« sagte Diva. »Soviel ich verstanden hatte, jedenfalls glaubte ich...«

Lucia stand auf. Sie mußte großmütig sein und keinerlei wie auch immer geartete öffentliche Bloßstellung von Elizabeths Verhalten begünstigen, aber sie hätte gern in aller Stille erfahren, wie groß das zu rupfende Hühnchen sein würde.

»Gehen wir auf einen kleinen Plausch ins Gartenzimmer«, schlug sie vor. »Kümmern Sie sich um Major Benjy, Georgie, und verweilen Sie nicht zu lange im Junggesellenreich, da ich noch ein Spielchen Bridge mit ihm bestreiten will. Ich fürchte mich schrecklich vor ihm, aber er und Mrs. Quantock müssen mit Anfängern, wie Sie und ich es sind, nachsichtig umgehen.«

In einem Wortschwall gab die entrüstete Diva Elizabeths Missetaten zum besten.

»Das sieht Elizabeth ähnlich«, sagte sie. »Als ich sie fragte, ob sie Ihnen die Gartenprodukte überlasse, sagte sie, sie werde ihre Kartoffeln nicht ausbuddeln und wegschleppen. Tja, natürlich dachte ich, dies bedeute, sie überlasse sie Ihnen. Sieht ihr ähnlich. Hat nicht Bismarck die Wahrheit gesagt, um zu täuschen? Also überließ ich ihr natürlich meine Gartenprodukte, und nun verkauft sie die einen und ißt die anderen. Ich hätte wissen müssen, daß man ihr nicht trauen darf!«

Lucia lächelte ihr nachsichtiges Sonntagabendlächeln, was hieß, daß sie intensiv über Wochentagsprobleme nachdachte.

»Ich mag Elizabeth so sehr«, sagte sie, »was machen da schon ein paar Feigen aus?«

»Nichts, aber sie behält immer die Oberhand«, sagte Diva, »was manchmal schwer erträglich ist. Mein Haus samt Gartenprodukten hat sie für acht Guineen die Woche bekommen, und ihres vermietet sie ohne Gartenprodukte für zwölf.«

»Nein, meine Liebe, ich zahle fünfzehn«, sagte Lucia.

Diva starrte sie mit offenem Mund an.

»Aber bei Woolgar wurde es für zwölf angeboten«, sagte sie. »Ich habe es selbst gesehen. Sie ist schon eine, nicht wahr?«

Lucia wahrte ihre vornehme Haltung, aber diese Information machte das zu rupfende Hühnchen noch ein wenig größer.

»Die liebe Elizabeth!« sagte sie. »Ich freue mich so, daß sie schlau genug war, sich ein paar Guineen mehr zu verdienen. Sie ist wohl sehr raffiniert, nicht wahr? Da kommen ja schon die Herren. Zeit für ein vergnügliches Bridgespielchen.«

Georgie mußte über Lucia staunen. Sie war es gewohnt, sich als Expertin und Autorität aufzuspielen und Mit- wie Gegenspielern Anweisungen zu erteilen, aber heute abend hatte eine ganz ungewöhnliche Demut von ihr Besitz ergriffen. Sie kommentierte ihre Fähigkeiten mit Bescheidenheit und lobte die ihres Mitspielers; sie holte sich Rat, einmal fragte sie sogar Georgie, was sie hätte ausspielen sollen, was allerdings offensichtlich ein Versehen war, da sie ihn gleich darauf heftig ausschalt. Doch die anderen beiden betraf, hatte sie nichts als bewundernden Neid dafür übrig, wie sie ansagten und ihr Blatt handhabten, und als Diva nicht bediente, nahm sie die ganze Schuld auf sich, weil sie sie nicht gefragt hatte, ob sie die Farbe noch auf der Hand habe. Einen Rubber nach dem anderen spielte sie so harmonisch, wie man es in den höheren Spielerkreisen Tillings bisher noch nicht erlebt hatte; und als sich, nachdem die unvorstellbare Stunde Mitternacht schon längst geschlagen hatte, bei der Addition herausstellte, daß Lucia die Verliererin des Abends war, sagte sie, noch nie habe sie sich Erfahrung so billig und angenehm erkauft.

Major Benjy wischte sich den Schaum seines dritten (verstohlen und hastig konsumierten) Whisky mit Soda aus dem Walroß-Schnauzbart.

»Angenehmster Bridgeabend, den ich in Tilling je erlebt habe«, erklärte er. »Du meine Güte, wenn ich an die Beschimpfungen denke, die ich in diesem Raum wegen irgendeines Bagatellfehlers über mich ergehen lassen mußte, und an die Reibereien... Mrs. Plaistow weiß, was ich meine.«

»Das kann man wohl sagen«, bestätigte Diva und geriet bei dem Gedanken an die Gartenprodukte wieder in Rage. »Die arme Elizabeth! Unterricht in

Selbstbeherrschung braucht sie, und danach wären ein paar Unterrichtsstunden über die Anfangsgründe dieses Spiels angebracht. Vielleicht könnte sie dann anderen Leuten erzählen, wie man spielt.«

Die sehr angenehme Runde zerstreute sich, und der heim in Mallards Cottage eilende Georgie glaubte, in diesen Bemerkungen den Schlüssel zu Lucias ungewohnter Demut zu erkennen. Sie selbst hatte, wie es einer großherzigen Frau ziemte, zum Thema Elizabeth zwar nur freundliche Worte, aber Diva und Major Benjy kamen nicht umhin, den reizenden Abend bei Lucia – sehr zu ihrem Vorteil – mit den Schmähungen zu vergleichen, zu denen es normalerweise kam, wenn sie im Gartenzimmer Bridge spielten. »Ich glaube, Lucia hat begonnen«, dachte Georgie bei sich, als er geräuschlos die Treppe hinaufging, um Foljambes Nachtruhe nicht zu stören.

Natürlich war am nächsten Vormittag in ganz Tilling bekannt, daß in Mallards bis um Gott weiß welche Uhrzeit eine Reihe höchst harmonischer Rubber gespielt worden waren, da Diva den halben Vormittag damit zubrachte, allen davon zu erzählen, und die andere Hälfte, ihnen zu raten, kein Obst und Gemüse in dem Laden zu kaufen, der die Gartenprodukte der bismarckistischen Elizabeth vertrieb. Ebenfalls allgemein bekannt war, daß die Wyses heute abend in Mallards speisten, dafür sorgte schon Mrs. Wyse, und an diesem Abend fuhr der Royce um acht von der Porpoise Street nach Mallards, wo er pünktlich um eine Minute nach acht eintraf. Georgie kam zu Fuß aus dem dreißig Meter in der anderen Richtung gelegenen Cottage, ausgesprochen gut gelaunt, da Foljambe sich nach Beratung mit ihrem Cadman bereit erklärt hatte, in Riseholme ihren Pflichten als Hausmädchen tagsüber weiterhin nachzukommen. Daher sah Georgie bis auf weiteres davon ab, den erwähnten rachsüchtigen Zusatz in sein Testament einzufügen. Er erzählte den Wyses, die er auf der Schwelle von Mallards traf, von dem glücklichen Ende seiner häuslichen Krise, während Mrs. Wyse ihren Zobel abnahm und dadurch enthüllte, daß sie den Orden, der sie als M. B. E. auswies, auf ihrem üppigen Busen trug; und ihm fiel auf, daß Mr. Wyse ein weiches, krauses Hemd mit breitem Kragen sowie einen Anzug aus Veloursamt trug; in diesem flotten Aufzug sah er wie ein Zauberkünstler aus. Beim Essen folgten ausnehmend höfliche Gespräche, begleitet von zahlreichen Verbeugungen Mr. Wyses; zuerst sprach er mit seiner Gastgeberin, und als Lucia den Gesprächskreis zu erweitern versuchte und etwas zu Georgie sagte, wandte er umgehend seinen Kopf nach rechts und unterhielt sich mit seiner Frau sehr höflich über das Wetter und die Nachrichten in der Abendzeitung, bis Lucia wieder Zeit für ihn hatte.

»Von unserer Freundin Miss Mapp höre ich«, sagte er zu ihr, »daß Sie ausnehmend gut italienisch sprechen.« Lucia tat ihm nur zu gern den Gefallen.

»Ah, che bella lingua!« sagte sie. *»Ma ho dimenticato tutto, non parla nessuno* in Riseholme.«

»Ich hoffe jedoch, daß sich Ihnen bald die Gelegenheit bietet, es in Tilling zu sprechen«, sagte Mr. Wyse. »Meine Schwester Amelia, Contessa Faraglione, wird sich möglicherweise bald zu uns gesellen, und ich freue mich darauf, einer Unterhaltung zwischen Ihnen beiden zu lauschen. Eine herrliche Sprache zum Zuhören; allerdings belacht Amelia meine armseligen Versuche, sie zu sprechen.«

Hier witterte Lucia Gefahr. In Riseholme war es einmal zu einem schrecklichen Auftritt gekommen, bei dem ihr Ruf der Zweisprachigkeit zertrümmert worden war, als sie sich einer vollen Breitseite Italienisch ausgesetzt sah, von einem Muttersprachler abgefeuert, und sie rein gar nichts verstanden hatte. Aber Amelias Ankunft war unsicher und in weiter Ferne, und es wäre peinlich gewesen einzugestehen, daß sich ihre Kenntnisse auf einen ausgewählten, jedoch äußerst begrenzten Wortschatz beschränkten.

»Georgie, wir müssen unser Italienisch wieder aufpolieren«, sagte sie. »Vielleicht kommt Mr. Wyses Schwester bald her. Welch eine Gelegenheit für uns, die Sprache zu üben!«

»Ich kann mir nicht vorstellen, daß Sie viel Übung brauchen«, sagte Mr. Wyse und verbeugte sich vor Lucia. »Und wie ich höre, war Ihr elisabethanisches Fest« (er verbeugte sich vor Königin Elisabeth) »ein großer Erfolg. Wir müssen in Tilling unbedingt jemanden haben, der solche Unternehmungen organisieren und durchführen kann. Meine Frau gibt sich alle erdenkliche Mühe, braucht aber dringend jemanden, der ihr hilft oder auch Anweisungen gibt. Beispielsweise braucht das Krankenhaus dringend Gelder. Sie und ich haben schon erwogen, ob man nicht ein Gartenfest durchführt, mit szenischen Darbietungen oder etwas in der Art, um Geld aufzutreiben. Sie hat, wie ich weiß, einen Anschlag auf Sie vor, wenn sie Sie allein erwischt, da es in Tilling niemanden gibt, der Ihre Fähigkeiten hat und die Initiative aufbringt.«

Plötzlich kam Lucia der Gedanke, daß dies, so erfreulich es zwar für sie war, auch einem weiteren Zweck diente, nämlich jemand anderen herabzusetzen, und diese Person konnte gewiß nur eine sein. Doch der Name durfte nicht über ihre Lippen kommen.

»Während meines Aufenthalts in Tilling«, sagte sie, »stehe ich Mrs. Wyse voll und ganz zur Verfügung. Dieser Garten zum Beispiel. Wäre er ein geeigneter Ort für etwas Derartiges?«

Mr. Wyse verbeugte sich vor dem Garten.

»Der ideale Ort«, sagte er. »Ganz Tilling würde auf Ihr Geheiß hierher pilgern. Solange ich denken kann, durfte er für solch einen Zweck noch nie genutzt werden; das haben wir oft beklagt.«

Es gab keine großen Zweifel darüber, was in solchen Bemerkungen unterschwellig mitschwang, aber die hübsche glatte Oberfläche durfte keinen Kratzer bekommen.

»Das kann ich Ihnen durchaus nachfühlen«, gestand Lucia. »Wenn man, und sei es nur für kurze Zeit, das Glück hat, über einen so hübschen kleinen Garten verfügen zu können, sollte er zum Zwecke wohltätiger Unterhaltung eingesetzt werden. Das Krankenhaus – welches Objekt hätte unsere Hilfe mehr verdient? Sie haben ein paar szenische Darbietungen vorgeschlagen. Gewiß würden Mr. Pillson und ich nur allzu gern die eine oder andere Szene von unserem Fest in Riseholme wiederholen.«

Mr. Wyse verbeugte sich so tief, daß sich sein großer lockerer Schlips beinahe in eine Schale Sorbet senkte.

»Ich versuchte gerade, all meinen Mut zusammenzunehmen, um genau dies vorzuschlagen«, sagte er. »Susan, Mrs. Lucas ermutigt uns zu hoffen, daß sie dir wegen des zwischen uns besprochenen Projektes wohlwollendes Gehör schenken wird.«

Das wohlwollende Gehör setzte ein, sobald die Damen sich erhoben, und wurde fortgesetzt, als Georgie und Mr. Wyse ihnen folgten. Es war bereits Einigkeit darüber erzielt worden, daß der Padre eventuell einen Teil der Unterhaltung bestreiten könnte, was sich sehr gut traf, da er am nächsten Abend mit Lucia speisen würde.

»Seine schottischen Erzählungen«, sagte Susan. »Ich kann sie gar nicht oft genug hören, denn auch wenn kein Tropfen schottischen Bluts in mir fließt, weiß ich sie doch zu schätzen. Natürlich kein Programmpunkt, Mrs. Lucas, sondern nur als Pausenfüller. Und dann ist da noch Mrs. Plaistow. Wie muß ich lachen, wenn sie den seekranken Passagier mit der Apfelsine gibt, obwohl ich bezweifle, daß man jetzt Apfelsinen bekommt. Und Miss Coles. Eine großartige Imitatorin. Und dann ist da noch Major Benjy. Vielleicht würde er uns Auszüge aus seinem Tagebuch vorlesen.«

Es folgte eine Pause. Lucia hatte wieder einmal das unfehlbare Gefühl, daß ein gewisser, bislang unerwähnt gebliebener Name folgen würde. So war es.

»Und wenn Miss Mapp die Erfrischungsabteilung mit frischem Obst aus ihrem Garten bestücken würde, wäre das eine große Hilfe«, sagte Mrs. Wyse.

Lucias Blicke kreuzten sich in rascher Folge mit denen aller Gäste, die wiederum der Reihe nach wegschauten. »Tilling weiß also schon alles über die Gartenprodukte«, dachte sie im stillen.

Bridge schloß sich an, und diesmal konnte sie nicht so bescheiden sein wie am vergangenen Abend, denn die beiden Wyses setzten sich herab, noch ehe Lucia begonnen hatte.

»Wir wissen bereits«, sagte Algernon, »zu welcher Klasse von Spielern Sie gehören, Mrs. Lucas. Susan und ich sind Ihnen für jeden Fingerzeig dankbar, den Sie uns geben. Leider werden wir nicht dagegenhalten können, hoffen aber auf eine Lehrstunde. Niemand in Tilling kann beanspruchen, ein echter Spieler zu sein. Im Rahmen unserer Möglichkeiten tragen Major Benjy, Mrs. Plaistow und wir manchmal einen heißumkämpften Rubber aus, und der Padre spielt durchaus nicht immer eine üble Karte. Doch davon abgesehen, je weniger man über unser Bridge spricht, desto besser. Susan, wir müssen unser Bestes geben.«

Mit dieser Aussage wurde in der Tat Lucias Bescheidenheit vom vergangenen Abend belohnt. Die Gewinner hatten offensichtlich ihre überlegenen Fähigkeiten gerühmt, und bezog sich dies wiederum auf eine andere Person, deren Name bisher nur ein einziges Mal gefallen war, und zwar im Zusammenhang mit Gartenprodukten? Heute nacht wimmelten Lucias Blätter vor Assen und Königen; sie beraubte ihre Gegenspieler sämtlicher Trümpfe, spielte dann noch einmal eine Sicherheitskarte aus, nach der sie eine Unmenge von Siegerkarten ausspie. Wer gerade ihr Partner war, hatte Glück, und an diesem Abend mußte Georgie um Wechselgeld für einen Zehn-Shilling-Schein bitten und es den anderen überlassen, ihre Gewinnanteile untereinander zu berechnen. Dieses finanzielle Desaster kümmerte ihn indes nicht, da ihm Foljambe erhalten blieb. Als die Besucher aufbrachen, flehte Mrs. Wyse ihn an, ihr zu gestatten, ihn im Royce nach Hause zu bringen, da dies aber bedeutet hätte, den majestätischen Wagen zu wenden, was mindestens fünf Minuten dauerte, gefolgt von einer langen Fahrt um den Kirchplatz herum, hinunter zur High Street und wieder hinauf bis zur Porpoise Street, wagte er sich zu Fuß auf seinen dreißig Meter langen Marsch und kam, ohne übermäßig erschöpft zu sein, zu Hause an.

Georgie und Lucia begannen am folgenden Morgen mit ihren Zeichnungen. Gemäß dem Sprichwort »Trautes Heim – Glück allein« fingen sie zu Hause an, und die ersten Sujets waren das Haus des jeweils anderen. Sie stellten ihre Campinghocker nebeneinander, aber in die Gegenrichtung zeigend, und zwar mitten auf die Straße auf halber Strecke zwischen Mallards und Mallards Cottage; da sie unterschiedliche Objekte abzubilden hatten, gingen sie jeder Rivalität aus dem Weg, ohne auf die Gesellschaft des anderen zu verzichten.

»Wie gut für unser Zeichnen«, sagte Georgie. »Wir bekamen ja nichts mehr außer Bäume und Wolken vor den Stift, die nicht gerade sein müssen.«

»Ich habe den schiefen Schornstein«, sagte Lucia stolz. »Den hinter Ihrem Haus. Den werde ich wohl gerade zeichnen. Sonst glauben die Leute noch, ich hätte ihn irrtümlich schief gemacht. Was schlagen Sie vor?«

»Ich würde es wohl nicht tun«, sagte er. »Seine Schiefheit hat Charakter. Oder Sie machen ihn schiefer als er ist, dann wäre jeder Zweifel ausgeschlossen... Da kommt das Auto der Wyses. Nun müssen wir auf den Bürgersteig ausweichen. Gräßlich.«

Ein lautes Hupen warnte sie, daß diese Lösung allemal sicherer war, und der Wagen ruckte auf sie zu. Im Vorbeifahren sah Mr. Wyse, wen er gestört hatte, brachte den Royce (der ein viel größeres Recht auf die Straße hatte als die Künstler) zum Halten und sprang heraus, den Hut in der Hand.

»Bitte tausendmal um Vergebung«, rief er. »Ich hatte ja keine Ahnung, wer da zu welch künstlerischem Zweck die Fahrbahn in Beschlag genommen hatte. Ich bin wirklich untröstlich, umgehend hätte ich mich zurückgezogen und den Umweg gewählt, hätte ich es rechtzeitig bemerkt. Darf ich einen Blick riskieren? Ausgezeichnet! Der schiefe Schornstein! Mallards Cottage! Die Westfassade der Kirche!« Er verbeugte sich vor ihnen allen.

Am Abend folgte die dritte Dinnerparty, bei der der Padre und das liebe Weibchen das Quartett vervollständigten. Der Royce hatte an diesem Tag den Padre abgeholt, um ihn zum Lunch in die Porpoise Street zu bringen (Lucia hatte ihn vorbeifahren sehen), und er war es, der das geplante Unterhaltungsprogramm zugunsten des Krankenhauses ansprach, da er ganz auf dem laufenden sei, weshalb Mistress Lucas völlig über ihn verfügen möge. Es gebe einige schottische Geschichten, die er gern vortragen wolle, um die Pausen zwischen den szenischen Darbietungen zu füllen, und er habe in Erfahrung gebracht, daß Miss Coles (wie gewöhnlich als Knabe verkleidet) ihre überaus amüsante Parodie von »Der Knabe stand auf dem brennenden Deck« darbieten würde und daß Mistress Diva gesagt habe, sie glaube, es werde sich die eine oder andere Apfelsine auftreiben lassen. Falls nicht, tue es auch eine reife Tomate. Er persönlich stehe dafür ein, daß der Kirchenchor, wann immer erforderlich, Kanons, Lieder und Madrigale vortragen werde. Er schlug außerdem vor, die nicht bettlägerigen Bewohner des Armenhauses zum Tee einzuladen. In diesem Fall würde der Chor vor und nach den Brötchen das Tischgebet singen.

»Was, falls Sie zustimmen, die Kosten von alledem angeht«, sagte er, »so schlagen Sie noch einen halben Penny auf den Eintrittspreis, und kein Tillinger wird sich finden, der über die zusätzliche Ausgabe murrt, angesichts der Unterhaltung, die Sie und die anderen Mädels ihnen bieten werden.«

»Meine Güte, wie schnell das alles Gestalt annimmt«, sagte Lucia, die feststellte, daß sie beinahe ohne jede Anstrengung ihrerseits in die Position einer treibenden Kraft bei der ganzen Aktion gerückt war und daß immer noch eine Art Verschwörung des Schweigens hinsichtlich Miss Mapps Namen bestand, die bislang nur als geeignete Lieferantin von Frischobst für die Erfrischungsabteilung erwähnt worden war. »Sie müssen ein kleines Komitee gründen, Padre, um sofort alle Vorkehrungen zu treffen. Da wären Mr. Wyse, der eigentlich auf die Idee kam, und Sie...«

»Und mit Ihnen«, unterbrach der Padre, »macht das drei. Genug für ein Komitee, das seine Arbeit ohne jedes Hickhack verrichten will.«

Durch Lucias Kopf huschte ein Bild von Elizabeths Gesichtsausdruck, wenn sie die immer konkreter werdenden Neuigkeiten aufschnappte, was sie gewiß am nächsten Morgen tun würde.

»Ich glaube, ich sollte dem Komitee besser nicht angehören«, sagte sie in der Überzeugung, daß die anderen darauf bestehen würden. »Es sollte sich aus echten Tillingern zusammensetzen, die in solchen Dingen bei Ihnen die Führung übernehmen. Ich bin hier nur zu Besuch. Man wird noch sagen, daß ich mich in den Vordergrund dränge.«

»Ach, aber wie käm' wir ohne Sie aus, Mistress Lucas«, sagte der Padre. »Sie müssen sich einfach bereiterklären, mitzumachen. Und, wie ich immer sage, drei sind das perfekte Komitee.«

Mrs. Bartlett hatte sich das alles mit einem Ausdruck ekstatischer Aufmerksamkeit auf ihrem scharf geschnittenen, aber ängstlichen Gesichtchen angehört. Jetzt gab sie eine Reihe schriller kleiner Piepser zum besten, die eine mausähnliche Fröhlichkeit zum Ausdruck brachten, nach dem tatsächlich Gesagten ganz unerklärlich, aber leicht begreiflich aufgrund dessen, was nicht gesagt worden war. Hastig trank sie ein Schlückchen Wasser und versicherte Lucia, daß ein Krümel von irgend etwas (sie aß gerade einen Pfirsich) ihr im Hals steckengeblieben sei und sie zum Husten reize. Als der Pfirsich gegessen war, erhob sich Lucia.

»Morgen müssen wir ernsthaft mit der Arbeit beginnen«, sagte sie. »Wenn ich daran denke, daß ich in Tilling einen Urlaub geplant hatte! Sie und Mr. Wyse sind wahre Sklaventreiber, Padre.«

An diesem Abend blieb Georgie noch ein wenig,

nachdem die anderen gegangen waren, und eilte wieder ins Gartenzimmer, nachdem er sie verabschiedet hatte.

»Meine Liebe, es wird zu aufregend«, sagte er. »Aber ich frage mich, ob Sie klug daran tun, sich dem Komitee anzuschließen.«

»Ich weiß, was Sie meinen«, sagte Lucia, »aber es gibt wirklich keinen Grund, warum ich ablehnen sollte, schließlich wollen sie Elizabeth nicht. Nicht ich bin es, Georgie, die sie draußen hält. Aber vielleicht haben Sie recht, und ich denke, morgen schicke ich dem Padre ein paar Zeilen des Inhalts, ich sei wirklich zu beschäftigt, um in dem Komitee mitzumachen, und bitte ihn, statt meiner Elizabeth zu fragen. Es wäre netter. Ich kriege die ganze Sache genausogut hin, ohne im Komitee zu sitzen. Morgen vormittag wird sie von dem Plan hören und erfahren, daß man sie um nichts bitten wird als um ein wenig Obst.«

»Sie weiß jetzt schon eine Menge darüber«, sagte Georgie. »Heute war sie zum Tee bei mir.«

»Nein! Ich wußte nicht, daß Sie sie eingeladen hatten.«

»Hatte ich auch nicht«, entgegnete Georgie. »Sie kam einfach.«

»Und was hat sie darüber gesagt?«

»Nicht sehr viel, aber sie überlegt intensiv, was sie tun kann. Das habe ich gemerkt. Ich gab ihr die kleine Zeichnung von dem Landtor, die ich bei unserer ersten Reise hierher angefertigt habe, und sie möchte, daß ich ihr für die Kunstausstellung in Tilling noch ein Bild schicke. Sie möchte, daß Sie auch etwas schikken.«

»Natürlich bekommt sie meine Zeichnung von Mallards Cottage und dem schiefen Schornstein«, sagte Lucia. »Als Zeichen des guten Willens. Was hat sie sonst noch gesagt?«

»Sie stellt einen Wohltätigkeitsbasar zugunsten des Krankenhauses auf die Beine«, sagte Georgie. »Sie ist auch sehr beschäftigt.«

»Georgie, das ist von uns abgekupfert.«

»Natürlich; sie will eine eigene Veranstaltung haben, und das wundert mich wirklich nicht. Und sie weiß alles über Ihre drei Abendgesellschaften.«

Lucia nickte. »Das geht schon in Ordnung«, sagte sie. »Ich lade sie zu der nächsten ein. Wir werden dann ein paar Duette spielen, Georgie. Wohl besser kein Bridge, denn alle sagen, sie sei ein echter Kartenschreck. Aber es ist an der Zeit, nett zu ihr zu sein.«

Lucia erhob sich.

»Georgie, es wird bereits schrecklich hektisch«, sagte sie. »Durch diese Veranstaltung, die ich, darauf bestehen alle, organisieren soll, werde ich sehr beschäftigt sein, aber wenn man so inständig gebeten wird, kann man nicht ablehnen. Dann ist da noch meine Musik, das Zeichnen, und mein Griechisch habe ich auch noch nicht aufgefrischt... Und vergessen Sie nicht, sich Ihre Drake-Kleidung schicken zu lassen. Gute Nacht, mein Lieber. Ich rufe morgen über den Gartenzaun hinweg nach Ihnen, falls irgend etwas passiert.«

»Das wird es ganz sicher«, sagte Georgie enthusiastisch.

5

Am nächsten Morgen schrieb Lucia im Fenster des Gartenzimmers Briefe. Ein bereits fertiggestellter ging an Adele Brixton mit der Bitte, für eine szenische Darbietung das Königin-Elisabeth-Kostüm nach Mallards zu schicken; ein zweiter, ebenfalls fertiggestellter, war für den Padre bestimmt und besagte, Lucia habe nicht die Zeit, an Komiteesitzungen für das Fest teilzunehmen, und sie bitte ihn inständig, Miss Mapp zu wählen. Sie werde jedoch alles in ihrer Macht Stehende tun, um zum Gelingen des Vorhabens beizutragen, und all die kleinen Vorschläge unterbreiten, die ihr in den Sinn kämen. Sie fügte hinzu, die Chance, kostenloses Obst für die Erfrischungsabteilung zu bekommen, sei viel größer, wenn die Obstbesitzerin dem Vorstand angehöre.

Der dritte Brief, der entschlossen mit »Liebste Liblib« begann (und in sehr großen Lettern mit LUCIA unterzeichnet werden sollte), bat die Adressatin in zwei Tagen zum Dinner und war noch nicht ganz fertig, als Lucia die liebste Liblib, mit starrem und schauderhaftem Lächeln, die Straße hinaufeilen sah. Lucia, die seitlich zum Fenster saß, konnte sich leicht den Anschein geben, von ihrem Brief ganz in Anspruch genommen zu sein und die sich nähernde Elizabeth nicht zu bemerken, aber unter halb geschlossenen Lidern beobachtete sie diese mit höchstem Interesse. Jetzt überquerte Elizabeth die Straße und ging schnurstracks auf die Tür von Mallards zu (»und wenn sie versucht hereinzukommen, ohne zu klingeln, wird sie merken, daß die Kette vorgelegt ist«, dachte Lucia).

Die enthemmte Frau verschmähte die Klingel, betätigte die Klinke und schob. Die Tür gab ihrer Gewalt nicht nach, woraufhin sie noch stärker schob. Es folgte ein sogar im Gartenzimmer hörbares Geräusch klirrenden Metalls, als das die Kette an einem Ende sichernde Scharnier nachgab; die Tür flog weit auf, und mit ein paar hurtigen Schritten verhinderte Elizabeth, daß sie lang auf den Dielenboden schlug.

Lucia, bleich vor Wut, legte ihren Füller beiseite und wartete ab, wie sich die Lage entwickelte. Hoffentlich gelang es ihr, sich wie eine Dame zu benehmen, aber wie eine sehr strenge Dame, soviel stand fest. Und schon kam das elfenhafte Getrippel die Stufen zum Gartenzimmer herauf, die Tür wurde einen Spalt weit geöffnet, und jene abscheuliche Stimme fragte: »Darf ich eintreten, meine Liebe?«

»Gewiß«, sagte Lucia heiter.

»Lulu, Liebes«, sagte Elizabeth und hopste mit energischen Schrittchen quer durch den Raum. »Zunächst muß ich mich entschuldigen – demütigst. Welch ein dummer Unfall. Ich habe versucht, Ihre Haustür zu öffnen, versetzte ihr dabei einen winzigkleinen Stups, aber Ihr Hausmädchen hatte vergessen, die Kette abzunehmen. Leider habe ich etwas kaputtgemacht. Das Scharnier war wohl verrostet.«

Lucia wirkte verblüfft.

»Ist denn Grosvenor nicht auf Ihr Klingeln hin gekommen, um die Tür zu öffnen?« fragte sie.

»Genau dies vergaß ich, meine Liebe«, sagte Elizabeth. »Ich dachte, ich schaue mal rasch bei Ihnen vorbei, ohne Grosvenor zu bemühen. Sie und ich sind so gut befreundet, und mir entfällt immer wieder, daß mein liebes kleines Mallards... Es gibt etliches zu bereden!« Lucia erhob sich.

»Zunächst wollen wir nachsehen, welchen Schaden Sie angerichtet haben«, sagte sie mit eisiger Ruhe und marschierte umgehend aus dem Zimmer, gefolgt von Elizabeth. Der laute Krach hatte Grosvenor aus dem Speisezimmer gelockt, und Lucia nahm das herabbaumelnde Scharnier in die Hand und untersuchte es.

»Nein, keine Anzeichen von Rost«, stellte sie fest. »Grosvenor, Sie müssen zum Eisenwarenhändler gehen und einen Handwerker kommen lassen, der dies sofort repariert. Die Kette muß sicher sein, und vergessen Sie ja nicht, sie Tag und Nacht vorzulegen. Wenn ich nach Hause komme, klingle ich.«

»Tut mir ganz furchtbar leid, liebe Lulu«, sagte Elizabeth, von dieser harschen Behandlung leicht eingeschüchtert. »Ich hatte ja keine Ahnung, daß die Kette vorliegen könnte. Wir in Tilling lassen unsere Türen immer unverschlossen. Das ist so üblich.«

»So hielt ich es in Riseholme auch immer«, sagte Lucia. »Wir wollen zurück ins Gartenzimmer gehen, und Sie erzählen mir, worüber Sie reden wollten.«

»Da wäre verschiedenes«, sagte Elizabeth, als sie Platz genommen hatten. »Einmal organisiere ich einen kleinen Wohltätigkeitsbasar zugunsten des Krankenhauses und wollte dafür ein paar alte Vorhänge und Teppiche aus den Schränken holen. Darf ich deswegen rasch nach oben und unten gehen und ein wenig herumstöbern?«

»Selbstverständlich«, sagte Lucia. »Grosvenor wird Sie begleiten, sobald sie vom Eisenwarenhändler zurück ist.«

»Vielen Dank, meine Liebe«, sagte Elizabeth, »allerdings braucht man Grosvenor nicht zu bemühen. Dann ist noch etwas. Ich habe Mr. Pillson überredet, mir eine Zeichnung für unsere kleine Kunstausstellung zu geben. Versprechen Sie mir, daß Sie mir auch eine überlassen. Wäre nicht komplett ohne etwas von Ihnen. Wie Sie all das in einem Tag unterbringen, ist mir unbegreiflich; Ihre köstliche Musik, Ihr Zeichnen und Ihre allabendlichen Dinnerpartys.«

Lucia versprach bereitwillig eine Zeichnung, woraufhin Elizabeth ins Träumen zu verfallen schien.

»*Etwas* wäre da noch«, sagte sie endlich. »Sowohl heute wie gestern gab es in der Stadt Gerüchte über ein Fest, das angeblich in meinem Garten stattfinden soll. Gewiß ist das nichts als Klatsch und Tratsch, ich hielt es aber für besser, hierherzukommen und von Ihnen zu erfahren, daß das Gerede jeglicher Grundlage entbehrt.«

»Oh, aber das Gegenteil ist der Fall, hoffe ich«, sagte Lucia. »Einige szenische Darbietungen, etwas Gesang, um Spenden für das Krankenhaus aufzutreiben. Es wäre ausgesprochen nett von Ihnen, wenn Sie aus Ihrem Garten das Obst für den Erfrischungsstand geben würden. Apropos, ich würde sehr gern selbst einen Teil davon kaufen. Es wäre frischer, als wenn es wie jetzt hinunter zum Obsthändler und nachher wieder heraufgebracht wird.«

»Wie gern ich Ihnen jeden Gefallen tun würde, liebe Lulu«, sagte Elizabeth. »Aber das ließe sich schwerlich bewerkstelligen. Ich habe vereinbart, in diesen Monaten alle meine Gartenprodukte zu Twistevant's – was für ein drolliger Name, nicht wahr? – bringen zu lassen, und eben deshalb dürfte ich wohl kaum jenes Fest beliefern können, von dem ich gehört habe. Das Obst gehört mir nicht mehr.«

Lucia hatte bereits beschlossen, daß nach dem Zwischenfall mit der Kette nichts sie bewegen könnte, Elizabeth für ihren Sitz im Komitee vorzuschlagen. Sie würde daran festhalten, komme was da wolle.

»Ich verstehe«, sagte sie. »Vielleicht könnten Sie uns dann etwas Obst aus Divas Garten zukommen lassen, falls Sie das nicht auch verkauft haben.«

Elizabeth kam zur Sache, einen derart absurden Vorschlag mit Nichtachtung strafend.

»Über das Fest selbst, Liebste«, sagte sie, »muß ich reden. Ich kann unmöglich erlauben, daß es in meinem Garten stattfindet. Daß Hinz und Kunz, daß Krethi und Plethi von Tilling durch meinen Hausflur und mein entzückendes kleines Wohnzimmer marschieren und den Nachmittag in meinem Garten verbringen! Daß all meine Teppiche verschmutzt und meine Blumenbeete zertrampelt werden! Und woher soll ich wissen, daß sie sich nicht nach oben stehlen und stibitzen, was sie finden?«

Lucias Blut hatte zu kochen begonnen; keiner konnte behaupten, daß sie eine wohlwollende Neutralität beibehielt. Folglich legte sie eine eisige Haltung an den Tag, und wenn ihre Stimme überhaupt zitterte, dann war das auf die außergewöhnliche Kälte zurückzuführen.

»Zugang zu den Zimmern des Hauses wird nicht

gewährt«, sagte sie. »Ich werde alle Türen verschließen und bin mir sicher, daß niemand in Tilling so schlecht erzogen ist, den Versuch zu unternehmen, sie unter Gewaltanwendung zu öffnen.«

Das war gehässig. Elizabeth fuhr bei dem Schock kurz zurück, rappelte sich aber wieder auf. Sie öffnete den Mund sehr weit, um wieder loszulegen, doch Lucia war schneller.

»Sie werden sich von der Haustür direkt in den Garten begeben«, sagte sie, »wo wir darangehen, sie zu bewirten, nachdem sie entweder ihre Eintrittskarten vorgezeigt der an der Tür bezahlt haben. Was den Teppich in Ihrem entzückenden kleinen Wohnzimmer betrifft: Es gibt dort keinen. Und von den Manieren Tillings ganz allgemein habe ich eine zu hohe Meinung, um anzunehmen, daß man auf Ihren Blumenbeeten herumtrampeln wird.«

»Vielleicht möchten Sie gern eine Menagerie engagieren«, sagte Elizabeth, jede Selbstbeherrschung verlierend, »und eine Tiger- und Haifischschau im Gartenzimmer veranstalten.«

»Nein; damit wäre ich ganz und gar nicht einverstanden«, erwiderte Lucia ernsthaft. »Für die Haie müßte man das halbe Gartenzimmer in ein Meerwasserbecken verwandeln und mein Klavier überfluten. Und ansonsten läge überall Pferdefleisch für die Tiger herum. Ein ausgesprochen lächerlicher Vorschlag, den ich keinesfalls in Erwägung ziehen werde.«

Elizabeth schnappte gräßlich nach Luft, als wäre sie einer der Haie und man habe Wasser vergessen. Geschickt wechselte sie das Thema.

»Außerdem existiert das Gerücht – natürlich ist es

nur ein Gerücht –, man habe vor, die nicht bettlägerigen Insassen des Armenhauses einzuladen. Unmöglich.«

»Meines Wissens kümmert sich der Padre darum«, sagte Lucia. »Ich für meinen Teil bereite ihnen mit Vergnügen eine kleine Freude.«

»Und ich für meinen Teil«, sagte Miss Mapp und erhob sich (für Lucia war sie wieder Miss Mapp geworden), »werde nicht zulassen, daß mein kleines trautes Heim einer Invasion von Hinz und Kunz...«

»Die Karten werden eine halbe Krone kosten«, warf Lucia ein.

»... von Krethi und Plethi Tillings ausgesetzt wird«, fuhr Miss Mapp fort.

»Solange ich hier Mieterin bin«, sagte Lucia, »werde ich einladen, wen ich will, wann ich will und... und wie ich will. Oder soll ich Ihnen vielleicht eine Liste der Freunde schicken, die ich zum Dinner einlade, damit sie von Ihnen genehmigt wird?«

Die sehr stark zitternde Miss Mapp zwang ihre Lippen, die Silben zu formen: »Aber, liebe Lulu...«

»Liebe Elizabeth, ich muß Sie bitten, mich nicht Lulu zu nennen«, sagte Lucia. »Was für eine abscheuliche Abkürzung...«

In der Tür des Gartenzimmers war Grosvenor aufgetaucht.

»Ja, Grosvenor, was gibt es?« fragte Lucia in genau demselben Tonfall.

»Der Eisenwarenhändler ist da, Ma'am«, antwortete diese, »und sagt, er müsse ein paar ziemlich große Schrauben anbringen, da die alten rausgezogen wurden...«

»Was auch immer nötig ist, um die Tür zu sichern«, sagte Lucia. »Und Miss Mapp möchte einen Blick in Schränke werfen und einige ihrer Sachen mitnehmen. Begleiten Sie sie bitte, und gehen Sie ihr zur Hand.«

Lucia wandte sich betont würdevoll ab und sah in Richtung Mallards Cottage aus dem Fenster, um Miss Mapp die Gelegenheit zu einem diskreten Abgang zu geben. Dann stieß sie das Fenster auf.

»Georgino! Georgino!« rief sie, und über dem Zaun tauchte Georgies Gesicht auf.

»Tomm doch rüber zu tleinem Plausch, Georgie«, rief sie. »Muff dir was 'zählen. *Presto*!«

Sie warf Georgie einen Handkuß zu und wandte sich wieder ins Zimmer zurück. Miss Mapp war zwar noch immer anwesend, aber nun für Lucias Auge unsichtbar. Sie summte einen fröhlichen Takt von Mozartino und begab sich zurück an ihren in dem Erker stehenden Tisch, wo sie den an den Padre gerichteten Rücktritts- und Empfehlungsbrief ebenso zerriß wie die halbfertigen Zeilen an Miss Mapp, mit denen sie diese so herzlich zum Essen einlud, da sie einander so lange nicht gesehen hätten; schließlich hatten sie einander ja soeben gesehen. Als sie wieder aufsah, war sie allein, und Georgie stieg die Treppe zur Haustür herauf. Obwohl sie offen stand (der Eisenwarenhändler war nämlich bereits damit beschäftigt, die Kette wieder fest zu verankern), klingelte er ganz vorschriftsmäßig und wurde eingelassen.

»Da sind Sie ja«, sagte Lucia bei seinem Eintreten fröhlich. »Wieder ein herrlicher Tag.«

»Perfekt. Was ist mit Ihrer Haustür passiert?«

Lucia lachte.

»Elizabeth hat mich besucht«, sagte sie vergnügt. »Die Kette war vorgelegt, wie ich es angeordnet hatte. Aber sie gab der Tür einen solchen Stoß, daß das Scharnier rausgeflogen ist. Es wird gerade repariert.«

»Nein!« sagte Georgie, »Und wie haben Sie darauf reagiert?«

»Sie wollte mich wegen verschiedenem sprechen«, sagte Lucia, ab und zu einen Blick auf die Tür werfend. »Aus ihren Schränken wollte sie ein paar Sachen für den Basar holen, den sie zugunsten des Krankenhauses veranstaltet, und dabei wird sie gerade von Grosvenor betreut. Dann wollte sie mich um eine Zeichnung für die Kunstausstellung bitten, und ich sagte, mit Vergnügen. Dann sagte sie, sie könne kein Obst für unser Fest hier beisteuern. Sie war mit dem Fest gar nicht einverstanden, Georgie. Sie hat mir sogar verboten, es zu geben. Darüber hielten wir einen kleinen Plausch.«

»Aber was wird nun geschehen?« wollte Georgie wissen.

»Meines Wissens nichts, außer daß wir ein Fest feiern«, sagte Lucia. »Aber es hätte keinen Zweck, sie zu bitten, im Komitee für eine Veranstaltung zu sitzen, die sie mißbilligt, daher habe ich den Brief zerrissen, den ich deswegen an den Padre geschrieben hatte.«

Plötzlich richtete Lucia ihren Blick und ihre Aufmerksamkeit auf die Haustür, und ein Anflug warmen menschlichen Interesses mischte sich in ihre eiskalte Stimme.

»Georgie, da geht sie hin«, sagte sie. »Welche Unmengen von Gerümpel! Da trägt sie einen alten Kessel und einen Stiefelknecht, einen Webteppich mit einem

Loch drin und eine Läuferstange. Und einen Span von der Haustür, wo sie gerade größere Schrauben anbringen, er haftet an ihrem Rock... Sie läßt die Läuferstange fallen... Major Benjy hebt sie ihr auf.«

Georgie eilte zum Fenster, um die Ereignisse nicht zu verpassen, doch Miss Mapp hatte die Läuferstange wieder gepackt und verschwand bereits.

»Ich wünschte, ich hätte ihr mein Bild von dem Landtor nicht gegeben«, sagte er. »Es war eines meiner besten. Aber wollen Sie mir nicht alles über Ihr Gespräch mitteilen? Wie sich's gehört, will sagen: alles.«

»Nicht der Rede wert«, sagte Lucia. »Sie fragte mich, ob ich gern eine Menagerie hätte und im Gartenzimmer Tiger und Haie halten wolle. Solche Sachen. Nichts als irres Gerede. Kommen Sie mit hinaus, Georgie. Ich möchte ein wenig einkaufen. Coplen hat mir erzählt, daß er einige ausgezeichnete Reineclauden aus dem Garten zu Twistevant's bringt.«

Es war die Stunde, zu der Tillings gesellschaftliches Leben besonders rege war. Die Ereignisse des vergangenen Abends, Teepartys und Bridgespiele waren allgemein bekannt und wurden besprochen, während die einheimischen Damen mit ihren Einkaufskörben an den Armen zusammenstießen, wenn sie in die Läden liefen oder wieder herauskamen und die Bürgersteige verstopften. Viele Pakete wurden in dem vorübergehend von Miss Mapp bewohnten Haus Wasters abgegeben, denn Basare zugunsten Bedürftiger waren zu Recht beliebt, schließlich lag bei allen eine Menge Trödel herum, den wegzuwerfen sie zwar nicht übers Herz brachten, für den sie aber absolut keine Verwendung hatten. Diva war bereits aus Taormina in ihr eigenes Haus zurückgekehrt – wie Elizabeth in ihres – und hatte aus einem Schrank voller Plunder eine Feuerzange geholt, deren Greifer sich nicht richtig ineinanderfügten, wenn man eine Kohle aufzuheben versuchte, sondern diese auf den Teppich fallen ließ, die aber sonst einwandfrei war. Außerdem war da noch ein Kohleneimer mit einem Loch im Boden, durch den leise der Kohlenstaub rieselte, ein Kerzenständer, dem ein Fuß abhanden gekommen war, sowie ein ehemals hübsches Tintenfaß, das jetzt einen Sprung hatte. Diese Schätze, schöne Spenden für einen Wohltätigkeitsbasar, aber ansonsten eher wertlos, trug sie in ihre Diele, wo Spender ihre Gaben abzuliefern hatten, und erfuhr von Miss Mapps Hausmädchen Withers die unangenehme Neuigkeit, daß der Basar dort stattfinden sollte. Sie fand die Vorstellung abstoßend; Hinz und Kunz, Krethi und Plethi von Tilling würden in ihrem Haus herumlaufen, ihre Teppiche verdrecken und ihre Wände beschmieren. In diesem Augenblick kam Miss Mapp persönlich mit dem Wasserkessel, dem Stiefelknecht und den anderen Dingen in den Armen herein. Ihr waren bereits ein halbes Dutzend vernichtende Erwiderungen eingefallen, die sie Lucia hätte entgegenschleudern können.

»Elizabeth, das kommt gar nicht in Frage«, sagte Diva. »Ich kann nicht zulassen, daß der Basar hier stattfindet. Die Leute werden das Haus in einem schrecklichen Zustand hinterlassen.«

»Aber nein, meine Liebe«, sagte Miss Mapp, von quälenden Erinnerungen an eine erst kurz zurückliegende Unterhaltung geplagt. »Die Leute werden nur

Ihre Diele betreten, wo ja kein Teppich liegt, und Dinge einkaufen. Was für eine schöne Feuerzange! Für meinen Basar? Wunderschön! Danke, liebe Diva.«

»Aber ich verbiete, daß der Wohltätigkeitsbasar hier abgehalten wird«, sagte Diva. »Demnächst werden Sie noch eine Menagerie hier einquartieren wollen.«

Das war ein erstaunlicher Glücksfall.

»Nein, meine Liebe, das würde mir nicht im Traum einfallen«, entgegnete Miss Mapp. »Es wäre mir zuwider, überall Tiger und Haie zu haben. Lächerlich!«

»Ich lasse im Atelier der drolligen Irene in Taormina ein Karussell aufstellen«, sagte Diva.

»Ich bezweifle, daß dort Platz ist, meine Liebe«, sagte Miss Mapp und punktete wieder gewaltig, »aber Sie könnten es ja ausmessen. Natürlich ist das völlig legitim, denn wenn man mein Haus für Arme-Leute-Partys hergibt, dürfen Sie gewiß ein Karussell im Haus der drolligen Irene aufstellen und ich darf einen Basar in Ihrem abhalten.«

»Das ist nicht dasselbe«, sagte Diva. »Schöne szenische Darbietungen in Ihrem Garten sind etwas ganz anderes als meine getäfelte Diele zu benutzen, um löchrige Kessel und Kohleneimer zu verkaufen.«

»Ich möchte behaupten, daß ich in den szenischen Darbietungen eine Menge Löcher finden könnte«, sagte Miss Mapp.

Auf solche Geistesblitze fiel Diva keine angemessene verbale Entgegnung ein, daher nahm sie lediglich die Zange, den Kohleneimer, den Kerzenständer und das Tintenfaß, brachte sie zurück in den Schrank, aus dem sie sie gerade geholt hatte, und ließ ihre Mieterin sich allein in ihrem Glanz sonnen.

Die meisten beschädigten Gegenstände für den Basar waren offenbar inzwischen eingetroffen, und nachdem Miss Mapp sie geschmackvoll arrangiert hatte, setzte sie sich in einen vom Padre gespendeten wackligen Korbstuhl, um in finsteres Grübeln zu versinken. Natürlich war es nicht schön von Diva (niemand konnte behaupten, Diva sei schön), ihre Schätze zurückzuziehen, aber das war keine Überlegung wert. Was intensivste geistige Bemühungen verlangte, war Lucias Benehmen. Sie hatte sich als ein schmerzlich anderer Mensch entpuppt, verglichen mit der netten Frau, zu der Miss Mapp anfangs eine so herzliche Zuneigung verspürt, die sie so behaglich unter ihre Fittiche hatte nehmen und der Gesellschaft Tillings in kleinen Dosen als besondere Überraschung hatte präsentieren wollen! Lucia hatte sich gegen sie gewandt und die streichelnde Hand regelrecht gebissen. Mittels angeberischer kleiner Dinners und abscheulicher Schmeicheleien hatte sie Major Benjy, den Padre, die Wyses und die arme Diva zweifellos davon überzeugt, daß sie eine ganz bemerkenswerte und angenehme Person war, und in diesen Schachzügen sah Miss Mapp einen erschreckenden und finsteren Versuch Lucias, sich selbst als Königin der Gesellschaft von Tilling zu etablieren. Seit ihrer Rückkehr hatte Lucia drei Abendgesellschaften nacheinander gegeben, sie hatte sich in das Komitee für dieses Fest gehievt, zu dessen Verhinderung Miss Mapp (mochte sie auch noch so oft erklären, sie könne es nicht zulassen) nicht das geringste einfiel, und obwohl Lucia hier nur einen zeitweiligen Wohnsitz hatte, würden die kommenden Wochen ganz unerträglich werden, wenn sie fortfuhr, sich auf diese dreiste Art aufzuplustern. Jedenfalls war es für Miss Mapp an der Zeit, ihre Autorität wiederherzustellen, bevor diese Rebellin noch größere Fortschritte machte, und obschon Abendgesellschaften in Tilling ungewöhnlich waren, würde sie selbst die eine oder andere ausgesprochen unterhaltsame veranstalten – natürlich ohne Lucia einzuladen. Aber das reichte bei weitem nicht aus: Sie mußte die Frau einmal (oder mehrmals) ordentlich brüskieren. Georgie saß in demselben Boot und mußte ebenfalls leiden, denn das würde Lucia nicht gefallen. Und so saß Miss Mapp wie eine Spinne in ihrem Netz aus kaputten Kaminbestecken und abgetretenen Bettvorlegern und grübelte über Vergeltungsmaßnahmen nach. Vielleicht war es angesichts der Tatsache, daß sie Verbündete brauchte, schade, sich mit Diva gestritten zu haben, aber ein Dinner würde das richten. Nicht lange, und sie erhob sich mit zufriedener Miene. »Für den Anfang wird das genügen; es wird ihm überhaupt nicht gefallen«, sagte sie bei sich und brach auf, um ihre verspäteten Einkäufe zu erledigen.

Sie passierte Lucia und Georgie, beschloß aber, sie nicht zu sehen, und schaute, energisch Mrs. Bartlett winkend, auf einen Sprung in Twistevant's Obstladen vorbei, aus dessen Tür jene eben erst getreten waren. In diesem Moment erblickte die drollige Irene, nachdem sie ein paar Worte mit dem Padre gewechselt hatte, Lucia und eilte quer über die Straße zu ihr. Wie üblich trug sie keinen Hut, sondern, im Gegensatz zu allen anderen Damen in Tilling, ein kragenloses Hemd und Knickerbocker; aber als sie auf Lucia zutrat, setzte sie ein saures und schauderhaftes Lächeln auf, als wäre sie jemand anderes, und sprach dann mit einer ganz unverwechselbaren, säuselnd-samtenen Stimme.

»Der Knabe stand auf dem brennenden Deck, Lulu«, flötete sie. »Alle anderen hatten das Weite gesucht, Liebes. Die Flammen, die beschienen das Wrack, meine Liebe, beleuchteten ihn...«

Die drollige Irene brach abrupt ab, als in der Tür von Twistevant's, keinen Meter entfernt, Miss Mapp auftauchte. Sie sah glatt über all ihre Köpfe hinweg und flitzte über die Straße in Richtung Wasters, am Arm einen kleinen geflochtenen Korb mit ihren eigenen köstlichen Reineclauden.

»Hilf Himmel!« sagte Irene. »Nun ist die Mapp sozusagen aus dem Sack, das läßt sich nicht mehr ändern. Ja. Ich werde es auf Ihrem Fest vortragen, Georgie, was für ein flotter Hut! Ich wollte gerade nach Taormina rüber, um ein paar alte Zeichnungen von mir für die Ausstellung herauszusuchen, und dann passiert so etwas. Nicht für hundert Pfund hätte ich zugelassen, daß es nicht passiert wäre.«

»Kommen Sie heute abend zum Essen«, sagte Lucia herzlich, in puncto Gastfreundschaft sämtliche Rekorde brechend.

»Ja, wenn ich mich nicht in Schale werfen muß und wenn Sie mich anschließend nach Hause bringen. Ich wohne eine halbe Meile außerhalb und bin vielleicht beschwipst, denn Major Benjy sagte, Sie hätten ganz prima Dinge zum Saufen, quai-hai, der König, Gott segne ihn! Auf Wiedersehen!«

»Höchst originell!« sagte Lucia. »Um in meiner Erzählung fortzufahren, Georgie, Liblib sagte, sie werde nicht zulassen, daß ihr kleines trautes Heim... Guten Morgen, Padre. Miss Mapp hat sich heute vormittag, ohne zu klingeln, in Mallards Einlaß verschafft und die vorgelegte Kette zerbrochen, so eilig hatte sie es, mir mitzuteilen, sie werde nicht zulassen, daß ihr kleines trautes Heim, wie ich gerade Georgie berichtete, einer Invasion von Hinz und Kunz, von Krethi und Plethi Tillings ausgesetzt werde.«

»Ei der Daus!« sagte der Padre. »Was in aller Welt hat denn Mistress Mapp damit zu schaffen? Und wer hält bei Mistress Plaistow einen Basar ab? Ich spähte kurz hinein mit meinem Plunder, und nie im Leben sah ich solch' Gerümpel. Jo-ho! Alles was recht ist, wir machen weiter wie gehabt. Entschuldigen Sie mich, das kleine Weibchen harret meiner.«

»Es ist Krieg«, stellte Georgie fest, als der Padre zu der auf der anderen Straßenseite befindlichen Maus hinüberflitzte, um ihr zu erzählen, was geschehen war.

»Nein, reine Notwehr meinerseits«, sagte Lucia. »Es ist nur recht und billig, daß die Leute erfahren, wie sie meine Türkette gesprengt hat.«

»Tja, ich komme mir vor wie am vierten August 1914«, sagte Georgie. »Was wird sie Ihrer Meinung nach als nächstes tun?«

»Sie können sich darauf verlassen, Georgie, daß ich bereit bin, ganz gleich, was ihr einfällt«, sagte Lucia. »Wenn sie sich benimmt, werde ich keinen Finger gegen sie erheben. Aber sie *wird* an der Tür klingeln, und ich *lasse* mir nichts vorschreiben, und ich *lasse* mich nicht Lulu nennen. Doch was das betrifft besteht keine unmittelbare Gefahr. Kommen Sie, Georgie, gehen wir nach Haus und machen wir unsere Zeichnungen fertig. Dann lassen wir sie rahmen und schicken sie Liblib für die Kunstausstellung. Vielleicht überzeugt sie das von meinem generell guten Willen, der, so versichere ich Ihnen, ganz aufrichtig ist.«

Der Wohltätigkeitsbasar wurde am folgenden Tag eröffnet, und Georgie, der sein Bild von Lucias Haus und ihr Bild von seinem sehr hübsch hatte rahmen lassen, begab sich mit der Absicht nach Wasters , irgend etwas zu erwerben, wenn es auch nur im mindesten verwendbar war, und dadurch der Schirmherrin mehr guten Willen zu beweisen. Miss Mapp sauste hin und her mit Lockangeboten für Käufer, hielt den Kessel vom Licht weg, damit das Loch im Boden nicht auffiel, und schenkte ihm ein Lächeln, das sehr an ein Knurren erinnerte, aber weitgehend dem Lächeln ähnelte, das sie anderen schenkte. Georgie entschied sich für einen Kaminbesen, ein paar Vorhangringe und einen Topflappen.

Da entdeckte er in einer dunklen Ecke ein großes Papptablett, auf dem sich diverse Gegenstände und ein Schild mit der Aufschrift »Jedes Teil 6 Pence« befanden. Da lagen Fingerhüte, da lagen Photographien in leicht beschädigten Rahmen, da lagen angeschlagene Ziergegenstände aus Porzellan und Korkenzieher, und da lag das Bild vom Landtor, das er selbst gemalt und Miss Mapp gegeben hatte. Withers, Miss Mapps Hausmädchen, saß an einem Pult neben der Tür, um das Geld der Kunden entgegenzunehmen, und er zeigte ihr seine Erwerbungen zur Kontrolle.

»Neun Penny für den Kaminbesen und drei Penny für die Vorhangringe«, sagte Georgie mit bebender

Stimme, »außerdem Sixpence für den Topflappen. Und dann noch dieses kleine Bild von dem Tablett für Sixpence, das macht also genau zwei Shilling.«

Mit den diversen Erwerbungen beladen, ging er rasch die Straße hoch zu Mallards. Lucia saß am Fenster des Gartenzimmers, und ihr scharfes Auge sah, daß etwas passiert war. Sie schob das Fenster hoch.

»Leider liegt die Kette vor, Georgie«, rief sie nach draußen. »Sie müssen klingeln. Was gibt es?«

»Ich zeige es Ihnen«, sagte Georgie.

Er deponierte Kaminbesen, Vorhangringe und Topflappen im Flur und eilte mit dem Bild in das Gartenzimmer.

»Die Zeichnung, die ich ihr gegeben hatte«, sagte er. »Auf dem Sixpence-Tablett. Allein der Rahmen hat einen Shilling gekostet.«

Lucias Gesicht versteinerte.

»So etwas ist mir noch nie zu Ohren gekommen, Georgie«, sagte sie. »Diese abscheuliche Frau!«

»Vielleicht ist es irrtümlich dort gelandet«, sagte Georgie, von ihrer medusenhaften Miene verschreckt.

»Blödsinn, Georgie«, sagte Lucia.

Bilder für die alljährliche Ausstellung des Kunstvereins, dem Miss Mapp vorstand, waren in beträchtlicher Zahl in Wasters eingetroffen und vor den Wänden der Diele aufgestapelt worden, wo ein paar Tage zuvor der Basar stattgefunden hatte, dem Urteil des Hängeausschusses harrend, der aus der Präsidentin, dem Schatzmeister sowie der Schriftführerin des Vereins; letztere waren Mr. und Mrs. Wyse. Miss Mapp hatte ein halbes Dutzend Aquarelle eingereicht, der

Schatzmeister ein Stilleben mit Teetasse, einer Orange und Goldlack, die Schriftführerin ein Pastellportrait des Königs von Italien, den sie vergangenen Frühling in Rom von weitem gesehen hatte. Den starken Eindruck, den er bei ihr hinterlassen hatte, hatte sie mit Hilfe von Photographien aufgefrischt. Alle diese Bilder würden, dem Vorbild der Bilder von Mitgliedern der königlichen Akademie in Burlington House folgend, zweifellos aufgehängt werden, diesbezüglich bestanden keinerlei Spannungen. Aber die drollige Irene hatte einige eingereicht, die, wie Miss Mapp fand, eindeutig zu weit gingen. Sie waren, wie üblich, sehr seltsam und modern; eines, harmlos aber verrückt, zeigte angeblich die Kathedrale von Tilling bei Mondlicht – ein hellgrüner schiefer Turm (Miss Mapp vermutete, daß es sich um einen Turm handelte) hob sich von einem Streifen purpurroten Himmels ab, und die übrige Leinwand war schwarz. Auf einem anderen Bild sah man den Rücken eines auf einem smaragdgrünen Sofa liegenden Unbekleideten; das schlimmste jedoch war ein »Catcherinnen« betiteltes Werk, von dem Miss Mapp eilig den Blick abwandte. Selbst wenn Irene nicht ihren Vortrag von »Der Knabe stand auf dem brennenden Deck« nachgeäfft hätte, hätte allein eine angemessene Berücksichtigung von Schicklichkeit bewirkt, daß sie sich mit Zähnen und Klauen gegen die Ausstellung dieser schamlosen Sportlerinnen gewehrt hätte. Unglücklicherweise hegte Mr. Wyse eine grenzenlose Bewunderung für die Arbeit der drolligen Irene, und selbst wenn diese ein Ensemble gemischtgeschlechtlicher Catcher eingereicht hätte, hätte er wahrscheinlich nur gesagt: »Meine Güte, sehr eindrucksvoll!« Ihm konnte man sich nur schwer widersetzen, denn immer, wenn seine und Miss Mapps Meinung über eine bestimmte Leinwand sehr stark differierten, brach er ab und betrachtete ihre eigenen Bilder derart verzückt, daß jedem Widerstand die Spitze genommen wurde.

Die Sitzung des Hängeausschusses sollte an diesem Tag gegen Mittag stattfinden. Eine halbe Stunde vor diesem Zeitpunkt traf ein Botenjunge des Rahmenmachers in Wasters ein, auftragsgemäß mit zwei Paketen unter dem Arm, die Georgies Bild von Mallards und Lucias Bild von Mallards Cottage enthielten; daran befestigt waren die Karten des jeweiligen Übeltäters. »Wertlose kleine Schmierereien«, dachte Miss Mapp bei sich, »aber vermutlich werden diese beiden Wyses darauf bestehen.« Doch plötzlich bemächtigte sich ein unbesonnener Rachedämon ihrer gesamten Person, und sie rief den Jungen zurück und sagte, sie habe noch einen Auftrag für ihn.

Um Viertel vor zwölf traf der Botenjunge in Mallards ein und klingelte. Grosvenor nahm die Kette ab und erhielt von ihm ein dünnes rechteckiges Päckchen mit der Aufschrift »Nicht werfen«. Eine Minute später händigte der junge Foljambe in Mallards Cottage ein ähnliches Päckchen aus und hatte damit Miss Mapps weiteren Auftrag erledigt. Die Hausmädchen händigten die Päckchen ihren Herrschaften aus, und als Georgie und Lucia das Packpapier abgerissen hatten, sahen sie sich gleichzeitig mit ihren eigenen Bildern konfrontiert. Jedem lag ein maschinengeschriebener Zettel bei, der ihnen den verbindlichen Dank des Hängeausschusses sowie dessen Bedauern übermittelte, daß der ihm zur Verfügung stehende begrenzte Platz die Ausstellung dieser Kunstwerke nicht gestatte.

Georgie lief in seinen kleinen Hof hinaus und sah über den Zaun von Lucias Garten. Im selben Moment stieß Lucia das Fenster des Gartenzimmers auf, das auf den Zaun hinausging.

»Georgie, haben Sie etwa...« rief sie.

»Ja«, sagte Georgie.

»Genau wie ich.«

»Was wollen Sie tun?« fragte er.

Lucias Miene bekam etwas Eifriges und Nachdenkliches, sie hatte jenen abwesenden Gesichtsausdruck, mit dem sie Beethoven hörte. Einen Augenblick lang dachte sie intensiv nach.

»Ich werde mir eine Dauerkarte für die Ausstellung zulegen«, sagte sie, »und ständig...«

»Ich kann Sie nicht gut hören«, sagte Georgie.

Lucia sprach lauter.

»Ich werde mir eine Dauerkarte für die Ausstellung zulegen«, rief sie, »und täglich hingehen. Glauben Sie mir, nur so kann man damit umgehen. Sie wollen unsere Bilder nicht, aber deswegen dürfen wir nicht kleinlich sein. Würde, Georgie.«

Einer solch souveränen Erklärung ließ sich nichts hinzufügen, und Lucia ging zu dem Erkerfenster und schaute auf die Straße hinunter. In diesem Moment schlich der Royce der Wyses aus der Porpoise Street und bog in Richtung High Street ab. Lucia wußte, daß beide dem Hängeausschuß angehörten, der soeben eine ihrer gelungensten Zeichnungen abgelehnt hatte (der schiefe Schornstein war nämlich wunderschön geworden), verspürte aber nicht den leisesten Groll gegen sie. Zweifellos hatten sie sich alle völlig gewissenhaft verhalten, und mit einem Winken erwiderte sie das Flattern der Zobel aus dem Wageninneren. Gleich darauf begab sie sich selbst zur High Street, um die vormittäglichen Neuigkeiten zu hören, und da stand das Auto der Wyses vor Wasters. Ihr fiel ein, daß an diesem Morgen der Hängeausschuß zusammentrat, und ein Verdacht, zu schrecklich, um glaubwürdig zu sein, schoß ihr durch den Kopf. Aber sie verdrängte ihn, hielt ihn für unwürdig, von einem lauteren Hirn gedacht zu werden. Sie erledigte ihre Einkäufe, und nach ihrer Rückkehr nahm sie eine im Gartenzimmer hängende blasse strohfarbene Zeichnung Miss Mapps von der Wand und hängte an deren Stelle ihr Bild von Mallards Cottage und dem schiefen Schornstein. Dann rief sie sich den mächtigen Gemeinplatz in Erinnerung, daß die Zeit es schon an den Tag bringen werde ...

Miss Mapp hatte nicht vorgehabt, bei der Entweihung ihres Gartens durch Armenhäusler und ähnliches Gesindel anwesend zu sein. Sie hatte sich bei ihrem Anwalt nach den Möglichkeiten erkundigt, die Veranstaltung zu unterbinden, doch er hatte ihr versichert, es gebe im britischen Recht kein ihm bekanntes Gesetz, das es ihr ermögliche, ihre Mieterin daran zu hindern, ein Fest zu veranstalten. Daher beschloß sie – ganz wie Lucia bei dem elisabethanischen Fest in Riseholme –, die Veranstaltung nicht zur Kenntnis zu nehmen, nicht zu wissen, daß irgendein Fest geplant war, und anschließend nicht eine einzige Frage danach zu stellen. Aber als der Tag näher rückte, begann sie zu fürchten, daß die rasch in ihr aufsteigende heiße Flut der Neugier wohl am Ende ihre Prinzipien überschwemmen und dahinraffen werde. Sie hatte den in einen langen schwarzen Umhang gehüllten und mit einer gewaltigen Axt bewehrten Padre Mallards betreten und sie hatte Diva in einem weißen Seidengewand herausspazieren und die Straße hinunter in Richtung Taormina gehen sehen, und beide Wunder zusammengenommen ließen vermuten, daß die Hinrichtung von Maria Stuart, Königin von Schottland, im Gange war. (Diva als Königin!) Sie hatte gesehen, wie Bretter und Pfosten durch das Gartentor hereingetragen wurden, außerdem haufenweise rotes Tuch, wahrscheinlich sollte es also eine Bühne für die Darbietungen geben. Doch noch faszinierender war, als Major Benjy mit einer von Goldpapier glänzende Pappkrone auf dem Kopf auftauchte. Was um alles in der Welt mochte das bedeuten? Dann war da noch das Obst, das man im Auge behalten mußte; diese Chorknaben, die in den Pausen zwischen den Liedern durch den ganzen Garten tobten, würden wahrscheinlich jede einzelne Birne vom Baum pflücken. Sie konnte es kaum erwarten zu erfahren, was gespielt wurde, aber da sie selbst vermied, das Fest auch nur zu erwähnen, respektierten die anderen ihre Zurückhaltung erstaunlicherweise. Sie wußte nichts, konnte nur wahnhafte Vermutungen anstellen, und da war diese Lucia, im Zentrum der Scharfrichter, Königinnen und Chorknaben statt an ihrem Platz, wo die nette Miss Mapp große Stücke auf sie hielt und von dem aus sie jene Einblicke in die Gesellschaft Tillings bekam, die Miss Mapp ihr zubilligte. »Vor vierzehn Tagen«, dachte die nette Miss Mapp, »ging ich in dem Haus ein und aus, und sie war Lulu. Wie auch immer, das mit ihrem Bild hat gesessen, und ich darf ihr nicht mehr grollen. Ich werde zu dem Fest gehen, weil ich nicht anders kann, und ich werde betont höflich zu ihr sein und ihre Darbietungen bewundern. Wir sind schließlich allesamt Christen, und ich verachte Kleinkariertheit.«

Es war betrüblich, daß sie eine halbe Krone bezahlen sollte, um in ihr eigenes Mallards gelassen zu werden, aber es schien definitiv keine andere Möglichkeit zu geben, an Grosvenor vorbeizukommen. Sehr betrüblich war es auch, Lucia als Königin Elisabeth kostümiert zu sehen, wie sie am Rande des Rasens huldvoll Besucher empfing, so als wäre es ihr Fest und als wären die Leute, die eine halbe Krone Eintritt bezahlt hatten, ihre geladenen Gäste. Es war ein bitterer Gedanke, daß eigentlich sie (wenn auch nicht so unmöglich herausgeputzt, was bei Tageslicht gar nicht überzeugend wirkte) all diese Menschen willkommen heißen müßte; denn wem, bitte sehr, gehörte Mallards eigentlich, und wer hatte erlaubt (da sie es nicht hatte verhindern können), daß seine Pforten geöffnet wurden? Vor der Treppe zum Gartenzimmer stand ein großes Schild mit der Aufschrift »Privat«, was aber natürlich nicht für sie galt. Im Vorbeigehen erhaschte sie durch die halbgeöffnete Tür einen Blick auf eine bekannte, wenn auch traurig verfremdete Gestalt, die in einem langen Gewand und einer goldenen Krone dasaß und etwas in ein Glas goß; zweifellos war das Gartenzimmer also das Künstlerzimmer für Teilnehmende an der szenischen Darbietung, die sich – weniger öffentlichkeitssüchtig als Lulu – hier versteckten, bis sie der Zeitpunkt ihres Auftritts ins Freie treten ließ. Gleich würde sie dort hineingehen, doch ihre erste, bittere, aber notwendige Pflicht war es, ihre Gastgeberin zu begrüßen. Einer ausgesprochen glücklichen Eingebung folgend, trat sie zu Lucia und machte einen tiefen Knicks.

»Ihrer Majestät gehorsamste und demütige Dienerin«, sagte sie, um dann – darauf bauend, daß Lucia den spöttischen Charakter dieser Verbeugung bemerkt hatte – mit Nettigkeiten nicht zu sparen.

»Meine Liebe, was für ein entzückendes Kostüm!« sagte sie. »Und welch ein herrlicher Tag für Ihr Fest! Und was für eine Menschenmenge! Wie die halben Kronen rollen! Ganz Tilling scheint hier zu sein, was mich überhaupt nicht wundert.«

Lucia erwiderte diese Herzlichkeiten genauso inbrünstig und ungefähr ebenso ehrlich.

»Elizabeth! Wie nett von Ihnen, auf einen Sprung vorbeizukommen!« sagte sie. »*Ecco, le due Elisabethe!* Und mein Kleid gefällt Ihnen? Wie lieb von Ihnen! Ja. Tilling ist dem Krankenhaus tatsächlich zur Hilfe geeilt! Und auch Ihr Basar war ein großartiger Erfolg, nicht wahr? Nichts blieb übrig, wie ich erfuhr.«

Miss Mapp zögerte kurz, ob sie nicht bei Lucia stehenbleiben, Neuankömmlingen die Hand schütteln und sie willkommen heißen sollte, entschied aber, sie könne effektivere Arbeit leisten, wenn sie sich unabhängig machte und allein Gastgeberin spielte. Zudem verunsicherte sie die Erwähnung des Basars ein wenig. Withers hatte ihr berichtet, daß Georgie sein eigenes Bild des Landtores von dem Sixpence-Tablett gekauft hatte, und Lucia war (trotz all ihrer Herzlichkeit) womöglich kurz davor, sie deswegen in irgendeine furchtbare Falle zu locken.

»Ja, das stimmt«, sagte sie. »Mein kleiner Verkaufsraum war bald so leer wie Mutter Hubbards Schrank in dem Kinderreim. Aber ich darf Sie nicht allein in Beschlag nehmen, Liebes, sonst lyncht man mich noch. Eine regelrechte *Schlange* von Menschen wartet darauf, ein Wort mit Ihnen zu wechseln. Wie sehr ich die Darbietungen genießen werde! Ich freue mich schon so darauf!«

Sie mischte sich unter die Menge. Da saßen die schauderhaften alten Vetteln aus dem Armenhaus, übellaunige alte Schachteln, von denen einige auf ihrem Rasen Pfeife rauchten und Zündhölzer durch die Gegend schmissen, während sie von Irene und dem Vikar Tee serviert bekamen.

»Freut mich sehr, Sie alle hier zu sehen«, sagte Miss Mapp, »wie Sie hier in meinem Garten sitzen und Ihren Tee genießen. Ich muß Ihnen ein hübsches Sträußchen für daheim pflücken. Seien Sie gegrüßt, Mr. Sturgis. Freut mich, daß Sie kommen und behilflich sein konnten, die alten Herrschaften für uns zu unterhalten. Guten Tag, Mr. Wyse; ja, mein kleiner Garten sieht hübsch aus, nicht wahr? Susan, meine Liebe! Haben Sie mein Rittersspornbeet bemerkt? Ich muß Ihnen ein paar Samen geben. Oh, der Ausrufer bimmelt mit seiner Glocke! Das bedeutet wohl, wir sollen für die szenischen Darbietungen Platz nehmen. Was für eine stabile Bühne! Hoffentlich haben die Pfähle nicht zu große Löcher in meinen Rasen gedrückt. Oh, einer dieser ungezogenen Chorknaben treibt sich in der Nähe meines Feigenbaums herum. Das kann ich nicht zulassen.«

Sie eilte fort, um jede Möglichkeit einer Plünderung zu unterbinden, und hatte bereits einige vielsagende Anspielungen auf das achte Gebot gemacht, als, nach einem zweiten Glockenbimmeln des Ausrufers, die Prozession Verkleideter die Treppe vom Gartenzimmer herunterkam, über den Rasen schritt und hinter der Bühne verschwand. Der arme Major Benjy (wie schwächlich von ihm, sich in etwas Derartiges hineinziehen zu lassen) sah mit seiner Krone wie eine Schießbudenfigur aus (wen er wohl darstellen sollte?), und was Diva anging... Dann war da noch Georgie (Drake, weiß Gott!), und als letzte Königin Elisabeth, deren Schleppe von zwei Chorknaben gehalten wurde. Arme Lucia! Mit einer Woche Verkleiden in Riseholme noch nicht zufrieden, mußte sie ihre Prozessionen und Kostümierungen hier fortsetzen. Einige Leute lebten vom Rampenlicht.

Miss Mapp brachte es nicht über sich, in Bühnennähe Platz zu nehmen und beim Applaudieren gesehen zu werden – da schien etwas mit dem Vorhang nicht zu klappen... nein, er kam wieder in Ordnung, wie schade! –, daher hielt sie sich am Rand des Publikums auf. Zwischen den einzelnen Darbietungen wurden Lieder gesungen; wie dünn die Stimmen dieser Knaben im Freien klangen! Dann rezitierte die wie ein Matrose gekleidete Irene diese lächerliche Parodie. Brüllendes Gelächter. Dann war Major Benjy König Kophetua; darum trug er eine Krone. O weh, o weh! Was für ein trauriger Gedanke, daß sich ein vernünftiger älterer Mann (denn das war er, wenn er in Hochform war) von einer penetranten Frau in etwas Derartiges hatte hineinziehen lassen. Die letzte Darbietung war natürlich (das hätte jeder erraten können) Drakes Ritterschlag durch Königin Elisabeth. Unter speichelleckerischem Beifall kehrte dann die Prozession von Schießbudenfiguren zurück und begab sich wieder ins Gartenzimmer. Mr. und Mrs. Wyse folgten ihnen, und es schien ziemlich klar zu sein, daß sie dort einen privaten Tee einnehmen würden. Zweifellos würde man sie bald in der Menge suchen und ihr eine Nachricht Lucias überbringen, die der Hoffnung Ausdruck verlieh, daß sie sich bald in ihrem eigenen Gartenzimmer zu den anderen gesellen werde, aber als nichts dergleichen geschah, kam ihr sofort der Gedanke, sie müsse Lucia den Gefallen tun, in den allgemeinen Chor der Glückwünsche einzustimmen, der ohne Zweifel gerade im Gange war. Mit einem knappen kleinen Pochen an der Tür und der Erkundigung »Darf ich hereinkommen?« betrat sie den Raum.

Da waren sie alle, so zufrieden wie Kinder, die sich verkleiden. König Kophetua trug noch seine Krone, wie eine Feldmütze leicht seitlich verschoben, und er, Königin Elisabeth und Maria Stuart saßen um den Teetisch und redeten einander mit Eure Majestät an. Vor König Kophetua stand ein großer Whisky-Soda, und Miss Mapp hatte das sichere Gefühl, daß es nicht sein erster war. Doch obwohl sie dieses kindische Getue abstoßend fand, riß sie sich zusammen und machte vor den lachhaften Wesen einen prachtvollen Knicks. Das Schlimmste dabei war, daß von ihrem eigenen vertrauten Kreis niemand übrig war, dem sie unter vier Augen ihr Mißfallen schildern konnte, da alle mitmachten, entweder aktiv oder, wie die Wyses, indem sie Lucia Honig um den Bart schmierten.

Lucia wirkte einen Moment lang überrascht, sie zu sehen, hieß sie aber willkommen und goß ihr eine Tasse ziemlich lauwarmen, bitter schmeckenden Tee ein. Und sie mußte ebenfalls der ganzen Bande Honig um den Bart schmieren, auch wenn das bitterer schmeckte als der Tee.

»Wie ich Sie alle beglückwünsche«, rief sie. »Padre, Sie sahen als Scharfrichter so grausam aus, Ihr Mund war so starr und streng. Es war eine echte Erleichterung, als der Vorhang fiel. Irene, Drolliges, wie haben Sie alle zum Lachen gebracht! Diva, Mr. Georgie und vor allem unsere wunderbare Königin Lucia. Was war all das doch für eine Wonne! Der Chor! Die herrlichen Lieder. Tausendmal schade, Mr. Wyse, daß die Contessa nicht hier war.«

Auch zu Susan müßte sie eigentlich etwas Freundliches sagen, fühlte sich aber nicht in der Lage weiterzureden, ohne etwas Ordentliches gegessen zu haben. Doch da mischte sich Lucia ein.

»Und Ihr Garten, Elizabeth«, sagte sie. »Wie sehr sich alle daran erfreuen. Meiner Meinung nach sind in Wahrheit alle froh, daß unsere kleinen Darbietungen vorüber sind, so daß sie umherschlendern und die Blumen bewundern können. Ich muß bald einmal abends eine kleine Party mit Lampions und bunten Lichtern auf den Beeten geben.«

»Mein Wort darauf, Eure Majestät verwöhnen uns alle«, sagte Major Benjy. »Tilling hat noch nie einen Monat erlebt, in dem ihm so viel Vergnügen bereitet wurde. Umwerfend.«

Miss Mapp hatte sich vorgenommen, wenn irgend möglich zu bleiben, bis sich diese Speichellecker verteilt hatten, und dann unter vier Augen Lucia gegenüber anzudeuten, wie sehr sie bereit sei, all die kleinen Spannungen zu vergessen, die zweifellos aufgekommen waren. Sie plante ernsthaft – ohne indes selbst zu Kreuze zu kriechen –, Lucia vorläufig davonkommen zu lassen, da ihr klar war, daß sie im Moment nichts, Lucia aber alles erreichte. Daher sollte Lucia sich ruhig in dem Gefühl völliger Überlegenheit sonnen, dann war es an der Zeit, neue Manöver einzuleiten. Major Benjy und Diva brachen bald auf; aus dem Fenster des Gartenzimmers sah sie, wie die beiden betont langsam die Straße hinunterschritten, voller Zufriedenheit darüber, daß die Leute sie anstarrten, und Irene ging auf Bitten des Padres nach draußen, um in ihrem Matrosenanzug auf dem Rasen einen Hornpipe zu tanzen. Aber die beiden Wyses (von jeher für ihr Sitzfleisch berühmt) blieben, genau wie Georgie.

Mr. Wyse stand vom Teetisch auf und ging hinter Miss Mapps Stuhl vorbei. Aus den Augenwinkeln sah sie, daß er auf die Stelle an der Wand sah, wo ein strohfarbenes Bild von ihr hing. Er hatte es immer bewundert, und es war ein angenehmes Gefühl, daß er es einer so sorgfältigen und respektvollen Musterung unterzog. Dann sprach er Lucia an.

»Wie gut ich mich daran erinnere, wie Sie es gemalt haben«, sagte er, »und wie lange es dauerte, bis ich mir selbst verzieh, daß ich Sie mit meinem tölpelhaften Auto störte. Ein perfektes kleines Meisterwerk. Mallards Cottage und der schiefe Schornstein. Naturgetreu.«

Susan hievte sich aus dem Sofa und stimmte in die Bewunderung ein.

»Wirklich zauberhaft«, sagte sie. »Das Licht, der Schatten. Herrlich! Welch ein Strich!«

Miss Mapp wandte langsam den Kopf, als habe sie einen steifen Hals, und verifizierte ihre furchtbare Vermutung, daß dort kein Bild von ihr mehr hing, sondern genau jenes Bild Lucias, das sie für die Kunstausstellung abgelehnt hatte. Ihr kam es vor, als hinge kein Bild da, sondern eine Bombe, die bei irgendeinem Wort explodieren und sie in tausend Stücke zerreißen konnte. Am besten verschwand sie rasch aus dieser gefährlichen Umgebung.

»Liebe Lucia«, sagte sie, »ich muß fort. Nur ein kleiner Bummel, wenn es recht ist, durch meinen Garten, bevor ich nach Hause gehe. Nie werden es mir meine Rosen verzeihen, wenn ich mich davonstehle, ohne sie zu beachten.«

Es war zu spät.

»Wie sehr wünschte ich, ich hätte gewußt, daß es vollendet war!« sagte Mr. Wyse. »Ich hätte Sie angefleht, es uns für die Kunstausstellung zu überlassen. Es wäre das Schmuckstück gewesen. Wie grausam von Ihnen, Mrs. Lucas!«

»Aber ich habe es dem Hängeausschuß geschickt«, sagte Lucia. »Und Georgie sein Bild ebenfalls, von Mallards. Sie wurden uns beide zurückgeschickt.«

Mit einem Ausdruck ungläubigen Entsetzens wandte sich Mr. Wyse von dem Bild zu Lucia, und Miss Mapp versteinerte lautlos.

»Ganz unmöglich«, sagte er. »Ich selbst gehöre dem Hängeausschuß an, und Sie werden doch hoffentlich nicht annehmen, ich könnte solch ein Kretin sein. Auch Susan gehört dem Ausschuß an; genau wie Miss Mapp. Man kann sagen, wir sind der Hängeausschuß. Susan, dieses Schmuckstück, dieses kleine Meisterwerk wurde uns nie gezeigt.«

»Nie«, bestätigte Susan. »Niemals. Niemals, niemals.«

Mr. Wyses Blick wanderte zu Miss Mapp. Sie war immer noch versteinert, und ihr Gesicht war so weiß wie die Wand von Mallards Cottage in dem Meisterwerk. Dann, zum ersten Mal in der kollektiven Erinnerung Tillings, erlaubte sich Mr. Wyse, einen saloppen umgangssprachlichen Ausdruck zu verwenden.

»Es hat eine Schiebung gegeben«, sagte er. »Dieses Bild wurde dem Hängeausschuß nie gezeigt.«

Die Versteinerung konnte lediglich ihre Augen bewegen, und diese richteten ihren glasigen Blick auf Lucia. Lucia erwiderte ihn mit einem kurzen stechenden Blick, dann drehte sie sich rasch zu Georgie um. Ihr Gesicht war von den anderen abgewandt, und sie blinzelte ihm erstaunlicherweise zu, während er zitternd vor Aufregung dasaß.

»*Georgino mio*«, sagte sie. »Lassen Sie uns genau nachvollziehen, was geschah. An dem Vormittag, ich meine, als der Hängeausschuß zusammentrat. Mal sehen, mal sehen. Unterbrechen Sie mich nicht: Ich werde die Sache klären.«

Lucia preßte ihre Hände gegen die Stirn.

»Ich habe es«, sagte sie. »Ich sehe alles ganz deutlich vor mir. Sie hatten unsere Bildchen zum Rahmen geschickt, Georgie, und dem Mann aufgetragen, sie direkt zu Elizabeths Haus zu bringen. Das war's. Der

Botenjunge des Bilderrahmers kam am selben Vormittag hier herauf und gab meines bei Grosvenor und Ihres bei Foljambe ab. Mal überlegen, wann genau das war. Um welche Uhrzeit, Mr. Wyse, trat der Hängeausschuß zusammen?«

»Um Punkt zwölf«, antwortete Mr. Wyse.

»Das paßt genau«, sagte Lucia. »Ich rief aus diesem Fenster hier zu Georgie hinunter, und wir teilten einander mit, daß unsere Bilder abgelehnt worden seien. Kurz danach sah ich Ihr Auto zur High Street fahren, und als ich gleich darauf hinunterkam, stand es vor Miss – ich meine Elizabeths Haus. Offensichtlich hat der Rahmer Georgies Anweisungen mißverstanden und die Bilder zu uns zurückgeschickt, bevor der Hängeausschuß überhaupt zusammentrat. Also haben Sie sie nie gesehen, und wir haben uns die ganze Zeit über eingebildet – nicht wahr, Georgie? –, Sie hätten sie einfach zurückgehen lassen.«

»Aber was müssen Sie von uns gedacht haben?« sagte Mr. Wyse mit einer Geste der Verzweiflung.

»Nun, daß Sie nach bestem Wissen keine hohe Meinung von unserer Kunst hatten«, antwortete Lucia. »Wir waren mit Ihrer Entscheidung durchaus einverstanden. Ich war mir sicher, daß mein Bildchen hundert Fehler und Schwächen aufwies.«

Miss Mapps Versteinerung hatte ein Ende gefunden. War es möglich, daß sie dank eines wundersamen Versehens die offizielle, maschinengeschriebene Ablehnung des Ausschusses nicht in die Pakete gelegt hatte? Es schien unwahrscheinlich, da sie sich noch sehr gut an die Befriedigung erinnerte, die ihr diese Handlung verschafft hatte, doch als einzige andere

Theorie blieb, Großmut auf seiten Lucias zu vermuten, was noch unglaublicher erschien. Miss Mapp brach in einen Redeschwall aus.

»Wie können wir uns beglückwünschen«, rief sie, »daß sich alles aufgeklärt hat! So ein dummer Botenjunge! Was sollen wir als nächstes tun, Mr. Wyse? Unsere Ausstellung muß unbedingt Lucias hübsches Bild zeigen und natürlich auch das von Mr. Pillson. Aber wo nehmen wir den Platz her? Alles ist schon aufgehängt.«

»Nichts leichter als das«, sagte Mr. Wyse. »Ich werde umgehend mein armseliges kleines Stilleben zurückziehen, und ich bin sicher, daß Susan...«

»Nein, das kommt gar nicht in Frage«, unterbrach Miss Mapp, um sich bei allen lieb Kind zu machen. »Dieser herrliche Goldlack, ich konnte ihn beinahe riechen; der König von Italien. Meine werden abgehängt, zwei oder drei von mir. Ich bestehe darauf.«

Mr. Wyse verbeugte sich vor Lucia und dann vor Georgie.

»Ich habe eine noch bessere Idee«, sagte er. »Lassen Sie uns – wenn uns die Ehre gewährt wird, das zu zeigen, was beinahe für unsere Ausstellung verloren gewesen wäre –, lassen Sie uns diese beiden Bilder auf Staffeleien plazieren, um zu zeigen, wie hoch wir unser Glück schätzen, sie zu bekommen.«

Er verbeugte sich vor seiner Frau, er verbeugte sich – war es wirklich eine richtige Verbeugung? – vor Miss Mapp, und wäre ein Spiegel da gewesen, hätte er sich zweifellos vor sich selbst verbeugt.

»Außerdem«, sagte er, »leiden unsere kleinen Skizzen so nicht zu sehr durch die Nähe zu...«, und er verbeugte sich vor Lucia. »Und wenn Mr. Pillson uns ebenfalls gestattet...«, er verbeugte sich vor Georgie.

Georgie, Lucias Beispiel folgend, bot gnädig an, ins Cottage zu gehen und sein Bild von Mallards herzubringen, aber Mr. Wyse wollte davon nichts wissen. Er und Susan würden sogleich mit Lucias Meisterwerk im Royce aufbrechen, um Georgies Bild aus Mallards Cottage zu holen, und ehe die Sonne unterging, würden beide auf ihren gesonderten Staffeleien in der auf diese Weise bereicherten Ausstellung stehen. Damit eilten sie davon, um die Staffeleien zu erwerben, bevor die Sonne unterging, und Miss Mapp, nicht fähig, allein den rehabilitierten Opfern ihres Schwindels gegenüberzustehen, hastete in einem Tumult unterschiedlicher Gefühle hinter ihnen her. Draußen im Garten war die Hornpipe tanzende Irene von Tillings hingerissener Jugend beiderlei Geschlechts umgeben, denn die Knaben wußten, daß sie ein Mädchen war, und die Mädchen dachten, sie sähe wie ein Knabe aus. Sie rief: »Kommen Sie tanzen, Mapp«, und Elizabeth floh aus ihrem eigenen geliebten Garten wie aus einem Seuchengebiet, ohne ein einziges Wort mit ihren Rosen zu sprechen.

Die Königin und Drake blieben im Gartenzimmer allein zurück. »Also, das hätte ich nie gedacht!« sagte Georgie. »Sie vielleicht? Sie hat die Bilder ganz allein zurückgeschickt.«

»Das überrascht mich kein bißchen«, sagte Lucia. »Es sieht ihr ähnlich.«

»Aber warum haben Sie sie so davonkommen lassen?« fragte er. »Sie hätten die Frau entlarven und ein für allemal erledigen sollen.«

Lucia gab sich kurz einer Jubelstimmung hin und legte ein paar Schritte eines Moriskentanzes aufs Tapet.

»Nein, Georgie, das wäre ein Fehler gewesen«, sagte sie. »Sie weiß, daß wir wissen, und etwas Schlimmeres kann ich ihr nicht wünschen. Außerdem glaube ich, auch wenn mir von seinen vielen Verbeugungen schwindlig wird, daß Mr. Wyse es erraten hat. Zweifellos vermutet er etwas Derartiges.«

»Ja, er sagte, es habe eine Schiebung gegeben«, sagte Georgie. »Das waren ziemlich starke Worte für ihn. Und dennoch...«

Lucia schüttelte den Kopf.

»Nein, ich habe recht«, sagte sie. »Begreifen Sie nicht, daß ich die Frau moralisch viel gründlicher erledigt habe, als wenn ich sie entlarvt hätte?«

»Aber sie ist eine Schwindlerin«, rief Georgie. »Und eine Lügnerin, denn sie hat unsere Bilder mit der offiziellen Notiz zurückgeschickt, der Ausschuß habe sie abgelehnt. Da sie keinerlei Moral besitzt, kann man sie auch nicht moralisch erledigen.«

Lucia dachte darüber nach.

»Das stimmt, offenbar ist da nicht viel«, gab sie zu. »Aber denken Sie nur an die moralischen Pluspunkte, die ich gemacht habe. Ein weit größerer Erfolg, Georgie, als sie zu entlarven, und für sie muß es eine dauernde Qual sein, daß diese Drohung über ihrem Haupte schwebt. Außerdem kann sie nicht anders, als mir zutiefst dankbar zu sein, falls es in dieser armseligen flachen Natur irgendwelche Tiefen gibt. Vielleicht gibt es sie: Wir müssen versuchen, sie zu entdecken. Sehen Sie das alles in einem größeren Zusammenhang, Georgie... Ach ja, mir ist da noch etwas Neues eingefallen! Lassen Sie Mr. Wyse Ihr Bild von dem Landtor für die Ausstellung bringen, das die arme Elizabeth verkauft hat. Er wird es bestimmt aufhängen, und sie wird es sehen. Das wird die ganze Angelegenheit hübsch abrunden.«

Lucia begab sich zu dem Klavier und nahm auf dem Hocker Platz.

»Wir wollen all diese *piccoli disturbi* vergessen, Georgie«, sagte sie, »und ein wenig Musik machen, die uns wieder mit der Schönheit in Einklang bringt. Nein, Sie brauchen die Tür nicht zu schließen; es ist so heiß, und gewiß wird es niemand anderem auch nur im Traum einfallen, das Schild ›Privat‹ nicht zu beachten oder ungefragt hereinzukommen. Tlein bißchen göttlicher Mozartino?«

Lucia fand das Duett, an dem sie dann und wann ein wenig gearbeitet hatte.

»Lassen Sie uns das hier versuchen«, schlug sie vor, »auch wenn es ziemlich schwierig aussieht. Oh, noch eines, Georgie. Ich glaube, Sie und ich sollten besser die offiziellen Ablehnungsschreiben des Hängeausschusses aufbewahren, für alle Fälle. Womöglich brauchen wir sie eines Tages noch, obwohl ich es nicht hoffe. Aber beim Umgang mit einer solchen Frau muß man Vorsicht walten lassen. Das wäre wohl alles. Jetzt lassen Sie uns wieder Harmonie und Schönheit atmen. *Uno, due*... pom.«

6

Es war ein milder Oktobermorgen, die Zeit, wie Lucia bei sich dachte, der Nebel und milden Fruchtbarkeit, herrlicher John Keats. An den Nebeln gab es nichts zu rütteln, im Ärmelkanal hatte es nämlich etliche Küstennebel gegeben, und die milde Fruchtbarkeit des Gartens von Mallards war ebenfalls unbestreitbar. Doch jetzt ging die Fruchtbarkeit dieses sonnigen Fleckchens Lucia weit mehr an als noch im August und September, denn sie hatte Mallards noch einen Monat lang gemietet (da Adele Brixton sich in The Hurst, Riseholme, für drei eingemietet hatte), und zwar nicht zu den ursprünglichen halsabschneiderischen Bedingungen von fünfzehn Guineen die Woche und ohne Gartenprodukte, sondern für zwölf Guineen die Woche und mit allen Gartenprodukten. Es war ein phantastisches Tomatenjahr; es gab viel mehr, als eine einzelne Witwe zu essen vermochte, doch statt sie zu verkaufen, ließ Lucia Georgie und Major Benjy ständig kleine Tomatengeschenke zukommen. Einen Korb davon hatte sie Miss Mapp bringen lassen, aber sie waren zurückgebracht worden, und Miss Mapp hatte einen überschwenglichen Brief verfaßt, in dem stand, die Tomaten seien zu schade für sie. Lucia hatte das beifällig registriert; es zeigte die richtige Einstellung.

Somit hatte die Tatsache, daß Lucia in Mallards blieb, weitreichende Konsequenzen. Miss Mapp nahm Wasters einen weiteren Monat zu einem leicht verminderten Mietzins, Diva verlängerte ihren Vertrag für Taormina, Irene hielt sich weiterhin in dem vierzimmrigen Arbeiterhäuschen außerhalb Tillings auf, das für sie wie geschaffen war, und der Arbeiter samt Familie blieb in der Hopfenpflückerhütte. In der Hütte wurde es nachts kühl, und der Arbeiter wartete ungeduldig darauf, daß er, wenn Adele The Hurst verlassen hatte, wieder in sein Häuschen einziehen konnte. Aber das waren noch nicht alle Konsequenzen, denn Georgie konnte nicht ohne Foljambe nach Riseholme zurückkehren, und Foljambe wollte ihren Cadman nicht verlassen, solange Lucia in Mallards blieb. So bewohnte Isabel Poppit weiterhin den Bungalow am Meer, und Georgie blieb in Mallards Cottage. Mit ihrer vom vielen Sonnenbaden verbrannten Haut und den vom vielen Baden im Meerwasser abstehenden und verfilzten Haaren erinnerte Isabel an eine Kreuzung zwischen einem geräucherten Salzhering und einem Seeigel.

Im September hatte sich viel ereignet. Die Kunstausstellung war ein großer Erfolg gewesen, und jede Menge Bilder waren verkauft worden. Lucia hatte Georgies Bild von Mallards gekauft, Georgie hatte Lucias Bild von Mallards Cottage gekauft, Mr. Wyse hatte seiner Frau das Pastellgemälde des italienischen Königs abgekauft und es Amelia als Geburtstagsgeschenk geschickt, und Susan Wyse hatte Teetasse und Goldlack ihres Gatten gekauft und selbst behalten. Doch die größte aller Gesten war gewesen, daß Lucia eines von Miss Mapps sechs Exponaten erworben hatte, ein so suggestiver Fingerzeig, daß Miss Mapp sich praktisch gezwungen sah, Georgies Bild des Landtores zu kaufen, das er ihr gegeben und das sie (nicht einmal zu ihren eigenen Gunsten, sondern zugunsten des Krankenhauses) auf dem Wohltätigkeitsbasar für sechs Pence verscherbelt hatte. Sie hatte eine Guinee zahlen müssen, um das zurückzuerlangen, was ihr einmal gehört hatte, so daß der von Rache diktierte Impuls, der sie bewogen hatte, das Bild auf das Sixpence-Tablett zu legen, sie am Ende schrecklich teuer zu stehen gekommen war. Aber sie hatte noch immer das Gefühl, unter Lucias Fuchtel zu stehen, was die die ganze Angelegenheit der Ausstellung anging (was zutraf), und besagter Bilderwerb war sozusagen eine Versöhnungsgeste. Eines Vormittags waren sie einander in der Ausstellung begegnet, und Lucia hatte Georgies Zeichnung lange betrachtet, um dann, mit einem langen Blick auf Elizabeth, zu verkünden, dies sei eines seiner bezauberndsten und erlesensten Aquarelle. Innerlich kochend vor Wut und doch irgendwie unfähig, sich zu wehren, hatte Elizabeth geblecht. Aber jetzt redete sie sich eifrig ein, diese Erwerbung stehe in Zusammenhang mit dem Krankenhaus, zu dessen Finanzen sie in diesem Jahr nun nichts mehr beitragen müsse; die Chancen, daß sie sich diese Ausrede selbst glaubte, standen sehr gut. Niemand hatte die Bilder der drolligen Irene gekauft, und Irene hatte die Catcherinnen zu Männern gemacht.

Seither war Miss Mapp sehr damit beschäftigt gewesen, die aus Unmengen von Äpfeln, Pflaumen und roten Johannisbeeren bestehende Ernte aus Divas Garten in Marmelade und Gelee zu verwandeln. Eine so große Aufgabe konnte ihre Köchin nicht allein bewältigen, so daß sie persönlich täglich Stunden in der Küche zubrachte, und die köstlichsten Gerüche von kochendem Eingemachten wehten aus den Fenstern auf die High Street. Daß sie Divas guter Nase entgingen, wäre eine abwegige Vermutung gewesen, und so war es deswegen zu Auseinandersetzungen gekommen. Doch Gartenprodukte hieß (so fand Miss Mapp), was das Wort besagte, oder würde es die liebe Diva vorziehen, daß das Obst auf den Bäumen verfaulte und zum Futter für die Wespen würde? Diva räumte ein, daß ihr das lieber wäre. Und wenn das Obst verarbeitet war, beabsichtigte Miss Mapp, sich um die Eierkürbisse zu kümmern, die, mit ein wenig Ingwer, nützliche Gemüsekonserven ergaben. Sie würde Diva ein Dutzend Gläser davon zurücklassen.

Doch nun war die Marmeladezubereitung vorüber, und Miss Mapp war froh darüber, da sie sich den Daumen verbrüht hatte – eine ziemlich große Blase. Noch froher war sie, daß die Kunstausstellung vorüber war. Alle wichtigen Werke der Tillinger Schule (mit Ausnahme des Pastells des italienischen Königs) blieben in Tilling, sie hatte mit dem Erwerb von Georgies Zeichnung des Landtores ihre Versöhnungsgeste beigetragen und sah keinen Grund zu der Annahme, daß Lucia jenen Augenblick herausragender Großherzigkeit im Gartenzimmer je bereut hatte, durch den eine Bloßstellung vermieden worden war, die sie zittern machte, wenn sie nur daran dachte. Das konnte Lucia nun nicht mehr ändern, es war alles erledigt wie die Marmeladezubereitung (obwohl es, wie die Marmeladezubereitung, eine gewisse schmerzende und empfindliche Stelle hinterlassen hatte), und da sie damals den Mund gehalten hatte, konnte sie ihn im nachhinein nicht aufreißen. Sie mußte nun ewig schweigen, wie bei einem Kirchenbann. Damals war Miss Mapp für Lucias Nachsicht zutiefst dankbar gewesen, aber niemand konnte immer und ewig dankbar sein. Man war solange dankbar, bis man seine Dankbarkeitsschuld getilgt hatte, dann war man frei. Sie war gewiß dankbar, wenn dieser Monat zu Ende war und Lucia samt Georgie Tilling verlassen hatte, um, wie sie hoffte, nie mehr zurückzukehren, fand aber, sie habe in den letzten ein oder zwei Wochen jeden einzelnen Heller Dankbarkeit beglichen, den sie Lucia schuldete, und sie hatte sich hinsichtlich ihrer Mieterin mehr als sonst üblich den Kopf über Intrigen, Pläne, Verunglimpfungen und Verschwörungen zerbrochen, die – auf ihrer knauserigen, von Miss Mapp völlig zu Recht verabscheuten Art – ihre Miete auf zwölf Guineen die Woche gedrückt und sich die Tomaten unter den Nagel gerissen hatte.

Aber Miss Mapp hatte die Hoffnung noch nicht aufgegeben, Lucia einen schweren Schlag zu versetzen, denn Tatsache war (daran zweifelte sie nicht), daß Tilling generell unter Lucias autoritärem Regime ein wenig aufsässig wurde. Lucia hatte die Tillinger an die Hand genommen, sie von oben herab behandelt, was Tilling noch nie ertragen hatte, sie hatte Festivitäten für Tilling ausgerichtet, einfach so. Sie hatte Einladungen für eine Abendveranstaltung verschickt (ohne jedes Essen), in deren oberen linken Ecken die Worte »*un po' di musica*« standen. Sogar Mr. Wyse, dieser berüchtigte Speichellecker, hatte darüber die Stirn gerunzelt und zugegeben, daß es sich um eine recht ungewöhnliche Beschreibung handelte; »*musica*« (so fand er) wäre eher üblich gewesen, und er würde Amelia fragen, wenn sie kam. Das hatte einen seit langem gehegten heimlichen Verdacht Miss Mapps bestätigt, daß sich Lucias (und natürlich auch Georgies) Italienischkenntnisse tatsächlich auf Begriffe wie *»ecco«*, *»bon giorno«* und *»bello«* beschränkten, und sie hoffte inständig, Amelia möge noch vor Ende Oktober kommen, denn dann würden sie alle erleben, worauf diese großartigen Gespräche auf italienisch hinausliefen, auf die sich Mr. Wyse so freute.

Und was war dieses »Po-di-mu« (wie man es inzwischen leise lächelnd nannte) für ein Abend gewesen! Es war ein feuchter Abend, und ihrem Befehl gehorchend (denn Lucia war zu dieser Zeit auf der Höhe ihres Einflusses gewesen, den sie auf dem Krankenhausfest gewonnen hatte), hatten sich alle Regenmäntel über ihre Abendgarderobe und Galoschen über die Abendschuhe gezogen und waren im strömenden Regen hinauf nach Mallards gewatet. Zwei Fahrten in Lucias Wagen hätten sie alle bequem und trocken befördert, aber eine solch naheliegende Annehmlichkeit hatte Lucia nicht angeboten. Mrs. Wyses Royce wurde gerade überholt, daher mußten auch die Wyses laufen, und es versammelte sich eine durchnäßte und unzufriedene Gesellschaft. Auf dem Weg in das Gartenzimmer war von der Glyzinie Wasser auf sie getropft, und dann folgte ein schier endloses Po-di-mu. Lucia knipste im Zimmer die gesamte Beleuchtung aus, außer der Lampe auf dem Klavier, so daß die Anwesenden vor einem dunklen Hintergrund ihr Profil sahen, wie den Kopf auf einer Briefmarke, und als erstes spielte sie den langsamen Satz aus der Mondscheinsonate. Einmal hielt sie inne, kurz nachdem sie begonnen hatte, weil Diva hustete, und als Lucia fertig war, blieb es lange still. Lucia seufzte und Georgie seufzte, und alle sagten gleichzeitig »Vielen Dank«. Als Major Benjy sagte, er sei ein begeisterter Anhänger Chopins, drohte ihm Lucia scherzhaft, seine musikalische Erziehung in die Hand zu nehmen.

Dann erlaubte sie, daß die Lampen wieder angeknipst wurden, und es folgte eine etliche Minuten währende Pause, damit die Anwesenden Herr ihrer von der hervorragenden Darbietung der Mondscheinsonate erzeugten emotionalen Ergriffenheit werden und sie sozusagen mittels Zigaretten desinfizieren oder, wie es Major Benjy tat, in ein paar schnellen Whisky-Sodas ertränken konnten, und als sie sich gestärkt fühlten, begann das Po-di-mu von neuem, mit einem Duett – von Lucia und Georgie – zahlloser Sätze Mozarts, der wirklich ein produktiver Komponist gewesen sein mußte, wenn er all das geschrieben hatte. Diva schlief leise ein, und gleich darauf gab es Anzeichen, daß sie bald geräuschvoll schlafen würde. Miss Mapp hoffte, daß sie ordentlich schnarchen würde, was ein schöner Dämpfer für Lucia gewesen wäre, aber Major Benjy stupste sie heimlich gegen das Knie, um sie zu wecken. Mr. Wyse begann, sein Gähnen zu unterdrücken, obwohl er so aufrecht wie immer dasaß, mit ziemlich glasig zur Decke gerichtetem Blick, und stieß am Ende jedes Satzes ein »Entzückend« aus. Als alles vorbei war, ertönten ein paar leise gemurmelte Bitten, sie möge doch wieder einmal für sie spielen, und ohne jedes weitere Drängen nahm sie erneut Platz. Ihre Begriffsstutzigkeit war wirklich erstaunlich.

»Wie Sie alle mich bedrängen!« sagte sie. »Eine Fuge von Bach also, wenn Sie darauf bestehen und falls Georgie verspricht, mich nicht zu schelten, falls ich es verpatze.«

Glücklicherweise verpatzte sie es, von unterdrückten Seufzern der Erleichterung begleitet, und obwohl sie durchaus bereit war, es erneut zu versuchen, gab es einen allgemeinen Chor des Unwillens, ihre große Bereitwilligkeit auszunutzen, und nach einem erbärmlichen, weitgehend aus Tomatensalat bestehenden Abendessen marschierten sie in den Regen hinaus, von dem Versprechen angespornt, nächste Woche werde ein weiterer Musikabend stattfinden, sobald sie diese herrliche Fuge auswendig könne.

Nicht in der nächsten, sondern in derselben Woche waren sie alle zu einem weiteren harmonischen Abend befohlen worden, und es ließen sich – von Miss Mapp nach Kräften geförderte – Anzeichen des Aufruhrs erkennen. Eines Morgens, sie hatte gerade ihr Einladungsschreiben erhalten, lief Diva in Wasters ein.

»Schon wieder ein Po-di-mu«, sagte sie sarkastisch. »Was werden Sie...«

»Ist das nicht schade?« unterbrach Elizabeth. »Ich hoffe nämlich, liebe Diva, Sie haben nicht vergessen, daß Sie versprochen hatten, an eben diesem Abend – Donnerstag, nicht wahr – vorbeizukommen und Pikett mit mir zu spielen.«

Diva gab Elizabeths übertriebenes Blinzeln zurück. »So war's«, sagte sie. »Vielmehr: So ist es.«

»Daher werden wir Lucias Einladung wohl oder übel ausschlagen müssen«, sagte Elizabeth bedauernd. »Entzückend, nicht wahr, neulich abends? Und so viele Sätze von Mozart. Ich fing schon an zu glauben, der Mann sei wohl eine richtige Quasselstrippe gewesen, und wir würden bis zum Sankt Nimmerleinstag da festsitzen.«

Diva zappelte auf ihre rastlose Art durchs Zimmer. (»Fast wie ein Drehkreisel«, dachte Miss Mapp, »der gegen alles stößt. Ich wünschte, er würde liegenbleiben.«)

»Ich glaube nicht, daß sie besonders gut Bridge spielt«, sagte Diva. »Wissen Sie, anfangs hat sie behauptet, sie wolle unbedingt lernen und daß wir alle großartig spielten, aber inzwischen macht sie ständig Vorschriften, sagt uns, was wir hätten ansagen und wie wir hätten spielen sollen. Es ist genauso, als...«

Eigentlich hatte sie sagen wollen: »Es ist genauso, als spielte man mit Ihnen«, brach aber zum Glück noch rechtzeitig ab.

»Ich hatte noch nicht die Ehre, mit ihr zu spielen. Offenbar reiche ich nicht an sie heran«, sagte Elizabeth, »habe aber gehört – nur aus zweiter Hand, wohlbemerkt –, daß sie die Grundlagen des Spiels nicht beherrscht.«

»Nun, kaum mehr als das«, sagte Diva. »Und sie sagt, sie werde Bridgeunterricht erteilen, wenn wir wollen.«

»Sie verwöhnt uns so! Und wer sollen die Schüler sein?« fragte Elizabeth.

»Ich kenne eine, die verzichtet«, sagte Diva düster.

»Und eins plus eins macht zwei«, stellte Elizabeth fest. »Wirklich schade, daß sie sich so aufspielt. Wie sie neulich abends sagte, sie werde Major Benjys musikalische Erziehung in die Hand nehmen! Ich dachte immer, Erziehung beginne in den eigenen vier Wänden, und ich habe gewiß in meinem ganzen Leben noch nie so viele falsche Noten gehört.«

Diva grübelte ein wenig nach, dann drehte sie sich wieder. »Sie hat angeboten, in der Kirche die Chorproben zu übernehmen, aber der Padre wollte nichts davon wissen«, sagte sie. »Und man erzählt von einem Kurs, in dem Homer in der Übersetzung Popes gelesen werden soll.«

»Sie hat eine hervorragende Bildung«, sagte Elizabeth, »vor allem Einbildung.«

Diva tippte ein anderes Thema an.

»Ich bin eben gerade Mr. Wyse begegnet«, sagte sie. »Morgen kommt Gräfin Amelia Faraglione.«

Miss Mapp sprang auf.

»Ist das wahr?« rief sie. »Na, dann ist sie ja zu Lucias Po-di-mu am Donnerstag hier. Und die Wyses kommen garantiert, das steht fest, und sie werden gewiß fragen, ob sie die Faradidleone mitbringen dürfen. Diva, Liebes, wir müssen ein andermal Pikett spielen. Ich darf das auf keinen Fall verpassen.«

»Warum?« fragte Diva.

»Stellen Sie sich vor, was passieren wird! Sie wird sich gezwungen sehen, italienisch zu sprechen, schließlich hat Mr. Wyse oft betont, wie gern er die beiden miteinander reden hören würde, und ich bin sicher, daß Lucia es nicht kann. Ich muß dort sein.«

»Aber wenn sie es kann, wird es eine ziemliche Pleite«, sagte Diva. »Dann treten wir bloß an, um uns noch mal diesen ganzen Mozart anzuhören und Tomaten zu essen. Ich hatte anschließend die halbe Nacht Sodbrennen.«

»Vertrauen Sie mir, Diva«, sagte Elizabeth. »Ich schwöre, daß sie kein Italienisch kann. Und wie um alles in der Welt soll sie sich da wieder herauswinden? Bei all ihrem Einfallsreichtum ist das nicht machbar. Sie kann nicht verhindern, bloßgestellt zu werden.«

»Tja, das wäre recht amüsant«, gab Diva zu. »Mal einen Dämpfer zu kriegen könnte ihr nicht schaden. In Ordnung. Ich sage zu.«

Nun geriet Miss Mapps Taktik natürlich zum genauen Gegenteil ihrer ursprünglichen Planungen. Statt darauf hinzuarbeiten, daß ganz Tilling Lucias Einladung ausschlug, sich noch ein Po-di-mu anzuhören, versuchte sie alle zum Hingehen zu bewegen, und zwar weniger, um Mozart zu hören, als Lucias lange Pausen oder gestammelte Antworten, wenn sie auf italienisch konversieren mußte. Miss Mapp fand heraus, daß der Padre und Mrs. Bartlett in aller Eile eine Chorprobe beziehungsweise ein Treffen der Pfadfinderinnen angesetzt hatten, die zu der ungewöhnlichen Stunde von halb zehn Uhr abends stattfinden sollte, damit sie das Po-di-mu ablehnen konnten, aber Elizabeth warf jede Sparsamkeit über Bord und lud beide ein, an dem fraglichen Abend bei ihr zu speisen und sie anschließend zu Lucias herrlicher Soiree zu begleiten. Dieser zusätzliche Anreiz gab den Ausschlag, und schon zogen die beiden los, um Chorknaben und Pfadfinderinnen mitzuteilen, daß die Treffen abgesagt seien und am folgenden Tag zur gewohnten Stunde abgehalten würden. Der Vikar mußte nicht überredet werden, da er fand, Lucia habe einen hervorragenden Anschlag, und sich schon auf mehr Klavierspiel freute; Irene schwärmte ähnlich für Lucia und hatte zugesagt, so daß Tilling, dank Elizabeths freundlicher Bemühungen, sich nun zahlreich versammeln würde, um Lucia beim Duette- und Fugenspielen sowie beim Italienischsprechen zu erleben. Und als Elizabeth, in beiläufiger Unterhaltung mit Mr. Wyse, herausfand, daß er (wie von ihr vorhergesehen) sich erlaubt hatte, Lucia zu fragen, ob sie die Dreistigkeit eines ihrer größten Bewunderer verzeihen und ihm gestatten würde, seine Schwester Amelia zu ihrer Soiree mitzubringen, und daß Lucia ihm dies in sehr herzlichen Worten schriftlich erlaubt hatte, da schien der Umsetzung von Elizabeths romantischer Rache an dieser karrieristischen Zugereisten nichts mehr im Wege zu stehen, die so anmaßend gewesen war, sich als Königin des gesellschaftlichen Lebens von Tilling aufzuspielen.

Wie sich eigentlich von selbst verstand, sprach gerade dieser Aspekt der Angelegenheit den Sportsgeist des Ortes an. Lange Zeit war Miss Mapp von sich wie von anderen für die erste gesellschaftliche Kraft Tillings gehalten worden, und auch wenn sie sich häufig gezwungen sah, verzweifelt um ihre Stellung zu kämpfen, und von Zeit zu Zeit mannigfaltige Rückschläge hatte hinnehmen müssen, war es ihr doch gelungen, ihrten Rang beizubehalten, da es niemanden mit einem ähnlich herrischen und skrupellosen Charakter gab. Dann war diese Fremde aus Riseholme aufgetaucht und hatte sie nicht so sehr herausgefordert als ihr vielmehr einfach Szepter und Krone genommen und beide nun zwei Monate lang getragen. Bisher waren alle Versuche fehlgeschlagen, diese Insignien zurückzugewinnen, aber Lucia war ein wenig arrogant geworden, sie hatte angeboten, die Chorproben zu leiten, sie hatte ihre Einladungen (jedenfalls empfand Tilling das so) eher wie Befehle formuliert, und Tilling würde es nichts ausmachen, wenn sie einen Rückschlag hinnehmen müßte. Niemand mochte abends aus dem Haus gehen, um sie Mozart spielen zu hören (der Vikar ausgenommen), niemand mochte ihr zuhören, wenn sie Popes Übersetzung von Homers *Ilias* las, oder sich beibringen lassen, wie man Bridge spielte, und obwohl Miss Mapp nicht die Favoritin war, hätte man sie gern punkten sehen. Aber man war nicht sehr parteiisch; der Sportsgeist aller freute sich darauf, Zeuge eines Gefechts zwischen zwei gutgerüsteten Königinnen zu werden und herauszufinden, ob die eine wirklich italienisch sprach oder nicht, selbst wenn die Tillinger sich vorher sämtliche Bachschen Fugen anhören müßten. Schließlich bedauerten alle (außer Miss Mapp), wo auch immer ihre privaten Sympathien liegen mochten, daß Lucia in weniger als einem Monat in ihr eigenes Königreich nach Riseholme zurückkehren würde, wo sie offenbar nicht eine einzige Rivalin besaß, denn derlei Zusammenstöße waren für Erforscher der menschlichen Natur und Miss-Mapp-Hasser gleichermaßen anregend. Noch nie hatte Tilling eine so aufregende Saison erlebt.

An diesem milden Oktobermorgen nun hatte Lucia, nachdem sie ihre Fuge für das bevorstehenden Po-dimu geübt und zugesehen hatte, wie Coplen einen wunderbaren Vorrat an Tomaten ins Haus brachte, jene entsetzliche, mit dem Royce überbrachte Notiz von Mr. Wyse erhalten, in der er anfragte, ob er die Contessa Amelia di Faraglione zu der musikalischen Soiree mitbringen dürfe, auf die er sich schon so freue. Der Ernst der Lage war Lucia sofort klar, da Mr. Wyse nie ein Hehl daraus gemacht hatte, welches Vergnügen es ihm bereiten würde, mitanzuhören, wie sich seine Schwester und sie wohlklingend auf italienisch unterhielten, aber ohne zu zögern, schickte sie ihm mittels Chauffeur und Royce die Antwort, sie wäre entzückt, die Contessa zu empfangen. Da gab es nun kein Zurück mehr, und sie mußte das Unvermeidliche akzeptieren, ehe sie sich mit voller Kraft seiner Bewältigung widmete. Aus dem Fenster beobachtete sie, wie der Royce zurücksetzte, vorwärtsfuhr und wieder zurücksetzte, bis es ihm gelang zu wenden und er um die Ecke in die Porpoise Street bog.

Lucia klappte das Klavier zu, da sie über gewaltigere Dinge nachdenken mußte als die Fingersätze einer Fuge. Ihr Fest (das bedurfte keiner Überlegung) müßte natürlich abgesagt werden, aber das war nur ein Teil des Problems, mit dem sie sich konfrontiert sah. Denn diese bösartige bilinguale Person, die Contessa di Faraglione, kam (den weiten Weg von Italien) nicht nur für eine Nacht nach Tilling, sondern würde, so stand es in Mr. Wyses Zeilen, »etwa eine Woche lang« bleiben, anschließend werde sie ihre Verwandten besuchen, die Wyses in Whitchurch und andere. Lucia befände sich also (in etwa) eine ganze Woche lang ständig in Gefahr, zum Italienischreden aufgefordert zu werden. Ja, die Gefahr war sogar mehr als bloße Gefahr, denn wenn eines auf dieser Welt sicher war, dann die Tatsache, daß Mr. Wyse sie in der fraglichen Woche zum Dinner einladen und ihre Bloßstellung auf dem Fuß folgen würde. Der einzig mögliche Plan beinhaltete ihr völliges Verschwinden aus Tilling, während die Contessa sich hier aufhielt, aber wie sollte sie das bewerkstelligen? Ihr Haus in Riseholme war vermietet, doch selbst wenn es das nicht wäre, könnte sie Tilling nicht morgen verlassen, wenn sie abends alle zu einer Gesellschaft eingeladen hatte.

Die Uhr schlug zwölf; Lucia hatte eine volle halbe Stunde gegrübelt, und nun erhob sie sich.

»Mir fällt nur Grippe ein«, sagte sie sich. »Aber ich werde mich mit Georgie besprechen. Vielleicht sieht es ein Mann aus einem anderen Blickwinkel.«

Auf ihren Notruf hin eilte er sofort herbei.

»*Georgino mio*«, begann Lucia, korrigierte sich aber sofort. »Georgie«, sagte sie. »Etwas sehr Lästiges. Die Contessa Dingsbums besucht morgen die Wyses, und er hat mich gefragt, ob er sie zu unserer *musica* mitbringen darf. Ich mußte ja sagen; es führte kein Weg daran vorbei.«

Georgie war oft sehr scharfsinnig. Er merkte sofort, was das bedeutete.

»Großer Gott«, sagte er. »Können Sie's nicht absagen? Zerren Sie sich den Daumen.«

Der männliche Blickwinkel war bislang nicht besonders nützlich.

»Hilft gar nichts«, sagte sie. »Sie wird ungefähr eine Woche bleiben, und ich muß natürlich jede Begegnung mit ihr vermeiden. Mir fällt da nur Grippe ein.«

Georgie rauchte vormittags nie, doch offenbar verlangte diese Situation nach einer Zigarette.

»Das müßte klappen«, sagte er. »Ziemlich langweilig für Sie, aber Sie könnten sich viel in dem geheimen Garten aufhalten. Den kann man nicht einsehen.«

Er hielt inne; der ungewohnte Tabak hatte sein Wahrnehmungsvermögen geschärft.

»Aber was ist mit mir?« fragte er.

»Das weiß ich wirklich nicht«, sagte Lucia.

»Sie sind nicht vorausschauend genug«, sagte Georgie. »Sie planen nicht auf lange Sicht, wie Sie es mir so häufig erzählen. Ich kann nicht auch noch Grippe kriegen, das wäre zu verdächtig. Also muß ich der Faraglione begegnen, und sie merkt im Handumdrehen, daß ich kein Italienisch kann.«

»Und?« sagte Lucia in sehr egoistischem Tonfall, als wäre er völlig unwichtig.

»Oh, ich denke nicht nur an mich«, sagte Georgie defensiv. »Ganz und gar nicht. Das fällt auch auf Sie zurück. Wir beide unterhalten uns angeblich auf italienisch, und wenn sie merken, daß ich nicht mehr als drei Worte beherrsche, ist die Katze aus dem Sack, und wenn Sie noch so viel Grippe haben. Wie sollten Sie italienisch auf mich einplappern, wenn deutlich wird, daß ich kein Wort davon verstehe?«

Da war er, der männliche Blickwinkel, und ein ausgesprochen unangenehmer Winkel noch dazu. Einen Moment lang schlug sich Lucia die Hände vors Gesicht.

»Georgie, was sollen wir tun?« fragte sie mit leidender Stimme.

Georgie war ein wenig verschnupft darüber, daß er für absolut unwichtig gehalten worden war, bis er Lucia darauf hingewiesen hatte, daß ihr Schicksal mit seinem verwoben war, und empfand Genugtuung dabei, ihre Worte nachzuahmen.

»Das weiß ich wirklich nicht«, sagte er steif.

Lucia beeilte sich, die Kränkung zu abzuschwächen.

»Mein Lieber, ich bin so froh, daß ich daran gedacht habe, Sie zu Rate zu ziehen«, sagte sie. »Ich wußte, nur der Verstand eines Mannes würde diese Frage ausloten können, und wie recht Sie haben! Darauf war ich nicht gekommen.«

»Stimmt«, sagte Georgie. »Daß Sie die Situation nicht begriffen haben, liegt auf der Hand.«

Schweigend durchschritt sie das Gartenzimmer und wich vom Fenster zurück, als sie sah, daß Elizabeth vorbeiging und ihr mit schrecklichem Hyänengrinsen einen Handkuß zuwarf.

»Georgie, nich bös sein auf armes Lucia«, sagte sie, sich der weniger gefährlichen Sprache bedienend, die sie in glücklicheren Tagen benutzt hatten. Das erweichte Georgie.

»Ich war es«, sagte Georgie, »aber das ist jetzt egal. Was soll ich tun? *Che faro*, sozusagen.«

Lucia zuckte zusammen.

»Um Gottes willen, reden Sie nicht italienisch«, sagte sie. »Das müssen wir vermeiden. Seltsam, daß wir uns etwas abgewöhnen müssen, was wir überhaupt nicht können... Und Sie können nicht auch Grippe haben. Es wäre zu verdächtig, wenn Sie morgen gleichzeitig mit mir anfingen. Wenn ich es recht bedenke, habe ich mich oft gefragt, ob nicht diese Frau, diese Mapp, längst den Verdacht hat, daß unser Italienisch geschwindelt ist, und wenn wir beide genau beim Eintreffen der Faraglione an Grippe erkrankten, könnte sie leicht zwei und zwei zusammenzählen. Ihr furchtbarer Verstand ist zu allem fähig.«

»Ich weiß, daß sie den Verdacht hat«, sagte Georgie. »Neulich hat sie ein italienisches Wort zu mir gesagt, das Brieföffner bedeutete, und sie wirkte überrascht, als ich es nicht verstand, und wiederholte es auf englisch. Natürlich hatte sie es im Wörterbuch nachgeschlagen: Es war eine Falle.«

Lucia dämmerte eine furchtbare Erkenntnis.

»Georgie«, rief sie. »Bei mir hat sie es mit demselben Wort versucht! Ich hab's wieder vergessen, aber es bedeutete Brieföffner. Ich wußte es auch nicht, tat aber so, als hätte mich ihre Aussprache verwirrt. Ihre Verschlagenheit kennt keine Grenzen. Doch ich werde sie noch ausstechen. Sie müssen wohl verreisen, solange die Faraglione hier ist und ich habe Grippe.«

»Aber ich will nicht weg«, begann Georgie. »Bestimmt fällt uns noch etwas...«

Lucia schenkte seinem Protestversuch keine Beachtung; wer wußte, ob sie ihn überhaupt hörte, denn der Funke war entzündet und loderte wie ein Präriefeuer bei Windstärke zehn durch ihr produktives Hirn.

»Sie müssen morgen verreisen«, sagte sie, »weit besser als Grippe, und Sie müssen fortbleiben, bis ich Ihnen per Telegramm mitteile, daß die Faraglione abgereist ist. Ich werde mich sehr langweilen, weil ich mich während Ihrer gesamten Abwesenheit nur auf Haus und Garten beschränken muß. Ich glaube, im Garten bin ich sicher. Ich wüßte nicht, daß man aus irgendeinem anderen Haus hineinsehen könnte, und ich werde sehr viel lesen, allerdings fällt auch das Klavier flach... Georgie, ich sehe alles vor mir. Sie haben in letzter Zeit nicht sehr gut ausgesehen (mein Lieber, in Wirklichkeit sind Sie bei blühender Gesundheit, ich habe Sie noch nie jünger oder besser aussehend erlebt), und deshalb werden Sie sich eine Woche in Folkestone oder Littlestone gönnen, was Ihnen lieber ist. Seeluft – Sie brauchen nicht zu baden. Und Sie dürfen meinen Wagen nehmen, ich kann ihn ja nicht benutzen, und warum nehmen Sie nicht auch noch Foljambe als Kammerdienerin mit, wie so oft, wenn Sie einen Ausflug machen? Dann hat sie ihren Cadman – warum nicht andere glücklich machen, Georgie, da sich alles so wunderbar zu fügen scheint. Und noch eines: Ihr kleiner Ausflug findet ausschließlich mir zuliebe statt, und ich muß darauf bestehen, daß ich alles bezahle. Suchen Sie sich ein nettes Hotel, und machen Sie es sich richtig gemütlich; abends eine halbe Flasche Champagner, wann immer Sie wollen, und alle sonstigen Extras, und ich teile Ihnen telephonisch mit, wann Sie zurückkommen können. Sie müssen morgen früh aufbrechen, bevor die Faraglione eintrifft.«

Georgie wußte, daß Proteste sinnlos waren, wenn Lucias Stimme diesen lauten, inspirierten, schnatternden Klang hatte; sie würde durch jede Opposition fahren, wie eine Dampfsäge durch das härteste Eichenbrett brummt, bis sie sich, von stiebendem Sägemehl umgeben, ihren Weg gebahnt hat. Er wollte nicht fort, aber wenn Lucia es mit solcher Entschlossenheit verlangte, war es besser, sofort nachzugeben, als später im Zustand elender Erschöpfung zusammenzubrechen. Außerdem hatte ihr Plan gewisse Vorteile. Foljambe würde davon begeistert sein, da er ihr und Cadman Gelegenheit gab, sich der Gesellschaft des jeweils anderen zu erfreuen; auch wäre es nicht unangenehm, sich eine Woche lang in einem Hotel in Folkestone aufzuhalten und zu beobachten, wie die Reisenden nach einer unruhigen Überfahrt im Hafen eintrafen. Vielleicht fand er in den Läden auch ein paar Nippessachen, er würde sich die örtliche Musikkapelle anhören, neben seinem Schlaf- ein Badezimmer haben, ein wenig zeichnen und in verschiedenen Anzügen, die ihm völlig zu Recht den Titel des bestgekleideten Mannes von Tilling beschert hatten, in einem Salon sitzen. Er würde einen flotten Rolls-Royce in der Hotelgarage stehen haben, und jeden Morgen käme ein elegant gekleideter Chauffeur, um sich nach seinen Aufträgen zu erkundigen, und man würde ihn, Georgie, allabendlich seine halbe Flasche Champagner trinken sehen, ein interessanter und wohlhabender Mensch, und möglicherweise würde er die eine oder andere angenehme Bekanntschaft machen. Er zögerte nicht im mindesten, Lucias Angebot anzunehmen, die Ausgaben seiner Expedition zu begleichen, denn, wie sie ganz richtig betont hatte, diese fand in ihrem Interesse statt, und natürlich zahlte sie (die übrigens auch ziemlich wohlhabend war) die Spesen.

Nachdem somit die Hauptelemente der Verteidigungsaktion ausgearbeitet waren, stürzte sich Lucia, mit ihrem napoleonischen Blick für Details, auf Nebensächlichkeiten. Natürlich traute sie »dieser Mapp« nicht zu, den Besuch der Faraglione eingefädelt zu haben, aber jedem Kind war klar, daß, wenn Lucia persönlich der Faraglione während ihres Aufenthalts hier begegnete, ihre Unkenntnis der Sprache, die sie in solch allgemein bewunderten Brocken von sich gab, unweigerlich und auf grauenhafte Art enthüllt würde. Für »diese Mapp« wäre das ein gefundenes Fressen, und unzweifelhaft würde sie nachhaltig und schrecklich punkten. Aber Georgies Abwesenheit (vergleichsweise billig) und ihre eigene Unsichtbarkeit aufgrund von Grippe stellten eine scheinbar unangreifbare Verteidigungsposition dar, und sie musterte den Kampfplatz des bevorstehenden Wettkampfes ausgesprochen heiter.

Lucia ließ die getreue Grosvenor kommen und eröffnete ihr genug, um sie zur Mitverschworenen zu machen. Sie teilte ihr mit, sie müsse einen gewaltigen Rückstand an Schreib- und Lesearbeiten erledigen, denen sie sich die kommende Woche über widmen und wobei die das Leben eines Einsiedlers führen wolle. Sie werde niemanden empfangen oder sehen, und das gehe am einfachsten, wenn sie sich mit einem grippalen Infekt entschuldige. Ohne Zweifel werde es zahlreiche Erkundigungen geben, daher wolle sie Grosvenor Tag für Tag ihr offizielles Bulletin mitteilen. Dann erklärte sie Cadman, Mr. Georgie fühle sich alles andere als gut, und sie habe vor, ihn für etwa eine Woche mit dem Wagen nach Folkestone zu verfrachten; er und Foljambe sollten ihn begleiten. Dann nahm sie eine sorgfältige Überprüfung von Haus und Garten vor, um herauszufinden, wieviel Bewegungsfreiheit sie sich während ihrer Krankheit gönnen konnte. Klavierspielen war gefährlich, außer ganz vorsichtig, bei Betätigung des linken Pedals, aber ein umsichtiges Drapieren der Vorhänge im Gartenzimmer würde es ihr gestatten, sich mit durchaus hinreichenden Blicken auf die Außenwelt zu erquicken. Der Garten, so bemerkte sie zufrieden, war, dank der ihn umgebenden Mauern, vor neugierigen Blicken aus den umgebenden Häusern weitgehend geschützt; allein der Kirchturm gewährte

Einblicke, und den konnte man ignorieren, da ihn nur Touristen bestiegen.

Dann erledigte sie ihre üblichen Einkäufe und Schwätzchen in der High Street und noch ein paar wichtige Arbeiten. Der morgendliche Strom ebbte bereits ab, aber indem sie rasch hierhin und dorthin flitzte, gelang es ihr, mit den meisten ein Wort zu wechseln, die am folgenden Tag zu ihrem Po-di-mu kommen sollten, und alles, was sie sagte, war mit brillanten italienischen Brocken durchsetzt. Sie erwischte die Wyses gerade noch, als diese in den Royce stiegen, und sie sagte, wie *molto amabile* es von ihnen sei, ihr das *gran' piacere* zu bereiten, am folgenden Abend die Contessa zu treffen; ja, diese sei tatsächlich ein höchst willkommener Gast, und es sei ein weiteres *gran' piacere*, wieder einmal *la bella lingua* zu sprechen. Leider werde Georgie nicht anwesend sein, da er *un po' ammalato* sei und eine *settimana per stabilirsi* am *mare* verbringe. Noch nie hatte sie so fließend und idiomatisch gesprochen, und mit *mille grazie* nahm sie Susans Einladung an, am Abend nach ihrer musikalischen Soiree bei ihnen zu speisen und die Gespräche fortzusetzen, auf die sie sich so sehr freue. Sie wurde vor lauter Italienisch fast beschwipst... Dann huschte sie über die Straße, um dem Vikar mitzuteilen, daß sie sich den ganzen Nachmittag über einschließen werde, um die Fuge von Bach so zu lernen, daß sie seines kritischen Ohres wert sei, Diva forderte sie auf, früher zu ihrer Soiree zu kommen, damit sie vorher ein wenig plaudern könnten, und mittels eines flötenartigen »Huhu« gelang es ihr soeben noch, Elizabeth zum Halten zu bringen, als diese schon auf der Türschwelle von Wasters stand.

Vergnügt registrierte sie, daß Elizabeth den Padre samt Frau und Major Benjy zum Abendessen erwartete, ehe sie mit den dreien zu Lucias Gesellschaft hinübergehen wollte, und dann fiel ihr die Falle ein, die diese Frau ihr und Georgie mit dem italienischen Brieföffner gestellt hatte, und sie konnte sich nicht enthalten, sie für den dritten Tag ihrer bevorstehenden Krankheit zum Dinner und Bridgespiel einzuladen. Natürlich würde sie sich genötigt sehen, sie wieder auszuladen, und damit wären sie einigermaßen quitt... Diese eine halbe Stunde dauernden Aktivitäten hinterließen den Eindruck, daß, wie wenig Vergnügen auch Tilling von dem morgigen Po-di-mu erwartete, die Künstlerin selbst sich mächtig darauf freute und begierig war, italienisch zu reden.

Vom Fenster ihres Schlafzimmers aus sah Lucia am nächsten Morgen Georgie, Cadman und Foljambe nach Folkestone aufbrechen, und mit lukrezianischem Vergnügen über die bevorstehende Ruhe sann sie über die Unruhe und die zahlreichen zerschlagenen Pläne nach, zu denen es bald in Tilling kommen würde. Sie betrat das Gartenzimmer, rückte die Vorhänge zurecht und braute den Sturm zusammen, den sie nun in Gestalt einer Reihe von mit tiefstem Bedauern versehenen Briefen auf den Weg schickte. Als läge Lucia zu Bett, waren sie mit Bleistift geschrieben (die vollendete Künstlerin), und zwar recht wacklig, ganz anders als ihre übliche feste Handschrift. »Welch eine Enttäuschung!« schrieb sie an Mrs. Wyse. »Wie grausam, am Morgen meiner Soiree an Grippe zu erkranken – wo ich mich wohl angesteckt haben mag? –, und was für ein Schlag, daß ich die Contessa heute nicht willkommen heißen oder morgen mit der lieben Susan dinieren kann!« Ein weiteres Briefchen ging an Major Benjy, andere an Diva und die drollige Irene, an den Vikar, den Padre und an Elizabeth. Sie hoffe zwar immer noch, daß sie sich übermorgen wohl genug für Bridge und Abendessen fühle, aber Elizabeth müsse daran denken, wie ansteckend Grippe sei, außerdem fühle sie sich eventuell noch nicht gut genug. Das mußte reichen, da Elizabeth eine panische Angst von Anstekkung hatte und Wasters während des Wohltätigkeitsbasars ständig nach Karbol gestunken hatte, aus Furcht, irgendein Krempel könnte mit infizierten Händen in Berührung gekommen sein. Lucia übergab diese Briefe zwecks sofortiger Zustellung Grosvenor und informierte sie, falls sich jemand erkundigen sollte, laute das aktuelle Krankenbulletin, es gebe keinen Grund zur Besorgnis, da die Infektion zwar heftig, aber nicht ernst sei und lediglich Wärme sowie völlige Ruhe erfordere. Anschließend sorgte sie für beides, indem sie sich in der warmen Oktobersonne in ihren Garten setzte, Popes Übersetzung der *Ilias* las und die griechischen Ausdrücke nachschlug.

So vergingen drei abgeschottete Tage. Von ihrem Posten hinter den zurechtgerückten Vorhängen des Gartenzimmers aus beobachtete sie das Kommen zahlreicher Besucher und Grosvenors bewundernswertes Auftreten ihnen gegenüber. Der Royce schlich die Straße hinauf, und Susan saß in ihrem Zobel darin, sowie, neben ihr, eine lebhaft gestikulierende Frau mit Monokel, die aussah wie jemand, der entsetzlich viel redete. Ohne Zweifel war dies die unheilvolle Contessa, und Lucia kam sich vor, als beobachte sie einen ausgebrochenen Löwen, während sie selbst hinter den Gittern ihres bequemen Käfigs saß. Am zweiten Tag kam Miss Mapp zweimal, und jedesmal spähte sie mit bohrendem Blick durch die Vorhänge, als wisse sie Bescheid, und lauschte, als hoffe sie, Klavierspiel zu hören. Der Padre schickte einen beinahe vollständig im schottischen Highland-Dialekt abgefaßten Brief, der Vikar wandte sich angesichts der ihm mitgeteilten Neuigkeiten augenscheinlich erleichtert von der Tür ab, die Bach-Fuge ziemlich falsch vor sich hin pfeifend.

Am fünften Tag ihrer Krankheit erwachten in Lucia neue Interessen, die bewirkten, daß sie Popes *Ilias* völlig vernachlässigte. Mit der ersten Post kam ein Brief von Georgie, dem etwas beilag, das, wie Lucia (Böses ahnend) sah, auf italienisch geschrieben war. Zunächst nahm sie sich Georgies Brief vor.

»Etwas Wunderbares ist geschehen«, schrieb Georgie, »und es wird Sie freuen... Ich habe mich hier mit einer Familie angefreundet, ein englischer Vater, eine italienische Mutter und ein Mädchen mit Zopf. Aufgepaßt! Die Mutter bringt dem Mädchen Italienisch bei und nennt ihr dieses oder jenes Thema, worüber sie kleine Aufsätze schreiben soll, die von der Mutter korrigiert und in Schönschrift neugeschrieben werden. Nun, ich saß heute morgen im Salon, als das Mädchen gerade Unterricht hatte, und als Mrs. Brocklebank (so heißt sie) mich bat, ein Aufsatzthema vorzuschlagen, kam mir eine glänzende Idee. Ich sagte: ›Lassen Sie sie einen Brief an eine italienische Gräfin schreiben, die sie noch nie gesehen hat, und sagen, wie sehr sie bedauere, daß sie sich gezwungen gesehen habe, ihren Musikabend absagen zu müssen, zu dem sie die Gräfin und ihren Bruder eingeladen hatte, weil sie sich eine Grippe geholt habe. Es tue ihr so leid, sie nicht treffen zu können, und da die Gräfin nur eine Woche bleibe, werde ihr das Vergnügen versagt bleiben, sie kennenzulernen.‹ Mrs. B. hielt das für ein ausgezeichnetes Thema, und um sicherzugehen, wiederholte ich den Inhalt. Dann schrieb das Mädchen es auf, und Mrs. B. korrigierte den Brief und schrieb ihn noch einmal fehlerlos. Ich flehte sie an, ihn mir zu überlassen, da ich für die italienische Sprache schwärme (allerdings ohne sie zu beherrschen) und es so schön formuliert sei. Ich habe das nicht sehr gut erzählt, weil ich rasch zur Post muß, lege aber Mrs. B.s italienischen Brief bei, und Sie werden ja sehen, daß er für ihre Zwecke ganz hervorragend geeignet ist. Ich amüsiere mich hier köstlich, Musik und Ausflüge, und ich beobachte die Kanalfähre, und bin ich nicht raffiniert?

Ihr ergebener
GEORGIE

Foljambe und Cadman hatten einen Streit, haben sich aber leider wieder vertragen.«

Lucia, deren Bedenken in freudige Erwartung umschlugen, ergriff und las die Anlage. Tatsächlich, ein wundersamer Brocken Manna für jemanden, den bereits der bloße Anblick hungrig machte. Der Brief hätte das Ergebnis einer telepathischen Verständigung zwischen Mrs. Brocklebank und Lucias eigenem Unterbewußten sein können, so perfekt erfaßte diese

Dame ihr spezielles unausgesprochenes Bedürfnis. Auf sprachlich höchst elegante Weise drückte der Brief genau aus, was der Situation entsprach, und sie würde ihn kopieren und heute noch abschicken, ohne ein einziges Wort zu verändern. Und wie raffiniert von Georgie, daß er darauf gekommen war. Er verdiente so viel Champagner, wie er nur trinken konnte.

Lucia ging mit aller Finesse daran, (auf Mallards-Briefpapier) eine Kopie dieses Dokuments zu erstellen, als schriebe sie hastig in einem ihr geläufigen Idiom. Gelegentlich schrieb sie ein Wort – egal, welches –, um es anschließend so auszuradieren, daß es sich auch der gründlichsten Prüfung nicht mehr erschloß, und dann in Mrs. Brocklebanks Manuskript fortzufahren; gelegentlich ließ sie ein Wort des Originals aus, dann fügte sie es über der entsprechenden Zeile ein. Wer ihre Abschrift erhielt, konnte sich unmöglich vorstellen, daß es sich um etwas anderes als ihr eigenes spontanes Gekritzel handelte. Mrs. Brocklebank hatte geschrieben, sie hoffe, in zwei oder drei Tagen ihre Freunde wieder treffen zu können, was ausgezeichnet paßte, da in zwei oder drei Tagen der Besuch der Contessa zu Ende ging und Lucia sofort genesen konnte.

Die zweite Post traf ein, bevor Lucia diese gut durchdachte Kopie fertiggestellt hatte. Darunter befand sich ein Brief in Lady Brixtons Handschrift, den sie öffnete, nachdem sie rasch die letzten blumigen Grüße an die Contessa hingekritzelt hatte, und angesichts der auf ihre Entscheidung harrenden gewaltigen Frage vergaß sie Georgie, Mrs. Brocklebank und alles andere. Adele habe sich einfach in Riseholme verliebt; sie beteuerte, ohne ein Haus dort sei das Leben nicht mehr lebenswert, und von allen Häusern wolle sie am liebsten, und zwar unmöbliert, The Hurst kaufen. Sollte das nicht möglich sein, käme noch ein anderes in Frage, das der rundlichen, roten kleinen Mrs. Quantock, die, wie sie ermittelt hatte, eventuell verkaufen würde. Könnte die liebste Lucia sie daher möglichst umgehend wissen lassen, ob sie bereit wäre, The Hurst zu verkaufen? Wenn sie nicht im Traum daran dächte, würde Adele sofort beginnen, Mrs. Quantock in Versuchung zu führen. Wenn sie aber interessiert sei, solle sie umgehend dezente Andeutungen über preisliche Vorstellungen machen.

Es gibt gewisse Prozesse mentaler Verfestigung, die außerordentlich rasch vonstatten gehen, weil das System von den fraglichen Themen bereits durchdrungen und gesättigt ist. So erging es jetzt Lucia. Sofort, noch während sie Adeles Erkundigung las, verfestigte sich ihr Geist. Schon seit langem hatte sie insgeheim einen Schritt erwogen, wie ihn ihr Adeles Brief jetzt abrupt anbot, und überrascht stellte sie fest, daß ihre Entscheidung schon gefallen war. Das ehemals so lebhafte und bedeutende Riseholme war während ihrer Wochen in Tilling immer mehr verblichen wie eine alte Photographie, die man dem Sonnenlicht ausgesetzt hatte, so daß alle Einzelheiten, Vordergründe und Hintergründe verschwommen und verblaßt waren. Wenn sie am Monatsende nach Riseholme zurückkehrte, würde sie dort nichts antreffen, was ihre Energien beanspruchen oder ihr einzigartiges Durchsetzungsvermögen herausfordern würde. Mit ihrer Organisation des elisabethanischen Festes hatte sie so überlegen abgeräumt, daß kein weiterer Fortschritt möglich war. Vielleicht raffte sich die arme liebe Daisy gelegentlich zu einer marginalen Meuterei auf, aber nachdem sie Drakes Frau verkörpert hatte (welch eine Lektion für sie!), war bei ihr wohl kein echter Kampfgeist mehr vorhanden. Es war – solange in ihr, Lucia, noch Energien brodelten – viel besser, diese neue Welt namens Tilling zu erobern, als in Riseholme auf Sparflamme zu köcheln. Dort war ihre Arbeit beendet, während es hier, wie diese Grippewoche bezeugte, eine ganze Menge zu tun gab. Elizabeth Mapp war immer noch aktiv und in der Lage, Breitseiten abzufeuern; ungezählte Krisen konnten noch entstehen, Vulkane rauchten, Gewitterwolken drohten, es galt feindliche und bösartige Kräfte zu bekämpfen. Noch nie war sie besser beschäftigt und abgelenkt gewesen, der Ort sagte ihr zu, und er steckte voller Möglichkeiten. Sofort schrieb sie Adele, so lieb ihr Riseholme (und besonders The Hurst) sei, sie sei gewillt, sich in Versuchung führen zu lassen, und deutete einen Preis an, bei dem sie durchaus schwach werden könnte.

An diesem fünften Tag von Lucias Krankheit war Miss Mapp völlig ratlos. Sie gestattete sich noch nicht, die Hoffnung aufzugeben, daß ihre Ratlosigkeit ein Ende finden könnte, denn hier lag gewiß ein Geheimnis vor, und für jedes Geheimnis fand sich eine Erklärung, wenn man nur hart daran arbeitete. Daß Lucias Krankheit mit der Ankunft der Contessa und Georgies Abreise zusammenfiel, war – unter Berücksichtigung der Falle, die sie mittels des Brieföffners gestellt hatte – eine zu auffällige Koinzidenz, um von einem konstruktiven Verstand übersehen zu werden; es mußte etwas dahinterstecken. Nur ein dummes naives Kind (und Elizabeth war alles andere als das) hätte diese Ereignisse als isolierte Phänomene gesehen. Mit einem Glauben, der Berge hätte versetzen können, hielt sie daran fest, Lucia sei völlig gesund, aber bisher hatte sie ihren Glauben Major Benjy, Diva und anderen lediglich vortragen können und begierig auf jede Spur von Beweisen gewartet, die ihn stützten. Versuche, Grosvenor auszuhorchen, sowie luchsartige Blicke in die Fenster des Gartenzimmers hatten nichts ergeben, und ihre ängstlich an Dr. Dobbie, den führenden Arzt Tillings, gerichtete Erkundigung hatte zu einer Zurechtweisung geführt. Sie wußte nicht, wer Lucias Hausarzt war, und um dies herauszufinden und womöglich andere Informationen zu erhalten, hatte sie sich mit ihrem gewinnendsten Lächeln an ihn gewandt und gefragt, wie es der lieben Patientin in Mallards gehe.

»Ich behandle keine liebe Patientin in Mallards«, hatte er nicht eben vielversprechend geantwortet, »und falls ich es täte, müßte ich Ihnen wohl kaum in Erinnerung rufen, daß ich als Mediziner nicht im Traum daran dächte, irgendeine Frage über meine Patientin ohne deren ausdrückliche Erlaubnis zu beantworten. Guten Tag.«

»Ein sehr unhöflicher Mensch«, dachte Miss Mapp, »aber vielleicht sollte ich besser nicht versuchen, es auf diese Weise anzugehen.«

Sie schaute zur Kirche hoch und überlegte, ob dieser herrliche graue Turm, den sie so oft gezeichnet hatte, wie er sich von dem klaren Blau des Oktoberhimmels abhob, sie wohl inspirieren könnte. Das tat er auf der Stelle, ihr fiel nämlich ein, daß man von dem flachen Bleidach an seiner Spitze nicht nur einen weiten Blick auf die umliegende Landschaft hatte, sondern auch einen ganz ausgezeichneten Blick in ihr eigenes geheimes Gärtchen. Es war eine nur kleine Chance, aber angesichts der dürftigen Beweislage durfte keine noch so kleine Chance vernachlässigt werden, und ihr kam plötzlich der Gedanke, daß es keine angenehmere Art gab, den Vormittag zu verbringen, als eine Zeichnung von der grünen, grünen Marsch und der dahinterliegenden blauen, blauen See anzufertigen. Sie eilte nach Wasters zurück und blieb nur kurz vor Mallards stehen, um einen Blick auf das Gartenzimmer zu werfen, wo die Vorhänge auf die ärgerlichste, raffinierteste Weise drapiert waren, und um sich von Grosvenor versichern zu lassen, daß die Temperatur der Patientin heute recht normal sei.

»Oh, das sind gute Neuigkeiten«, sagte Miss Mapp. »Dann ist sie morgen vielleicht wieder auf den Beinen.« »Keine Ahnung, Miss«, sagte Grosvenor und hielt die Tür fest.

»Grüßen Sie sie ganz herzlich von mir«, sagte Miss Mapp, »und bitte, Grosvenor, richten Sie ihr aus, wie erfreut ich bin.«

»Ja, Miss«, sagte Grosvenor, und noch ehe Miss Mapp die Schwelle verließ, hörte sie hinter der Tür das Klirren der Kette.

An diesem Tag war sie bei den Wyses zum Mittagessen eingeladen, eine Mahlzeit, die Mr. Wyse auf seine absurd-gezierte Art immer Frühstück nannte, besonders wenn die Contessa bei ihnen weilte. Das Frühstück fand um eins statt, so daß vorher noch Zeit für eine Stunde auf dem Kirchturm blieb. Um besser alle Einzelheiten der Landschaft erkennen zu können, nahm sie außer ihren Zeichenutensilien ein Opernglas mit. Zuerst trug sie eine blaue, wäßrige Tönung für Himmel und Meer auf und eine grüne für die Marsch, und während die Farben trockneten, untersuchte sie jeden Winkel ihres Gartens mit dem Opernglas. Kein Glück, und sie nahm wieder ihre Skizze zur Hand, wo der Himmel rasch das Land überschwemmte.

Lucia hatte an diesem Vormittag über Grosvenor, ihre Köchin und Figgis, Mr. Wyses Butler, erfahren, daß die Besuchswoche der Contessa um einen Tag verkürzt werden und der Royce sie am nächsten Morgen nach Whitchurch bringen würde, wo sie den jüngeren, aber adligen Zweig der Familie besuchen wollte. Weitere nachrichtendienstliche Informationen aus derselben Quelle ergaben, daß das heutige Frühstück, zu dem man Miss Mapp eingeladen hatte, ein wahres Belsazer-Gastmahl werden sollte, mit acht oder sogar zehn Teilnehmern. Das waren gute Nachrichten: In weniger als vierundzwanzig Stunden bestand für Lucia keine Gefahr mehr, enttarnt zu werden, und ungefähr zur gleichen Zeit, als Miss Mapp auf dem Kirchturm von Tilling hastig das Firmament vom trockenen Land schied, schrieb Lucia in einem Telegramm an Georgie, er könne am folgenden Tag zurückkommen, die Luft sei dann rein. Mit gleicher Post forderte sie die Herren Woolgar & Pipstow auf, ihr die Erlaubnis zur Besichtigung eines bestimmten Hauses direkt außerhalb von Tilling und in der Nähe des Häuschens der drolligen Irene zu erteilen, das, wie sie gesehen hatte, zu verkaufen war.

Sie zögerte, Grosvenor den an die Contessa di Faraglione adressierten Umschlag zu geben, der die unterzeichnete Abschrift des Briefes von Mrs. Brocklebank an eine Gräfin enthielt, und beschloß, ihn aus Gründen der dramatischen Angemessenheit kurz nach ein Uhr mittags überbringen zu lassen, wenn Mrs. Wyses Frühstück im Gange war, mit dem Auftrag, ihn umgehend der Contessa auszuhändigen.

Lucia verspürte den Drang nach intensiver körperlicher Betätigung und rief sich das ideale System von Freiübungen für die nicht mehr junge Generation in Erinnerung. Fünf Tage lang war sie auf Haus und Garten beschränkt gewesen, und nun nahm das Verlangen, Seil zu springen, von ihr Besitz. Seilspringen war eine von dem idealen System sehr empfohlene Übung, und sie trug Grosvenor auf, ihr – mit der Besichtigungserlaubnis von Woolgar & Pipstow – ein einfaches Springseil aus dem Spielwarenladen in der High Street mitzubringen. Während Grosvenor weg war, weckte das Verlangen nach freier und aktiver Bewegung einen verwandten Wunsch nach der gesunden Sonneneinwirkung auf die Haut, und so eilte sie in ihr Krankenzimmer, zog sich einen schicken schwarzgelben Badeanzug an und wartete, in einen sehr eleganten Morgenmantel mit Zierbändern gekleidet, bei Grosvenors Rückkehr im Gartenzimmer, wo sie sich die Zuckungen und wiegenden Bewegungen ins Gedächtnis rief, die sich so vorteilhaft auf ihre Gesundheit ausgewirkt hatten, während die Trauer ihr das Golfspielen verbot.

Die Uhr zeigte Viertel vor eins, als Lucia in den geheimen Garten trabte, ihren Morgenmantel ablegte und auf dem kleinen Rasen mit großem Elan das Seilspringen begann. Das Bimmeln der Kirchturmuhr direkt unter ihrem Horst mahnte Miss Mapp, daß es an der Zeit war, ihre Zeichenutensilien wegzupacken, diese nach Wasters zu bringen und anschließend zum Frühstück zu gehen. Während der vergangenen halben Stunde hatte sie regelmäßig, aber ergebnislos auf ihren Garten geschaut und ihre Idee als gescheitert verworfen. Jetzt schaute sie ein letztes Mal hinunter, und da sah sie eine fröhlich gestreifte Gestalt gleich neben der Büste der guten Königin Anne wie verrückt beim Seilhüpfen. Sie ließ ihre Zeichnung fallen, griff mit zitternder Hand nach ihrem bereits hervorragend scharfgestellten Opernglas, und mit dessen Hilfe erkannte sie, daß die so ausgelassen seilspringende sportliche Wespe niemand anders als die Rekonvaleszentin war.

Miss Mapp stieß ein schrilles Triumphkrächzen aus. Das Warten hatte sich doch gelohnt, und wenn sie des Griechischen mächtig gewesen wäre, hätte sie bestimmt »Heureka!« ausgerufen; so krächzte sie nur. Das alles war zu schön, um wahr zu sein, aber auch zu deutlich, um es nicht zu sein. »Jetzt hab ich sie«, schoß es ihr durch den Kopf. »Das Ganze ist sonnenklar, ich hatte die ganze Zeit über recht. Sie war genausowenig grippekrank wie ich, und beim Frühstück erzähle ich allen, was ich gesehen habe.« Doch der Anblick ließ sie nicht los. Welch schamlose Energie, während sie doch vom Fieber ermattet sein müßte! Welche Abgründe von Falschheit, und alles, weil sie kein Italienisch konnte! Welche Ausgaben für sie selbst durch das unnötige Abendessen für den Padre und Major Benjy! Es war einfach unfaßbar...

Als sie mit Seilspringen fertig war, stakste Lucia gravitätisch über den Rasen. Dann sprang sie wieder Seil, und dann machte sie eine Reihe eigenartig ruckhafter Bewegungen, als werde sie auf dem elektrischen Stuhl hingerichtet. Sie atmete tief durch, hob die Arme hoch über den Kopf, als wolle sie tauchen, sie legte sich ins Gras und strampelte, sie ging auf Zehenspitzen wie eine Ballerina, sie ließ ihren Rumpf kreisen. All dies besaß für Miss Mapp eine Faszination, wie sie mit starkem Ekel und Verachtung einhergeht. Endlich, gerade als die Uhr eins schlug, schlüpfte Lucia in ihren Morgenmantel; das Beste war offensichtlich vorbei. Miss Mapp war ohnehin spät dran und mußte direkt vom Kirchturm zum Frühstück eilen, da keine Zeit war, vorher in Wasters haltzumachen. Sie würde sich in wohlgesetzten Worten für ihre Verspätung entschuldigen; die Aussicht vom Kirchturm sei so überwältigend gewesen (was absolut zutreffend war), daß ihr jedes Zeitgefühl abhanden gekommen sei. Das Gemälde war nicht für jedermanns Augen bestimmt, da das Firmament mit den darunterliegenden Wassern furchtbar durcheinandergekommen war, aber statt dessen würde sie ihnen etwas erzählen, das Lucia durcheinanderbringen sollte.

Die Frühstücksgesellschaft hatte sich komplett in Mrs. Wyses Salon mit seinen dunklen Eichenbalken, den silbern gerahmten Photographien sowie dem Kästchen aus Saffianleder, das den Orden enthielt und nachlässigerweise immer noch offenstand, versammelt. Alle hatten gewartet, alle waren angesichts der Verzögerung recht grantig, und bei Miss Mapps Eintreten sagte die Contessa deutlich: »*Ecco*! Endlich!«

Sie würden ihr rasch verzeihen, sobald sie erfuhren, was ihre Verspätung veranlaßt hatte, doch es war besser, mit der Neuigkeit ein wenig zu warten, bis das Frühstück sie alle empfänglicher gestimmt hatte. Miss Mapp beschleunigte diesen erwünschten Augenblick, indem sie rundum kleine Komplimente verteilte: Was für eine großartige Predigt der Padre letzten Sonntag gehalten habe; wie gut die liebe Susan aussehe; welch köstliches Gericht die Eier *à la Capri* seien, sie müsse einfach gefräßig sein und noch ein klitzekleines Häppchen nehmen. Aber diese Schmeicheleien waren nur Einwürfe, da die Contessa wie üblich pausenlos mit lauter Stimme redete, an den gesamten Tisch gewandt, und zwar gleichermaßen geschickt mit vollem wie mit leerem Mund.

Endlich ergab sich die Gelegenheit. Figgis brachte der Contessa auf einem gewaltigen silbernen (wahrscheinlich dublierten) Präsentierteller einen Brief: Er solle umgehend zugestellt werden. Amelia sagte »*Scusi*«, was jeder verstand – eventuell hätte es sogar Lucia verstanden –, und schwieg, während sie den Umschlag aufriß und zu lesen begann.

Miss Mapp beschloß, sie alle zappeln zu lassen und ihr Interesse zu wecken, ehe sie mit ihrer eigentlichen Enthüllung herausrückte.

»Jeder von Ihnen darf dreimal raten, was ich heute vormittag gesehen habe«, sagte sie. »Mr. Wyse, Major Benjy, Padre, Sie alle müssen raten. Es handelt sich um eine uns allen bekannte Person, die immer noch krank ist. Heute morgen war ich auf der Turmspitze und habe gezeichnet, als ich zufällig einen Blick nach unten in meinen kleinen geheimen Garten warf. Und da war Lucia, mitten auf dem Rasen. Wie war sie gekleidet, und was machte sie? Jeder hat drei Versuche, einverstanden?«

Oje! Sie hatte ihre Zuhörer zu lange zappeln lassen, denn noch ehe jemand raten konnte, mischte sich die Contessa wieder ein.

»Noch nie habe ich solch einen Brief gelesen!« rief sie. »Er ist von Mrs. Lucas. Auf italienisch, und was für ein Italienisch! Perfekt. Ich hätte nie gedacht, daß ein Ausländer einen solchen Wortschatz, diese Eleganz meistern könnte. Ich lebe seit zehn Jahren in Italien, aber hiermit verglichen ist mein Italienisch Stümperei. Ich habe immer gesagt, kein Ausländer könne Italienisch perfekt lernen, und Cecco auch, aber wir haben uns geirrt. Diese Mrs. Lucas beweist es. Dieser Brief wurde nach dem Gehör geschaffen, das gesprochene Wort zu Papier gebracht. *Dio mio*! Da habe ich ja gerade noch mal Glück gehabt, Algernon! Du hattest vor, Mrs. Lucas und mich zusammenzubringen, um uns reden zu hören. Aber sie hätte vor sich hingelächelt, und mir wäre klar gewesen, woran sie dabei gedacht hätte, nämlich wie geradezu erbärmlich ich Italienisch spreche, verglichen mit ihr. Ich werde Ihnen allen den Brief vorlesen, und auch wenn Sie den Inhalt nicht verstehen, werden Sie doch eine Gewandtheit, eine Musikalität bemerken...«

Begleitet von erneuten Ausrufen des Erstaunens machte sich die Contessa ans Vorlesen, und das gesamte, von der unglücklichen Elizabeth so sorgfältig genährte Verdachtsgebäude, Lucia könne kein Italienisch, brach zusammen wie ein Kartenhaus, wenn jemand am Tisch rüttelt. Elizabeth hatte alle aufgefordert, Einladungen zum zweiten Po-di-mu anzunehmen, damit ganz Tilling erlebte, wie Lucias Ignoranz von der Contessa aufgedeckt wurde, und als sie sich da herausgewunden hatte, hatten Elizabeths Bemühungen zu dem schweren Verdacht Anlaß gegeben, Lucias Krankheit sei vorgetäuscht, um jeder Begegnung mit einer des Italienischen kundigen Person aus dem Weg zu gehen, und nun war nicht nur jede einzelne Scheibe dieses Kristallpalastes zersplittert, sondern die Contessa beglückwünschte sich selbst, daß sie noch einmal davongekommen war.

Unter den Trümmern rührte sich Elizabeth schwach – noch war sie nicht ganz zermalmt.

»Es klingt gewiß wunderschön«, sagte sie, als die Lesung beendet war. »Aber kam es nicht Ihnen selbst, lieber Mr. Wyse, eigenartig vor, daß eine des Italienischen mächtige Person *un po' di musica* auf ihre Einladung schreibt?«

»Dann hat er sich eben getäuscht«, sagte die Contessa. »Ohne Zweifel haben wir es hier mit einem kleinen humoristischen Zitat aus einer mir unbekannten Quelle zu tun. Vergleichbar damit, wenn Sie, die Damen von Tilling, immerzu *au reservoir* sagen. Es ist kein Fehler, sondern ein Scherz.«

Elizabeth unternahm einen letzten Versuch.

»Ich frage mich, ob Lucia diesen Brief selbst geschrieben hat«, sagte sie nachdenklich.

»Pah! Bestimmt ihr Hausmädchen«, sagte die Contessa. »Ich für meinen Teil werde heute nachmittag eine Stunde lang versuchen, den Brief so zu beantworten, daß mir die Antwort keine Schande macht.«

Zu dem Thema gab es offensichtlich nicht mehr viel

zu sagen, und Elizabeth nahm hastig ihr Ratespiel wieder auf.

»Keiner hat zu raten versucht, was ich vom Kirchturm aus gesehen habe«, sagte sie. »Major Benjy, Sie fangen an! Es war Lucia, aber was hatte sie an, und was machte sie?«

Major Benjy wirkte ausgesprochen kühl. Er hatte sich – aufgrund Elizabeths dezenter Winke – die Vermutung gestattet, womöglich stecke hinter Lucias Grippe ein italienisches Geheimnis, und das mußte er jetzt wiedergutmachen.

»Keine Ahnung, absolut nicht«, sagte er. »So wie ich sie kenne, war sie zweifellos sehr hübsch gekleidet.«

»Dann gebe ich Ihnen einen Hinweis«, sagte sie. »So gekleidet habe ich sie noch nie gesehen.«

Major Benjys Aufmerksamkeit schweifte ab. Er versuchte gar nicht erst zu raten, sondern nahm ein Schlückchen Kaffee.

»Dann Sie, Mr. Wyse, wenn Major Benjy aufgibt«, sagte Elizabeth aufgeregt. Auch wenn die vermutete Ursache von Lucias Krankheit entfallen war, sah es immer noch so aus, als habe sie nie an Grippe gelitten, also immerhin etwas.

»Meine Phantasie ist dieser Aufgabe bestimmt nicht gewachsen«, entgegnete Mr. Wyse betont höflich. »Sie müssen so gütig sein, es mir zu verraten. Ich gebe auf.«

Elizabeth stieß ein schrilles kleines Kichern aus.

»Einen Morgenmantel«, sagte sie. »Einen Badeanzug. Und sie betätigte sich im Seilhüpfen! Stellen Sie sich das vor! Mit Grippe!«

Eine schreckliche Pause entstand. Es kam zu keinerlei aufgeregten Nachfragen und Kommentaren. Die Contessa hielt ihr Monokel hoch, fixierte Elizabeth einen Moment lang, und irgendwie glich diese Pause dem Schweigen nach einem kleinen Fauxpas, einer leichten Taktlosigkeit, die besser unterblieben wäre. Ihr Gastgeber kam ihr zur Hilfe.

»Das sind wirklich gute Neuigkeiten«, befand Mr. Wyse. »Wir dürfen uns der Hoffnung hingeben, daß unsere Freundin bereits ein gutes Stück weit auf der Straße der Besserung vorangeschritten ist. Danke für diese Information, Miss Mapp.«

Mrs. Bartlett stieß einen ihrer kleinen mausartigen Piepser aus, und Irene sagte: »Hurra! Ich werde versuchen, sie heute nachmittag zu besuchen. Ich freue mich.«

Dies wiederum war eine furchtbare Vorstellung. Falls man sie einließ, würde Irene zweifellos einen Bericht dieses Essens geben, und zwar buchstabengetreu, und sie war eine solch unbarmherzige Imitatorin. Elizabeth wurde mulmig.

»Wäre das denn klug, Liebes?« fragte sie. »Lucia ist wahrscheinlich immer noch ansteckend, und wir dürfen nicht zulassen, daß Sie auch erkranken. Ich frage mich übrigens, wo sie sich angesteckt haben mag?«

»Aber Ihrer Meinung nach hatte sie doch nie die Grippe«, stellte Irene auf ihre gräßlich direkte Art fest.

Noch an diesem gigantischen Fiasko würgend, unternahm Elizabeth keinen weiteren Versuch, ihren Freunden Abscheu ob der Vorstellung einzuflößen, daß Lucia dem Seilspringen frönte, da sich alle nur erfreut zeigten, sie einigermaßen wiederhergestellt zu wissen. Gleich darauf gingen die Anwesenden auseinander, und als sie mit ihren Zeichenutensilien und Diva aufbrach, schaute sie die Straße hoch zu ihrem Haus. Dort stand Irene bereits an der Tür, und schaudernd wandte sich Elizabeth ab, denn Irene winkte ihnen zu und wurde eingelassen.

»Es ist alles sehr seltsam, liebe Diva, nicht wahr?« sagte sie. »Man kann unmöglich glauben, daß Lucia krank war, der Versuch ist sinnlos. Und dann ist da noch Mr. Georgies Verschwinden. Daran habe ich bisher noch gar nicht gedacht.«

Diva unterbrach sie.

»Wenn ich Sie wäre, Elizabeth«, sagte sie, »würde ich über all das schweigen. Viel klüger.«

»Ach ja?« sagte Elizabeth und begann zu zittern.

»Ja. Ich sage Ihnen das als Freundin«, fuhr Diva bestimmt fort. »Sie haben da eine falsche Fährte aufgenommen. Sie haben uns weisgemacht, daß Lucia der Faraglione aus dem Weg geht. Stimmt alles von hinten bis vorn nicht. Einer Ihrer mißlungensten Versuche. Geben Sie's auf.«

»Aber da ist doch etwas faul«, sagte Elizabeth heftig. »Seilspringen...«

»Wenn es so ist«, sagte Diva, »sind Sie nicht gescheit genug, um dahinterzukommen. Das ist mein Rat. Nehmen Sie ihn an oder lassen Sie's bleiben. Mir egal. *Au reservoir.*«

7

Hätte Miss Mapp so gut hören können, was an jenem Nachmittag im Gartenzimmer geschah, wie sie gesehen hatte, was an jenem Vormittag im Garten passiert war, Irene wäre ihr noch nie auf so grausame Art drollig vorgekommen. Ihre Schilderung des Essens war mehr als präzise, denn sie gab den leidenschaftlichen Monolog der Contessa und die krampfhaften Versuche der armen Elizabeth, alle miteinander raten zu lassen, geradezu bildhaft anschaulich wieder. Beinahe noch ärgerlicher für Miss Mapp wäre Lucias mitleidige Verachtung gewesen, mit der sie die Ohnmacht solcher böswilligen Anstrengungen quittierte.

»Die Arme!« sagte sie. »Manchmal glaube ich, sie ist ein bißchen verrückt. *Una pazza – un po' pazza* ... Ich bedauere aber, daß ich die Contessa nicht kennenlernen konnte. Nett von ihr, wie sie meine rasch hingekritzelte Nachricht guthieß, und ich hätte zweifellos festgestellt, daß sie ein ausgezeichnetes Italienisch spricht. Morgen – denn nach meiner herrlichen vormittäglichen Gymnastik auf dem Rasen möchte ich mir heute nicht mehr zumuten –, morgen hätte ich sie gewiß am Nachmittag gern angerufen und mit ihr geplaudert. Aber soviel ich weiß, reist sie vormittags ab.«

Lucia, die Lebensfreude und Tatkraft in Person, rauschte zu dem verhangenen Fenster hinüber und riß die Vorhänge mit einer Bewegung auf, daß die Ringe klappernd zusammenstießen.

»Arme Elizabeth!« wiederholte sie. »Sie tut mir von Herzen leid, denn für mich gibt es keinen Zweifel, daß sie all das Nörgeln und diese Verbitterung selbst todunglücklich macht. Womöglich ist es rein physisch – die Leber vielleicht, oder Übersäuerung. Das ideale System von Freiübungen könnte bei ihr Wunder wirken. Ich kann, wie Sie, liebe Irene, gut verstehen werden, nach ihrem Benehmen mir gegenüber und den schauderhaften versteckten Andeutungen nicht den ersten Schritt auf sie zugehen, aber sie soll wissen, daß ich ihr nichts nachtrage. Übermitteln Sie ihr das doch irgendwann einmal. Taktvoll natürlich. Frauen wie sie, die bei jeder sich bietenden Gelegenheit alles nur mögliche daransetzen, andere zu verletzen und zu kränken, sind selbst sehr empfindlich, und ich möchte den anderen Unbilden des armen Geschöpfes keine neuen hinzufügen. Sie müssen nett zu ihr sein.«

»Meine Liebe, Sie sind zu großartig!« rief Irene beinahe ekstatisch aus. »Sie machen mir Spaß! Aber ach, wie bald Sie uns verlassen. Es ist gar nicht nett, daß Sie uns im Stich lassen.«

Lucia hatte sich auf den Stuhl neben dem Klavier sinken lassen, das so lange stumm gewesen war, von ein paar durch das linke Pedal unterdrückten ängstlichen Noten abgesehen, und ließ leise die ersten Takte des berühmten langsamen Satzes anklingen.

Irene hockte sich auf die kalten Heißwasserrohre und himmelte sie an.

»Sie können alles«, sagte sie. »Sie musizieren wie ein Engel, mit dem kleinen Finger können Sie Mapp ausschalten, Sie können Seilspringen und Bridgespielen, und dazu haben Sie einen so liebenswerten Charakter, daß Sie Mapp wegen ihrer miesen Intrigen nicht im mindesten grollen. Sie sind bewundernswert! Möchten Sie mich nicht mal zu sich nach Riseholme einladen?«

Lucia, die während dieser Aufzählung ihrer Vollkommenheiten immer noch fehlerlos Triolen klimperte, überlegte, ob sie nicht Irene sofort erzählen sollte, daß sie praktisch entschlossen war, sie alle nicht im Stich zu lassen. Sie hatte eigentlich vorgehabt, es Georgie zuerst zu sagen, aber das würde sie tun, wenn er morgen zurückkam, und sie wollte sich hier unverzüglich nach einem Haus umsehen. Sie spielte ein flinkes Arpeggio in c-moll und klappte das Klavier zu.

»Entzückend von Ihnen, daß Sie mich mögen, Liebes«, sagte sie, »aber was Ihre Bitte betrifft, bei mir in Riseholme abzusteigen, so glaube ich nicht, daß ich jemals dorthin zurückkehre. Ich habe mich in dieses entzückende Tilling verliebt und gehe davon aus, daß ich mich hier niederlassen werde.«

»Engel!« sagte Irene.

»Ich habe mich nach einem passenden Haus umgesehen«, fuhr sie fort, als Irene aufgehört hatte, sie zu küssen, »und die Makler haben mir gerade die Besichtigungserlaubnis für eines geschickt, das mich besonders interessiert. Es ist das weiße Haus an der Straße, die sich an der Marsch entlangzieht, einen knappen Kilometer entfernt. Ein hübscher, vom Nordwind abgeschirmter Garten. Ziemlich ungeschützte Lage, das stimmt, aber was für ein göttlicher Blick. Weit, ruhig! Ein Deich und ein Damm gleich auf der anderen Straßenseite, die das Hochwasser im Fluß zurückhalten.«

»Aber das kenne ich natürlich; Sie meinen Grebe«,

rief Irene. »Das Häuschen, in dem ich jetzt wohne, liegt direkt neben dem Garten. Sie müssen es kaufen! Während Sie sich einrichten, darf Diva in Taormina wohnen, und Diva läßt Mapp in Wasters bleiben, und Mapp läßt Ihnen Mallards, bis Grebe eingerichtet ist. Und ich stehe den ganzen Tag zu Ihrer Verfügung, um Ihnen beim Einrichten zu helfen.«

Lucia entschied, daß nur eine geringe Gefahr bestand, der Contessa zu begegnen, wenn sie zu dem Haus hinausfuhr; außerdem wollte die Contessa ihr inzwischen aus dem Weg gehen, um nicht zu zeigen, wie viel schlechter ihr Italienisch war.

»Es ist ein so herrlicher Nachmittag«, sagte Lucia, »daß ich glaube, ein kleiner Ausflug kann mir nicht schaden. Leider hat Georgie, der morgen zurückkommt, meinen Wagen. Den habe ich ihm für die Woche am Meer geliehen.«

»Das sieht Ihnen ähnlich!« rief Irene. »Immer so selbstlos!«

»Der liebe Georgie! Wie gern tue ich ihm einen kleinen Gefallen«, sagte Lucia. »Ich werde die Garage anrufen und sie bitten, mir etwas Geschlossenes zu schicken. Begleiten Sie mich, Liebes, wenn Sie nichts Besonderes vorhaben, und wir sehen uns das Haus an.«

Lucia entdeckte in Grebe vieles, was ihr gefiel. Wenn es auch nahe an der Straße lag, konnte man doch nicht hineinsehen, da eine dichte Hainbuchenhecke hervorragenden Schutz bot; außerdem führte die Straße eigentlich nirgendwohin. Die Zimmer waren großzügig geschnitten, im Erdgeschoß ging vom Flur ein Eßzimmer ab, eine breite Treppe führte in das erste Geschoß, wo sich zwei oder drei Schlafzimmer sowie ein langes angenehmes Wohnzimmer befanden, aus dessen vier Fenstern man über die Straße auf die Wiesen und den den Fluß begrenzenden hohen Damm sah. Dahinter lag die weite flache Ebene der Marsch, aus der sich westlich einen knappen Kilometer entfernt der Hügel von Tilling erhob. Dicht hinter dem Haus befand sich die Klippe, wo früher einmal das Ufer gewesen war, bevor man das Marschland trockengelegt und kultiviert hatte, und die einen einzigartigen Schutz gegen die Nord- und Ostwinde bot. Die Fenster all dieser hübschen Zimmer zeigten nach Süden, alle hatten freien Blick zum Meer; sie besaßen Charakter und Würde, und Lucia stellte sich sofort vor, wie sie hier wohnen würde. Küche und Wirtschaftsräume befanden sich in einem eigenen Flügel, was wiederum einen originellen Charakter hatte, denn die Küche war augenscheinlich früher ein Wagenschuppen gewesen und hatte immer noch die großen Flügeltüren eines solchen Gebäudes. Von dort hatte einmal ein Fahrweg bis zum Ende des Küchengartens geführt, aber da der Wagenschuppen nicht mehr als solcher Verwendung fand, hatte man den Fahrweg durch einen breiten, mit Asche bestreuten Pfad ersetzt, an den Beete mit nützlichen Gemüsen grenzten.

»*Ma molto conveniente*«, sagte Lucia mehr als einmal, nun völlig risikolos italienisch parlierend, da die Contessa genau wie sie entschlossen war, ein Duett in dieser Sprache zu vermeiden. »*Mi piace molto. E un bel giardino.*«

»Wie gern ich Sie italienisch reden höre«, rief Irene aus, »zumal ich weiß, daß niemand es besser kann.

Bringen Sie es mir bei? Ich freue mich so, daß Ihnen das Haus gefällt.«

»Ich bin richtig hingerissen«, gestand Lucia. »Außerdem gibt es eine Garage mit sehr hübschem angebautem Häuschen, genau das richtige für Cadman und Foljambe.«

Sie brach abrupt ab, denn sie hatte sich von ihrer Begeisterung für das Haus so mitreißen lassen, daß sie nicht an die schlimme Katastrophe gedacht hatte, die über Georgie hereinbrach, wenn sie beschloß, nach Tilling zu ziehen. An ihn hatte sie überhaupt nicht gedacht, und nun merkte sie zum ersten Mal, welch grausamer Schlag ihn erwartete, wenn er morgen zurückkehrte, sonnengebräunt von seiner Woche in Folkestone. Er war für sie ein *Deus ex machina* gewesen, sein genialer Schachzug hatte einen sehr gefährlichen Moment in einen glanzvollen Triumph verwandelt, und jetzt wollte sie mit der Neuigkeit, daß sie und somit Cadman und somit Foljambe gar nicht nach Riseholme zurückkehren würden, einen Dolch in sein häusliches Herz stoßen...

»Oh, wollen sie heiraten?« fragte Irene. »Oder soll das heißen, sie wollen einfach zusammenleben? Wie interessant!«

»Liebe Irene, seien Sie nicht so modern«, sagte Lucia mit einer gewissen Schärfe in der Stimme. »Heirat natürlich, und vorher das Aufgebot. Aber vergessen Sie das erst einmal. Mir gefallen diese großen Flügeltüren vor der Küche. Die werde ich bestimmt behalten.«

»Prächtig, daß Sie schon an Küchentüren denken«, sagte Irene. »Das klingt, als hätten Sie wirklich vor, das Haus zu kaufen. Mapp kriegt einen Anfall, wenn sie das hört! Sie wird sagen: ›Liebste Lulu, welche Freude‹, und dann mit Schaum vor dem Mund lang hinschlagen.«

Lucia schaute über die Marsch, wo die horizontalen Strahlen der untergehenden Sonne einige niedrige Dunstschleier rosa und golden färbten. Es war Flut, und der breite Kanal des ins Meer mündenden Flusses randvoll. Hier und da, wo die Dämme niedrig waren, hatte sich das Wasser auf die umliegenden Ländereien verteilt; hier und da, wo es sich zu breiten Teichen ausgedehnt hatte, plätscherte es gegen die eingrenzenden Dämme. Schafe weideten auf den Wiesen, Möwen trieben auf dem Wasser, und einen knappen Kilometer entfernt im Westen glühten die Dächer Tillings, als seien sie geschmolzen, was nicht nur an dem weichen Glanz des Abendlichts lag, sondern (für das kritische Auge) auch an der Intensität der Interessen, die unter ihnen brannten... Lucia wußte nicht recht, was ihr mehr Befriedigung verschaffte, der Zauber der Marsch, ihr Beschluß, hier zu leben, oder die Erinnerung an Elizabeths totale Niederlage.

Dann meldete sich der weniger angenehme Gedanke an Georgie zurück, und sie überlegte, mit welchen Argumenten sie ihn bewegen konnte, Riseholme zu verlassen und hierher zu ziehen. Tilling mit seinen mannigfaltigen Interessen wäre ohne ihn unvollständig, und wie niederschmetternd unvollständig würde ihm Riseholme ohne sie und Foljambe vorkommen. In letzter Zeit hatte Georgie seine Malerei viel wichtiger genommen als früher, und während des Sommers hatte er häufig das Abendessen auf eine unerhört späte

Stunde verlegt, um einen Sonnenuntergang zu erwischen, oder war zu unmöglichen Zeiten aufgestanden, um einen Sonnenaufgang zu erwischen. Lucia hatte ihn in seinem Eifer sehr bestärkt und ihm gesagt, wenn er als Künstler wirklich Karriere machen wolle, dürfe er keine Zeit vergeuden. Er brauchte Anerkennung und Ansporn; vielleicht konnte Irene helfen.

Lucia deutete auf die leuchtende Landschaft.

»Irene, was wäre das Leben ohne Sonnenuntergänge?« fragte sie. »Und wenn man bedenkt, daß dieses Wunder tagtäglich eintritt, außer bei sehr bewölktem Himmel!«

Irene musterte die Aussicht mit kritischem Blick.

»Im allgemeinen mag ich keine Sonnenuntergänge«, sagte sie. »Der Aufbau des Himmels ist gewöhnlich kindisch. Aber bei dem hier stimmt die Farbgebung.«

»In Riseholme gibt es praktisch keine Sonnenuntergänge«, stellte Lucia fest. »Vermutlich geht die Sonne unter, aber eine Hügelkette ist im Weg. Oft denke ich, daß Georgies künstlerische Entwicklung dort stagniert. Wenn er dorthin zurückkehrt, wird er niemanden finden, der ihn zur Arbeit anhält. Was halten Sie von seiner Malerei, Irene?«

»Überhaupt nichts«, antwortete Irene.

»Nein? Ich bin überrascht. Natürlich hat Ihre eigene Arbeit einen ganz anderen Charakter. Diese Catcherinnen! Welche Bewegung! Aber ich persönlich entdecke in Georgies Arbeit eine sehr ausgeprägte Beobachtungsgabe. Eine Weite, eine Ruhe. Ich wünschte, Sie würden sich dafür interessieren und ihn ermutigen. Wenn man nur sucht, entdeckt man überall Schönheit.«

»Natürlich tue ich mein Bestes, wenn Sie möchten«, sagte Irene. »Aber es wird Schwerstarbeit sein, in Georgies Valentinskärtchen Schönheit zu entdekken.«

»Versuchen Sie's. Geben Sie ihm ein paar Tips. Bringen Sie ihn dazu, das zu sehen, was Sie sehen. Diese ganze Kühnheit und Freiheit. Das strebt er an... Ach, der Sonnenuntergang verblaßt. *Buona notte, bel sole!* Auch wir müssen nach Hause. *Addio, mia bella casa.* Aber Georgie muß es als erster erfahren, Irene, erwähnen Sie es nicht, bis ich es ihm gesagt habe. Armer Georgie – hoffentlich ist das für ihn kein allzu schlimmer Schlag.«

Als er am nächsten Morgen mit Cadman und Foljambe aus Folkestone kam, begab sich Georgie sofort nach Mallards. Er wußte, sein Rückruf bedeutete, daß die höchst gefährliche Contessa verschwunden war, und das Entfernen der Kette durch Grosvenor zeigte ihm an, daß die Grippe offiziell ausgestanden war. Er war ziemlich braungebrannt, und Lucia empfing ihn auf das Herzlichste.

»Alles hat reibungslos geklappt«, sagte sie, während sie ihm von den Intrigen und Gegenintrigen berichtete, aus denen ein so genialer Teppich von Ereignissen entstanden war. »Und Mrs. Brocklebanks Brief, den Sie mir schickten, hat Elizabeth den Rest gegeben. Ich sah sofort, was ich daraus machen konnte. Georgie, ich habe ihn in einen Geniestreich verwandelt.«

»Aber er war schon ein Geniestreich«, sagte Georgie. »Sie brauchten ihn nur abzuschreiben und der Contessa überbringen zu lassen.«

Lucia schämte sich ein wenig, weil sie das Hauptverdienst für sich reklamiert hatte – diese Angewohnheit ließ sich nur schwer abstellen.

»Mein Lieber, das ganze Verdienst gebührt also Ihnen«, sagte sie großzügig. »Es war ein Geniestreich. Ich schrieb ihn betont nachlässig ab, als hätte ich ihn gedankenlos hingekritzelt. Das war doch eine nette Idee, finden Sie nicht? Der Effekt? Kolossal, wie Irene mir berichtet hat, da ich nicht persönlich anwesend sein konnte. Das war erst gestern. Ein paar verzweifelte Zuckungen von Elizabeth, natürlich erfolglos. Ich nehme an, in ganz Sussex gibt es keine Frau, deren Pläne jemals gründlicher durchkreuzt wurden als die ihren.«

Georgie stieß ein diskretes kleines Kichern aus.

»Und so schrecklich amüsant daran ist, daß sie die ganze Zeit über recht hatte, was Ihre Grippe, Ihr Italienisch und alles betraf«, sagte er. »Für Elizabeth absolut zum Verrücktwerden.«

Lucia seufzte nachdenklich. »Georgie, sie war boshaft«, stellte sie fest, »und das zahlt sich nie aus.«

»Außerdem geschieht es ihr recht, weil sie Ihnen nachspioniert hat«, fuhr Georgie fort.

»Ja, die Ärmste. Aber ich werde sofort anfangen, wieder freundlich zu ihr zu sein. Morgen soll sie zum Essen kommen, und Sie natürlich auch. Übrigens, Georgie, Irene interessiert sich so für Ihre Malerei. Das war mir neu, da sich Irenes Stil so von Ihrer schönen sorgfältigen Arbeit unterscheidet.«

»Nein! Das ist mir auch neu«, sagte Georgie. »Bisher schien sie meine Zeichnungen nie zu bemerken; es hätten leere Blätter sein können. Ist es ihr Ernst? Sie will mich doch nicht auf den Arm nehmen?«

»Nichts dergleichen. Und ich konnte mich des Eindrucks nicht erwehren, daß sich Ihnen hier eine großartige Möglichkeit bietet, ein wenig mehr über moderne Methoden zu erfahren. Irenes wilde Leinwände haben etwas, wissen Sie.«

»Ich wünschte, sie hätte es mir eher erzählt«, sagte Georgie. »Uns bleiben nur noch vierzehn Tage hier. Wenn es vorbei ist, wird es mir ausgesprochen leid tun, heute morgen war ich nämlich schrecklich froh, wieder nach Tilling zu kommen. Es wird öde werden, zurück nach Riseholme zu ziehen. Empfinden Sie das auch so? Das tun Sie bestimmt. Keine Komplotte, keine Konkurrenz.«

Lucia hatte soeben von Adele ein Telegramm bezüglich des Kaufs von The Hurst erhalten, und es war sinnlos, den erschütternden Moment aufzuschieben. Sie kam sich vor wie Zeus, der gleich einen Blitz gegen einen unglücklichen Sterblichen schleudern würde.

»Georgie, ich gehe gar nicht zurück nach Riseholme«, sagte sie. »Ich habe The Hurst verkauft; Adele Brixton hat es erworben. Und ich habe praktisch das weiße Haus mit dem herrlichen Garten gekauft, das wir so bewundert haben, mit dem Blick über die Marsch (wie mußte ich gestern beim Sonnenuntergang an Sie denken) und wirklich allerliebsten charaktervollen Räumen.«

Georgie saß mit offenem Mund da, und jeder Ausdruck verschwand aus seinem Gesicht. Es wurde so leer wie ein sonnenverbranntes Stück Papier. Dann trat langsam, als erwache er aus einer Narkose, während der Chirurg immer noch geschickt an lebendem

Gewebe herumschnitt, ein Ausdruck unerträglicher Pein in sein Gesicht.

»Aber Foljambe, Cadman!« rief er. »Foljambe kann nicht allabendlich aus Riseholme hierherkommen. Was soll ich tun? Ist es unwiderruflich?«

Lucia war pikiert. Ihr war durchaus bewußt, daß seine Trennung von Foljambe (falls es denn eine geben sollte) ein schwerer Schlag sein würde; doch war es, gelinde gesagt, erstaunlich, daß der Gedanke an die Trennung von ihr, Lucia, Georgie nicht den ersten Schock versetzt hatte. Doch so war es nun einmal. Zuerst kam Foljambe, natürlich.

»Ich wußte, daß der Abschied von Foljambe Ihnen einen schweren Schlag versetzen würde«, sagte sie mit einer Schärfe, die Georgie kaum entgehen konnte. »Wirklich schade, daß der Streit, von dem Sie mir schrieben, im Sande verlief! Aber leider kann ich nicht versprechen, ewig in Riseholme zu wohnen, damit Sie Ihres Hausmädchens nicht verlustig gehen.«

»Aber es ist nicht nur das«, sagte Georgie, der die Schärfe bemerkte und sich beeilte, ihr die Spitze zu nehmen. »Sie sind auch noch da. Ohne Sie wäre es in Riseholme stinklangweilig.«

»Danke sehr, Georgie«, sagte Lucia. »Ich habe mich schon gefragt, ob und falls, wie die Juristen sagen, Ihnen das einfallen würde. Natürlich besteht kein Grund, warum es das tun sollte.«

Dies empfand Georgie als ungerechten Tadel.

»Nun, schließlich haben Sie sich in Tilling niedergelassen«, gab er zurück, »ohne ein Wort darüber zu verlieren, wie langweilig es ohne mich wäre. Und ich muß außerdem noch ohne Foljambe auskommen.«

Lucia griff zum gemeinsten Trick.

»Georgie-orgie nich bös mit mir?« fragte sie mit unschuldig-kindlicher Stimme.

Georgie ließ sich von diesem sentimentalen Schlag unter die Gürtellinie nicht umwerfen. Es sah Lucia ähnlich, alles genauso zu regeln, wie es ihr paßte, und dann zu erwarten, daß ihre armen Bauern untröstlich waren angesichts der Vorstellung, ihre Königin zu verlieren. Außerdem *war* ihm zuerst in den Sinn gekommen, daß er Foljambe verlieren würde. Wie die Nächstenliebe begann die Bequemlichkeit vor der eigenen Haustür.

»Nein, ich bin nicht böse«, sagte er, weigerte sich aber strikt, Babysprache zu benutzen, was gleichbedeutend gewesen wäre mit Kapitulation. »Aber ich habe durchaus das Recht, gekränkt zu sein, wenn Sie sich in Tilling niederlassen wollen, ohne ein Wort darüber zu verlieren, wie sehr ich Ihnen fehlen werde.«

»Mein Lieber, ich war mir sicher, daß Sie das als selbstverständlich voraussetzen«, fing Lucia an.

»Warum setzen Sie es dann nicht auch bei mir als selbstverständlich voraus?« bemerkte er.

»Das hätte ich tun sollen«, sagte sie. »Ich gebe es zu, das wäre also erledigt. Aber warum verlassen Sie nicht auch Riseholme und ziehen hierher, Georgie? Foljambe, ich, Ihre Karriere, jetzt wo Irene sich so für Ihre Bilder interessiert, und dieses herrliche Gefühl, nicht zu wissen, was als Nächstes passiert. Welche Reize, welcher Stoff, um die Seele wach zu halten. Und Sie wollen ja gar nicht nach Riseholme zurück, das haben Sie selbst zugegeben. Dort würden Sie verschimmeln und dahinvegetieren.«

»Für Sie ist das etwas anderes«, sagte Georgie. »Sie haben Ihr Haus verkauft, ich meines aber nicht. Aber so ist es nun einmal: Ich werde ohne Foljambe und Sie zurückgehen... ich meine, ohne Sie und Foljambe. Ich wünschte, ich wäre erst gar nicht hierhergekommen. Es war die Woche, als wir alle zum Fest zurückreisten und Cadman und sie hierließen, die das ganze Unglück verursacht hat.«

Es war zwecklos, im Moment noch etwas zu sagen, und Georgie, der sich als Opfer einer herrischen Freundin und eines treulosen Hausmädchens fühlte, begab sich traurig ins Mallards Cottage zurück. Lucia hatte sich entschlossen, Riseholme zu verlassen, ohne auch nur den kleinsten Gedanken daran zu verschwenden, was sie ihm damit antat, daß sie ihn mit einem Schlag Foljambes und ihrer eigenen Gesellschaft beraubte. Er bereute es fast, ihr diesen phantastischen Brocklebank-Brief geschickt zu haben, da sie schlimm in der Tinte gesessen hatte, besonders nachdem Miss Mapp gesehen hatte, wie sie sich leicht bekleidet und seilspringend von der Grippe kurierte; und wäre er ihr nicht – mit seinem Geniestreich – zu Hilfe geeilt, hätte ihr Ruf womöglich einen nicht wiedergutzumachenden Schaden erlitten, und sie wären allesamt zurück nach Riseholme gefahren. Wie es aussah, hatte er sie auf dem höchsten Gipfel etabliert, und sie dankte ihm diesen Segen, indem sie ihm einen solch garstigen Schlag versetzte.

In tiefer Niedergeschlagenheit warf er sich auf das Sofa in dem kleinen Salon von Mallards Cottage, wo er sich so wohlgefühlt hatte. Das Leben in Tilling war voller angenehmer Vergnügen gewesen, und welch zusätzliche Würze all diese Aufregungen bedeutet hatten! Er hatte viel gemalt, zahllose Sujets warteten noch auf seinen Pinsel, und ihn hatte mit Freude erfüllt, daß die drollige Irene, trotz ihrer modernen Ansichten über Kunst, große Stücke auf seine Arbeit hielt. Dann war da noch die Zerstreuung, Lucias Feldzug zur Erlangung der Oberhoheit zu beobachten und ihr großmütig beizustehen; und ihre Kriege, das wußte er, waren alles andere als beendet, denn Tilling war unter ihrer Herrschsucht und herablassenden Art aufsässig geworden, und wahrscheinlich steckte in dem alten Hund (gemeint war Elizabeth Mapp) noch Leben. Welch schreckliche Vorstellung, daß er den Feldzug nicht miterleben würde, den diese napoleonischen Gehirne gerade planten. Die wenigen ihm hier verbleibenden Wochen würden von dem Gedanken an die ihn erwartende erbärmliche Zukunft verdüstert werden, und sie würden ohne Reiz sein, denn in kurzer Zeit würde er als höchst bemitleidenswerter Witwer nach Riseholme zurückkehren, Foljambes Fürsorge beraubt, die all die Jahre über häusliche Sorgen von ihm ferngehalten hatte, sowie der Begleiterin, die ihn zu Ehrgeiz und Unternehmungslust angespornt hatte. Auch wenn er wachgelegen und es ihn bei dem Gedanken gegraust hatte, daß Lucia möglicherweise erwartete, er würde sie heiraten, fand er nun, das wäre ihm beinahe lieber gewesen, als sie völlig zu verlieren. »Vielleicht ist es besser, geliebt und verloren zu haben«, dachte Georgie, »als überhaupt nie geliebt zu haben, aber eine besonders traurige Angelegenheit ist es, nicht geliebt und dennoch verloren zu haben. . .«

Foljambe summte mit hoher Stimme, während sie

in seinem Zimmer im ersten Stock die Koffer auspackte, und auch wenn es ein unangenehmes Geräusch war, hatte es ihn oft mit höchster Befriedigung erfüllt, denn Foljambe sang selten, und wenn sie es tat, bedeutete es, daß sie mit ihrem Los zufrieden war und neue Pläne schmiedete, um sein Leben behaglicher zu gestalten. Jetzt plante sie zweifellos alle möglichen Freuden für Cadman und dachte nicht im mindesten an ihn. Dann war da noch Lucia: Durch offene Fenster hörte er schon das Klavier im Gartenzimmer, was eine furchtbare Gefühllosigkeit gegenüber seinem traurigen Zustand offenbarte. Ihr war das gleichgültig; sie zog weiter wie der Mond oder der Moloch Krieg. Es war herzlos von ihr, sich mit diesen fröhlich klimpernden Melodien zu beschäftigen, aber es war eben so, daß sie ein abscheulich egoistischer Mensch war und sich um nichts scherte als um ihre eigenen Erfolge... Einen Augenblick lang riß er sich von diesen schmerzhaften Überlegungen los und lauschte aufmerksamer. Sie übte eindeutig Mozart, aber die Melodie war ihm neu. »Jede Wette«, dachte Georgie, »daß sie mich heute oder morgen abend auffordert, mit ihr einen neuen Mozart vom Blatt zu spielen, und zwar genau das Stück, das sie jetzt übt.«

Die Verbitterung wallte erneut in ihm auf, als diese angenehme Überlegung aus seinem Kopf verschwand, und beinahe unwillkürlich begann er darüber nachzugrübeln, wie er ihr diese Gleichgültigkeit ihm gegenüber heimzahlen könnte. Da kam ihm ein finsterer, aber genialer Gedanke (einer schwarzen Perle gleich). Was, wenn er seinen eigenen Chauffeur Dickie, zur Zeit von seinem Mieter in Riseholme beschäftigt, entlassen und Cadman mittels einer in Aussicht gestellten Lohnerhöhung aus Lucias Diensten locken und samt Foljambe mit zurück nach Riseholme nehmen würde? Er würde den von Lucia selbst vorgeschlagenen Plan in die Tat umsetzen, nämlich sie in einem eigenen Häuschen unterbringen und ihnen eine Putzfrau besorgen, so daß sich Foljambe tagsüber ihm und nachts Cadman widmen konnte. Das wäre ein schlimmer Schlag für Lucia, und die Idee war durchführbar, da Cadman nicht viel von Tilling hielt und durchaus zustimmen konnte. Doch kaum war ihm diese teuflische Machenschaft eingefallen, als auch schon sein besseres Ich dagegen revoltierte. Lucia geschähe es recht, das stimmte, aber seiner wäre es nicht würdig. »Täte ich so etwas«, dachte Georgie sehr hochherzig, »würde ich auf ihr Niveau herabsteigen. Und wie furchtbar wäre es außerdem, wenn Cadman ablehnen würde und ihr dann verriete, ich hätte ihn in Versuchung geführt. Dafür würde sie mich verachten, so wie ich sie verachte, sie würde sich daran weiden, daß ich versagt hätte. Es geht nicht. Ich muß das alles irgendwie mannhafter angehen. Ich muß wie Major Benjy sein, ›Die Frau sei verdammt! Pah!‹ sagen, mir einen Drink genehmigen. Aber mir wird übel, wenn ich daran denke, daß ich allein nach Riseholme zurück muß. Ich wünschte, ich hätte Augenbrauen wie eine Kleisterbürste und könnte ordentlich ›verdammt‹ sagen.«

Mit dem Vorsatz, mannhafter zu sein, goß er sich einen sehr kleinen Whisky-Soda ein, und dabei fiel sein Blick auf ein paar vor ihm auf dem Tisch liegende Briefe, die am selben Morgen gekommen sein mußten. Auf einem befand sich ein Riseholmer Stempel, und es war ein Umschlag in jenem sehr hellen Blau, das er selbst immer benutzte. Augenscheinlich sein eigenes Briefpapier, von dem er einen Vorrat zurückgelassen hatte, aus dem sich sein Mieter kostenlos bedienen durfte. Er öffnete den Umschlag, und siehe da, in seinem finsteren Leben ging die Sonne auf, denn Oberst Cresswell wollte wissen, ob er beabsichtige, sein Haus zu verkaufen. Er sei von Riseholme sehr eingenommen, seine Schwester habe The Hurst erworben, und er würde gern in ihrer Nähe bleiben. Wenn daher Georgie ihm möglichst schnell dazu eine Zeile schreiben könnte, es gebe da nämlich ein anderes Haus, das von Mrs. Quantock, mit der er in Verhandlungen eintreten würde, falls Georgie keinesfalls verkaufen wolle...

Der Gefühlsumschwung tat beinahe weh. Georgie genehmigte sich sofort noch einen Whisky-Soda, nicht weil er deprimiert war, sondern vor lauter Glück. »Aber ich darf es nicht zur Gewohnheit werden lassen«, dachte er, als er zu seinem Füller griff.

Als Georgie seinen Brief an Oberst Cresswell beendet hatte, verspürte er als erstes den Drang, mit seinen großartigen Neuigkeiten nach Mallards zu stürzen, doch dann zögerte er. Es könnte irgend etwas schiefgehen, der von Oberst Cresswell angebotene Preis könnte mit seinen Erwartungen nicht übereinstimmen, obwohl er – weiß Gott – nicht im Traum daran dachte, bei einem einigermaßen reellen Angebot zu feilschen. Angesichts der Möglichkeit, daß er in Tilling blieb, würde Lucia jubeln, doch im Moment verdiente sie es nicht, mit solch angenehmen Aussichten belohnt zu werden. Und auch wenn er mannhaft genug gewesen war, die Einflüsterungen des Teufels von sich zu weisen, als dieser ihm vorschlug, Cadman in Versuchung zu führen, nahm er sich vor, sie ein wenig zu foppen, selbst wenn sein Traum in Erfüllung ging. Er hatte ihr oft erzählt, wenn er reich genug wäre, würde er sich eine Wohnung in London leisten, und falls der Verkauf seines Hauses zustande kam, würde er so tun, als wolle er gar nicht in Tilling wohnen, sondern in der großen Stadt, und dann sehen, wie sie das aufnahm. Dann war es an ihr, gekränkt zu sein, und recht geschah es ihr. Anstatt also die aus dem Fenster des Gartenzimmers dringenden Mozart-Passagen zu unterbrechen, spazierte er flott zur High Street hinunter, um herauszufinden, wie Tilling die Nachricht aufnahm, daß Lucia es für immer mit ihrer Anwesenheit beglücken würde, ob ihr Kauf von Grebe überhaupt schon allgemein bekannt war. Falls nicht, blieb ihm das Vergnügen, die Neuigkeit zu verbreiten.

Georgies Kostüm hatte etwas Maritimes, wie es jemandem gebührte, der noch kürzlich so viel Zeit auf dem Pier von Folkestone verbracht hatte. Er trug eine sehr nautisch aussehende Mütze mit schwarzem glänzendem Schirm, ein dunkelblaues zweireihiges Jakkett, eine weiße Hose und schicke Segeltuchschuhe – man hätte wirklich meinen können, er wäre mit seiner Yacht nach Tilling gekommen und habe angelegt, um sich das Städtchen anzusehen... Ein durchdringender Pfiff von der anderen Straßenseite zeigte ihm, daß sein Erscheinen sofort Aufmerksamkeit erregt hatte, und da war Irene, die sich mit ihrer Staffelei mitten auf den Bürgersteig gesetzt hatte und eine Reihe abgehäutete, im Fleischerladen hängende Tierrümpfe malte. Nun mußte sich Rembrandt wirklich in acht nehmen...

»Ahoi, Georgie!« rief sie. »Daheim, der Matrose, daheim von der See. Kommen Sie her und erzählen Sie.«

Das war mehr Aufmerksamkeit, als Georgie eigentlich erwartet hatte, aber da Irene durchaus in der Lage war, ihm maritime Ausdrücke nachzurufen, falls er vorgab, sie nicht zu hören, schlenderte er über die Straße auf sie zu.

»Haben Sie Lucia gesehen, Commodore?« fragte sie. »Und hat sie es Ihnen gesagt?«

»Daß sie Grebe kauft?« fragte Georgie. »Aber ja.«

»Dann ist es ja in Ordnung. Sie hat mir untersagt, es zu erwähnen, bevor sie mit Ihnen gesprochen hat. Mapp zieht durch die Läden, und ich muß es ihr einfach als erste verraten. Kommen Sie mir bitte nicht zuvor, ja? Ach, übrigens, haben Sie in Folkestone Zeichnungen gemacht?«

»Die eine oder andere«, sagte Georgie. »Nicht der Rede wert.«

»Unsinn. Lassen Sie mich vorbeikommen und sie ansehen. Mir gefällt Ihre Arbeitsweise. Werfen Sie mal rasch einen Blick auf das hier, und sagen Sie mir, was daran falsch ist... Da ist sie ja. Hallo! Mapp!«

Wie Georgie hielt es auch Elizabeth augenscheinlich für ratsamer, dem Ruf zu folgen und weiterer öffentlicher Erwähnung ihres Namens vorzubeugen, indem sie über die Straße herbeieilte.

»Guten Morgen, meine Irene«, sagte sie. »Welch ein wunderschönes Bild! All die armen abgehäuteten Schweinchen in einer Reihe, oder sind es Schafe? Wieder zurück, Mr. Georgie? Wie haben Sie uns gefehlt. Und finden Sie, daß die liebe Lulu von ihrer Krankheit sehr mitgenommen aussieht?«

»Mapp, es gibt Neuigkeiten für Sie«, sagte Irene, der das gestrige Mittagessen einfiel. »Sie müssen raten; ich werde Sie auf die Folter spannen. Es geht um Lulu. Dreimal dürfen Sie raten.«

»Doch hoffentlich kein Rückfall?« sagte Elizabeth fröhlich.

»Ganz falsch. Etwas viel Netteres. Es wird Ihnen eine gewaltige Freude bereiten.«

»Noch einer dieser schönen Musikabende?« fragte Elizabeth. »Oder hat sie vor dem Frühstück hundertmal Seil gesprungen?«

»Nein, viel besser«, sagte Irene. »Für uns alle wunderbar.«

Auf Elizabeth Gesicht breitete sich ein Ausdruck des Begreifens aus, während ihr ein schrecklicher Gedanke kam.

»Liebes, spannen Sie mich nicht länger auf die Folter«, sagte sie. »Verraten Sie's mir.«

»Sie zieht nicht am Monatsende weg«, sagte Irene. »Sie hat Grebe gekauft.«

Blankes Entsetzen malte sich auf Elizabeths Miene.

»O welche Freude!« sagte sie. »Großartige Neuigkeiten.«

Sie eilte nach Wasters, sogar zu aufgebracht, um Diva an ihrer Freude teilhaben zu lassen, die gerade von Twistevant's kam. Erst an diesem Morgen hatte sie ihren Kalender konsultiert und entdeckt, daß nur noch fünfzehn Tage fehlten, bis Tilling Lulu wieder los war, und jetzt mochten es, vorsichtig geschätzt, mindestens fünfzehn Jahre mit ihr werden. Dann wurde ihr klar, daß sie das Gewicht ihrer Freude nicht allein ertragen konnte, und sie hetzte hinter Diva her.

»Diva, Liebes, kommen Sie doch für eine Minute herein«, sagte sie. »Ich habe etwas gehört.«

Beunruhigt musterte Diva das zerfurchte und aufgeregte Gesicht.

»Was gibt's?« fragte sie. »Doch nichts Ernstes?«

»Aber nein, großartige Neuigkeiten«, sagte Elizabeth mit bitterem Sarkasmus. »Tilling wird frohlokken. *Sie* geht nicht weg. *Sie* wird immer und ewig hierbleiben.«

Es bedurfte keiner Rückfrage, wer »sie« war. Lucia war schon seit Wochen »sie«. Sprach man von Susan Wyse, Diva oder Irene, sagte man das. Aber »sie« war Lucia.

»Ich habe so etwas vermutet«, sagte Diva. »Ich weiß, daß sie einen Besichtigungstermin für Grebe hatte.«

Nachdem sie und Diva eingetreten waren, schlug Elizabeth in einem Wutanfall die Tür von Wasters mit solcher Wucht ins Schloß, daß das Haus wackelte und ein Briefchen aus dem Drahtbriefkasten zu Boden fiel.

»Vorsichtig mit meiner Haustür«, sagte Diva, »sonst muß man sich über einige durch den Mieter zu tragende Reparaturen verständigen.«

Elizabeth beachtete diese kleinliche Bemerkung nicht und hob das Briefchen auf. Die Handschrift war unverwechselbar, denn Lucias Homerlektüre hatte bewirkt, daß sie (unbewußt oder nicht) eine abgewandelte Form der griechischen Schrift verwendete, und so sah ihr ›a‹ wie ein Alpha und ihr ›e‹ wie ein Epsilon aus. Als sie das sah, ging Elizabeth völlig jede Selbstbeherrschung verloren, sie hielt den Brief hoch, als biete sie dem Blick frommer Gläubiger eine Reliquie dar, und machte vor ihm einen tiefen Knicks.

»Und dies ist von ihr«, sagte sie. »Oh, wie freundlich von Ihrer Majestät, mir eigenhändig und mit all diesen lächerlichen Kringeln zu schreiben. Nicht zufrieden damit, perfekt Italienisch zu sprechen, muß sie mir auch noch auf griechisch schreiben. Jede Wette, daß sie auch das wunderbar spricht.«

»Also wirklich, reißen Sie sich zusammen, Elizabeth«, sagte Diva.

»Ich bin mir nicht bewußt, daß ich mich in meine Bestandteile auflöse, Liebe«, sagte Elizabeth und öffnete das Briefchen mit den Fingerspitzen, als habe es eine Person verfaßt, die an der Pest oder zumindest der Grippe erkrankt war. »Aber lassen Sie mich sehen, was Ihre Majestät schreibt. ›Liebste Liblib‹. Was für eine Impertinenz! Oder ist es riseholmitischer Humor?«

»Na, Sie nennen sie Lulu«, stellte Diva fest. »Lesen Sie doch weiter.«

Elizabeth runzelte die Stirn angesichts der Schwierigkeiten, diese schnörkelige Handschrift zu entziffern.

»›Nun, da ich von dem Infekt vollständig genesen bin‹«, las sie, »(Infekt, also wirklich. Sie hat nie Grippe gehabt), ›genesen bin, kann ich meine Freunde wieder empfangen und hoffe inständig, daß Sie morgen mit mir zu Mittag speisen. Außerdem möchte ich Ihnen schnell meine geänderten Pläne schildern, ich habe mich nämlich so in Ihr entzückendes Tilling verliebt, daß ich hier ein Haus gekauft habe‹ – Schnee von gestern! – ›und mich nächsten Monat dort niederlassen werde. Ein furchtbarer Schmerz, wie Sie sich vorstellen können, mein liebes Riseholme zu verlassen‹ –

Warum sich dann solchen Schmerz zufügen? – ›und der arme Georgie ist verzweifelt, aber Tilling und all die lieben Leute hier haben sich um mein Herz geschlungen‹ – ach ja? Danke gleichfalls! – ›und es ist sinnlos, dagegen anzukämpfen. Daher frage ich mich, ob Sie wohl in Betracht ziehen würden, mir Ihr herrliches Mallards für die gleiche Miete noch einen Monat lang zu überlassen, während Grebe renoviert und mein Mobiliar darin untergebracht wird? Ich wäre unendlich dankbar, falls dies möglich sein sollte, andernfalls versuche ich, Mallards Cottage zu bekommen, sobald mein Georgie‹ – mein! – ›nach Riseholme zurückgeht. Was meinen Sie, könnten Sie mir morgen deswegen Bescheid geben, wenn Sie, wie ich hoffe, mir un' amabile si schicken‹ – was um alles in der Welt ist ein *amabile si*? – ›und zum Essen kommen? Tanti saluti, Lucia.‹«

»Ich verstehe«, sagte Diva. »Es heißt ›ein freundliches Ja‹, was die Essenseinladung betrifft.«

»Danke sehr, Diva. Sie sind auch eine rechte Gelehrte, was das Italienische angeht«, sagte Elizabeth. »Ich nenne das einen durch und durch herzlosen Brief. Und natürlich müssen wir alle ihr gefällig sein. Ich kann nicht zurück nach Mallards, weil *sie* es braucht, und selbst wenn ich mich weigerte, wäre *sie* nebenan in Mallards Cottage. Noch nie habe ich so lange Zeit außerhalb meines Hauses zugebracht.«

Beide Damen hatten das Gefühl, unmöglich länger den Anschein von Empörung darüber aufrechterhalten zu können, daß Lucia Mallards noch für einen weiteren Monat nehmen wollte, da es ihnen beiden so hervorragend in den Kram paßte.

»Sie haben Glück«, sagte Diva, »daß Sie es zu dem Preis noch für einen weiteren Monat vermieten. Genau wie ich, wenn wir hier kurz innehalten, denn Irene läßt mich bestimmt in ihrem Haus wohnen, da ihr Häuschen neben Grebe liegt und sie den ganzen Tag lang rein und rausspringen...«

»Die arme Irene scheint irgendwie verhext zu sein«, bemerkte Elizabeth beiläufig. »Sie denkt bloß noch an diese Frau. Ihre Malerei hat schrecklich nachgelassen, ist gröber geworden... Ja, Liebe, ich werde der Königin der italienischen Sprache wohl wegen Mallards ein *amabile si* zukommen lassen. Ich weiß nicht, ob Sie in Betracht ziehen würden, für November eine etwas kleinere Miete zu nehmen. Winterpreise sind immer niedriger.«

»Auf keinen Fall«, sagte Diva. »Sie bekommen für Mallards das gleiche wie vorher.«

»Das ist meine Angelegenheit, Liebes«, sagte Elizabeth.

»Und dies ist meine«, entgegnete Diva bestimmt. »Und werden Sie morgen bei ihr zu Mittag essen?«

Die mittlerweile relativ ruhige Elizabeth ließ sich in den Fenstersessel sinken, der eine so gute Sicht auf die High Street bot.

»Das werde ich wohl müssen«, sagte sie. »Man muß höflich bleiben, was auch immer passiert sein mag. Ach, da ist ja Major Benjy. Ich frage mich, ob er es schon weiß.«

Sie pochte gegen das Fenster und stieß es auf. Er eilte quer über die Straße und begann laut zu reden, ehe sie ein Wort äußern konnte.

»Was Ihr amüsantes Ratespiel angeht, Miss Elizabeth«, sagte er, genau wie Irene. »Betrifft Mrs. Lucas. Dreimal dürfen Sie...«

»Einmal genügt: Wir wissen alle Bescheid«, sagte Elizabeth. »Freudige Neuigkeiten, nicht wahr?«

»Allerdings, es ist erfreulich zu wissen, daß wir nicht eine Person verlieren werden, die... die unser aller Zuneigung gewonnen hat«, endete er sehr geschickt.

Er brach ab. Er klang nicht besonders ehrlich; offenbar beschäftigte ihn etwas, das er nicht ausgesprochen hatte. Elizabeth warf ihm einen durchdringenden und vertraulichen Blick zu.

»Ja, Major Benjy?« half sie nach.

Er sah sich um wie ein Verschwörer, der sichergehen will, daß niemand mithörte.

»Diese Einladungen, wissen Sie«, sagte er. »Diese Abende, die uns allen so viel Freude bereitet haben. Großartige Musik. Aber an einem nassen Winterabend ist Grebe sehr weit weg. Nicht bloß um die Ecke. Wenn sie sich in Mallards niederlassen würde...«

Er bemerkte sofort, was für eine entsetzliche Interpretation sich aus dieser Bemerkung ergeben könnte, und sprach in aller Eile weiter.

»Sie müssen zu unserer Rettung kommen, Miss Elizabeth«, sagte er so leise, daß selbst Diva nichts hörte. »Wenn Sie wieder in Ihrem Haus sind, müssen Sie sich so um uns kümmern, wie Sie es immer getan haben. Charmante Frau, Mrs. Lucas, und gewiß sehr gastfreundlich, aber im Winter, wie ich bereits sagte, dieser lange Weg vor die Tore Tillings, nur um ein wenig Musik zu hören und eine Tomate zu essen, wenn Sie wissen, was ich meine.«

»Aber natürlich weiß ich, was Sie meinen«, murmelte Elizabeth. »Das liebe Ding ist ja so gastfreundlich, wie Sie sagen. Nette Musik und Tomaten, aber wir müssen Widerstand leisten.«

»Nun, man kann auch des Guten zuviel kriegen«, befand Major Benjy, »und was mich angeht, so hält ein wenig Mozart lange vor, besonders wenn ich an einem nassen Abend lange Strecken zurücklegen muß. Dann sagte man mir, daß der Plan besteht, Freiübungskurse anzubieten, obwohl das bestimmt nur die Damen betrifft...«

»Da wäre ich mir nicht so sicher«, warf Elizabeth ein. »Unsere liebe Freundin hat genug – nennen wir es Selbstvertrauen? –, daß sie sich für fähig hält, jedem alles beizubringen. Wenn Sie nicht vorsichtig sind, Major Benjy, finden Sie sich eines Tages noch bei einem Seilsprungwettbewerb auf dem Rasen von Grebe wieder, noch ehe Sie wissen, was Sie tun. König Kophetua waren Sie ja schon, womit ich für mein Teil nie und nimmer gerechnet hätte.«

»Das war eine einmalige Angelegenheit«, sagte er. »Aber was Freiübungskurse betrifft...«

Da Diva sehr darunter litt, daß sie nicht hörte, was beredet wurde, hatte sie sich von hinten an Elizabeth herangeschlichen und hockte nun ganz in ihrer Nähe, während Elizabeth sich aus dem Fenster lehnte. In diesem Augenblick bog Lucia, die ihre Klavierübungen beendet hatte, aus Mallards um die Ecke auf die High Street. Elizabeth zog sich hastig vom Fenster zurück und stieß mit Diva zusammen.

»Tut mir leid; ich wußte nicht, daß Sie da waren, Liebes«, sagte sie. »Wir müssen ein andermal die

Köpfe zusammenstecken, Major Benjy. *Au reservoir.*« Sie schloß das Fenster.

»Verraten Sie mir doch bitte, weswegen Sie die Köpfe zusammenstecken wollen«, sagte Diva. »Ich habe nur den Schluß gehört.«

Es war wichtig, Verbündete zu haben, sonst hätte Elizabeth einige wohlgesetzte Bemerkungen über Lauscherinnen gemacht.

»Gerade wenn Lucia sich entschieden hat, uns nie wieder zu verlassen«, sagte sie, »ist es traurig, daß in Tilling immer mehr der Eindruck um sich greift, man bekäme diktiert, dieses zu tun oder sich jenes anzuhören. Major Benjy – ich weiß nicht, ob Sie das mitbekommen haben, Liebes – fand dazu sehr bestimmte und, wie ich fand, vernünftige Worte. Die eigentliche Frage lautet, ob England ein freies Land ist oder nicht und ob man auf uns herumtrampeln darf. Wir waren all die Jahre sehr glücklich in Tilling, sind unseren eigenen Weg gegangen und haben harmonisch zusammengelebt, und ich für mein Teil – und Major Benjy für sein Teil – habe nicht vor, meinen Nacken unter das Joch zu beugen. Ich weiß nicht, wie Sie darüber denken. Vielleicht gefällt es Ihnen ja, schließlich waren Sie ebenso Maria Stuart wie Major Benjy König Kophetua gespielt hat.«

»Ich werde nach dem Abendessen zu keinen Podemus in Grebe mehr gehen«, sagte Diva. »Zu dem letzten hatte ich schon nicht mehr gehen wollen, aber Sie haben uns alle dazu überredet. Wo war Ihr Nacken da, Elizabeth? Seien Sie ehrlich.«

»Seien Sie selber ehrlich, Diva«, erwiderte Elizabeth einigermaßen aufgebracht. »Wie Sie sehr gut wissen, wollte ich, daß Sie hingehen, damit Sie alle Ihren Nacken unter ihrem Joch herausziehen und hören konnten, daß sie kein Italienisch spricht.«

»Und damit haben Sie ein hübsches Chaos angerichtet«, sagte Diva. »Aber egal. Nun ist sie als perfekte Italienisch-Linguistin eingeführt, punktum. Pfuschen Sie nicht wieder daran herum, sonst werden Sie nur beweisen, daß sie auch Griechisch kann.«

Elizabeth erhob sich und deutete auf sie wie eine raffaelitische Sibylle.

»Diva, bis auf den heutigen Tag glaube ich nicht, daß sie Italienisch kann. Es war ein Zaubertrick, und ich bin keine Zauberin, sondern eine einfache Frau, und kann Ihnen deshalb nicht verraten, wie sie es bewerkstelligt hat. Aber ich schwöre, daß es ein Trick war. Und beantworten Sie mir doch folgendes: Warum bietet sie uns keinen Italienischunterricht an, wenn sie die Sprache beherrscht? Sie hat angeboten, uns Bridge, Homer und Freiübungen beizubringen, wollte die Chorproben übernehmen und hat szenische Darbietungen eingeübt. Warum nicht Italienisch?«

»Das ist seltsam«, sagte Diva nachdenklich.

»Nicht im mindesten seltsam. Der Grund liegt auf der Hand. Alle sind mir bei diesem gräßlichen Essen über den Mund gefahren und haben mich gescholten, unter anderem auch Sie, aber ich weiß, daß ich recht habe, und eines Tages wird die Wahrheit ans Licht kommen. Ich kann warten. Derweil hat sie vor, uns alle bei der Hand zu nehmen, aber ich lasse mich nicht bei der Hand nehmen. Was die Lage von uns allen erfordert, ist ein wenig Entschlossenheit.«

Als Diva nach Hause ging, war sie bis ins Mark

freudig erregt angesichts der aufregenden Unterhaltung, die sie in den kommenden Monaten aller Wahrscheinlichkeit nach erwartete. Natürlich durchschaute sie Elizabeths Prahlerei über Joche und freie Länder: Das bedeutete, daß sie vorhatte, ihren Platz wieder einzunehmen und Lucia zu stürzen. Zwei konnten in Tilling nicht regieren, wie mittlerweile jeder sah. »Alles höchst interessant«, sagte sich Diva. »Elizabeth hat zur Zeit Major Benjy auf ihrer Seite, während Lucia Georgie verlieren wird, andererseits zählen in Tilling nicht Männer, sondern Hirne. In diesem Winter wird es mehr Bridgeabende und Tees geben als je zuvor. Ich weiß wirklich nicht, wen von beiden ich unterstützen soll. Hallo, da ist ja ein Briefchen von ihr. Mittagessen morgen, nehme ich an... Dachte ich mir.«

Lucias Lunch am folgenden Tag war eine Art Bankett zur Feier ihrer Genesung sowie der Tatsache, daß Tilling nun nicht ihre näherrückende Abreise betrauern mußte, sondern die Ehre hatte, wie Elizabeth es formulierte, sie immer und ewig zu behalten. Der gesamte Zirkel ihrer erfreuten Freunde würde da sein, und sie hatte vor, ihnen den berühmten Hummer *à la Riseholme* aufzutischen, mit dem sie ein paar Wochen zuvor Georgie bewirtet hatte, um den durch Foljambes Verlobung entstandenen Schock abzumildern. Die Speise hatte in den Köpfen der Tillinger Hausfrauen schon eine Menge wilder Mutmaßungen aufkeimen lassen, da keine dahinterkam, wie man diesen Hummer zubereitete, und Lucia hatte sich gegenüber allen Bitten nach dem Rezept taub gestellt; von Elizabeth war sie zweimal darum gebeten worden, aber Lucia hatte lediglich abrupt das Thema gewechselt und von etwas ganz anderem geredet. Diese Heimlichtuerei galt als unfreundlicher Akt, da es in Tilling üblich war, Freunden kulinarische Geheimnisse mitzuteilen, so daß man seine Lieblingsgerichte auch in den Häusern der anderen genießen konnten, und Hummer *à la Riseholme* war für Elizabeth schon lange ein quälendes Problem. Sie hatte sich auf eigene Faust daran versucht, aber das Ergebnis war nicht gerade ermutigend gewesen. Diva und dem Padre hatte sie erzählt, sie habe das sichere Gefühl, es »erraten« zu haben, und beide hatten sich, als sie zum Essen eingeladen worden waren, auf eine große Gaumenfreude eingestellt. Aber Elizabeth hatte eindeutig falsch geraten, denn Hummer *à la Riseholme à la Mapp* hatte sich als eine Art Gummiklumpen entpuppt (so hart, daß die Zähne beim Zubeißen regelrecht davon abprallten), die in einer zweifelhaften rosafarbenen Schleimsuppe schwammen, und beide Gäste hatten ziemlich volle Teller zurückgelassen, soweit wie möglich unter Messer und Gabel versteckt, obgleich ihre Gastgeberin mannhaft weiterkaute, bis ihre Kiefermuskeln den Dienst versagten. Daraufhin hatte Elizabeth zu Geheimdienstmethoden Zuflucht genommen. Mehr als einmal hatte Lucia sie in der High Street beobachtet, wie sie verdächtig nett zu ihrer Köchin war, und kurz vor ihrer Grippe hatte sie vom Fenster des Gartenzimmers aus gesehen, wie Elizabeth an der Hintertür von Mallards die Herrscherin der Küche erneut in ein Gespräch verwickelte. Bei dieser Gelegenheit – und mit untrüglicher Vorahnung – hatte sie die Köchin kommen lassen und gefragt, was Miss Mapp gewollt habe.

Es war so gewesen: Elizabeth hatte sich vorgeblich nach einem Schneebesen erkundigt, den sie vor drei Monaten irrtümlich in Mallards gelassen habe, doch dann hatte sie die Maske fallenlassen und, mit einer glänzenden Halb-Kronen-Münze in der Hand, schlankweg nach dem Rezept für Hummer *à la Riseholme* gefragt. Die Köchin hatte die Herausgabe höflich, aber bestimmt verweigert, und nun war Lucia fester denn je entschlossen, Elizabeth nie das exquisite Geheimnis zukommen zu lassen. Natürlich empfand sie es als unter ihrer Würde, diesen abgefeimten und erbärmlichen Versuch zur Kenntnis zu nehmen, durch blanke Bestechung ein Stück privaten Wissens zu ergattern, und nie ließ sie Elizabeth erfahren, daß sie Bescheid wußte.

Am Morgen vor Lucias Lunch hatte Georgie ein Telegramm von Oberst Cresswell bekommen, der ein festes und sehr befriedigendes Angebot für sein Haus in Riseholme unterbreitete, unmöbliert. Das hatte Georgie in hektische Aktivität versetzt: Als erstes mußte er Foljambe sprechen und ihr (unter dem Siegel der Verschwiegenheit) erzählen, daß er vorhabe, sich in Tilling niederzulassen. Foljambe war darüber hocherfreut und hatte in einem ganz untypischen Gefühlsausbruch erklärt, es hätte ihr in der Seele weh getan, nach so vielen harmonischen Jahren seine Dienste zu verlassen, und sie bleibe sehr gern bei der Abmachung, zu der sie sich bereitgefunden hatte, als man davon ausgegangen war, daß sie alle zurück nach Riseholme gehen würden. Tagsüber werde sie in Georgies Haus arbeiten und sich abends in ihr Eheleben in die Garage von Grebe zurückziehen. Als dieses rührende Gespräch beendet war, widmete sie sich wieder ihrer Arbeit, und Georgie hörte, wie sie beim Silberputzen sang. »Das ist großartig«, sagte er bei sich, »und die Wolke hat sich endgültig verzogen. Jetzt muß ich mich sofort darum kümmern, hier ein Haus zu finden.«

Er eilte nach draußen. Es war noch eine Stunde Zeit, bis er zum Hummeressen erwartet wurde. Obwohl er die Küste bereits vor vierundzwanzig Stunden verlassen hatte, setzte er seine Seglermütze auf und brach – mit einem Gefühl, als sei er im siebten Himmel – zum Makler auf. Er wußte, von allen Häusern im Ort, die er gesehen hatte, würde ihm keines so gut gefallen wie dieses liebe kleine Mallards Cottage, das er nun bewohnte; ihm gefiel es, Foljambe gefiel es, allen gefiel es, aber er hatte keine Ahnung, ob er von der geräucherten Isabel einen Mietvertrag bekommen würde. Als er die High Street überquerte, jagte ihm das wilde Tröten einer Hupe unmittelbar hinter ihm einen schlimmen Schrecken ein, aber flink sprang er in Richtung Bürgersteig, erreichte ihn unverletzt, und obwohl seine Mütze herabfiel und in einer Pfütze landete, war er nur dankbar, daß ihn Isabel Poppit mit ihrem Motorrad nicht überfahren hatte. Ihre Haare sahen aus wie ein verdrehter Mop, ihre Haut war unglaublich gebräunt, und auf ihrem Motorrad thronend sah sie aus wie eine modernisierte Walküre in ziemlich schlechtem Zustand... Ihr genau in diesem Moment zu begegnen, als er gerade wegen Mallards Cottage Erkundigungen einholen wollte, schien Georgie ein gutes Omen zu sein, und so hob er seine Mütze auf und lief über die Straße zurück, denn Isabel war in ihrer verständlichen Befürchtung, sie könnte ihn umbringen, gegen einen Bäckerwagen geschleudert und hatte sich in dessen Rädern verheddert.

»Ich bitte um Verzeihung, Miss Poppit«, sagte er. »Einzig und allein mein Fehler, daß ich vor Überquerung der Straße nicht nach beiden Seiten geschaut habe.«

»Nichts passiert«, sagte sie. »Oh, Ihre schöne Mütze. Tut mir leid. Aber nach all der herrlichen Leere und Stille zwischen den Sanddünen kommt mir so etwas wie diese Stadt wie ein richtiger Alptraum vor.«

»Nun, die Leere und Stille scheint Ihnen gutzutun«, sagte Georgie und starrte verblüfft in ihr mahagonifarbenes Gesicht. »Ich bin noch nie jemanden begegnet, der so gut aussah.«

Mit einem Ruck ihrer mächtigen Arme befreite Isabel ihr Motorrad.

»Das liegt am einfachen Leben«, sagte sie und schüttelte sich die Haare aus der Stirn. »Werde nie wieder in einer Stadt wohnen. Ich habe den Bungalow, in dem ich jetzt wohne, für ein weiteres halbes Jahr gemietet und bin nur nach Tilling gekommen, um dem Makler aufzutragen, einen neuen Mieter für Mallards Cottage zu suchen, da Sie ja am Monatsende zurück nach Riseholme fahren.«

Georgie war noch nie so fest überzeugt gewesen, daß eine weise und wohltätige Vorsehung sich ganz besonders fürsorglich um ihn kümmerte.

»Und ich war ebenfalls unterwegs zum Makler«, sagte er, »um mich zu erkundigen, ob ich einen Mietvertrag bekommen könnte.«

»Großer Gott! Wie gut, daß ich Sie nicht gerade

eben überfahren habe«, sagte Isabel mit all der Einfachheit, die Leere und Stille der Sanddünen hervorbrachten. »Kommen Sie mit zum Makler.«

Innerhalb einer halben Stunde war die ganze Angelegenheit praktisch unter Dach und Fach. Isabel hatte von ihrer Mutter einen Mietvertrag für Mallards Cottage, der noch fünf Jahre gültig war, und sie erklärte sich einverstanden, ihn auf Georgie zu übertragen und ihre Möbel anderswo unterzustellen. Ihm blieb gerade noch Zeit, seinen neuen senffarbenen Anzug mit oranger Krawatte und einer Krawattennadel aus Topas anzuziehen, und höchst aufgeräumt traf er zum Mittagessen ein. Außerdem freute er sich auf sein Gespräch mit Lucia, sobald die anderen Gäste gegangen waren. Wie würde er sie mit seinem Umzug nach London foppen!

Auch wenn Tilling die freudige Aussicht, daß Lucia nie wieder weggehen würde, mit einer gewissen Zurückhaltung und, was Elizabeth betraf, mit nichts als Zurückhaltung aufnahm, wetteiferten ihre Gäste miteinander, was die Inbrunst anging, mit der sie einander beglückwünschten, und Elizabeth übertraf sie alle, als sie wie ein Weinschmecker kleine Hummerstückchen in den Mund nahm und zarte Geschmacksnuancen beurteilte. Sie schmeckte Käse, sie schmeckte Garnelen, sie schmeckte Sahne... sie schmeckte so viele Dinge, daß sie sich wie Adam vorkam, als er den zahllosen unterschiedlichen Tieren Namen verlieh. Sie hatte so reichlich zugegriffen, daß für Georgie nur noch ein wenig rosa Soße blieb, als die Schüssel bei ihm ankam, aber das störte ihn kaum, so froh hatten ihn die vormittäglichen Ereignisse gestimmt. Als Elizabeth schließlich das Gefühl hatte, ersticken zu müssen, wenn sie Lucia noch mehr lobte, übernahm Mr. Wyse, bis Georgie ihn mit den Worten unterbrach, es sei grausam von ihnen, über den auf sie zukommenden geschäftigen Winter zu reden, obwohl sie alle wußten, daß er nicht mehr hier, sondern wieder in Riseholme sein werde. Ja, er übertrieb sein Lamentieren sogar, so daß Lucia, deren scharfer Verstand in Elizabeths Begeisterungstaumel krasseste Unaufrichtigkeit entdeckte, sich langsam fragte, ob Georgie aus irgendeinem ihr unbekannten Grund wirklich so traurig war, wie er zu sein vorgab. Nie hatte er strahlender ausgesehen, kein Schatten der Enttäuschung war über sein Gesicht gezogen, als er die Schüssel musterte, die einmal seine Lieblingsspeise enthalten hatte und nun leer war. Es lag etwas in der Luft – was um alles in der Welt konnte es sein? Hatte Foljambe Cadman den Laufpaß gegeben? – und so wie Elizabeth geschmackliche Nuancen in dem geheimnisvollen Gericht entdeckte, versuchte Lucia sich an einer Analyse des fröhlichen Tonfalls, in dem Georgie seinem Elend Ausdruck verlieh.

»Wirklich gräßlich von Ihnen allen, dauernd über all die wunderbaren Sachen zu reden, die Sie unternehmen werden«, sagte er. »Freiübungskurse und Homer und Bridge, und ich Armer so weit weg. Jeden Morgen werde ich mir einreden, daß ich Tilling hasse; mit Coué werde ich verkünden: ›Tag für Tag und in jeder Hinsicht gefällt es mir immer weniger‹, bis ich mir selbst eingeredet habe, daß ich gern weggehe.«

Mr. Wyse widmete ihm eine wunderschöne Verbeugung.

»Auch Sie werden uns sehr fehlen, Mr. Pillson«,

sagte er, »und ich für meinen Teil werde mich versucht sehen, Riseholme zu hassen, weil es uns jemanden genommen hat, der uns so ans Herz gewachsen ist.«

»Ich bitte um die Erlaubnis, mich diesen Gefühlen anschließen zu dürfen«, sagte Major Benjy, dessen Verachtung für Georgie, seine Zeichnungen und seine Stickereien durch den Anblick der Seglermütze noch verstärkt worden war, die, wie der Major erklärte, nur für einen Fatzke taugte. Es war angeraten gewesen, sich gut mit ihm zu stellen, solange Lucia sich in Mallards aufhielt, da er sie gegen ihn, Major Benjy, aufhetzen könnte, und da er nun ging, konnten diese netten Bemerkungen nichts schaden. Dann sagte der Padre etwas Schottisches und Mitfühlendes und Bedauerndes, und Georgie ertappte sich dabei, wie er sich – ein wenig verlegen – verbeugte und nach rechts und links bedankte in Anerkennung dieses allgemeinen Bedauerns darüber, daß er sie bald verlassen würde. Es war ziemlich unpassend, schließlich würden sie in ein paar Stunden alle wissen, daß er Mallards Cottage unmöbliert für fünf Jahre gemietet hatte, was nicht nach sofortiger Abreise aussah. Doch sein kleines Täuschungsmanöver war nötig, wenn er Lucia veralbern und ihr weismachen wollte, daß er beabsichtigte, sich in London niederzulassen. Und außerdem, da es offenbar allen so leid tat, daß er (wie sie annahmen) bald aus Tilling verschwinden würde, sollten sie hoch erfreut sein, wenn sie herausfanden, daß er nichts dergleichen vorhatte.

Bald nach dem Essen verschwanden die Gäste, während Georgie, den Schalk im Nacken, bei seiner Gastgeberin im Gartenzimmer verweilte. All ihren durchdringenden Blicken während des Essens war es nicht gelungen, seine ausgesprochen gute Laune zu ergründen – da war er nun kurz davor, sich von Foljambe und ihr zu trennen, und dennoch strahlte er vor Zufriedenheit übers ganze Gesicht. Auch Lucia war exzellenter Stimmung, da sie gesehen hatte, wie sich Elizabeths Stirn zusehends in Falten legte, während sie versucht hatte, die Formel für den Hummer zu ergründen.

»Was für ein entzückendes Essen, auch wenn ich überhaupt keinen Hummer abbekommen habe«, sagte Georgie, während er sich anschickte, Lucia zu foppen. »Mir hat es gefallen. Und wie begeistert Elizabeth war, daß Sie hierbleiben! Sie muß eine Blase auf der Zunge haben.«

Lucia seufzte.

»Saphira muß sich vor ihren Rivalinnen in acht nehmen«, bemerkte sie nachdenklich. »Und wie leid es allen tat, daß Sie wegziehen.«

»War das nicht nett von ihnen?« sagte Georgie. »Aber vergessen wir das jetzt: Ich muß Ihnen etwas Wundervolles erzählen. Noch nie in meinem Leben war ich so glücklich, denn was mir seit Jahren vorschwebt, läßt sich endlich verwirklichen. Sie werden sich für mich freuen.«

Lucia legte eine mitfühlende Hand auf die seine. Sie fand, daß sie zu wenig Mitgefühl für jemanden aufgebracht hatte, der so bald sein Hausmädchen und seine älteste Freundin verlieren sollte. Allerdings war die Fröhlichkeit verblüffend, mit der er diesen Doppelschlag verkraftete...

»Lieber Georgie«, sagte sie, »was Sie glücklich

macht, macht mich auch glücklich. Ich bin entzückt, daß so etwas geschehen ist. Ehrlich entzückt. Erzählen Sie mir sofort, worum es sich handelt.«

Georgie atmete tief durch. In einem triumphalen Ausbruch wollte er alles auf einmal loswerden, wie eine Fanfare.

»Zu köstlich«, sagte er. »Oberst Cresswell hat mein Haus in Riseholme gekauft – zu einem so guten Preis –, und jetzt kann ich mich endlich in London niederlassen. Ich hatte Riseholme genauso satt wie Sie, und jetzt werde ich es nie wiedersehen, und Tilling auch nicht. Ist das nicht ein Traum? Riseholme, das stickige kleine Mallards Cottage, alles ist Vergangenheit! Ich werde ein nettes kleines Heim in London haben, und Sie müssen versprechen, mich irgendwann einmal zu besuchen. Wie habe ich mich darauf gefreut, es Ihnen zu erzählen! Orchesterkonzerte in der Queen's Hall statt unserer ungeschickten kleinen Mozartino-Arrangements für vier Hände. Bilder, ein Klub, wenn ich ihn mir leisten kann, und der schöne Gedanke, daß Sie hier in Tilling so glücklich sind! Was das Theater angeht, das ich gestern gemacht habe, weil mir Foljambe verlorengeht, so weiß ich nicht mehr, warum mir das so schrecklich vorkam.«

Lucia schenkte ihm noch einen durchdringenden Blick und entschied, daß sie ihm kein Wort glaubte, abgesehen von dem, was den Verkauf seines Hauses in Riseholme betraf. Alles andere mußte gelogen sein, da die Foljambe-Wunde unmöglich so rasch verheilt sein konnte. Aber sie faßte umgehend den Entschluß, so zu tun, als glaube sie ihm, und klatschte begeistert in die Hände.

»Lieber Georgie! Welch phantastische Neuigkeiten!« rief sie. »Ich freue mich so. Ich hatte schon immer das Gefühl, daß Sie mit Ihren vielseitigen Interessen Ihr Leben in Provinznestern wie Riseholme oder Tilling vergeudeten. Für Sie kommt nur London in Frage! Jetzt verraten Sie mir: Werden Sie sich eine Wohnung oder ein Haus nehmen? Und in welcher Gegend? Wenn ich Sie wäre, müßte es ein Haus sein!«

Das war nicht so ganz das, was Georgie erwartet hatte. Er hatte gedacht, Lucia würde vorschlagen, nun, da er Riseholme hinter sich gelassen habe, müsse er unbedingt nach Tilling kommen, aber sie verzichtete nicht nur darauf, sondern schien begeistert zu sein, daß ihm diese Idee nicht gekommen war.

»Darüber habe ich mir eigentlich noch gar keine Gedanken gemacht«, sagte er. »Eine Wohnung hat auch ihre Vorzüge.«

»Zweifellos. Sie ist kompakter, und man muß sich nicht mit Steuern und Abgaben herumplagen. Und Sie werden ja wohl auch Ihren Wagen haben. Und wird Ihre Köchin Sie begleiten? Was sagt sie zu alledem?«

»Ich habe es ihr noch nicht gesagt«, sagte Georgie, der langsam ein wenig nachdenklich wurde.

»Wirklich? Ich hätte gedacht, das hätten Sie als erstes getan. Und freut sich Foljambe nicht, daß Sie wieder so glücklich sind?«

»Sie weiß es noch nicht«, bekannte Georgie. »Ich dachte, ich sage es zuerst Ihnen.«

»Lieber Georgie, wie süß von Ihnen«, sagte Lucia. »Foljambe wird gewiß so froh wie ich sein. Bestimmt fahren Sie jetzt bis zum Monatsende nach London, damit Sie Ihr Haus oder Ihre Wohnung, was auch immer, so bald wie möglich fertig bekommen. Wie beschäftigt Sie und ich sein werden, Sie lassen sich in London nieder und ich mich in Tilling. Wissen Sie, angenommen, Sie hätten daran gedacht, auf Dauer hier zu leben, nachdem Sie jetzt Ihr Haus in Riseholme losgeworden sind, ich hätte mir große Mühe gegeben, es Ihnen auszureden, auch wenn ich gestern so egoistisch war, es vorzuschlagen. Aber es würde nie und nimmer funktionieren, Georgie. Es ist gut und schön für ältere Frauen wie mich, denen der Sinn nach ein wenig Ruhe und Frieden steht, oder für Pensionäre wie Major Benjy oder für Kunstliebhaberinnen wie Mrs. Wyse, aber für Sie... tausendmal nein. Da bin ich ganz sicher.«

Georgie wurde zusehends nachdenklicher. Es war ein echter Fehler gewesen, Lucia foppen zu wollen, denn sie war nicht gefoppt, sondern einfach froh. Je länger sie so weitermachte, und ihre Zustimmungsbekundungen schienen kein Ende nehmen zu wollen, desto schwerer würde es, ihr die Wahrheit zu sagen.

»Finden Sie das wirklich?« fragte er.

»Aber unbedingt. Sie würden sich in Tilling zu Tode langweilen. O Georgie, wie bin ich froh, daß Sie so ein Glück haben und so vernünftig sind. Ich frage mich, ob die hiesigen Makler irgendwelche Häuser oder Wohnungen in London im Programm haben. Lassen Sie uns sofort hinübergehen und nachsehen. Vielleicht finden wir ja etwas. Ich werde mich sputen und meinen Hut aufsetzen.«

Georgie stieg aus. Wie üblich war Lucia siegreich geblieben.

»Sie sind zu gräßlich«, sagte er. »Sie glauben nicht ein einziges Wort von meinen angeblichen Plänen.«

»Mein Lieber, natürlich nicht«, sagte Lucia vergnügt. »So einen Haufen Unsinn habe ich noch nie gehört. Ananias sind Sie nicht gerade. Aber es stimmt doch hoffentlich, daß Sie Ihr Haus in Rischolme verkaufen wollen?«

»Ja, der Teil stimmt«, gab Georgie zu.

»Dann werden Sie natürlich hier wohnen«, sagte sie. »Das hätte ich Ihnen ohnehin vorgeschlagen. Wie steht es denn mit Mallards Cottage? Heute vormittag bin ich auf der High Street diesem seltsamen Vogel begegnet, und sie hat mir erzählt, sie wolle das Cottage den Winter über vermieten. Lassen Sie uns, wie von mir vorgeschlagen, zum Makler gehen und nachsehen.«

»Das habe ich bereits getan«, gestand Georgie, »ich bin ihr nämlich auch begegnet, sie hätte mich fast überfahren. Ich habe einen Mietvertrag für fünf Jahre bekommen.«

Es war nicht Lucias Art, über jemanden zu triumphieren. Sie bewies ihre Größe, indem sie zu etwas anderem überging.

»Perfekt!« sagte sie. »Alles ist so gekommen, wie ich es geplant hatte, das geht also in Ordnung. Und jetzt, falls Sie nichts anderes zu tun haben, lassen Sie uns ein wenig musizieren.«

Sie holte den neuen Mozart hervor, den sie bereits geübt hatte.

»Das sieht nach einem entzückenden Duett aus«, sagte sie, »und wir haben es noch nie probiert. Ich bin bestimmt schrecklich eingerostet, denn während meiner Grippe habe ich mich kaum getraut, Klavier zu spielen.«

Georgie sah sich den neuen Mozart an.

»Sieht nett aus«, sagte er. »Tam-ti-tam. Also, das ist doch das Stück, das ich Sie gestern vormittag so fleißig habe üben hören.«

Dem schenkte Lucia nicht die geringste Beachtung.

»Wir beginnen gemeinsam auf Schlag drei«, sagte sie. »Und.... *Uno*, *due*, TRE!«

8

Man begann sofort, in Grebe zu malen und zu tapezieren. Irene bot an, alles eigenhändig zu streichen, und als Konzept für das Musikzimmer schlug sie eine schwarze Decke und vier verschiedenfarbige Wände vor, Zinnoberrot, Smaragdgrün, Ultramarinblau und Gelb. Die Ausführung würde ungefähr zwei Monate beanspruchen, und die Kosten wären beträchtlich, da für die ultramarinblaue Wand unbedingt Lapislazuli erforderlich war, aber sie versicherte Lucia, das Ergebnis würde einzigartig und für das Auge herrlich anregend sein, zumal sie als Ergänzung für einen fuchsinroten Teppich sowie einen mit Nickelplatten belegten Kaminsims plädiere.

»Das klingt zu hübsch, Liebes«, sagte Lucia und betrachtete die Farbproben, die Irene ihr vorlegte, »aber ich kann mir das gewiß nicht leisten. Wirklich schade! Diese wunderschönen Farbtöne!«

Dann flehte Irene sie an, doch für ein wenig Abwechslung in der Form ihrer Fenster zu sorgen. Es wäre amüsant, ein eiförmiges Fenster zu haben, ein dreieckiges und ein anderes mit fünf, sechs oder sieben unregelmäßigen Seiten, so daß es aussah, als hätte eine Granate ein Loch in die Mauer gerissen. Oder wie es mit einer Haustür wäre, die sich nicht zur Seite öffnen ließ, sondern wie ein Fallgitter nach unten?

Irene schwang sich sogar zu noch gewagteren Konzepten auf. Eines Abends, sie hatte ein Glas Erdbeermarmelade und einen Viertelliter sehr hochprozentiger Cocktails zu sich genommen, weil sie wollte, daß ihr Farbsinn um elf besonders ausgeprägt war, wenn der Mond über der Marsch aufging, und sie hoffte, dann Whistlers naiven, altmodischen Versuchen, Mondschein zu malen, eine endgültige Abfuhr zu erteilen. Nach dieser bekömmlichen Stärkung hatte sie sich also nach Mallards begeben, auf den Mondaufgang gewartet, eine halbe Stunde lang an Lucias Klavier gesessen, wahllos auf Tasten gedrückt und Lucia gefragt, welche Farben diese hätten. Die musikalischen Regenbogen brachten sie auf eine Idee, und mit einem prächtigen purpurroten Knall schloß sie das Klavier.

»Schätzchen, ich habe ein neues Konzept für Grebe«, sagte sie. »Ich möchte, daß Sie ein Zimmer seitlich verschoben möblieren, wenn Sie verstehen, was ich meine.«

»Ich glaube nicht«, sagte Lucia.

»Tja, ich meine es so«, sagte Irene sehr grüblerisch. »Nach Öffnen der Zimmertür würden Sie auf der mit Bildern behängten Tapete gehen. (Die Bilder male ich Ihnen.) Die Seite des Zimmers, wo sich das Fenster befindet, würde getüncht, als wäre es eine Zimmerdecke, und das Fenster wäre das Oberlicht. Die Gegenseite wäre der Fußboden; darauf würden die Möbel festgeschraubt. Die anderen Wände, einschließlich der, die in einem gewöhnlichen Zimmer die Decke wäre, würden tapeziert und mit mehr Bildern sowie einem Bücherregal bestückt. Alles wäre seitlich verschoben, verstehen Sie: Man träte durch die Wand ein, und der Raum wäre um neunzig Grad verschoben –

Decke zur Linken, Fußboden zur Rechten oder umgekehrt. Das führt zu einer völlig neuen Wahrnehmung der Welt. Man würde alles aus einem neuen Blickwinkel sehen, was wir ja heutzutage im Leben unbedingt wollen. Finden Sie nicht?«

Irene sprach deutlich und vernehmlich; mit festem, nicht schwankenden Schritt ging sie im Gartenzimmer auf und ab, und Lucia verwarf den vagen Verdacht, ihr sei das Abendessen zu Kopf gestiegen.

»Das wäre ausgesprochen reizend«, sagte sie, »aber für mich ein wenig zu experimentell.«

»Und dann, wissen Sie«, fuhr Irene fort, »wie nützlich das wäre, wenn ein Beschwipster den Raum beträte. Er würde sofort wieder nüchtern, denn Beschwipste sehen alles schief, und daher käme ihm Ihr seitlich verschobenes Zimmer genau richtig vor, und er wäre wieder er selbst. Einfach so.«

»Das wäre umwerfend«, sagte Lucia, »aber ich kann kein Zimmer zur Verfügung stellen, in dem Beschwipste wieder nüchtern werden. Das Haus ist nicht groß genug.«

Irene setzte sich neben sie und ergriff ungestüm ihre Hand.

»Lucia, Sie sind ganz allerliebst«, sagte sie. »Nichts kann Sie erschüttern. Ich rede den ausgemachtesten Blödsinn, auch wenn ich finde, es könnte etwas daran sein, und Sie bleiben so ruhig wie der Mond, der hoffentlich bald über der Marsch aufgeht, es sei denn, der Almanach, in dem ich nachgeschlagen habe, ist vom letzten Jahr. Erzählen Sie keinem von dem seitlich verschobenen Zimmer, sonst hält man mich noch für besoffen. Es soll unser Geheimnis sein, Liebste.«

Lucia überlegte einen Moment, ob sie Irene überhaupt erlauben sollte, die Nacht in der Marsch zu verbringen, aber da sie sich verständlich ausdrücken und kontrolliert bewegen konnte, täte ihr die frische Luft möglicherweise gut.

»Keine Menschenseele wird davon erfahren, Liebe«, sagte sie. »Und wenn Sie wirklich den Mond malen wollen, fangen Sie jetzt besser an. Sind Sie auch sicher, daß Sie es schaffen?«

»Natürlich schaffe ich den Mond«, sagte Irene entschieden. »Ich habe ihn oft genug geschafft. Ich wünschte, Sie würden mich begleiten. Ich verlasse Sie immer nur ungern. Oder soll ich hierbleiben und statt dessen Sie malen? Oder glauben Sie, Georgie käme mit? Er ist ein Engel, nicht wahr? Reichen Sie mir bitte die Pfefferminzsauce, oder soll ich nach Hause gehen?«

»Das wäre vielleicht am besten«, sagte Lucia. »Malen Sie den Mond in einer anderen Nacht.«

Am nächsten Tag trieb Lucia die Firma zur Eile an, die sie mit der Renovierung von Grebe beauftragt hatte, für den Fall, daß Irene ein paar neue Konzepte einfielen, und Mitte November war das Haus soweit, ihre Möbel aus Riseholme aufnehmen zu können. Gleichzeitig zog Georgie in Mallards Cottage ein, wobei er eine höchst aufregende Krise durchmachte. Isabel hatte ihm versichert, an einem bestimmten Tag würden bis Mittag Männer eintreffen, um ihr Mobiliar in das Lager zu bringen, wo es abgestellt werden sollte, und da die Möbelwagen mit seinen Sachen aus Riseholme am Abend zuvor in Tilling eingetroffen waren, trug er dem Vorarbeiter auf, am folgenden Morgen um neun Uhr damit anzufangen, alles aus dem Haus zu schaffen und seine Möbel einzuräumen. So geschah es, und mittags standen Isabels Tische, Stühle, Betten und Geschirr auf der Straße und warteten auf den Möbelwagen. Die Sachen versperrten die Straße völlig für den Verkehr auf Rädern, Fußgänger konnten sich jedoch einzeln vorbeiquetschen. Tilling hatte nicht das geringste gegen diese kleine Störung, da alles so interessant war, und wenn die Wagen der Händler die Straße hinunterkamen, wurden sie vergnügt zum Wenden in den Friedhof dirigiert und nahmen einen Umweg, und die hinaufkamen, waren ebenso rücksichtsvoll, während sich die Fußgänger – voller Begeisterung, den gesamten Inhalt eines Hauses vor sich ausgebreitet zu sehen – von einer so intimen Ausstellung gar nicht losreißen konnten. Dann wurden Georgies Möbel gebracht, und es gab verwirrende und faszinierende Objekte zu inspizieren, von ihm gemalte Bilder, von ihm hergestellte Leinwände und Tagesdecken, sehr schöne wollene Schlafanzüge für den Winter und bestickte Wärmflaschenbezüge. Diese Putzwaren weckten Major Benjys männlichste Entrüstung, und er hätte fast die Dampfbahn verpaßt, die ihn zum Golf bringen sollte, da er sich von dem abstoßenden Anblick nicht losreißen konnte. Binnen weniger Stunden waren Georgies Besitztümer in dem Haus untergebracht, aber noch immer kam niemand, um Isabels Sachen von der Straße zu räumen; per Telephon fand man heraus, daß sie völlig vergessen hatte, irgendwelche diesbezüglichen Anweisungen zu erteilen, und die Männer von dem Möbellager waren anderweitig beschäftigt. Dann setzte auch noch ein starker Regen ein, und obwohl Georgie Himmel und Erde zu Zeugen anrief, daß dieses Chaos nicht sein Fehler war, fühlte er sich, aus rein menschlichem Mitgefühl heraus, verpflichtet, Isabels Möbel wieder in sein Haus schaffen zu lassen. Folglich waren die Zimmer und Gänge im Erdgeschoß völlig mit Schränken und Tischen verstopft, auf denen sich Bücher, Geschirr und Pfannen stapelten, die Haustür schloß nicht mehr, und Foljambe, die wegen der steigenden Flut im ersten Stock festsaß, konnte nicht nach unten. Der spannungsgeladene Höhepunkt an Intensität war erreicht, als sie oben aus einem Fenster eine Schnur herunterließ und Georgies Köchin ein Körbchen mit Lebensmitteln daran befestigte. Diva kam schrecklich spät zu einem Essen bei den Wyses, da sie trotz des starken Regens wie angewurzelt stehenblieb, bis sie sicher war, daß Foljambe nicht verhungerte.

Als der Monat November vorüber war, waren die Häuser der Neubürger soweit, dieselben aufzunehmen, und nach einer einträglichen viermonatigen Untervermietungszeit setzte ein allgemeiner Umzug von Eigentümern in ihre angestammten Unterkünfte ein. Als Elizabeth aus Wasters nach Mallards zurückkehrte, brachte sie – außer dem, was sie ursprünglich mitgenommen hatte – eine so gewaltige Ladung Eingemachtes aus Divas Garten mit, daß Coplen zwei Fahrten mit der großen Schubkarre unternehmen mußte. Diva kehrte aus Taormina nach Wasters zurück, die drollige Irene kam aus dem Arbeiterhäuschen wieder nach Taormina, im Gepäck einen mit bemerkenswerten Leinwänden – darunter die mit den Catcherinnen, aus denen Männer geworden waren – beladenen Handwagen, und die Arbeiterfamilie konnte aus der Hütte des Hopfenpflückers, die sie so viel länger als geplant bewohnt hatte, wieder in ihr eigenes Domizil ziehen.

Für die meisten der zurückkehrenden Emigranten folgten nun etliche äußerst emsige Tage. Besonders Elizabeth war von morgens bis abends damit beschäftigt, jede Ecke von Mallards zu durchforsten und eine Liste von Forderungen zu Lasten Lucias aufzustellen. Eine Teetasse fehlte, die Männer, die Lucias geliehenes Klavier aus dem Gartenzimmer trugen, hatten ein großes Stück Farbe von der Wand geschabt, Lucia hatte vergessen, das Klavier der liebsten Mamma aus dem Telephonzimmer an seinen angestammten Platz zurückzustellen, und von einem gewissen Schneebesen fand sich keine Spur. Gleichzeitig bereitete Diva eine ähnliche Liste für Elizabeth vor, über die diese sich wundern würde, registrierte aber zufrieden, daß ihre Mieterin einen Schneebesen zurückgelassen hatte; unterdessen entfernte die Frau des Arbeiters, die nichts von Kompensationslisten wußte, von der getünchten Wand ihres Häuschens das von Irene dort während ihrer Mußestunden gemalte Fresko. Es war nicht zum Herzeigen geeignet, wahrhaftig nicht, aber eine Scheuerbürste und ein wenig heißes Wasser machten mit all den Nackten kurzen Prozeß. Irene hingegen suchte unter ihren Leinwänden hektisch nach einem Bild Adams und Evas samt jeder Menge vor Freude juchzender Söhne Gottes – ein wichtiges Werk. Vielleicht hatte sie es in dem Häuschen zurückgelassen, doch dann fiel ihr ein, daß sie es auf die Wand gemalt hatte, und so eilte sie los, um es gegen die Unbilden der Witterung zu firnissen. Doch es war schon zu spät, denn der letzte Sohn Gottes verschwand gerade unter den Strichen der Bürste.

Allmählich – wenn auch nicht sofort – wurden diese Forderungen und Gegenforderungen (mit Ausnahme des Freskos) zu allgemeiner Zufriedenheit geregelt. Lucia beglich die Kosten für die Rückführung des Klaviers der liebsten Mamma, aber ihre Köchin wußte noch ganz genau, daß Miss Mapp damals, als sie ihr durch Bestechung das Geheimnis des Hummers *à la Riseholme* zu entlocken versuchte, den Schneebesen mitgenommen hatte, der ja den Vorwand für Miss Mapps vergeblichen Anlauf geliefert hatte, sie zu korrumpieren. Daher erinnerte Lucia Elizabeth daran, daß sie vor nicht allzulanger Zeit persönlich an der Hintertür von Mallards aufgetaucht war und ihn selbst mitgenommen hatte. Ihre Köchin glaube, er bestehe aus zwei, wenn nicht drei Stücken. Nunmehr machte sich Miss Mapp, nachdem sie sich vergewissert hatte, daß der Schneebesen nicht irrtümlich unter die aus Wasters mitgebrachten Einmachgläser geraten war, dorthin auf, um nachzusehen, ob sie ihn liegengelassen hatte, und fand nicht nur ihn, sondern auch eine lächerliche Liste von Forderungen Divas an sie vor. Doch nach und nach glätteten sich diese alljährlich wiederkehrenden Wogen, und von Elizabeths chronischem Groll auf Lucia abgesehen, weil diese das Hummergeheimnis weiter hütete, verblaßten solche und andere Differenzen aus der Vergangenheit, und Tilling stand es frei, seine Aufmerksamkeit erneut den kaum wichtigeren Schwierigkeiten und Streitfragen des

Lebens zuzuwenden, und den Bedrohungen, die die Zukunft womöglich noch bereithielt.

An diesem Vormittag Mitte Dezember hatte sich Elizabeth weitgehend wieder in Mallards eingerichtet, inklusive Schneebesen, und das Fenster des Gartenzimmers wurde von der rechtmäßigen Besitzerin erneut zu Beobachtungszwecken genutzt. Es war immer eine strategisch höchst wertvolle Position gewesen; von hier aus hatte man beispielsweise einen idealen Blick auf die Haustür von Taormina, die von der drolligen Irene soeben mit alternierenden lachsrosa und azurblauen Streifen bemalt wurde. Irene hatte versucht, das verlorengegangene Fresko auf der Tür zu kopieren, doch der Padre hatte ernsthafte Einwände erhoben, außerdem wurde es von der Türverkleidung zerteilt, die sich somit als ungeeignete Oberfläche für ein solches Kunstwerk erwies. Daher beschränkte sie sich darauf, die Tür aufzuhellen. Weiterhin sah Elizabeth die Mündung der Porpoise Street und registrierte sämtliche Fahrten des Royce. Nach einer vierzehntägigen Pause waren diese wieder häufig geworden, da die Wyses gerade von »einem Besuch bei Freunden in Devonshire« zurückgekommen waren, und obgleich Elizabeth den begründeten Verdacht hegte, daß Freunde in Devonshire für nichts weiter als ein Hotel in Torquay standen, hatten sie doch den Royce mitgenommen, während dessen Abwesenheit die Straßen Tillings den Verkehr viel bequemer bewältigt hatten. Dann war da noch Major Benjys Haus, direkt vor ihren Augen, und nun erforderte auch Mallards Cottage eine geregelte Überwachung. Sie hatte sich nie darum gekümmert, was die verwirrte Isabel Poppit tat, aber bei Georgie war das anders, und weder Major Benjy noch er (noch irgendeiner ihrer jeweiligen Besucher) konnte eines der beiden Häuser verlassen oder betreten, ohne sofort entdeckt zu werden. Die beiden wichtigsten Männer Tillings waren also ihrer Beobachtung schutzlos ausgeliefert.

Im Augenblick passierte nichts Besonderes, und Elizabeth hielt gedanklich Rückschau, so wie der König, wenn er seine Rede zur Parlamentseröffnung vorbereitete. Ihre Beziehungen zu fremden Mächten waren ausgezeichnet, und obwohl sich während des vergangenen halben Jahres besorgniserregende Zwischenfälle zugetragen hatten, gab es nichts unmittelbar Bedrohliches. . . Dann bog Lucias Wagen um die Ecke der High Street, und die königliche Rede wurde beiseite gelegt.

Das Auto hielt vor Taormina. Die drollige Irene legte umgehend ihre Malutensilien auf den Bürgersteig, blieb eine ganze Weile am offenen Wagenfenster stehen und plauderte. Somit saß eindeutig Lucia im Inneren, wenn auch nicht sichtbar. Schließlich beugte Irene den Kopf nach vorn ins Auto, gerade so, als würde sie jemanden küssen, und schmiß beim Zurücktreten einen der Farbtöpfe um. Das war nett, aber nicht von erstrangiger Bedeutung, verglichen mit dem, was das Auto als nächstes tat. Es bog in die Porpoise Street ein; natürlich ließ sich nicht mit Sicherheit sagen, was dort mit ihm geschah, da es außer Sichtweite war, aber selbst ein Anfänger konnte die Vermutung hegen, daß es bei den Wyses etwas zu erledigen hatte, selbst wenn er so taub wäre, daß er das Bimmeln ihrer

Haustürklingel nicht gehört hätte. Dann kam das Auto wieder heraus, absolvierte die üblichen Wendemanöver und hielt als nächstes bei Major Benjy an. Lucia war immer noch unsichtbar, aber Cadman stieg aus und gab ein Briefchen ab. Somit konnte der Anfänger mutmaßen, daß aus Grebe Einladungen verteilt wurden.

Elizabeth rückte ihren Stuhl ein wenig weiter hinter den Vorhang, da sie sicher war, daß der Wagen als nächstes vor ihrer eigenen Tür halten würde. Aber er bog unter dem Fenster um die Ecke, ohne anzuhalten, und Elizabeth konnte einen flüchtigen Blick in das Wageninnere werfen, wo Lucia saß, auf dem Schoß ein großes aufgeschlagenes Buch. Als nächstes hielt das Fahrzeug vor Mallards Cottage; dort wurde kein Briefchen abgegeben, vielmehr klingelte Cadman, und sogleich kam Georgie heraus. Wie Irene redete er lange durch das Wagenfenster, anders als sie verteilte er aber am Ende des Gesprächs keine Küsse. Somit war die Lage absolut klar: Lucia hatte Irene und Major Benjy und Georgie und wahrscheinlich die Wyses zu irgendeiner Gesellschaft geladen – zweifellos die Einzugsparty, von der gemunkelt wurde –, aber nicht sie. Nun gut. Die Beziehungen zu fremden Mächten waren plötzlich alles andere als befriedigend.

Elizabeth gab ihren Fensterplatz auf, da sie genug gesehen hatte, um jede Menge Stoff zum Nachdenken zu haben, und machte sich, in völliger Selbstbeherrschung, wieder an die Überprüfung ihrer Haushaltsbücher; Zahlen zu addieren war eine rein mechanische Angelegenheit, die leidenschaftlicheren Gefühlen freien Lauf ließ. Georgie würde in Kürze vorbeikommen, da er das Interieur des Gartenzimmers zeichnete; die Zeichnung sollte sein Weihnachtsgeschenk für Lucia werden (eine Überraschung, von der sie nichts wissen durfte), zur Erinnerung an die glückliche Zeit, die sie in diesem Raum verbracht hatte. Gewöhnlich ließ er die Zeichnung hier, da es sich nicht lohnte, sie hin und her zu schleppen, und da stand sie, gegen das Bücherregal gelehnt. Zunächst hatte er es mit einer Technik à la Irene versucht, diese aber notgedrungen aufgegeben, da das Gartenzimmer bei diesem Versuch wie der Bahnhof Paddington bei Nebel ausgesehen hatte, worauf er wieder zu dem vertrauten Stil zurückgekehrt war, bei dem Bücherregale, Stühle und Vorhänge leicht erkennbar waren. Noch ein paar Vormittage Arbeit waren erforderlich, und nun drängte sich Elizabeth ungewollt die Idee auf, das Werk zu zerstören und, wenn er eintraf, ihm gegenüber zu behaupten, sie wisse genau, daß er es gestern mit nach Hause genommen habe. Aber sie wies die Idee von sich, obwohl es angenehm gewesen wäre, Lucia ihres Weihnachtsgeschenks zu berauben... und sie glaubte keinen Moment lang daran, daß sie Dienstag ein Dutzend Eier und Donnerstag ein weiteres Dutzend bestellt hatte. Die Fleischerrechnung schien jedoch korrekt zu sein, wenn auch überhöht, und sie mußte so schnell wie möglich herausfinden, ob der Padre und seine Frau sowie Diva auch nach Grebe eingeladen worden waren. Wenn dem so war... aber sie verdrängte den Gedanken, was zu tun wäre, falls diese eine Einladung erhalten hatten; es war schon schwierig genug zu entscheiden, was zu tun war, falls sie keine hatten.

Die Bücher waren rasch durchgesehen, und Elizabeth begab sich wieder ans Fenster, um die Morgenzeitung zu Ende zu lesen. Kaum war sie dort angelangt, kam Georgie, über den Schultern sein kleines Cape und in der Hand den Malkasten, flott aus Mallards Cottage anmarschiert. Gleichzeitig bog Lucias großer schleichender Wagen wieder um die Ecke am Friedhof und fuhr Richtung Mallards.

Aus heiterem Himmel bemächtigte sich eine Eingebung Elizabeths. Sie wartete, bis Georgie die Türklingel betätigt hatte, ein psychologisch günstiger Moment, zumal sich Lucias Auto direkt unter dem Fenster befand. Ohne eine Sekunde zu zögern, schob Elizabeth das Fenster hoch und rief etwas zu Georgie hinunter, scheinbar ohne Lucia zu bemerken, mit hoher, fröhlicher Stimme und in Babysprache.

»Du danz böser Bub, Georgie!« rief sie. »Tlingelst doch sonst nie an Elizabeths Tlingelchen-Pingelchen. Tommst immer tleich rauf und rufst nach ihr. Die Kette liegt nicht vor.«

Georgie sah sich erstaunt um. Noch nie hatte Elizabeth ihn Georgie genannt oder in der Sprache zu ihm gesprochen, deren Benutzung für ihn und Lucia reserviert war. Und Lucias Wagen befand sich ganz in seiner Nähe. Sie mußte dieses zärtliche Willkommen gehört haben, und was sollte sie denken? Aber ihm blieb nichts anderes übrig, als ins Haus zu gehen.

Immer noch ohne Lucia zu sehen (geschweige denn sie bewußt zu ignorieren), schloß Elizabeth das Fenster wieder, von ihrer eigenen Brillanz regelrecht geblendet. Auch nach einstündigem konzentriertem Nachdenken wäre ihr nichts eingefallen, was Lucia gründlicher mißfallen hätte als diese fröhliche kleine Rede, die Lucia parodierte und auf solch neckische Vertrautheit mit Georgie schließen ließ. Georgie kam ohne Umwege ins Gartenzimmer, leise »Elizabeth, Elizabeth« vor sich hin murmelnd, um sich daran zu gewöhnen, da er diesen Freundschaftsbeweis mit gleicher Münze zurückzahlen mußte.

»Guten Morgen, Elizabeth«, sagte er fest (womit das Schlimmste ausgestanden war, bis zu dem Zeitpunkt, wo er es in Lucias Gegenwart wiederholen mußte).

»Guten Morgen, Georgie«, erwiderte sie zur Bestätigung. »Was haben wir heute für ein herrliches Licht für Ihr Gemälde. Hier wartet es auf Sie, und Withers wird Ihnen Ihr Glas Wasser bringen. Wie Sie das Flair meines lieben kleinen Zimmers eingefangen haben!«

Ein weiterer Blick aus dem Fenster war notwendig, als sie ihm seine Zeichnung brachte, und ihr stockte der Atem. Auf der Türschwelle stand Cadman und reichte Withers gerade ein Briefchen. Eine Minute später betrat diese das Gartenzimmer.

»Von Mrs. Lucas«, sagte sie. »Sie vergaß, es bei ihrer ersten Runde abzugeben.«

»Es geht bestimmt um die Einzugsparty«, sagte Georgie und packte seinen Malkasten aus.

Was geschehen war, war geschehen, und es hatte keinen Zweck, darüber Worte zu verlieren. Elizabeth riß das Briefchen auf.

»Eine Einzugsparty?« sagte sie. »Die liebe Lucia! Was wird das für eine Freude. Ja, Sie haben ganz recht.«

»Sie schickt dem Padre und seiner Frau, Irene und Mrs. Plaistow ihren Wagen«, sagte Georgie, »und hat mich gerade eben gebeten, Sie und Major Benjy mitzunehmen. Was sich von selbst versteht.«

Elizabeths geniale Rede aus dem Fenster hatte sich zu einer Art grundlosen Kriegserklärung entwickelt. Aber wie hätte sie auch erraten können, daß Lucia lediglich vergessen hatte, ihre Einladung abzugeben. Selbst der nachsichtigste Mensch hätte angenommen, es existiere keine Einladung zum Abgeben.

»Wie nett von Ihnen!« rief sie. »Morgen abend, nicht wahr? Relativ kurzfristig. Ich muß erst sehen, ob ich noch frei bin.«

Da Lucia die gesamte bessere Gesellschaft Tillings eingeladen hatte, war sie das. Aber Elizabeth überlegte immer noch, ob sie annehmen sollte oder nicht. Als sie, im wahrsten Sinne des Wortes, über Lucias Kopf hinweg in der Babysprache zu Georgie gesprochen hatte, und zwar mit deutlicher Anspielung auf die Türkette, hatte sie einen unfreundlichen Akt begangen, und fragte sich, ob es nun nicht klug wäre, einen weiteren zu begehen (während Lucia, so stand zu vermuten, noch taumelte), indem sie die Einladung zur Einzugsparty ausschlug. Elizabeth zweifelte nicht daran, daß es in Kürze zum Krieg kommen würde... blieb nur die Frage, ob sie schon bereit war.

Während sie darüber nachdachte, trat Withers ein und meldete Major Benjy. Er wolle nicht ins Gartenzimmer kommen, hätte aber gern ein Wort mit ihr gewechselt.

»Offenbar hat er gehört, daß Georgie hier ist«, dachte Elizabeth, als sie ins Haus eilte. »Du meine Güte, wie die Männer miteinander streiten, und ich will nur mit allen gut auskommen. Zweifellos will er wissen, ob ich zur Einzugsparty gehe... Guten Morgen, Major Benjy.«

»Dachte, ich komme nicht raus«, sagte der grobe, aber aufrichtige Bursche, »da ich hörte, daß Ihre Miss Milliner Michael-Angelo, ha, bei Ihnen sei...«

»O Major Benjy, schämen Sie sich!« sagte Elizabeth. »Wie gemein von Ihnen.«

»Nun, lassen wir es dabei. Zu dieser morgigen Party. Ich finde, ich sollte für klare Verhältnisse sorgen, da ich nicht sämtliche Winterabende damit zubringen werde, durch den Schlamm nach Grebe rauszustapfen. Allerdings gibt es diesmal ein Abendessen, ist also etwas anderes.«

Elizabeth ertappte sich dabei, daß sie unbedingt herausfinden wollte, was Lucia aus Grebe gemacht hatte und was sie mit ihrer Rede aus dem Fenster machen würde. »Im Prinzip bin ich ganz Ihrer Meinung«, sagte sie, »aber eine Einzugsparty, Sie wissen schon. Vielleicht wäre es nicht nett, abzulehnen. Außerdem hat Georgie...«

»Wie?« sagte der Major.

»Mr. Pillson, wollte ich sagen«, korrigierte sich Elizabeth hastig, »hat angeboten, uns beide hinzufahren.«

»Und zurück?« fragte er mißtrauisch.

»Selbstverständlich. Nur dieses eine Mal, wollen wir?«

»Na schön. Aber ich verzichte auf diese abendlichen Musicals oder den Bridgeunterricht.«

»O Major Benjy!« rief Elizabeth. »Wie können Sie so reden? Als würde die arme Lucia versuchen, *Ihnen* Bridge beizubringen.«

Dafür gab es zweierlei Interpretationsmöglichkeiten, einmal, daß er lernunfähig sei, zum anderen, daß Lucia lehrunfähig sei. Er wählte die naheliegendere.

»Bei meiner Seele, sie hat's versucht, beim letzten Spiel, an dem wir beide teilnahmen«, sagte er. »Hat die letzten drei Stiche offengelegt und mir erklärt, wie man sie zu spielen habe. War schon kein Spaß mehr. Nun, ich will Sie nicht von Ihrem Schneider fernhalten.«

»Oh, schämen Sie sich!« sagte Elizabeth erneut. »*Au reservoir.*«

Währenddessen klang Lucia auf der Rückfahrt nach Grebe immer noch diese spöttische Stimme in den Ohren, und vor ihrem inneren Auge spulte sich wie ein diabolischer Film eine Reihe unangenehmer Bilder ab. Sehr wahrscheinlich hatte Elizabeth sie gesehen, als sie so nach Georgie gerufen hatte, und sie vorsätzlich beleidigt. Solches Benehmen verlangte nach sofortigen Vergeltungsmaßnahmen, und sie mußte sich umgehend welche einfallen lassen. Doch die – mögliche, wenn auch nicht wahrscheinliche – Alternative, daß Elizabeth sie nicht gesehen hatte, war unendlich viel verletzender, da sie bedeutete, daß Georgie eines Verrats fähig war, zu finster, um ihn genauer zu analysieren. Privat, wenn sie selbst nicht anwesend war, redeten er und diese Frau sich mit Vornamen an, und er gestattete und genoß, daß diese Person sie eindeutig nachäffte. Und wieso platzte Georgie so in Mallards herein, um mit Babystimmchen gescholten zu werden, weil er geklingelt habe, anstatt einfach hereinzukommen, mit absolut eindeutigen Anspielungen auf die

Episode mit der Kette? Lachten sie gemeinsam darüber; machte sich Georgie hinter ihrem Rücken über seine älteste Freundin lustig? Bei diesem Gedanken zuckte Lucia regelrecht zusammen. Wie auch immer, ob er sich diese ungeheuerliche Treulosigkeit zuschulden hatte kommen lassen oder nicht, offenbar gehörte es zu seinen Angewohnheiten, in Mallards ein- und auszugehen, und nun fiel ihr auch ein, daß er seinen Malkasten in der Hand gehalten hatte. Augenscheinlich wollte er dort malen, dabei hatte er in all ihren Gesprächen über seine Aktivitäten nie etwas davon erwähnt. Vielleicht malte er Elizabeth, denn bei diesem Winterwetter konnte er nie und nimmer den Garten malen. Und vorhin erst, als sie am Mallards Cottage vorbeigeschaut und sich mit ihm unterhalten hatte, hatte er sich geweigert, auszugehen und mit ihr wegzufahren, da er im Haus irgendwelche Kleinigkeiten zu erledigen habe, und kaum hatte er sie abgewimmelt – so mußte man es nennen –, war er mit seinem Malkasten nach Mallards geeilt. Bei all diesen Beweisen sah die Lage wirklich sehr finster aus, und die schlimmere und verletzendere der beiden Alternativen wurde zusehends wahrscheinlicher.

Georgie würde sie an diesem Nachmittag zum Tee aufsuchen, und sie mußte die Wahrheit herausfinden. Allerdings konnte sie sich nicht vorstellen, zu ihm zu sagen: »Nennt sie Sie wirklich Georgie, macht sie mich hinter meinem Rücken nach, und malen Sie sie?« Das ließ ihr Stolz keinesfalls zu; bei solch peinlichen Erkundigungen würde ihr die Stimme versagen. Sollte sie sich ihm gegenüber eisig und abweisend verhalten, bis er fragte, ob irgend etwas los sei? Aber das ging nicht, denn entweder müßte sie sagen, nichts sei los, was nicht weiterhalf, oder sie müßte ihm verraten, was los war, was unmöglich war. Sie mußte sich genauso benehmen wie immer, und er würde wahrscheinlich das gleiche tun. »Wie komme ich also dahinter?« sagte die verwirrte Lucia mit recht lauter Stimme.

Eine andere Person, die sich an diesem Morgen im ruhigen Tilling höchst unwohl fühlte, war Georgie selbst. Während die Zeichnung des Gartenzimmers für Lucia entstand, während Elizabeth ihr Klavier abstaubte, aus dem Gewächshaus Chrysanthemen holte und fröhliche kleine Sarkasmen über Diva abgab, die gerade schlecht bei ihr angeschrieben war, entstand in seinem Kopf in immer leuchtenderen Farben ein ausgesprochen bedrohliches Bild Lucias. Wenn er sie überhaupt kannte – und das stand für ihn außer Frage –, würde sie über die beunruhigende Szene auf der Türschwelle kein Wort verlieren. So peinlich es auch sein würde, er wäre gezwungen, seine Unschuld zu beteuern und Elizabeth anzuprangern. Sehr unangenehm, und wer konnte die Konsequenzen voraussagen? Denn Lucia (wie er sie kannte) würde rot sehen, und es würde Krieg geben. Einen blutigen Krieg der verheerendsten Sorte. »Aber es wird auch sehr aufregend«, dachte er, »und ich unterstütze Lucia.«

Georgie konnte nicht bis zum Tee warten, sondern brach gleich nach dem Mittagessen zu seinem peinlichen Botengang auf. Lucia hatte ihn durch den Garten kommen sehen, unterbrach ihre Überlegungen und nahm eilig am Klavier Platz. Sobald er eintrat, sprang sie wieder auf und verfiel in eine Mischung aus Italienisch und Babysprache.

»*Ben arrivato, Georgino*«, rief sie. »Wie früh Sie dran sind, wir tönnen also vor dem Tee ein mütliches tleines Swätzchen halten. Dibt's denn was Neues?«

Georgie wagte den Sprung.

»Ja«, sagte er.

»Sag's Lucia, *presto*. Tlaubst tu, mir defällt's?«

»Es wird Sie interessieren«, antwortete Georgie vorsichtig. »Nun denn! Als ich heute vormittag auf der Schwelle von Mallards stand, haben Sie da gehört, was mir die alte Hexe aus dem Gartenzimmerfenster zurief?«

Lucia konnte ein erleichtertes Seufzen nicht unterdrücken. Das Schlimmste konnte nicht wahr sein. Dann wurde sie wieder sie selbst.

»Lassen Sie mich überlegen!« sagte sie. »Ja. Ich glaube, ich habe es gehört. Sie nannte Sie Georgie, nicht wahr; sie schalt Sie, weil Sie geklingelt hatten. Irgendwas in der Art.«

»Ja. Und sie benutzte die Babysprache, wie Sie und ich«, unterbrach Georgie, »und sie rief, die Kette liege nicht vor. Ich will Ihnen gleich sagen, daß sie mich noch nie zuvor Georgie genannt hat und daß wir uns zeitlebens noch nie in der Babysprache unterhalten haben. Ihnen das zu sagen, schulde ich mir selbst.«

Lucia richtete ihren bohrenden Blick auf Georgie. Ein Glitzern darin schien für jemanden nichts Gutes zu verheißen.

»Und hat sie mich Ihrer Meinung nach gesehen, Georgie?« fragte sie.

»Aber natürlich. Ihr Auto befand sich direkt unter dem Fenster.«

»Leider besteht kein Zweifel«, sagte Lucia. »Ihre

Bemerkungen scheinen somit für mich bestimmt gewesen zu sein. Eine unglaublich flegelhafte Person. Da ist noch eines. Sie hatten Ihren Malkasten dabei...«

»Ach, das geht in Ordnung«, versicherte er. »Ich zeichne das Gartenzimmer. Sie werden zu gegebener Zeit mehr erfahren. Und was werden Sie unternehmen?« fragte er begierig.

Lucia lachte ihr musikalischstes Lachen.

»Nun, zuallererst werde ich ihr morgen ein sehr gutes Abendessen auftischen, da sie nicht so anständig war, zu sagen, sie habe etwas anderes vor. Gerade eben hat sie angerufen und gesagt, welches Vergnügen es für sie sei und wie sehr sie sich darauf freue. Und nicht vergessen, sie Elizabeth zu nennen.«

»Das tat ich bereits«, sagte Georgie stolz. »Ich habe es im Selbstgespräch eingeübt.«

»Gut. Sie speist morgen abend hier, und ich werde die Gastgeberin sein und allen meinen Gästen den Abend so angenehm wie möglich machen. Doch davon abgesehen, Georgie, werde ich Schritte einleiten, um ihr Manieren beizubringen, wenn sie dazu nicht zu alt ist. Es wird ihr leid tun; sie wird wünschen, sie wäre nicht so unverschämt gewesen. Und ich wüßte nicht, warum unsere anderen Freunde in Tilling nicht erfahren sollten, was heute morgen vorgefallen ist, falls Sie darüber sprechen möchten. Ich werde es nicht tun, es besteht aber kein Grund, warum Sie es unterlassen sollten.«

»Hurra, ich speise heute abend mit den Wyses«, sagte Georgie. »Sie werden es bald erfahren.«

Angestrengt nachdenkend runzelte Lucia die Stirn.

»Und dann ist da noch der Zwischenfall mit unseren Bildern, Ihrem und meinem, die vom Hängeausschuß des Kunstvereins abgelehnt wurden«, sagte sie. »Wir haben beide die Formulare aufgehoben, in denen stand, zu ihrem Bedauern müßten sie sie zurückschikken, und ich glaube, Georgie, daß Sie die Briefe Mr. Wyse zeigen könnten, wenn Sie schon mal beim Thema Elizabeth Mapp sind. Genau wie Susan gehört er dem Ausschuß an, und ich finde, sie haben ein Recht zu erfahren, daß unsere Bilder auf offiziellen Formularen abgelehnt wurden, ohne daß sie dem Ausschuß je gezeigt wurden. Ich habe unserer armen Freundin gegenüber eine, wie mir nun scheint, übertriebene Großmut an den Tag gelegt, und da sie Großmut nicht zu schätzen weiß, werden wir andere Saiten aufziehen. Das kann nichts schaden.«

Lucia erhob sich. »Und nun lassen Sie uns dieses ausgesprochen unerfreuliche Thema erst einmal vergessen«, sagte sie, »und seinen Nachgeschmack mit ein wenig Musik aus unseren Mündern spülen. Beethoven, der edle Beethoven, finden Sie nicht auch? Die fünfte Symphonie, Georgie, für vier Hände. Das Schicksal pocht an die Tür.«

Georgie hatte den Eindruck, daß Lucia bei den Worten »dieses ausgesprochen unerfreuliche Thema« mit der Zunge schnalzte, war sich aber nicht sicher, und sogleich pochte das Schicksal mit Lucias festen Fingern an die Tür, denn sie übernahm den Diskant.

Sie absolvierten eine schöne lange Probe, und als es Zeit für den Heimweg war, hielt Lucia ihn zurück.

»Eines muß ich Ihnen noch sagen, Georgie«, sagte sie, »allerdings nicht über jenes schäbige Thema. Ich habe The Hurst verkauft, ich habe dieses neue Anwesen gekauft, und daher habe ich ein neues Testament aufgesetzt. Grebe samt allem, was es enthält, hinterlasse ich Ihnen sowie, nun ja, einen kleinen Geldbetrag. Ich möchte, daß Sie das wissen.«

Georgie war sehr gerührt.

»Meine Liebe, wie wunderbar von Ihnen«, sagte er. »Ich hoffe aber, daß es noch Ewigkeiten dauern wird, bis...«

»Das hoffe ich auch, Georgie«, sagte sie in aller Aufrichtigkeit.

Tilling hatte schon früher Spannungen erlebt und würde sie zweifellos wieder erleben. Häufig war der Ort auf eine höchst angenehme Folter der Ungewißheit gespannt worden, beispielsweise als Tilling glaubte (oder sich zu glauben bemühte), Major Benjy werde sich mit seinem alten Kumpan duellieren, dem kürzlich verstorbenen Captain Puffin. Diesmal gab es eine Spannung vertrauterer Natur (damals hätte es niemanden im geringsten gekümmert, wenn Captain Puffin, und nicht viel mehr, wenn Major Benjy getötet worden wäre), denn es schien, als wären die innersten gesellschaftlichen Eingeweide Tillings von einer unbarmherzigen Winde umklammert, die jetzt zwar jeden Moment fest angezogen, aber nicht gelockert werden konnte. Daher war am nächsten Morgen die High Street ein Schauplatz beinahe schmerzhafter Erregung. Der Royce der Wyses – mit Susan in Zobel gehüllt – fuhr auf und ab, bis sie praktisch sicher war, jedem erzählt zu haben, daß sie und Algernon sich aus dem Hängeausschuß des Kunstvereins zurückgezogen hatten, bis Erklärungen erfolgt seien, die abzugeben sie von Miss (nicht mehr Elizabeth) Mapp verlangt hatten, allerdings ohne sich Hoffnungen zu machen. Susan nahm kein Blatt vor den Mund, was den Grund dieses Schrittes anbelangte, und Algernon, der zu sehr früher Stunde den Botenjungen des Rahmengeschäftes befragt hatte, befand sich an ihrer Seite, um ihre Aussagen zu bekräftigen. Ja, seine vornehme Zurückhaltung war sogar wirkungsvoller als Susans Redseligkeit. »Leider ist das alles nur zu wahr«, war alles, was man ihm entlockte. Zwei Stunden waren inzwischen vergangen, seit sie ihren Rücktritt eingereicht hatten, und noch immer war aus Mallards keine Reaktion erfolgt.

Doch diese Situation stellte nur einen unbedeutenden Bruchteil der herrschenden Spannung dar, denn die Ausstellung war bereits vor Monaten eröffnet und geschlossen worden, und falls Tilling sich angewöhnte, solchen posthumen Enthüllungen zu lauschen, würde das Leben keinerlei reges Interesse mehr hervorrufen, sondern nur noch aus retrospektiven Vergeltungen bestehen. Mochte auch die Vergangenheit so aufregend sein, wie das von den ernsten Insassen des Royce offenbart wurde, weit fesselnder war, was sich erst gestern auf der Schwelle von Mallards zugetragen hatte. Der entsprechende Bericht wies um elf Uhr dreißig bereits etliche bemerkenswerte Varianten auf. Der Padre erklärte, Georgie habe den Versuch unternommen, Mallards ohne anzuklopfen zu betreten, und Miss Mapp (die Tendenz ging dahin, sie Miss Mapp zu nennen) habe Lucia direkt unterhalb des Gartenzimmerfensters in ihrem Auto gesehen und daraufhin gerufen: »Tomm rein, *Georgino mio*, nix gräßliche Ketten mehr, wo Elizabeth wieder in ihrem eigenen Hausie-Pausie.« Diva hatte Grund zu der Annahme,

Elizabeth habe (sie blieb dabei) Lucia in ihrem Auto nicht gesehen und aus dem Fenster Georgie zugerufen: »Drück das Tlingelchen-Pingelchen, mein Lieber, denn leider liegt die Kette vor.« Mrs. Bartlett (die überhaupt keine Hilfe war) sagte: »Alles so anstrengend und aufregend und nächste Woche Weihnachten, und so wenig guter Wille, ojemine!« Darauf hatte Irene gesagt: »Diese alte Hexe kriegt noch ihr Fett weg.«

Ferner war bekannt, daß Major Benjy kurz nach der wie auch immer abgelaufenen Szene in Mallards gewesen war und sich geweigert hatte, das Gartenzimmer zu betreten, wo seines Wissens Georgie ein Portrait von Elizabeth malte. Withers war Zeugin (sie hatte an diesem Vormittag etliche Gläser Marmelade zu Divas Haus gebracht, keineswegs Eierkürbis, sondern Himbeere, was nach Bestechung aussah), daß der Major »Pah!« gesagt hatte, als er von ihr erfuhr, Georgie sei da. Major Benjy persönlich stand zu einem Kreuzverhör nicht zur Verfügung, weil er um elf Uhr mit der Dampfbahn zum Golfspielen gefahren war. Lucia war überhaupt nicht auf der High Street gesehen worden, genausowenig wie Miss Mapp, und Georgie war nur recht früh in seinem Wagen durchgefahren, und zwar in Richtung Grebe. Man fand allgemein, die Abwesenheit der Hauptakteure während dieses frühen Entwicklungsstadiums stehe im Einklang mit den klassischen Regeln dramatischer Technik, und soweit bekannt, würden sich alle noch am selben Abend auf Lucias Einzugsparty treffen. Die Meinungen, was dann passieren würde, gingen so weit auseinander wie die Gerüchte darüber, was bereits passiert sei. Einige sagten, Miss Mapp habe die Einladung mit der Begründung abgelehnt, sie sei mit Major Benjy zum Abendessen verabredet. Dies war unwahrscheinlich, weil er nie jemanden zum Essen einlud. Einige sagten, sie habe angenommen, und Lucia habe zweifellos vor, sie wieder auszuladen, und Georgies Wagen werde sie wieder zurückbringen, täte ihr sehr leid. Dies alles waren jedoch reine Mutmaßungen, und es war anstrengend genug herauszufinden, was passiert war, ohne auch noch Zeit damit zu verschwenden (denn Zeit war kostbar), zu raten, was passieren würde.

Kaum hatte die Kirchturmuhr halb zwölf (Winterzeit) geschlagen, als der erste Hauptakteur die Bühne der High Street betrat. Es handelte sich um Miss Mapp, über das ganze Gesicht strahlend und mit ihren üblichen Einkäufen beschäftigt. Sie trabte vom Lebensmittelhändler zum Fleischer, vom Fleischer zur Gemischtwarenhandlung, wo sie eine Mausefalle erstand, und war überaus leutselig zu den Verkäufern. Sie nickte ihren Freunden zu, sie tätschelte Mr. Woolgars Hund den Kopf, sie schenkte einem abgerissenen Individuum mit trauriger Baritonstimme, das »The Last Rose of Summer« sang, einen Penny und sagte: »Danke sehr für die zauberhafte Musik.« Nachdem sie auf dem Bürgersteig vor Wasters einen Moment innegehalten hatte, klingelte sie. Diva, die sie vom Fenster aus gesehen hatte, flog herbei, um die Haustür zu öffnen.

»Guten Morgen, liebe Diva«, sagte Miss Mapp. »Ich kam gerade vorbei. Gibt es etwas Neues?«

»Herrgott nochmal, das müßte ich Sie fragen«, sagte Diva. »Was ist *wirklich* passiert?«

Sehr überrascht schaute Elizabeth auf.

»Wie? Wann? Wo?« fragte sie.

»Als ob Sie das nicht wüßten«, sagte Diva, sprühend vor Ungeduld. »Mr. Georgie, Lucia, Malkästen, keine Kette vor der Tür, Sie am Gartenzimmerfenster, Tlingelchen-Pingelchen, etcetera. Gestern vormittag.«

Elizabeth legte den Finger an die Stirn, als wolle sie sich eine blasse Erinnerung ins Gedächtnis zurückrufen. Es schien ihr zu gelingen.

»Liebe Klatschbase«, sagte sie, »ich glaube, ich weiß, was Sie meinen. Georgie kam vorbei, um das Gartenzimmer zu malen, wie er es so häufig tut...«

»Nennen Sie ihn Georgie?« fragte Diva eifrig dazwischen.

»Ja, so heißt er doch wohl, und er nennt mich Elizabeth.«

»Nein!« sagte Diva.

»Doch«, sagte Elizabeth. »Unterbrechen Sie mich nicht, meine Liebe... Zufällig war ich am Fenster, als er klingelte, und da streckte ich bloß meinen Kopf hinaus und sagte ihm, er sei ein böser Bube, weil er nicht einfach hereinmarschiert käme.«

»In Babysprache?« fragte Diva. »Wie Lucia?«

»Wie jedes Baby, das Sie zufällig erwähnen«, sagte Elizabeth. »Warum nicht?«

»Aber wo sie gerade unten im Auto sitzt?«

»Ja, meine Liebe, zufällig kam sie gerade vorbei, um mir eine Einladung für ihre heutige Einzugsparty zu bringen. Gehen Sie hin?«

»Ja, natürlich, alle gehen hin. Aber wie konnten Sie das bloß tun?«

Elizabeth saß in Gedanken versunken da.

»Langsam begreife ich, was Sie meinen«, sagte sie endlich. »Aber was für eine absurde Vorstellung. Sie meinen doch wohl, daß die liebe Lulu glaubt – meine Güte, wie lächerlich –, ich hätte sie nachgeäfft.«

»Niemand weiß, was sie glaubt«, sagte Diva. »Sie wurde heute morgen nicht gesehen.«

»Aber ach du meine liebe Güte, was habe ich getan?« fragte Elizabeth. »Weshalb diese Aufregung? Existiert ein Gesetz, laut dem nur Mrs. Lucas von Grebe Georgie Georgie nennen darf? Wie unwissend von mir, falls es eines gibt. Sollte ich ihn Frederick nennen? Und, bitte, warum sollte ich die Babysprache nicht benutzen? Vielleicht ein weiteres Gesetz? Ich muß mir ein Buch über die englischen Gesetze besorgen.«

»Aber Sie wußten, daß sie direkt unter Ihnen im Wagen saß und es gehört haben muß.«

Elizabeth besaß nun die Information, die sie hatte haben wollen. Diva war ein recht ordentliches Barometer für das Wetter in Tilling, und dieses Barometer stand auf Sturm.

»Unsinn, Liebes«, sagte sie. »Sie machen Mücken zu Elefanten. Falls Lulu es gehört hat – was ich nicht weiß, wohlgemerkt –, welchen Grund zur Beschwerde sollte sie haben? Darf ich nicht Georgie sagen? Darf ich nicht ›danz böser Bub‹ sagen? Wir wollen nicht mehr davon reden. Heute abend werden Sie sehen, wie sehr Sie alle unrecht haben. Lulu wird genauso nett und herzlich sein wie immer. Und Sie werden mit eigenen Ohren hören, wie Georgie mich Elizabeth nennt.«

Das waren mutige Worte, die sehr genau dem hinter

ihnen stehenden tapferen Herzen entsprachen. Tilling hatte ihr Verhalten als eine Art Kriegserklärung verstanden, aber wenn jemand glaubte, E. M. habe Angst, irrte er sich... Dann war da noch Mr. Wyses Brief, mit dem er seinen Sitz im Hängeausschuß niederlegte. Sie mußte erneut an das Barometer klopfen.

»Ich glaube, heute morgen sind alle ein bißchen verrückt«, bemerkte sie, »und wenn mich jemand fragte, würde ich Mr. Wyse einen tobenden Irren nennen. Vor vielen Monaten gab es ein kleines Mißverständnis – ich werde nicht konkreter –, bei dem es um zwei Bilder ging, die Lulu und Georgie im Sommer an die Kunstausstellung geschickt hatten. Ich dachte, das sei geklärt und erledigt. Es stimmt, ich habe mich nicht ganz korrekt verhalten. Genaugenommen hatte ich unrecht, und wenn ich einmal mit etwas unrecht hatte, schäme ich mich, wie Sie, liebe Diva, sehr wohl wissen, nicht, es zuzugeben.«

»Natürlich hatten Sie unrecht«, sagte Diva aufrichtig, »wenn Mr. Wyses Schilderung zutrifft. Sie haben die Bilder, noch dazu solche Prachtexemplare, mit einer förmlichen Ablehnung des Hängeausschusses zurückgeschickt, obwohl die übrigen Mitglieder sie nie gesehen hatten. Und so übereilt; ich muß mich über Sie wundern.«

Diese wenig schmeichelhaften Bemerkungen ließen Elizabeths Vorgehensweise nicht weniger irregulär erscheinen.

»Ich sagte, ich habe einen Fehler gemacht, Diva«, bemerkte Elizabeth mit einer gewissen Schärfe, »und ich dachte eigentlich, das wäre genug. Und jetzt hat mir Mr. Wyse – der Vergangenes einmal mehr nicht ruhen lassen kann, wie das so seine Art ist – geschrieben, er und Susan träten als Mitglieder des Hängeausschusses zurück.«

»Ich weiß; sie haben es jedem erzählt«, sagte Diva. »Schlimm. Was wollen Sie unternehmen?«

Nach diesem erneuten Pochen war das Barometer alarmierend nach unten gerast.

»Ich werde ein Schuldbekenntnis ablegen«, sagte Elizabeth in einem Tonfall, als sei dies höchst edelmütig. »Ich werde selbst zurücktreten. Um zu zeigen, daß ich – ganz gleich, was andere tun – alles unternehme, um einen Formfehler zu korrigieren. Hoffentlich weiß Mr. Wyse das zu schätzen und schämt sich für den Brief, den er mir geschrieben hat. Mehr noch, ich werde seinen Brief so behandeln, als wäre er in einem Anfall zeitweiser Unzurechnungsfähigkeit verfaßt worden, die hoffentlich nicht wiederkehrt.«

»Ja, das ist wohl die beste Lösung«, sagte Diva. »Das zeigt ihm, daß Sie Ihre Tat bereuen, nachdem man Ihnen nun auf die Schliche gekommen ist.«

»Das ist nicht wohlwollend von Ihnen, Diva«, rief Elizabeth. »Es tut mir leid, daß Sie das gesagt haben.«

»Dem kann ich mich nicht anschließen«, sagte Diva. »Es ist eine sehr faire Aussage. Stimmt es etwa nicht? Was ist falsch daran?«

Elizabeth erkannte auf einmal, daß es unklug war, sich während dieser Krise die üblichen Kräche mit Diva zu leisten. Sie brauchte Verbündete.

»Diva, Liebes, wir dürfen nicht streiten«, sagte sie. »Das wäre nicht gut. Ich fand, ich müsse auf einen Sprung vorbeischauen, um Sie zu fragen, welches der richtige Kurs ist, den ich bei Mr. Wyse einschlagen sollte, und bin so froh, daß Sie meiner Meinung sind. Wie sehr ich Ihrer Einschätzung vertraue! Ich muß aufbrechen. Uns steht ein wahrhaft angenehmer Abend bevor. Major Benjy trug sich mit dem Gedanken, abzulehnen, aber ich überzeugte ihn, daß das nicht nett wäre. Eine Einzugsparty, Sie verstehen. Solch eine besondere Gelegenheit.«

Der Abend, auf den sich alle so gefreut hatten, war für kriegerische Geister alles in allem enttäuschend. Nichts übertraf Lucias Herzlichkeit gegenüber Elizabeth, außer vielleicht Elizabeths Herzlichkeit gegenüber Lucia; nach dem Dinner verließen sie das Eßzimmer untergehakt und Hüfte an Hüfte, ein sehr schmerzlicher Anblick. Dann spielten sie am selben Tisch Bridge und überhäuften einander so mit Komplimenten, während sie die eigenen Fehler beklagten, daß Diva bereits die schlimmsten Befürchtungen hegte, sie könnten gemein genug sein, sich heimlich wieder zu vertragen, oder Lucia habe in einem eindeutig widernatürlichen Akt christlicher Nachsicht beschlossen, über all die Angriffe und Beleidigungen hinwegzusehen, mit denen Elizabeth sie zu provozieren versucht hatte. Oder glaubte Lucia etwa, diese entwürdigende Zurschaustellung von Großmut sei eine Waffe, mit deren Hilfe sie siegen würde, indem sie die Sympathie und den Beifall Tillings auf ihre Seite zog? In dem Fall machte sie einen großen Fehler; Tilling wollte keine Demonstration des Vergebens miterleben oder zusehen, wie jemand den Schwanz einzog, sondern einen Kampf bis aufs Messer. Falls Lucia aber glaubte, solcher Edelmut würde Mapps boshaftes Herz erweichen, bewies sie damit nur eine erschreckende Unkenntnis der Mappschen Natur, denn diese würde das keineswegs für Edelmut halten, sondern für unehrenhafteste Feigheit. Und direkt unter Lucias Nase spickte Georgie seine Konversation mit weit mehr »Elizabeths«, als unbedingt nötig gewesen wäre, um zu zeigen, daß er mit ihr sprach, und sie deckte ihn dafür mit »Georgies« ein. Dann und wann, wenn dieser Austausch von Vornamen besonders volltönend wurde, blickte Elizabeth Diva so triumphierend an, als wolle sie diese an ihre Prophezeiung erinnern, Lulu werde die Freundlichkeit und Herzlichkeit in Person sein, woraufhin sich Diva tief enttäuscht abwandte.

Andererseits gab es immer noch Hoffnungsstrahlen, die, je später der Abend, immer heller leuchteten... sie ähnelten kleinen Schaumkronen und leichten Brisen auf einer ruhigen See. Zunächst einmal war erst an diesem Vormittag Elizabeths Niedertracht hinsichtlich des Kunstausschusses ans Licht gekommen. Georgie, nicht Lucia, war für diese vernichtende Enthüllung direkt verantwortlich gewesen, aber man durfte annehmen, daß er mit ihrem stillschweigendem Einverständnis, wenn nicht auf ihren ausdrücklichen Wunsch hin tätig geworden war, was wiederum weniger nach Vergebung als nach einem üblen Schlag gegen Elizabeth aussah. Das war ein Hoffnungszeichen, und Divas Adlerauge erspähte noch andere Indizien für Schlechtwetter. Elizabeth, von Lucias Komplimenten und Zurückhaltung während eines langen Rubbers ermutigt, zeigte nunmehr deutlicher ihr wahres Gesicht und erklärte ihrer Mitspielerin, diese habe ein paar Stiche verloren (nicht weiter tragisch), weil sie einen Schnitt nicht angenommen habe, oder ein ganzes Spiel, da sie ihre, Elizabeths, Ansage nicht unterstützt habe, und da glaubte Diva, in Lucias Augen ein gewisses gefährliches Glitzern zu bemerken, während diese sich zu ihren Verfehlungen bekannte. Und gewiß biß sie die Zähne zusammen, als Elizabeth sie unversehens wieder Lulu nannte. Auch war Irenes Verhalten zu bedenken: Irene rutschte und ruckelte auf ihrem Stuhl herum, sie warf Elizabeth finstere, haßerfüllte Blicke zu, und einmal sah Diva deutlich, wie Lucia sie streng ansah und den Kopf schüttelte. Und dann folgte nach vielen Rubbern ein üppiges Essen mit dem berühmten Hummer *à la Riseholme*. Wie ganz Tilling wußte, war es für Elizabeth zur regelrechten Zwangsvorstellung geworden, hinter das Geheimnis dieser köstlichen Speise zu kommen, so daß sie nun, nach zahlreichen Siegen beim Bridge und von Lucias fortdauernder Freundlichkeit erhitzt, erneut direkt nach dem Rezept verlangte.

»Lulu, Liebes«, sagte sie, »es wäre nett von Ihnen, mir das Rezept für Ihren Hummer zu überlassen. Er war so gut. . .«

Diva spürte, das war ein entscheidender Moment; Lucia hatte das Rezept schon oft verweigert, aber wenn sie ganz und gar menschenfreundlich und feige war, würde sie zustimmen. Doch wieder gab sie keine Antwort, sondern fragte den Padre, auf welchen Wochentag der erste Weihnachtstag falle. Und so atmete Diva erleichtert auf, denn es bestand noch Hoffnung.

Trotz dieser Abfuhr verwunderte es kaum, daß Elizabeth euphorisch gestimmt war, als der Abend endete. Die Feiernden änderten die Reihenfolge ihrer

Heimfahrt, so daß Georgie sie und Diva mitnahm. Er begleitete Diva ins Freie, da Mapp (wie er sie mittlerweile im stillen nannte, um sich Elizabeth abzugewöhnen) während der letzten halben Stunde wie ein Speisepilz an Selbstgefälligkeit und Selbstbewußtsein zugenommen hatte, und wenn sie auf die Art weitermachte, woran kein Zweifel bestand, würde er nicht garantieren können, daß er nicht irgendeine sehr bissige Erwiderung von sich gab. »Soll sie ruhig warten«, dachte er, »bald wird sie einen anderen Ton anschlagen.«

Georgies Vorsichtsmaßnahme, gut eingepackt in Mütze, Pelzpelerine und Pelzdecke nach draußen zu gehen, war sehr wohl begründet, denn kaum hatte Mapp Lulu (die zur Tür kam, um sie zu verabschieden) ihren letzten Handkuß zugeworfen und ihr gewonnenes Geld gezählt, als sie sich auch schon in unerträglichen Triumph- und Herablassungsbekundungen erging.

»Das wäre geschafft!« sagte sie und rollte die Fensterscheibe hoch. »Und wenn ich Sie fragen würde, Diva, wer von uns über den Verlauf dieses Abends recht behalten hat, gäbe es wohl keine großen Zweifel über die Antwort. Haben Sie je erlebt, daß Lulu so furchtbar darauf erpicht war, mich zufriedenzustellen? Und haben Sie zufällig gehört, wie ich ihn Georgie nannte und er mich Elizabeth? Lulu hat es gewiß nicht gefallen, aber sie mußte es schlucken, was sie mit reichlich Anstand tat, das gebe ich zu. Sie brauchte nur eine kleine Lektion, und ich darf wohl sagen, die habe ich ihr erteilt. Zugegeben, ich hatte keine Ahnung, daß ihre Gegenwehr so dürftig ausfallen würde.

Ich brauchte mich nur aus dem Fenster zu lehnen, so zu tun, als sähe ich sie nicht, mit Georgie in dieser albernen Sprache und Stimme zu reden, und schon war die Sache erledigt.«

Diva hatte schon eine ganze Weile gleichzeitig geredet, aber Elizabeth hielt nur inne, um Atem zu holen, und fuhr mit etwas lauterer Stimme fort. Also redete Diva auch lauter, bis Georgie sich umdrehte, um herauszufinden, was da vor sich ging. Beide brachen ab, lächelten ihn an und fingen von neuem an.

»Wenn Sie mich auch einmal zu Wort kommen ließen«, sagte Diva, die ein paar stichhaltige Argumente vorbringen wollte und, wäre sie keine Dame, Mapp vor ohnmächtigem Zorn am liebsten ein paar Ohrfeigen verpaßt hätte...

»Ich glaube nicht«, sagte Elizabeth, »daß wir noch große Schwierigkeiten mit ihr und ihrem königinnenhaften Gehabe kriegen werden. Eine recht angenehme Einzugsparty, auch wenn es im Speisezimmer bitter kalt war und ich den starken Verdacht hege, daß die Hühnercremesuppe Kaninchen war. Man mußte ihr nur klarmachen, daß sie, ganz gleich, was sich Riseholme an herablassendem und gnädigem Getue von ihr gefallen ließ, so etwas in Tilling besser nicht probiert. Sie war darauf aus, uns zu belehren, zu beherrschen und anzuleiten. Paff! Elizabeth (das bin ich, meine Liebe!) hat ein Lämmchen, das in Grebe wohnt und eine Einzugsparty veranstaltet, dreimal dürfen Sie raten, wer *das* ist. Wie sie heute abend über unseren Karten geschmeichelt und gefleht hat, während sie noch vor ein paar Wochen daran dachte, Bridgekurse abzuhalten...«

»Sie waren genauso schlimm«, schrie Diva. »Sie haben ihr gesagt, sie spiele großar...«

»Sie hat mich richtig ›abgeschleckt‹, um Major Benjys scheußliche Redewendung zu verwenden«, fuhr Mapp fort. »Sie glich einem Hund, der gescholten wurde und nun – ganz brav – bettelt, daß man ihm verzeiht. Wohlbemerkt, Liebe, ich sage nicht, daß sie eine üble Person ist, aber man mußte sie in ihre Schranken weisen, und Tilling müßte mir danken, daß ich das übernommen habe. Du meine Güte, da sind wir schon an Ihrem Haus. Die Fahrt kam mir so kurz vor!«

»Jedenfalls haben Sie das Rezept für Hummer *à la Riseholme* nicht bekommen«, sagte Diva, denn das war eines der Dinge, die sie unbedingt loswerden wollte.

»Ein letztes Aufbäumen«, sagte Mapp. »Ich habe nicht den geringsten Zweifel, daß sie es sich noch einmal überlegt und es mir morgen schickt. Gute Nacht, meine Liebe. Ich werde für einen gemütlichen Bridgeabend irgendwann am Wochenende Einladungen verschicken.«

Niedergeschlagen betrat die verblüffte Diva Wasters, so überzeugt und einsichtig hatte Mapps Analyse des Abends geklungen. Es war ein trostloser Schluß nach so viel Aufregung; und all diese erregende Spannung war nicht explodiert, sondern hatte sich zu einer deprimierenden Flaute entspannt. Aber sie gab die Hoffnung noch nicht ganz auf, denn auf der ruhigen See hatte es leichte Brisen und Schaumkronen gegeben. Sich diese bildhaft vorstellend, schlief sie ein.

9

Obwohl Georgie angenommen hatte, noch mindestens zwei Sitzungen im Gartenzimmer zu brauchen, bis seine Zeichnung jenes Endstadium erreicht hatte, das er, ganz wie die Präraffaeliten, als für jedes Kunstwerk unerläßlich erachtete, beschloß er, es in einem expressionistischeren Zustand zu belassen, und schickte es am nächsten Morgen zum Rahmen. Folglich blieb das Glas Wasser, das Elizabeth in Erwartung seines mittlerweile gewohnten Besuchs um elf Uhr gebracht hatte, vom Eintauchen seines Pinsels unberührt, und Elizabeth, die infolge des ziemlich späten Essens vom Vorabend recht durstig war, trank es um zwölf Uhr selber aus. Am zweiten, einem sehr feuchten Vormittag, brach Major Benjy nicht zu seiner üblichen Runde Golf auf, und wiederum kam Georgie nicht zum Malen. Doch einige Minuten vor eins beobachtete sie, daß sein Wagen vor Mallards Cottage stand; er fuhr an ihrem Fenster vorbei, hielt vor Major Benjys Haus, und der stieg ein. Man mußte unwillkürlich daran denken, daß Lucia im Winter immer um eins zu Mittag aß, da eine spätere Stunde für *colazione* den Nachmittag so sehr verkürzte. Doch es war überraschend, Major Benjy mit Miss Milliner Michael-Angelo wegfahren zu sehen, und nur schwer vorstellbar, wohin sie möglicherweise sonst gefahren sein sollten.

Bis zu ihrem eigenen Mittagessen war noch eine halbe Stunde Zeit, und so schrieb sie sieben Postkarten, mit denen sie sieben Freunde für Samstag zum Tee mit anschließendem Bridgespiel einlud. Die Wyses, die Padres, Diva, Major Benjy und Georgie hießen die *destinataires* dieser Sendschreiben; das machte – mit ihr – acht Personen und ergab somit zwei Tische mit angenehmen Spielern. Lucia wurde nicht berücksichtigt; es würde heilsam für sie sein, ab und zu außen vor gelassen zu werden, damit ihr die Lektion zuteil wurde, die sie leider so dringend benötigte. Sie mußte lernen, zu spuren, zu kommen, wenn sie gerufen wurde, und mit Rezepten herauszurücken, wenn das verlangt wurde (was sie bisher versäumt hatte).

Es hatte etliche Tage lang stark geregnet, doch am frühen Nachmittag klarte es auf, und Elizabeth unternahm einen flotten, gesunden Spaziergang. Die Feldwege waren bestimmt sehr morastig, denn sie sah vom Ende der High Street aus, daß auf der Marsch viel Wasser stand; daher blieb sie auf der hervorragenden Straße, die, wenn sie Grebe hinter sich gelassen hatte, eigentlich nirgendwohin führte. Um herauszufinden, ob Georgie und Major Benjy dort zu Mittag aßen, war sie willens, das Haus zu betreten und Lucia für die nette Einzugsparty zu danken; soweit brauchte sie sich aber doch nicht zu erniedrigend, denn vor Grebe stand Georgies Automobil, also (ob es ihr gefiel oder nicht, und es gefiel ihr nicht) war *dieses* Problem gelöst. Das Haus stand ziemlich nahe an der Straße; ein gut zehn Meter langer plattenbelegter Weg, am Eingangstor von dicken Hainbuchenhecken gesäumt, an denen immer noch Laub hing, trennte es von der Straße, und gerade als Elizabeth an Georgies dort abgestelltem Wagen vorbeikam, öffnete sich die Haustür, und sie sah Lucia samt ihren beiden Gästen auf der Schwelle. Major Benjy lachte sein feistes Lachen, und Georgie stieß sein schrilles kleines Wiehern aus wie ein Füllen im Stimmbruch.

Elizabeth konnte der Versuchung nicht widerstehen, herauszufinden, worüber gelacht wurde. Sie ging ein paar Schritte weiter und hielt den Atem an, hinter der Hainbuchenhecke verborgen.

Major Benjy brüllte erneut los und sagte etwas.

»Nicht zu fassen, hat sie das wirklich gesagt?« sagte er. »Machen Sie's noch mal, Mrs. Lucas. Hab in meinem ganzen Leben noch nicht so gelacht. Verteufelte Impertinenz!«

Es stand außer Frage, wem die nun folgende Stimme und die Worte zuzuordnen waren.

»Du danz böser Bub, Georgie«, sagte Lucia. »Tlingelst doch sonst nie an Elizabeths Tlingelchen-Pingelchen...«

Elizabeth eilte weiter, da sie hörte, wie Schritte den kurzen plattenbelegten Weg entlangkamen. Doch so sehr sie sich auch beeilte, ein wenig hörte sie noch.

»Tommst immer tleich rauf und rufst nach ihr«, fuhr die Stimme fort, Wort für Wort die Rede wiederholend, auf die Elizabeth so stolz gewesen war. »Die Kette liegt nicht vor« – und nun folgte eine abscheuliche Parodie – »jetzt wo Liblib nach *Mallardino ritornata* ist.«

So verängstigt, als habe sie ein Gespenst gehört oder gesehen, eilte Elizabeth weiter auf der Straße, die eigentlich nirgendwohin führte, bevor Lucias Gäste durch das Tor traten. Glücklicherweise verlief die Hainbuchenhecke am Ende des Küchengartens im rechten Winkel um die Ecke, und hinter dieser Bastion versteckte sie sich, von den schlimmsten Befürchtungen geschüttelt, bis sie hörte, wie das Auto in Richtung Tilling fuhr. War es möglich, daß ihre eigene Rede, die ihrer Meinung nach Lucias Stolz verletzt hatte, in Hohn und Spott gegen sie selbst gerichtet wurde? Es schien nicht nur möglich, sondern wahrscheinlich. Und wie konnte Mrs. Lucas es wagen, diesen Unsinn von *Mallardino* und *ritornata* zu erfinden und so zu wiederholen, als hätte sie, Elizabeth, das benutzt? So etwas hatte sie in ihrem ganzen Leben noch nicht gesagt.

Als die Luft rein war, betrat sie erneut die Straße und marschierte rasch von Tilling weg. Die Flut stieg sehr hoch, da der Fluß vom Regen gefüllt war, so daß das Wasser über seine Ufer trat und einen großen See bildete, der sich bis zu Damm und Deich erstreckte, von denen die Straße begrenzt wurde. Verstört wie sie war, konnte Miss Mapp doch nicht umhin, die große, inzwischen von der Sonne beschienene Wasserfläche zu bewundern, vor der sich gen Westen das höhergelegene Tilling dunkel gegen den bereits vom winterlichen Sonnenuntergang rötlich angestrahlten Himmel abhob. Sie war soeben um eine Straßenbiegung gekommen, als ihr auffiel, daß kurz vor ihr noch jemand den Anblick bewunderte, wenn auch aus eher praktischen Gründen, denn keine zwanzig Meter von ihr saß die drollige Irene neben der Straße, den Mund voller Pinsel und vor sich eine Staffelei. Sie hatte Irene seit der Einzugsparty nicht mehr gesehen, wo die Drollige nicht sehr herzlich gewesen war, und so machte sie kehrt, da sie fand, sie sei nun genug gelaufen. Aber

Irene hatte sie ganz offenbar gesehen, denn sie legte als Sonnenschutz kurz die Hand über die Augen, nahm ein paar Pinsel aus dem Mund und rief ihr Worte zu, in denen, so könnte man sagen, eine gefährliche Unterströmung lag.

»Hallo, Mapp«, sagte sie. »Waren Sie bei Lulu zum Lunch?«

»Eine entzückende Zeichnung, meine Liebe«, erwiderte Mapp. »Nein, nur ein flotter kleiner Spaziergang. War heute nicht in Grebe essen.«

Irene lachte heiser.

»Ich hielt es auch nicht für sehr wahrscheinlich, dachte aber, ich frage trotzdem«, sagte sie. »Ja; ich bin mit meiner Zeichnung ganz zufrieden. Der Sonnenuntergang hat so etwas Blutiges, nicht wahr, als käme der Tag des Jüngsten Gerichts. Ich werde es zur Winterausstellung des Kunstvereins einreichen.«

»Liebes Mädel, was soll das heißen?« fragte Mapp. »Wir veranstalten keine Winterausstellungen.«

»Nein, aber wir werden es tun«, sagte das Mädel. »Ein neuer Hängeausschuß, verstehen Sie, voller Pep und Schwung und Elan. Hat man Sie noch nicht gebeten, ihnen etwas zu schicken... Natürlich steht ihnen nur sehr begrenzt Raum zur Verfügung.«

Mapp lachte, wenn auch nicht sehr überschwenglich. Die Unterströmung zerrte unangenehm an ihr.

»Das ist mir neu«, bekannte sie. »Höchst einfallsreich von Mr. Wyse und der lieben Susan.«

»Eine Idee der süßen Lulu«, korrigierte Irene. »Sobald Sie Ihren Rücktritt erklärt hatten, bat man natürlich sie, Präsidentin zu werden.«

»Wie schön für sie«, sagte Mapp begeistert. »Es

wird ihr gefallen. Ich muß mit einem Bildchen anfangen und es ihnen schicken.«

»Da ist doch das Bild, das Sie vom Kirchturm aus gemalt haben, als Lucia an Grippe erkrankt war«, sagte die ekelhafte Irene. »Das wäre hübsch... Ach, ich vergaß. Wie dumm von mir. Es geht nur mit einer Einladung: Der Ausschuß lädt ein paar Leute ein, Bildchen einzureichen. Bestimmt wird man auch Sie um eines anflehen. So ein guter Plan. In Zukunft wird es keine Fehler mehr geben, was die Zurückweisung eingesandter Arbeiten betrifft.«

Mapp schluckte, raffte sich aber zu einer Erwiderung auf. »Verstehe. Da werden dann alle Akademiemitglieder in Reih und Glied nebeneinander hängen«, sagte sie unerschrocken.

»Ja. Hängen oder auf Staffeleien stehen«, sagte Irene. »Verfluchtes Licht! Es läßt nach. Ich muß einpacken. Halten Sie doch mal diese Pinsel.«

»Und dann gehen wir zusammen nach Hause, nicht wahr? Ein Täßchen Tee mit mir, meine Liebe?« fragte Mapp, begierig, zu schlichten und mehr zu erfahren.

»Ich gehe leider zu Lucia. Die Wyses tommen, um Bridgey zu pielen und tleine Ausschußsitzung abzuhalten«, sagte Irene.

»Gemein von Ihnen, die arme Lulu nachzuäffen«, sagte Mapp. »Wie gut Sie diese alberne Babysprache beherrschen. Genau ihre Stimme. Auf Wiedersehen.«

»Ganz meinerseits«, sagte Irene.

Ohne Zweifel haftete dem Gerede der drolligen Irene, so dachte Mapp, als sie allein nach Hause eilte, etwas Spöttisches an, das sie nicht goutieren konnte. Es steckte voller Andeutungen und peinlicher Anspielungen; es war mit verborgenen Drohungen gespickt, und selbst Irenes Imitation von Lucias Babysprache war nicht gänzlich zufriedenstellend, denn womöglich hatte die Drollige ihre Parodie Lucias nachgeäfft, so wie es auch Lucia getan hatte, und das war nicht sehr komisch. Gleich darauf traf sie den nach Grebe fahrenden Royce der Wyses. Sie warf dem Zobelhaufen im Wageninneren einen Handkuß zu, aber es war zu dunkel, um zu sehen, ob der Gruß erwidert wurde. Ihr flotter Nachmittagsspaziergang hatte sie nicht erfrischt; sie registrierte eine gewisse Müdigkeit, eine diffuse Depression und Furcht. Damit einher ging ein Hunger, und zwar nicht nur nach Tee, sondern nach mehr Informationen. Offenbar gingen Dinge vor, von denen sie bedauerlicherweise nichts wußte, und selbst wenn man ihre Unwissenheit behöbe, blieben die Dinge immer noch bedauerlich. Aber Diva (eine echte Klatschbase) wußte eventuell mehr über diese Winterausstellung, und so schaute sie auf einen Sprung in Wasters vorbei. Diva war zu Hause und bat sie, zum Tee zu bleiben; sie werde in einer Minute unten sein.

Es war ein gemütliches Zimmerchen mit Blick auf den Garten, der im Sommer so viele Gläser ausgezeichneter Marmeladen hergegeben hatte, aber schrecklich unordentlich, was Divas Haus immer gewesen war. Auf dem Tisch befand sich ein Chaos von Papieren, wieder halb in die Umschläge zurückgesteckte Briefchen, aus dem *Evening Standard* geschnittene und teilweise gelöste Kreuzworträtsel; da lag ihre eigene Postkarte an Diva, die sie am selben Morgen abgeschickt hatte und die bereits zugestellt worden war, und da lag auch ein Blatt Papier mit dem Stempel von Grebe darauf und Lucias Monogramm, das sich Elizabeth geradezu aufdrängte. Eine ganz oberflächliche Prüfung ergab, daß es sich um die Bitte des Kunstausschusses an Mrs. Plaistow handelte, dem Ausschuß doch die Ehre zu erweisen, ihm für die kommende Winterausstellung zwei ihrer Zeichnungen zu überlassen. Die ganze Zeit hörte sie aus Divas Schlafzimmer, direkt über ihr, das Geräusch rhythmischer Schritte oder Schläge, sehr schwierig zu interpretieren. Nach ein paar Minuten hörte der Lärm auf, und Divas Schritte auf der Treppe waren für Elizabeth Warnung genug, sich das erstbeste Buch zu schnappen und in einen Sessel neben dem Kamin zu sinken. Mit einer gewissen bösen Vorahnung, ähnlich der, die sie den ganzen Nachmittag über gequält hatte, sah sie, daß es ein Exemplar von *Ein ideales System von Freiübungen für die nicht mehr junge Generation* war, woran sie sich vage zu erinnern glaubte. Auf der Titelseite fand sich die Widmung: »Für Diva von Lucia«, und in Klammern, wie ein medizinisches Rezept: »Zehn Minuten lang die Übungen im zweiten Kapitel, zunächst zweimal täglich.«

Diva trat sehr forsch ein. Ihr Gesicht war röter als gewöhnlich, und sie hob, wie Elizabeth sofort auffiel, die Füße beim Gehen sehr hoch, warf den Kopf zurück und streckte die Brust heraus wie eine dicke kleine Taube. Diesmal stellte sie gar nicht erst die Frage, ob sie auch gelegentlich zu Wort kommen würde, sondern begann zu reden, noch ehe die Tür ganz offen war.

»Freue mich, Sie zu sehen, Elizabeth«, sagte sie, »und ich komme mit Vergnügen am Samstag zum

Bridge. Noch nie im Leben habe ich mich so wohl gefühlt, wer hätte das gedacht, dabei mache ich es erst seit zwei Tagen. Ach, wie ich sehe, haben Sie das Buch.«

»Ich hörte Sie stampfen und klopfen, Liebes«, sagte Elizabeth. »Waren Sie das?«

»Ja, zweimal täglich, jeweils zehn Minuten. Es macht auch den Kopf frei. Wenn man sich anschließend an ein Kreuzworträtsel macht, ist man viel schlauer als sonst.«

»Freiübungen *à la Lucia*?« fragte Elizabeth.

»Ja. Irene und Mrs. Bartlett und alle machen mit, Mrs. Wyse fängt auch damit an, aber ein wenig vorsichtiger. Hat Lucia Ihnen nicht davon erzählt?«

Das war die Enthüllung weiterer Ereignisse. Elizabeth trat dem tapfer entgegen.

»Nein. Die liebe Lulu weiß, was ich von solchen Moden halte. Ein flotter Spaziergang, wie ich ihn heute nachmittag unternahm, mehr brauche ich nicht. Was für ein herrliches Licht bei Sonnenuntergang, und sehr hohe Flut. Die drollige Irene zeichnete an der Straße direkt unterhalb von Grebe.«

»Ja. Sie wird die Zeichnung und drei weitere zu der Winterausstellung einreichen. Oh, vielleicht haben Sie es ja noch nicht gehört. Gleich nach Weihnachten findet eine Ausstellung statt.«

»Was für eine gute Idee; ich habe sie diskutiert«, sagte Elizabeth.

Divas Blicke wanderten flink und mißtrauisch zum Tisch, wo die schmeichelhafte Bitte an sie ganz oben auf dem Haufen lag. Elizabeth entging die Bedeutung dieses Blicks nicht.

»Irene hat mir davon erzählt«, sagte sie rasch, »ich muß sehen, ob ich Zeit finde, ihnen etwas zu zeichnen.«

»Ach, dann hat man Sie also gebeten«, sagte Diva, aus deren Stimme man eine Spur Enttäuschung heraushören konnte. »Ich bin auch gebeten worden...«

»Nein! Wirklich?« sagte Elizabeth.

»... also habe ich natürlich zugesagt, bin aber leider ziemlich außer Übung. Lucia wird bei der Eröffnung eine Rede über moderne Kunst halten, und dann gehen wir herum und betrachten wechselseitig unsere Bilder.«

»Was für ein Spaß!« sagte Elizabeth herzlich.

Der Tee war gebracht worden. Elizabeth häufte grünliche Marmelade aus einem Glas auf ihren gebutterten Toast und steckte ihn in den Mund. Sie stieß einen erstickten Schrei aus und spülte den Bissen mit einem Schluck Tee hinunter.

»Stimmt was nicht?« erkundigte sich Diva.

»Ja, Liebes. Das Zeug gärt«, antwortete Elizabeth und legte den Rest ihrer Toastscheibe ab. »Und ich komme nicht dahinter, woraus es besteht.«

Diva warf einen Blick auf das Glas.

»Das sollten Sie eigentlich wissen«, sagte sie. »Es ist eins der Gläser, die Sie mir gegeben haben. Auf dem Etikett steht Eierkürbis. Tut mir leid, daß es ungenießbar ist. Übrigens, da wir gerade übers Essen reden, hat Lucia Ihnen das Hummerrezept geschickt?«

Elizabeth lächelte ihr lieblichstes Lächeln.

»Die liebe Lucia«, sagte sie. »Sie war so beschäftigt mit Kunst und Freiübungen. Sie muß es vergessen haben. Ich werde ihrem Gedächtnis nachhelfen.«

Der Nachmittag war voller unangenehmer Überraschungen gewesen, dachte Elizabeth im stillen, als sie am Abend nach Mallards zurück ging. Sie handelten von örtlichen Aktivitäten, von Kunst und Gymnastik, von denen ihr bislang nichts bekannt gewesen war, und sie alle schienen einen gemeinsamen Ursprung zu haben; eine verborgene Hand steuerte sie. Dies war beunruhigend, zumal sie sich erst vor ein paar Abenden so sicher gefühlt hatte, daß sich ihr diese Hand Vergebung heischend entgegengestreckt hatte. Jetzt sah es eher so aus, als hätte sich die Hand fortgezaubert und sei sehr betriebsam und geschäftig auf eigene Rechnung tätig.

Sie blieb auf ihrer Türschwelle stehen. Durch einen Spalt in den Vorhängen von Mallards Cottage fiel ein Lichtstrahl, und sie hielt es für eine gute Idee, auf einen Sprung bei Georgie vorbeizuschauen und sich noch einige zusätzliche Informationen zu holen. Sie würde sich ausgesprochen freundlich geben: Sie würde seine Stickereien bewundern, falls er gerade damit beschäftigt war, sie würde die makellose Sauberkeit seines Zimmers loben, da Georgie ein Kompliment für Foljambe immer zu schätzen wußte, sie würde sogar ein Loblied auf Lucia anstimmen, auch wenn ihre Zunge Blasen bekäme.

Foljambe ließ sie ein. Die Wohnzimmertür war angelehnt, und als sie ihren Schirm abstellte, hörte sie die Stimme Georgies, der gerade telephonierte.

»Samstag, halb fünf«, sagte er. »Ich habe gerade eine Postkarte gefunden. Hat sie Sie nicht eingeladen?«

Georgie war, wie Elizabeth schon oft bemerkt hatte,

schwerhöriger, als er wußte (was erklärte, warum er bei seinen Duetten mit Lucia ihre falschen Noten nicht hörte), und hatte ihr Eintreten nicht bemerkt, obwohl Foljambe recht laut ihren Namen genannt hatte. Mit gespannter Aufmerksamkeit lauschte er der anderen Stimme, gelegentlich ein »Meine Güte!« oder »Nein!« einwerfend. Doch dann drehte er sich um, sah sie und hing mit angstvoller Miene den Hörer ein.

»Du lieber Himmel, ich habe Sie gar nicht kommen hören!« sagte er. »Wie schön! Gerade wollte ich Foljambe bitten, Tee zu bringen. Zwei Tassen, Foljambe.«

»Ich unterbreche Sie«, sagte Elizabeth. »Wie ich sehe, haben Sie sich gerade aufs Nähen und einen gemütlichen Junggesellenabend eingerichtet.«

»Ganz und gar nicht«, entgegnete Georgie. »Nehmen Sie neben dem Kamin Platz.«

Es war überflüssig, zu erklären, daß sie bereits bei Diva zum Tee gewesen war, vorausgesetzt man wollte einen Mundvoll fermentiertes Grünzeug Tee nennen, und sie nahm auf dem Stuhl Platz, den er für sie heranzog.

»Was für eine herrliche Arbeit«, sagte sie und betrachtete Georgies in der Nähe liegenden Stickrahmen mit einer Petit-point-Arbeit. »Was müssen Sie für Augen haben, um so etwas fertigzubringen.«

»Ja, sie sind noch ziemlich gut«, bestätigte Georgie, während er sein Brillenetui in die Tasche gleiten ließ. »Und ich komme herzlich gern am Samstag zu Tee und Bridge. Vielen Dank. Habe gerade Ihre Einladung erhalten.«

Das wußte Miss Mapp bereits.

»Wie zauberhaft«, sagte sie. »Und wie ich Sie um Ihre Foljambe beneide. Nirgends ein Stäubchen. Sie könnten vom Fußboden zu Abend essen, wie man so sagt.«

Georgie fiel auf, daß sie seinen Vornamen nicht benutzte. Das bestätigte seinen Verdacht, dessen Verwendung sei für Lucias Anwesenheit reserviert, um diese zu ärgern. Dann klingelte wieder das Telephon.

»Darf ich?« sagte Georgie.

Ziemlich nervös begab er sich zu dem Apparat. Es war, wie er vermutet hatte: Lucia rief zurück und erklärte, sie seien unterbrochen worden. So intensiv sie auch lauschte, von ihrem Stuhl aus hörte Miss Mapp nur ein wirres quäkendes Geräusch. Um also zu zeigen, wie gleichgültig ihr die Unterhaltung war, legte sie ihre Finger dicht an die Ohren, bereit, sie zuzuhalten, sobald Georgie sich umdrehte, und horchte angestrengt nach dem, was er sagte.

»Ja... ja«, sagte Georgie. »Recht herzlichen Dank... wunderbar. Ich hole ihn also dann ab, einverstanden? Um Viertel vor acht, nicht wahr? Ja, sie auch. Ja, ich habe sie heute schon einmal absolviert – kein bißchen schwindlig... Ich kann jetzt nicht kommen, Lucia. Miss Ma... Elizabeth ist gerade auf eine Tasse Tee vorbeigekommen... Ich werd's ihr ausrichten.«

Elizabeth glaubte, das alles zu verstehen; sie war Expertin für Rekonstruktionen von Telephonaten. Offenbar gab es noch eine Party in Grebe. »Ihn« und »sie« waren zweifellos Major Benjy und sie selbst, die Georgie wie gehabt abholen würde. Das zweite »sie« bezog sich auf Freiübungen, und Georgies Versprechen, es »ihr« auszurichten, hieß eindeutig, er solle eine Einladung übermitteln. Das klang zufriedenstellend: Offensichtlich hoffte Lucia auf Versöhnung. Als Georgie sich umdrehte, sah er Elizabeth fröhlich lächelnd am Kamin sitzen, die Hände über die Ohren gelegt. Er bewegte sich in ihr Gesichtsfeld, woraufhin sie sich entstöpselte.

»Fertig?« fragte sie. »Hoffentlich haben Sie das Gespräch nicht meinetwegen abgekürzt.«

»Aber nein«, behauptete Georgie, da sie nicht hatte hören können (es sei denn, sie hätte sich verstellt), daß er genau das getan hatte. »Lucia rief an. Sie läßt Sie schön grüßen.«

»Wie lieb von ihr, sie ist ein Schatz«, sagte Elizabeth und wartete auf mehr, von wegen abholen und Einladung. Aber Lucias Grüße schienen alles zu sein, und Georgie fragte sie, ob sie Zucker wolle. Sie wollte und lockte ihn ihrerseits mit einer anderen Sorte Zukker, für ihn wie für Lucia bestimmt.

»Eine wirklich zauberhafte Einzugsparty«, sagte sie, »was haben wir uns alle amüsiert. Lucia scheint für alles Zeit zu finden, für Bridge, die herrlichen Duette mit Ihnen, Italienisch, Griechisch (obwohl wir davon in letzter Zeit nicht viel gehört haben), eine Kunstausstellung im Winter samt einer Rede (wie ich mich darauf freue!) über moderne Kunst, Freiübungen...«

»Die sollten Sie unbedingt mal probieren«, sagte Georgie. »Man dehnt sich und trampelt und fühlt sich anschließend so jung. Wir alle machen das.«

»Und gibt sie Kurse, wie sie angedr... versprochen hat?« fragte Elizabeth.

»Das wird sie, sobald wir die Anfangsgründe gelernt haben«, sagte Georgie. »Dann werden wir in Grebe um den Küchengarten marschieren – Aschewege, verstehen Sie, wirklich gut bei nassem Wetter –, die Zeit stoppen und uns dann bücken, dehnen und rucken. Und wenn es regnet, machen wir's eben in der Küche. Man kann die Flügeltüren öffnen und jede Menge Frischluft hereinlassen, was sehr wichtig ist. Und dann steht da auch noch dieser riesige Küchentisch, an dem man sich festhalten kann, wenn wir die Schwimmbewegungen machen. Der ist wie ein großes Floß.«

Elizabeth traute sich nicht zu fragen, ob Major Benjy auch mitmachte. Es wäre wahrhaft bitter, zu erfahren, daß er, der sich so entschieden Lucias Vorherrschaft widersetzt hatte, in den teuflischen Strudel ihrer energischen Vereinnahmungen geriet. Sie wünschte beinahe, sie hätte Lucia zu dem morgigen Bridgeabend eingeladen, aber nun war es zu spät. Ihre sieben Einladungen – sieben gegen Lucia – waren draußen, und erst wenn sie nach Hause kam, würde sie erfahren, ob ihre beiden Bridgetische voll waren.

»Und diese Winterausstellung«, sagte sie. »Was für eine gute Idee! Den Winter über sind wir im lieben alten Tilling so faul, und jetzt gibt es noch ein Ziel, auf das man hinarbeiten kann. Reichen Sie das zauberhafte Bild des Gartenzimmers ein? Wie sehr ich unsere netten verplauderten Vormittage genoß, während Sie es malten!«

Gemäß den normalen Regeln höflicher Gesprächsführung hätte nun Georgie sie fragen müssen, was sie einreichte. Er tat nichts dergleichen, vielmehr schien er sich ein wenig unbehaglich zu fühlen. Wahrscheinlich sollte also, wie Irene ihr erzählt hatte, die Ausstellung wirklich mit Bildern bestückt werden, die der Ausschuß angefordert hatte, und bisher war sie nicht gefragt worden. Sie fand, sie müsse da ganz sicher gehen, und nahm sich vor, ungefragt ein Bild einzureichen. Das würde eindeutig zeigen, wie die Dinge lagen.

»Wirklich angenehme Vormittage, nicht wahr?« sagte Georgie ausweichend. »Als das Bild fertig war, tat es mir richtig leid.«

Georgie wirkte ungewöhnlich wortkarg; weder rückte er mit zusätzlichen Informationen über die Winterausstellung heraus noch über sein Telephonat mit Lucia, noch erwähnte er, daß Major Benjy und er heute mit ihr gespeist hatten. Sie würde ihm auf die Sprünge helfen...

»Wie glücklich die liebe Lucia in ihrem hübschen Grebe ist«, sagte sie. »Ich bin heute auf der Straße dorthin spaziert. Ihr Garten, so angenehm! Heute nachmittag war Hochwasser. Der herrliche Fluß, der sich ins Meer ergießt, und die Flut, die ihm entgegenkommt und ihn empfängt. Haben Sie das bemerkt?«

Georgie durchschaute sie mit Leichtigkeit: Über Gezeiten würde er sich gern unterhalten, aber nicht über Mittagessen.

»Es sah wunderschön aus«, sagte er, »aber wie man mir sagte, kommt es in zehn Tagen zu sogenannten Springfluten, und die werden viel höher. Das Wasser war dann und wann schon auf der Straße vor Lucias Haus.«

Unsicherer denn je begab sich Elizabeth nach Mallards zurück. Lucia organisierte zwar Freiübungskurse und Winterausstellungen und, offenbar auch irgendein Fest in Grebe, aber ihr gegenüber hatte sie kein Wort über irgendeine dieser Aktivitäten verlauten lassen, geschweige denn ihr das Rezept für Hummer *à la Riseholme* geschickt. Doch heute abend ließ sich deswegen nichts mehr machen, außer vielleicht wegen der Ausstellung, an der teilzunehmen sie auch nicht gebeten worden war, einige Schritte zu unternehmen. Das Haus war voller Zeichnungen von ihr, und sie wählte die allerbeste aus und wies Withers an, sie zu verpakken und mit ihrer Karte an den Ausschuß des Kunstvereins, Grebe, zu schicken.

Die winterlichen Bridgeabende in Tilling liefen nach einem weitgehend festgelegten und immer gleichen Schema ab. Um halb fünf wurde ein überaus reichhaltiger Tee aufgetragen, einschließlich mit Dosenfleisch belegter Brote, und nachdem diese Mahlzeit verdrückt war, folgten mindestens drei Stunden Bridge. Nach einem solchen Tee dachte, wie man sehr wohl wußte, niemand auch nur im Traum an Dinner; und obwohl die Anwesenden gegen acht Uhr mit erstaunten Rufen über die späte Stunde verkündeten, sie müßten zum Umkleiden nach Hause eilen, war dies lediglich eine Floskel. Ein »Tablett« war das Äußerste, worauf man noch Appetit haben mochte, und für ein bloßes Tablett zog sich niemand um. Elizabeth hielt besonders gern an der Umziehen-und-Dinner-Fiktion fest, und es war vorgekommen, daß sie einen Bridgeabend um neun Uhr mit den Worten verließ, Withers werde sie schelten, weil sie so spät komme, und ihre Köchin werde außer sich sein vor Zorn.

Und so versammelten sich an diesem Samstag die acht Spieler (denn alle sieben hatten zugesagt) in Mallards. Sie waren betont herzlich; man hätte meinen können, sie wollten ihre Gastgeberin wegen irgend etwas besänftigen, das sich bald abspielen würde. Außerdem fiel dieser aufmerksamen Beobachterin auf, daß bei weitem nicht so viel gegessen wurde wie üblich. Sie hatte die Kaviarschnittchen bereitgestellt, von denen Mrs. Wyse geistesabwesend durchaus neun Stück vertilgen konnte, sie hatte die Nougatpralinen besorgt, von denen Diva gelegentlich alle vertilgt hatte, doch obwohl die Pralinen vor Diva standen und der Kaviar vor Susan, entwickelte keine von beiden etwas, das auch nur annähernd an ihre übliche Gefräßigkeit heranreichte. Es gab schottische Butterkekse für den Padre, der, auch wenn er aus Birmingham kam, bezüglich dieser nationalen Variante von Backwaren unersättlich war, und es gab Whisky und Soda für Major Benjy, der für Tee nichts übrig hatte, und doch verhielten sich auch diese beiden geheimnisvollerweise abstinent. Vielleicht hatte dieses feuchte neblige Wetter, so dachte Elizabeth, ihnen allen ein wenig zugesetzt, oder sehr wahrscheinlich hatten ihnen die Freiübungen den Appetit verdorben. Des weiteren fiel auf, daß während des Abendbrots keiner den Namen Lucia erwähnte.

Sie vertagten sich in das Gartenzimmer, wo zwei Tische für Bridge aufgestellt worden waren, und bis halb sieben ereignete sich nichts von Belang. Um diese Zeit war Elizabeth Partnerin von Major Benjy, und sie beobachtete mit unguten Gefühlen, wie er, als sie als Alleinspielerin feststand (unter einem enormen Opfer, wie sich bald erweisen sollte), ihr nicht wie sonst beim Spielen zusah, sondern sich erhob und am Kamin stehend einige groteske Bewegungen vollführte. Er bückte sich, versuchte offenbar, mit den Fingern die Zehen zu berühren, vollführte athletische Dehnungen, begleitet von einer aus seinen Gelenken stammenden (ob Knie oder Hüfte, ließ sich unmöglich feststellen) regelrechten Salve kleiner Knackgeräusche. Dann schwang er sich rechts- und linksherum, als wolle er seinen Rücken hinunterschauen, wie ein Papagei. Es war ein seltsames und bedenkliches Benehmen, ein deutliches Zeichen dafür, daß er in den Freiübungsstrudel geraten war, und sogar noch bedenklicher war, daß er beim Platznehmen dem am selben Tisch sitzenden Georgie zuflüsterte: »Damit sind meine zehn Minuten voll, alter Knabe.« Elizabeth gefiel das ganz und gar nicht. Inzwischen wußte sie, worauf sich diese zehn Minuten bezogen, und die so freundschaftliche Anrede für Miss Milliner Michael-Angelo war ein wenig beunruhigend. Als einziger Trost blieb ihr, daß Georgies Aufmerksamkeit dadurch vom Spiel abgelenkt wurde und er die beste Karte seines Partners stach. Am Ende der Runde fehlten Elizabeth drei Stiche zur Erfüllung ihres Kontrakts, und da erwartete sie eine weitere verblüffende Überraschung, denn statt ihr Versagen schwer übelzunehmen, reagierte Major Benjy hocherfreut. Was war bloß los mit ihm?

»Sehr gut gespielt, Miss Elizabeth«, sagte er. »Ich befürchtete, wir könnten nach meiner unverzeihlichen Ansage noch höher verlieren.«

Elizabeth fragte sich immer verwirrter, warum keiner der Anwesenden Appetit hatte und warum alle so nett zu ihr waren. Scharten sie sich wieder um sie, war ihr Schweigen über Lucia ein taktvolles Einverständnis mit ihrer Abwesenheit? Oder gab es irgendeine versteckte Verbindung zwischen ihrer Mäßigkeit, ihrer Zurückhaltung und ihrer ungewöhnlich sanftmütigen Haltung? Falls es die gab, blieb sie Elizabeth verborgen. Dann, als Diva auf ihre schlampige Art Karten gab, fiel zum erstenmal Lucias Name.

»Mr. Georgie, Sie hätten keinen Trumpf ausspielen dürfen«, sagte sie. »Lucia sagt immer... O weh, ich glaube, ich habe mich vergeben. O nein, doch nicht. Alles in Ordnung.«

Elizabeth grübelte darüber nach, als sie ihre Karten sortierte. Niemand erkundigte sich, was Lucia gesagt hatte, und Divas rascher Themenwechsel, als sei ihr der Name zufällig entschlüpft, deutete darauf hin, daß keiner von ihnen sie zu erwähnen wünschte. Hatten sie mit ihr abgeschlossen, fragte sich Elizabeth. Aber wenn ja, was war dann mit den Freiübungen?

Sie war jetzt Strohmann und so damit beschäftigt, die tragische Fehlbehandlung des Blattes durch Major Benjy zu beobachten, der sich in eine schlimmere Bredouille hineinritt, als es irgend jemand sonst – vielleicht mit Ausnahme Lucias – geschafft hätte. Während dies passierte, trat Withers ein und reichte Elizabeth ein Paket. Augen und Hirn noch auf die Karten gerichtet, wickelte sie es geistesabwesend auf, und als der letzte Stich gespielt wurde, nahm sie den Inhalt aus der Verpackung. Es war das Bild, das sie am Tag zuvor dem Kunstausschuß geschickt hatte, anbei ein maschinengeschriebenes Formular, das dessen Bedauern Ausdruck verlieh, aber der ihm zur Verfügung stehende begrenzte Platz lasse die Ausstellung von Miss Mapps Bild nicht zu. Der Zettel flatterte zu Boden, und Georgie bückte sich und gab ihn ihr zurück. Sie reichte ihn, das Bild und die Verpackung an Withers weiter und trug ihr auf, alles in den Schrank zu legen. Dann beugte sie sich über den Tisch zu ihrem Partner, wütend vor zwiespältigen und unkontrollierbaren Emotionen.

»Lieber Major Benjy, was für ein Chaos!« sagte sie. »Hätten Sie Ihre Karten nach dem Zufallsprinzip aus Ihrem Blatt gezogen, hätten Sie es, vom Nichtbedienen abgesehen, nicht schlimmer machen können. Bestimmt haben Sie bei der lieben Lulu Unterricht genommen. Vergessen Sie's: Leben Sie und verlernen Sie.«

Es entstand eine schlimme Pause. Sogar die Spieler an dem anderen Tisch waren wie vom Donner gerührt und starrten einander mit blöden Blicken an. Dann geschah das Erstaunlichste überhaupt.

»Mein Wort drauf, Partnerin«, sagte Major Benjy. »Ich verdiene es, so gründlich gescholten zu werden, wie Sie nur können. Ich habe wie ein Kleinkind gespielt. Es ist nur recht und billig, wenn ich Ihre ganzen Verluste bezahle. Bitte tausendmal um Vergebung.«

Auch wenn ihr nicht danach war, mußte Elizabeth beweisen, daß auch sie großmütig war. Aber warum wehrte er sich nicht wie üblich?

»Unartiger Major Benjy!« sagte sie. »Aber was macht das schon? Es ist nur ein Spiel, und wir alle haben unsere Höhen und Tiefen. Mir geht es genauso. Damit ist der Rubber beendet, stimmt's? War doch nicht so teuer. Lassen Sie uns noch einen spielen und den hier vergessen.«

Diva atmete tief durch, als fasse sie irgendeinen Entschluß, und schaute auf ihre mit falschen Perlen (da war sich Elizabeth ganz sicher) besetzte Armbanduhr.

»Ziemlich spät, um noch mal anzufangen«, sagte sie. »Ich habe es zehn Minuten vor sieben. Ich glaube, ich sollte mich langsam umkleiden.«

»Unsinn, meine Liebe«, sagte Elizabeth. »Viel zu früh, um aufzubrechen. Abheben, Major Benjy.«

Aber auch er schien, mehr oder weniger erfolgreich, seinen ganzen Mut zusammenzunehmen.

»Nun, mein Wort drauf, wissen Sie, wirklich, Miss Elizabeth«, brabbelte er, »manchmal dauert ein Rubber ziemlich lange, und es ist kurz vor sieben, wenn, Sie wissen schon... Was meinen Sie, Pillson?«

Jetzt war Georgie an der Reihe.

»Ganz gräßlich«, sagte er, »aber ich persönlich muß leider aufhören. Was für ein zauberhafter Abend. Was für gute Rubber...«

Alle erhoben sich gemeinsam, als kontrolliere ein einziger Mechanismus ihre Bewegungen. Diva schlurfte zu dem anderen Tisch, ohne sich auch nur die Summe von einem Shilling und drei Penny auszahlen zu lassen, die sie von Elizabeth gewonnen hatte.

»Mal sehen, wie weit sie hier drüben sind«, sagte sie. »Na, sie zählen auch gerade zusammen.«

Elizabeth blieb an ihrem Platz sitzen und zählte fünfzehn Penny ab. Das geschah Diva recht, wenn sie um zehn Minuten vor sieben ging. Dann sah sie, daß auch die anderen in aller Eile aufgestanden waren, und

Susan Wyse sagte zu Mrs. Bartlett: »Ich bezahle Sie später«, und ihr Mann half ihr in den Zobelmantel.

»Diva, Ihr Gewinn«, sagte Elizabeth, die Kupfermünzen stapelnd.

Diva fuhr herum, doch anstatt sich über diese voluminöse Begleichung der Schuld zu beschweren, war sie begeistert.

»Danke, Elizabeth«, sagte sie. »Alles Kupfer – wie hübsch! So nützlich als Wechselgeld. Gute Nacht, Liebe. Und recht vielen Dank.«

Sie verweilte einen Moment an der bereits geöffneten Tür, neben der Georgie stand.

»Sie holen mich also um zwanzig vor acht ab«, sagte sie zu ihm in sehr gut vernehmbarem Flüsterton, und mit einem nervösen Blick in Elizabeths Richtung signalisierte Georgie stumm seine Zustimmung. Diva verschwand in der Nacht, wie Major Benjy vor ihr. Elizabeth erhob sich von ihrem verlassenen Tisch.

»Aber Sie wollen doch nicht alle gehen?« fragte sie die anderen. »Ist noch so früh.«

Mr. Wyse verbeugte sich tief.

»Ich bedaure, meine Frau und ich müssen zum Umkleiden nach Hause«, sagte er. »Aber einer der zauberhaftesten Bridgeabende, die ich je erlebt habe, Miss Mapp. Recht vielen Dank. Komm, Susan.«

»Köstliches Bridge«, sagte Susan. »Und die Kaviarschnittchen. Gute Nacht, Liebe. Sie müssen bald einmal abends vorbeikommen und mit uns spielen.«

»Ha, welch ein Spiel, Mistress Mapp«, sagte der Padre. »Nun, das liebe Weibchen ruft nach mir. *Au reservoir*.«

Im nächsten Augenblick war Elizabeth allein. Georgie war den anderen auf dem Fuß gefolgt und schloß die Tür sehr vorsichtig, als wäre Elizabeth eingeschlafen. Statt dessen eilte sie zum Fenster und spähte durch die Vorhangritzen. Drei oder vier von ihnen standen auf der Treppe, während die Wyses in den Royce stiegen, und sie verschwanden in verschiedene Himmelsrichtungen wie ertappte Verschwörer, was sie zweifellos auch waren.

Die seltsam zusammenhanglosen Ereignisse des Abends, der mangelnde Appetit, das besänftigende Verhalten ihr gegenüber, was alles in dem beispiellosem Aufbruch gipfelte, eine volle Stunde vor dem Zeitpunkt, zu dem Bridgeabende immer aufgehört hatten, ordneten sich nun in Elizabeths konstruktivem Hirn zu einem Ganzen. Sie paßten zu anderen Fakten, die bisher scheinbar in keiner Beziehung zueinander gestanden hatten, aber nun bedeutungsschwer wurden. Georgie beispielsweise hatte Tag und Stunde dieses Bridgeabends telephonisch an Lucia weitergegeben, er hatte eine Einladung zu etwas angenommen, das um Viertel vor acht stattfinden sollte; er hatte versprochen, »ihn« und »sie« abzuholen. Es gab keinen begründeten Zweifel, daß Lucia vorsätzlich Elizabeths Bridgeabend zu dieser frühen Stunde beendet hatte, indem sie die sieben Gäste zum Dinner einlud, die soeben zum Umkleiden davongeschlichen waren. Und der Kunstausschuß hatte ihr Bild zurückgeschickt, dessen zwei anwesende Mitglieder (auch wenn sie ihnen gerechtigkeitshalber zugestehen mußte, daß sie lediglich Werkzeuge einer rachsüchtigen Intelligenz waren) so gut wie keine Kaviarschnittchen gegessen hatten, aus Angst, beim Dinner unter Appetitmangel zu leiden. Und daher hatte sich Diva bei den Nougatpralinen zurückgehalten, Major Benjy bei dem Whisky und der Padre bei den Butterkeksen. Nichts klarer als das.

Elizabeth fühlte sich alles andere als unglücklich oder verlassen, und auf gar keinen Fall fühlte sie sich geschlagen. Trotz und Haß erwärmten ihr Blut auf höchst angenehme Weise, und sie verbrachte eine halbe Stunde vor dem Fenster, sich gründlich amüsierend. Sie hatte vor, bis zwanzig Minuten vor acht hier zu warten, und wenn sie bis zu diesem Zeitpunkt nicht den Royce um die Ecke zur Porpoise Street biegen und Georgies Wagen vor dem Haus des perfiden Major Benjy halten sah, war sie bereit, sich barfuß nach Grebe zu begeben und Lucia um Vergebung zu bitten, weil sie ihr einen so teuflischen Plan zugetraut hatte. Doch sie mußte diesen demütigenden Pilgergang nicht antreten, denn alles spielte sich so ab, wie sie es vorausgeahnt hatte. Die großen blendenden Scheinwerfer des Royce strahlten die Wand des Hauses an, das gegenüber der Einmündung der Porpoise Street lag, sein heiseres Nebelhorn ertönte, und das mächtige Auto schaukelte in Sicht, jagte jedem mit seinem Anblick und seiner abstoßenden Stimme Angst ein und sorgte durch seine Ausmaße dafür, daß sich Fußgänger gegen die Mauern quetschten. Kaum hatte es die Ecke an der High Street freigegeben, als Georgies fröhliche Hupe ertönte, sein Wagen unter dem Fenster des Gartenzimmers vorbeifuhr und vor Major Benjys Haus hielt. Elizabeths Intellekt hatte diese ganze Geschichte ohne direkte Informationen von außen, abgesehen von jenen, die sie am Telephon belauscht hatte, durchschaut, und sobald sie nach ihrem Tablett geklingelt hatte, aß sie den beträchtlichen Rest Kaviarschnittchen und Nougatpralinen und fütterte ihre Seele mit Vergeltungsplänen. Spontan fiel ihr kein angemessen vernichtender Plan ein, und so verfiel sie bald, von geistiger Tätigkeit ermüdet, in einen Kaminschlummer, und ihr träumte, Dr. Dobbie sei auf einen Sprung vorbeigekommen und habe ihr mitgeteilt, Lucia zeige eindeutige Symptome von Lepra.

Während der geradezu ausschweifenden Woche, die auf Elizabeths kurzen Bridgeabend folgte, gab es in dem Drama, auf das sich Tilling konzentrierte, keine neuen Entwicklungen, außer daß Elizabeth von Lucia zum Tee eingeladen wurde und ablehnte. Somit begegneten sich die Rivalinnen nicht, und keine von beiden schien sich der Existenz der anderen bewußt zu sein. Doch sowohl Grebe als auch Mallards waren außerordentlich geschäftig gewesen; in Grebe hatte es zahlreiche Mittagessen mit anschließendem Bridge gegeben, und etliche Male waren die Gäste zu Tee und noch mehr Bridge nach Mallards geeilt. Ja, Tilling hatte im Leben noch nie so viel Lunch und Tee oder eine so brillante Wintersaison erlebt, denn Diva, die Wyses und Mrs. Padre folgten dem Beispiel großzügiger Gastfreundschaft, und eines bemerkenswerten Morgens fiel Georgie auf, daß er seit fünf Tagen zu Hause weder zu Mittag noch zu Abend gegessen hatte; dieser Rekord stellte ganz Riseholme in den Schatten.

Außer diesen Vergnügungen gab es die Hochzeit von Foljambe und Cadman, die im Hause der Braut stattfand, und daß Foljambe ihre Zeit tagsüber mit

Georgie und nachtsüber mit Cadman verbrachte, funktionierte wunderbar – alle waren zufrieden. In Grebe gab es noch andere Unterhaltung; der Freiübungskurs fand alle zwei Tage statt, und Lucia in einer Tunika wie Artemis, wenn auch ergänzt durch Rock und scharlachrote Strümpfe, führte eine bemerkenswerte, aus Diva, den Wyses, Georgie, Major Benjy, den Padres sowie der drolligen Irene bestehende Prozession über den Ascheweg im Küchengarten, wo sie ihre Biegungen, Dehnungen, Armschwenkungen und Zehenberührungen nachmachten, zur großen Verblüffung von berechtigterweise an die Küchentür kommenden Botenjungen, sowie anderer, die durch die Hainbuchenhecke spähten. An feuchten Tagen versammelten sich die Sportler in der Küche, deren Türflügel offen standen, um Frischluft einzulassen, und erstaunten mit ihren Schwimmbewegungen die Köchin, einen Arm und ein Bein zusammenführend, während sie sich mit der anderen Hand an dem großen Küchentisch festhielten. *»Uno, due, tre«*, zählte Lucia, und alle strampelten wie Frösche. Die drollige Irene in ihren Knickerbockern machte manchmal Kopfstände, fand aber keine Nachahmer. Wenn sie sich anschließend in Lucias Salon ausruhten, spielte sie ihnen beruhigende Musik vor; sie ermunterte Major Benjy, seine musikalische Erziehung am Klavier zu beginnen, wo sie ihm bereitwillig Unterricht geben würde; sie überredete Susan, wieder mit dem Singen anzufangen, und begleitete sie bei *»La ci darem«*, was Susan mit dünner, schriller Stimme sang und worüber Mr. Wyse sagte: »Bravo! Ich wünsche mir so, Amelia wäre hier.« Gelegentlich las Lucia ihnen aus Popes Übersetzung der

Ilias vor, während sie ihre Limonade und Major Benjy seinen Whisky-Soda tranken, doch mit diesen Zerstreuungen allein nicht zufrieden (das wunderbare Wesen), verfaßte sie die Rede über moderne Kunst, die sie bei der Ausstellungseröffnung am Tag nach Weihnachten halten sollte. Sie machte sich dazu Notizen und diktierte sie dann ihrer Sekretärin (Elizabeth Mapps Gesicht nahm einen schrecklichen Ausdruck an, als Diva ihr berichtete, Lucia habe eine Sekretärin), die ihre Worte vermittels einer Schreibmaschine festhielt. Ja, Elizabeth hatte noch nie einen so schrecklichen Gesichtsausdruck gehabt, außer als Diva ihr mitteilte, sie sei ganz sicher, daß Lucia sie liebend gern an ihrem Freiübungskurs teilnehmen lassen würde.

Doch wenn auch während dieser Zeit von beiden Seiten kein Akt direkter Aggression verübt wurde wie Lucias Abendessen, das Elizabeths Bridgegesellschaft gesprengt hatte, war man allgemein der Ansicht, Elizabeth sei noch nicht erledigt, und Tilling rechnete gespannt mit einem Signal, das bekanntgab, daß die Jagd nun eröffnet war. Sie hatte Lucias Einladung zum Tee ausgeschlagen, und wenn sie erledigt gewesen oder schon zu Boden gegangen wäre, hätte sie zweifellos angenommen. Bestimmt war sie der Ansicht, die Einladung sei lediglich ein Testballon, um herauszufinden, wie sie zurechtkam, und ihre Ablehnung zeigte, daß sie sehr gut zurechtkam. Es sah Elizabeth ganz und gar nicht ähnlich (um eine weitere Redewendung zu gebrauchen), das Handtuch zu werfen, da sie noch nicht ernsthaft getroffen worden war; zwar hatte Lucia zweifellos die Bridgeabend-Runde gewonnen, aber in der nächsten würde es zu einem verbissenen

Schlagabtausch kommen. Im Lichte der ausbleibenden aggressiven Akte schien es wahrscheinlich, daß beide Kontrahentinnen abwarteten, bis die Zeit des Friedens und der Harmonie beendet war, ehe sie wieder loslegten. Eine erstklassige Gelegenheit böte sich Elizabeth bei der Ausstellungseröffnung, wenn Lucia ihre Rede hielt. Elizabeth könnte in der ersten Reihe sitzen und so tun, als schlafe sie, oder unterdrücke einen Lachanfall. Tilling war sicher, daß sie an solche und viele andere Vergeltungsmaßnahmen gedacht hatte, es sei denn, sie wäre nicht mehr die Elizabeth, die sie alle kannten und (bis zu einem gewissen Grade) respektierten sowie (häufig genug) verabscheuten.

In Tilling hielt sich die nette Sitte, Weihnachtskarten zu verschicken, und Heiligabend traf sich tagsüber alle Welt im Schreibwarenladen, wo man geeignete Grußkarten aus den Drei-Penny-, Sechs-Penny- und den Shillingkörben wählte. Elizabeth kam ziemlich früh und hatte ihre Einkäufe schon fast beendet, als einige ihrer Freunde eintrafen, und so blieb sie noch und musterte Buchrücken in der Leihbücherei, hatte aber ein Auge auf die Einkäufe der anderen. Diva, so fiel ihr auf, kaufte genausowenig aus dem Shillingkorb wie sie selbst; sie glaubte sogar, daß Diva sich in diesem Jahr ausschließlich aus dem Drei-Penny-Korb bediente. Susan hingegen ließ den Drei-Penny-Korb links liegen und schwankte zwischen den Sechs-Pennys und den Shilling, ihrem ekelhaft neureichen Bedauern darüber Ausdruck verleihend, daß keine »feineren« Karten zur Auswahl stünden. Der Padre und Mrs. Bartlett beschränkten sich eindeutig auf die Drei-Penny-Abteilung, aber das war immer so. Doch wie jeder durchforsteten sie die anderen Körbe, so daß man, wenn am nächsten Morgen die farbigen Weihnachtsgrüße der Freunde eintrafen, ein jämmerliches Gedächtnis haben mußte, um nicht die genauen Kosten aller eingetroffenen Grüße errechnen zu können. Georgie und Lucia jedoch waren – wie allen, wenn auch kommentarlos, auffiel – überhaupt nicht erschienen, obwohl sie gemeinsam auf der High Street und beim Betreten anderer Läden gesehen worden waren. Daraus schloß Elizabeth, daß die beiden nicht vorhatten, Weihnachtskarten zu verschicken, und bevor sie bezahlte, was sie ausgewählt hatte, legte sie ein hübsches Bild von einem auf einem Stechpalmenzweig sitzenden Rotkehlchen in den Drei-Penny-Korb zurück, das sie eigentlich für Georgie vorgesehen hatte. Es bestand kein Anlaß, etwas für Lucia Vorgesehenes zurückzulegen, da es dergleichen ohnehin nicht gab.

Der erste Weihnachtsfeiertag dämmerte, ein stürmischer Morgen, an dem ein starker südwestlicher Sturm wehte, und auf Elizabeths Tisch stapelten sich die Briefumschläge, die sie sogleich aufriß. Die meisten waren Drei-Penny-Karten, eine nach Moschus riechende Sechs-Penny von Susan und keine von Lucia oder Georgie. Das hatte sie vorhergesehen, und es war ein angenehmer Gedanke, daß sie die für ihn vorgesehene Karte in den Drei-Penny-Korb zurückgelegt hatte.

Die übrige Post bestand aus Rechnungen, von denen sie gegen einige nach Weihnachten energisch Einspruch erheben mußte, und es fiel ihr schwer, die dem Feiertag angemessene Fröhlichkeit aufzubringen. Am vergangenen Abend hatten diverse Chöre aus amateurhaftem Gesindel und kreischendem Plebs durch Wiederholungen von »Guter König Wenzeslaus« und »Stille Nacht, Heilige Nacht« die Nacht zur Qual werden lassen, von Wind- und Regenböen getragene Kirchenglocken hatten sie geweckt, als es noch dunkel war, und nun fielen permanent Stechpalmenzweige von den Bilderrahmen, wo Withers sie hingesteckt hatte, hinunter. Nach dem Frühstücksspeck ging es ihr schon viel besser, und sie begab sich zur Kirche, mit einem Mantel gegen die peitschenden Regenböen gewappnet und die leicht blau angelaufene Nase in den stürmischen Wind haltend. Diva kam zu einem opulenten Lunch – eine alljährliche Institution, die abwechselnd in Wasters und Mallards stattfand.

Nach Ende des Gottesdienstes eilte Elizabeth durch eine Seitentür aus der Kirche, da ihr nicht danach war, sich zu der fröhlichen Gruppe ihrer Freunde zu gesellen, die sich mit Lucia als Mittelpunkt am Haupteingang versammelt hatten. Der Wind war stärker als zuvor, aber der Regen hatte aufgehört, und sie kämpfte sich um den Kirchplatz, bevor sie nach Hause ging. In der Nähe von Mallards Cottage traf sie Georgie, der aufgrund des Sturms seinen Hut festhielt. Er wünschte ihr frohe Weihnachten, doch dann wurde ihm der Hut vom Kopf gerissen; und dann passierte etwas sehr Seltsames mit seinen Haaren, sie schienen ihm von der Kopfhaut geweht zu werden und ließen dort einen ziemlich kahlen Flecken zurück, und Georgie raste hektisch hinter seinem Hut her, wobei lange Strähnen von seinem Kopf im Wind flatterten. Ein in der Nähe des Gartenzimmers um die Ecke fegender heftiger Luftzug schob sie ins Haus hinein, wobei sie sich am Klopfer festhielt, und nur unter Schwierigkeiten gelang es ihr, die Tür zu schließen. Auf dem Tisch in der Diele stand ein stattliches Paket, das gewiß noch nicht dagestanden hatte, als sie das Haus verließ. In seinem Inneren befand sich eine *terrine* mit *paté de foie gras* samt einem sehr vornehmen Etikett, und eine auf den Fußboden flatternde Karte verkündete, daß Lucias und Georgies Wünsche für ein gesegnetes Weihnachtsfest das Präsent begleiteten. Elizabeth bezwang umgehend den schwachen Drang, dieses Geschenk so zurückzuschicken, wie sie es mit dem Korb Tomaten aus ihrem eigenen Garten gehalten hatte. Tomaten waren keine *paté*. Aber was für eine schöne Überraschung für Diva!

Als Diva eintraf, begaben sie sich ohne Umschweife zum Bankett. Die *terrine* war in eine Serviette gewikkelt, und Withers reichte sie Diva. Sie füllte sich eine ordentliche Portion Trüffel und Leber auf.

»Wie köstlich!« sagte sie. »Und so ein Mordsding!«

»Hoffentlich schmeckt sie gut«, sagte Elizabeth, ohne die Spender zu erwähnen. »Müßte sie eigentlich. Paris.«

Plötzlich entdeckte Diva ein kleines Etikett, das unter dem renommierten klebte. Es verwies auf einen Lebensmittelhändler in Tilling, und ihr kam eine ungeheure Erleuchtung.

»Lucia und Mr. Georgie haben allen so großartige Geschenke zukommen lassen«, sagte sie. »Es war mir richtig peinlich, daß ich ihnen nur Drei-Penny-Karten geschickt habe.«

»Wie lieb von ihnen«, sagte Elizabeth. »Was für Geschenke?«

»Eine wunderschöne Schachtel Konfekt«, sagte Diva. »Und eine große Dose Kaviar für Susan, einen Schirm für den Padre – seiner ist bei dem gestrigen Sturm kaputtgegangen – und...«

»Und diese herrliche *paté* für mich«, unterbrach Elizabeth, den Stier bei den Hörnern packend, denn offenbar hatte Diva es erraten. »Ich wollte es Ihnen gerade erzählen.« Das war eine Lüge, und Diva wußte es, was sie aber Elizabeth nicht zu sagen brauchte, da diese es ebenfalls wußte, und so wechselte Diva taktvollerweise das Thema.

»Nach so einem phantastischen Essen werde ich heute meine Übungen dreimal absolvieren müssen«, sagte sie, als Elizabeth die Pute anschnitt. Doch dieses Thema war nicht gut gewählt, denn mit Lucia zusammenhängende Gebiete konnten leicht zu Zwietracht führen, und so versuchte sie es immer und immer wieder, wie ein Kreisel von einem Hindernis gegen das nächste stoßend.

»Major Benjy kann mit seiner rechten Hand die C-Tonleiter spielen...« (Nein, das ging nicht). »Was Susan für eine seltsame Stimme hat: Neulich abends sang sie ein italienisches Lied bei...« (Noch schlimmer). »Ich habe zwei Bilder für die Winterausstellung eingereicht –« (Sogar noch schlimmer, wenn irgend möglich; es schien überhaupt kein sicheres Thema mehr zu geben). »Ein furchtbarer Sturm, nicht wahr? Es wird drei Tage lang gewaltiges Hochwasser geben, weil der Wind die Flut noch verstärkt. Würde mich nicht wundern, wenn die Straße nach Grebe« – (sie gab auf; es hatte keinen Zweck) – »morgen überschwemmt wäre.«

Elizabeth benahm sich wie eine vollendete Dame. Sie merkte, daß Diva sich alle Mühe gab, am ersten Weihnachtstag kontroverse Themen zu vermeiden, es aber keine anderen gab. Alle Themen führten zu Lucia.

»Das will ich nicht hoffen«, sagte sie, »denn da alle Feldwege vom Regen durchweicht sind, pflege ich zur Zeit auf der Straße spazierenzugehen. Ist aber nicht sehr wahrscheinlich, Liebes, denn als die Straße das letzte Mal überflutet wurde, hat man den gegenüberliegenden Damm – dem Haus gegenüber – ein ganzes Stück erhöht.«

Sie unterhielten sich recht lange und in aller Ruhe über Stürme, Hochwasser und Deiche. Dann erschienen die proletarischen Vergnügungen am Tag nach Weihnachten unbedenklich.

»Morgen wird im Picture Palace ein neuer Film über Kaulquappen gezeigt«, sagte Elizabeth. »Eine wirklich merkwürdige Vorstellung, daß sie zu Kröten werden... oder zu Fröschen? Ich glaube, ich muß hingehen.«

»Lucia schmückt abends für die Chorknaben einen Weihnachtsbaum, und zwar in ihrer großen Küche«, sagte Diva.

»Wie nett!« sagte Elizabeth rasch, um zu zeigen, daß sie nicht gekränkt war.

»Und nachmittags wird im Institut eine Runde Whist gespielt«, fuhr Diva fort. »Ich lasse meine beiden Dienstboten hingehen, und Lucia ihre alle auch. Ich weiß nicht recht, ob ich in diesem Haus an der einsamen Straße gern ganz allein wäre. Wir in der Stadt könnten, wenn Einbrecher in unsere Häuser kämen, aus einem der oberen Fenster schreien und Alarm schlagen.«

»Das wäre wirklich ein gemeiner Einbrecher, der am Tag nach Weihnachten so etwas Niederträchtiges tut«, bemerkte Elizabeth salbungsvoll. »Ah, da kommt ja der Plumpudding! Wie herrlich er leuchtet, Withers! So schön!«

Als das Essen beendet war, wurde Diva verständlicherweise schläfrig und begab sich nach einer halbstündigen vorsichtigen Unterhaltung heimwärts zu einem hübschen langen Nickerchen, welches sie mit dem Begriff »Übungen« umschrieben hatte. Elizabeth verfaßte zwei Dankschreiben an die Spender der *pâté* und nahm Platz, um ernsthaft darüber nachzudenken, was zu tun war. Vor ein paar Tagen hatte sie Lucias Einladung zum Tee abgelehnt und somit ihre Haltung festgeschrieben, was ihr heute als Fehler erschien, da sie sich der Möglichkeit begeben hatte, Vergeltung zu üben, die sich bei gesellschaftlichem Verkehr mit Lucia eventuell ergeben hätte. Derart isoliert war sie nicht in der Lage gewesen, etwas Effektives in die Wege zu leiten; sie konnte nichts weiter tun, als nachts wachzuliegen und Lucia zu hassen, was offenbar zu keinerlei Resultaten führte. Vielleicht wäre es besser (wenn auch bitter), an dem Freiübungskurs teilzunehmen, um einen Fuß auf feindliches Terrain zu bekommen. Ihr Dankschreiben für die *pâté* war die Grundlage zu einem solchen Schritt, und obwohl es sicherlich bedeutete, zu Kreuze zu kriechen, wenn sie bat, bei etwas mitmachen zu dürfen, das sie offen verhöhnt hatte, so würde sie doch aus gutem Grund kriechen. Bisher hatte sie eine Woche lang keinerlei Gelegenheit gehabt, sie hatte sich in eine Dunstwolke gehüllt, sie hörte nichts mehr über Lucia, außer wenn die ungeschickte Diva irrtümlich etwas verriet. Sie wußte nur, daß Lucia, fleißiger als jede der Wissenschaft bekannte Biene, zweifellos bei allen gesellschaftlichen Aktivitäten die Spitzenstellung innehatte, wie sie, Elizabeth, es eigentlich gewöhnt war, und sich zurückzuziehen – wie Achilles in sein Zelt – führte zu gar nichts. Außerdem hatte sie den Eindruck, daß Tilling von ihr ein gewisses Aufbäumen, eine Gegenwehr erwartete, und keiner war erpichter als sie, diese Erwartungen auf das gründlichste zu erfüllen. Also beschloß sie, morgen nach Grebe zu gehen und Lucia, nachdem sie sich persönlich für die *pâté* bedankt hatte, zu bitten, bei dem Freiübungskurs mitmachen zu dürfen. Tilling – und auch Lucia – würden das bestimmt als Zeichen der Kapitulation werten, aber sie sollten ruhig eine Weile warten, dann würden sie schon sehen.

»Ich kann sie nicht bekämpfen, wenn ich keinen Kontakt zu ihr pflege«, überlegte Elizabeth; »wenigstens wüßte ich nicht wie, und ich habe gewiß genug darüber nachgedacht.«

10

In Verfolgung dieser Politik brach Elizabeth am folgenden Tag kurz nach Mittag zu einem Spaziergang nach Grebe auf, um dort absichtsvoll zu Kreuze zu kriechen. Auf den Straßen wimmelte es von Feiertagsspaziergängern, und an den Geländern am Ende der High Street, wo die steile Treppe nach unten führte, hatten sich zahlreiche Menschen eingefunden, um die über die Marsch verteilte riesige Wasserfläche zu betrachten. Der aus südwestlicher Richtung wehende Sturm hatte die Springfluten verstärkt, die ständigen Regenfälle hatten den Fluß anschwellen lassen, und das Zusammentreffen beider Phänomene – zumal die Flut gerade ihren höchsten Stand erreicht hatte – ergab einen gewaltigen, bis zu zwei Kilometer breiten, sich meerwärts erstreckenden See. Der Sturm hatte inzwischen stark nachgelassen, aus dem blaßblauen Winterhimmel strahlte die Sonne, und in ihrem Schein glitzerte diese gigantische Flußmündung. Weit im Süden lag eine große Bank aus dichtem Dunst, die zeigte, daß es draußen im Ärmelkanal sehr neblig war, aber über Tilling und der überfluteten Marsch leuchtete der Himmel in blendendem Glanz.

Viele Freunde Elizabeths waren da, der Padre und seine Frau (die immer wieder quiekte: »Du meine Güte, so viel Wasser!«), die Wyses, die ihren in der Nähe wartenden Royce verlassen hatten, um die erstaunliche Aussicht zu genießen, ehe sie ihre nachmittägliche Fahrt fortsetzten. Major Benjy erklärte, verglichen mit dem Jumna bei Hochwasser sei das gar nichts, aber er behauptete ohnehin immer, Indien sei England in allem voraus (einmal hatte er an einem bitterkalten Morgen sogar gesagt, das sei noch gar nichts, verglichen mit der Eiseskälte in Bombay); Georgie war da und Diva. Mit ihnen allen wechselte Elizabeth die freundlichsten Grüße, und später, nach dem sich die große Katastrophe ereignet hatte, waren alle der Meinung, sie nie herzlicher und freundlicher erlebt zu haben, das arme Ding. Natürlich verriet sie ihnen nicht, was sie vorhatte, denn es wäre übereilt gewesen, das zu tun, ohne Lucias Reaktion abzuwarten, sondern sagte lediglich, sie wolle an diesem herrlichen Nachmittag ihren üblichen flotten Spaziergang unternehmen und werde wahrscheinlich auf einen Sprung im Picture Palace vorbeischauen, um sich über Kaulquappen zu informieren. Mit viel Gewinke und genug *au reservoirs*, um die ganze Welt mit Wasser zu versorgen, stapfte sie den Hügel hinunter, durch das Landtor und auf die Straße, die nach Grebe und eigentlich nirgendwohin sonst führte.

Als sie sich Grebe näherte, begegnete sie Lucias vier Hausbediensteten samt Cadman, die Richtung Stadt unterwegs waren, und wünschte ihnen, als ihr einfiel, daß sie im Institut eine Runde Whist spielen wollten, frohe Weihnachten, und hoffentlich würden sie alle gewinnen. (Mit solch kleinen netten Bemerkungen konnte man Dienstboten immer eine Freude machen, dachte Elizabeth; sie zeigten, daß man an ihren Vergnügungen menschlich Anteil nahm, und waren gratis – sehr viel besser als Weihnachtsgeschenke.) Ihr flottes

Tempo ließ den zurückzulegenden Weg rasch schrumpfen, und einige Minuten nachdem sie ihre Freunde verlassen hatte, war sie an der dichten, Grebe von der Straße abschirmenden Hainbuchenhecke angelangt. Sie machte kurz auf der anderen Straßenseite halt: Es galt die riesige blendende Wasserfläche zu bewundern, die mittlerweile kurz unterhalb der Dammkrone angelangt war; und sie mußte sich zu der erforderlichen Demut aufraffen, wollte sie Lucia fragen, ob sie an ihrem albernen Freiübungskurs teilnehmen dürfe. Und unversehens mußte sie aus heiterem Himmel an Hummer *à la Riseholme* denken, zu dem ihr Lucia gemeinerweise das Rezept vorenthielt. Umgehend richtete sich all ihr Verlangen auf diese verbotene Frucht.

Sie warf einen Blick auf die Hainbuchenhecke, um sicherzugehen, daß sie aus den Fenstern von Grebe nicht zu sehen war. (Als sie noch Mieterin von Mallards gewesen war, hatte Lucia oft aus den Gartenzimmerfenstern spioniert, und vielleicht tat sie hier das gleiche.) Doch die Hecke war für das menschliche Auge völlig undurchdringlich, wie Elizabeth zu ihrem Bedauern schon häufig festgestellt hatte, und nun trat sie nicht durch das hohe, zur Haustür führende hölzerne Tor, sondern ging rasch bis zur äußersten Ecke weiter, wo die Hecke an den Küchengarten grenzte. Ein konstruktiver Verstand wie der ihre, der bereits von Verlangen infiziert war, überlegte so flink, daß, so zügig ihre körperlichen Bewegungen auch waren, ihr Verstand diese leicht hinter sich ließ und einen Plan ausgetüftelt hatte, bevor sie an der Ecke ankam. Nämlich:

Die Bediensteten waren allesamt außer Haus – wovon sie sich vor ein paar Momenten mit eigenen Augen überzeugt hatte –, und die Küche war bestimmt leer. Daher würde sie sich zum Tor am Ende des Küchengartens begeben und das Haus auf diesem Weg betreten. Der Ascheweg, auf dem bei schönem Wetter die Teilnehmer des Freiübungskurses herumhopsten, führte direkt zu den großen Doppelflügeltüren der Küche, und durch einfaches Herunterdrücken der Klinke würde sie ermitteln, ob diese unverschlossen waren. Falls sie verschlossen waren, wäre ihr Vorhaben damit zu Ende, falls nicht, würde sie leise eintreten und herausfinden, ob nicht irgendwo das Rezeptbuch der Köchin herumlag. Wenn dem so war, würde sie in ihm gewiß das Rezept für Hummer *à la Riseholme* finden. Ein paar Minuten reichten aus, um es abzuschreiben, auf Zehenspitzen wieder aus der Küche zu schleichen, den Schlüssel zu dem Geheimnis in der Tasche, und sich dann ganz gelassen zur Haustür zu begeben und zu klingeln. Sollte Lucia (allein im Haus und möglicherweise für neue Po-di-mus übend) die Klingel nicht hören, würde sie einfach das Zu-Kreuze-Kriechen auf den nächsten Tag verschieben. Falls Lucia unglücklicherweise im Garten war und sie auf diesem unüblichen Weg kommen sah, war nichts leichter, als zu erklären, ihr sei auf dem Rückweg von ihrem Spaziergang eingefallen, mal vorbeizuschauen, um sich für die *paté* zu bedanken und zu fragen, ob sie bei ihrem Freiübungskurs mitmachen könne. Da sie wisse, daß alle Dienstboten Ausgang hätten (so würde sie beiläufig erklären), habe sie sich gedacht, das Haupttor zur Straße sei bestimmt abgeschlossen, und es hinten herum probiert... Der gesamte Plan entstand spontan, so als habe sie den Lichtschalter am Eingang eines langen Ganges betätigt, und plötzlich war er von vorne bis hinten ausgeleuchtet.

Ohne Eile ging sie über den Ascheweg und versuchte es mit der Küchentür. Sie war unverschlossen; und Elizabeth huschte hinein und zog sie leise hinter sich zu. In der Küchenmitte, geschmückt und bereit zur Entzündung der Kerzen, stand der zur abendlichen Freude der Chorknaben vorgesehene Weihnachtsbaum, und der große Küchentisch, dessen breiter Bretterrand bis zur Hälfte der Tischbeine hinunterreichte, war weggeräumt und seitlich gegen die Kommode gelehnt worden, um mehr Platz für den Baum zu schaffen. Elizabeth hielt kaum inne, um die schmalen Kerzen, die verspiegelten Glaskugeln, den glitzernden Lamettaschmuck zu bewundern, da sie an der gegenüberliegenden Wand ein Bücherregal bemerkte, auf das sie sich wie ein Falke stürzte. Da standen ein paar Schundromane, da standen ein Gesangbuch und ein Gebetbuch, und da stand ein dicker Band, ohne Titel auf dem Rücken und in Wachstuch gebunden. Sie öffnete ihn und sah sofort, daß sie endlich die Beute in den Klauen hielt, denn auf einer Seite klebte ein Zeitungsausschnitt, der *œufs à l'aurore* betraf, auf der nächsten ein handgeschriebenes Rezept für Käsestangen. Rasch blätterte sie weiter und schließlich fand sich die köstliche Perle, Hummer *à la Riseholme*. Das Rezept begann mit den leckeren Worten: »Man nehme zwei Hummerweibchen.«

Heraus mit dem Bleistift; ihn und einen Fetzen Papier, in dem ein Geschenk für einen Chorknaben eingewickelt gewesen war, mehr brauchte sie nicht. In ein paar Minuten hatte sie den geheimnisvollen Zauberspruch abgeschrieben, stellte das heilige Buch ins Regal zurück und steckte die Information nach der sie sich so lange gesehnt hatte, in ihre Tasche. »Eigenartig«, überlegte sie voller Zynismus, »daß ich erst gestern zu Diva gesagt habe, es müsse ein wirklich gemeiner Einbrecher sein, der am Tag nach Weihnachten so niederträchtig ist zu stehlen. Jetzt gehe ich nach vorn zur Haustür.«

Im selben Moment, als ihr dieser mephistophelische Gedanke kam, stockte ihr Herzschlag, da sie auf dem bröckeligen Weg draußen Fußschritte hörte und die Klinke der Küchentür betätigt wurde. Elizabeth machte einen Schritt seitwärts hinter den überladenen Baum, spähte durch seine Zweige und sah Lucia im Eingang stehen. Lucia kam direkt auf sie zu, noch ohne zu bemerken, daß sich in ihrer eigenen Küche eine nachweihnachtliche Einbrecherin befand, und bewunderte den Baum. Dann rief sie erstaunt aus: »Wer ist da?«, und Elizabeth wußte, daß sie entdeckt war. Sich noch weiter hinter die geschmückte Tanne zurückzuziehen wäre unwürdig und unsinnig, mochte ihre Fußarbeit noch so geschickt sein.

»Ich bin's, liebe Lucia«, sagte sie. »Ich bin gekommen, um Ihnen persönlich für die köstliche *paté* zu danken und zu fragen, ob ich...«

Von irgendwo in der Nähe draußen ertönte ein schreckliches Tosen und Rauschen, als wären gewaltige Wassermassen freigesetzt worden. Für den Augenblick durch Verblüffung und Neugier vereint, liefen sie gemeinsam zur offenen Tür und sahen eine massive Mauer aus Wasser, die bereits die Straße und die Hainbuchenhecke überwand.

»Der Damm ist gebrochen«, rief Lucia. »Rasch, durch die Tür in der Küche ins Haus und die Treppe hoch.«

Sie flohen am Weihnachtsbaum vorbei und rüttelten an der ins Haus führenden Tür. Sie war verschlossen – offenbar hatte das Personal diese Vorsichtsmaßnahme getroffen, bevor es zum Kartenspielen aufgebrochen war.

»Wir werden ertrinken«, jammerte Elizabeth, als die Wassermassen in die Küche schäumten.

»Blödsinn«, schrie Lucia. »Der Küchentisch! Den müssen wir umdrehen und draufklettern.«

Es dauerte nur einen Moment, da der Tisch bereits auf der Seite lag, und die beiden kletterten über den hohen Rand, der ringsum führte. Würde ihr Gewicht zu groß sein und verhindern, daß der Tisch auf dem reißenden Wasser trieb, das nun in der Küche rasch höher stieg? Doch das war eine vorübergehende Sorge, denn der Tisch hob sich vom Fußboden und stieß sanft gegen den Weihnachtsbaum.

»Wir müssen hier raus«, schrie Lucia. »Man weiß nicht, wie hoch das Wasser noch steigt. Wir könnten immer noch ertrinken, wenn die Tischbeine gegen die Decke stoßen. Packen Sie die Kommode und ziehen Sie.«

Doch eine solche Anstrengung war überflüssig, da die wild durch die überschwemmte Küche wirbelnden Wassermassen sie durch die weit aufgestoßene Tür rissen, und in wenigen Minuten trieben die beiden über den Garten und die Hainbuchenhecke fort. Die Flut hatte augenscheinlich ihren Höhepunkt überschritten, noch ehe der Damm brach, und jetzt schwamm der gelegentlich in einem Strudel herumwirbelnde Küchentisch auf Tilling und das Meer zu. Zum Glück war er nicht in die Hauptströmung des Flusses geraten, sondern trieb sanft und schnell dahin, von der Tide und dem Strom der Wassermassen getragen. Seine zwei Passagiere hatten natürlich keinerlei Einfluß auf seine Richtung, aber bald und mit frischer Hoffnung sahen sie, daß die Strömung ihn direkt zu dem steilen Gefälle oberhalb des Landtores trug, wo noch vor einer halben Stunde Elizabeth Grüße und *au reservoirs* mit ihren Freunden getauscht hatte, als diese die ausgedehnte Wasserfläche betrachteten. Sie hatte keine Ahnung gehabt, daß sie es im wahrsten Sinne des Wortes mit gigantischen Reservoiren zu tun bekommen würde... aber dies war nicht die Zeit für platte Scherze.

Die erwähnten Bewohner Tillings standen immer noch dort, als der Damm gegenüber von Grebe nachgab. Außer Georgie hatten alle das Tosen und Brüllen der freigesetzten Wassermassen gehört, aber seine Augen waren schärfer als die der anderen, und so hatte er als erstes gesehen, wo das Unglück passiert war.

»Schauen Sie, der Damm gegenüber von Grebe ist gebrochen!« rief er. »Die Straße steht unter Wasser, ihr Garten steht unter Wasser... die unteren Räume müssen überschwemmt sein. Hoffentlich ist Lucia oben, sonst wird sie scheußlich naß werden.«

»Und die Straße ist Elizabeths Lieblingsspazierweg«, rief Diva. »Da muß sie jetzt gerade sein.«

»Aber sie geht so schnell«, sagte der Padre und vergaß ganz, Schottisch zu sprechen. »Inzwischen hat sie Grebe bestimmt hinter sich gelassen und ist oberhalb der Stelle, wo der Damm gebrochen ist.«

»O weh, o weh, und das einen Tag nach Weihnachten!« jammerte Mrs. Bartlett.

Die gewaltigen Wassermassen näherten sich rasch der Stadt, aber da sie sich über die Felder verteilten, wurde klar, daß das Wasser in Grebe nicht steigen würde und man sich – vorausgesetzt, Lucia war im oberen Stock und Elizabeth so schnell gegangen wie üblich – wegen der beiden nicht wirklich Sorgen machen mußte. Nun beobachteten alle das Vorrücken des Wassers. Als es die Bahnlinie erreichte, die durch die Marsch verlief, erhob es sich wie eine Welle über einen Felsen, und ein paar Minuten später schäumte es über die direkt unterhalb der Stadt gelegenen Felder.

Erneut verkündete Kassandra-Georgie Unheil.

»Da kommt irgendwas«, rief er. »Sieht aus wie ein Floß, das alle viere von sich streckt. Und es sitzen zwei Personen drauf. Jetzt dreht es sich im Kreis; jetzt kommt es ungeheuer schnell auf uns zu. Es sind zwei Frauen, eine ohne Hut. Sie sind's! Es sind Lucia und Miss Mapp! Was ist bloß geschehen?«

Das Floß, manchmal mit aberwitzig herumwirbelnden Beinen, manchmal ruhig dahintreibend, wurde rasch auf den Fuß des Felsens zugetragen, unter dem das Wasser vorbeischoß. Der Padre, seinen neuen Regenschirm in der Hand, lief die Treppe hinunter, die zu der unten verlaufenden Straße führte, um den Griff einzuhaken, falls das Floß sich auf Regenschirmentfernung nähern sollte. Näher und immer näher kam es, mittlerweile deutlich als Lucias großer umgedrehter

Küchentisch erkennbar, bis er ein oder zwei Meter vom Ufer entfernt war. Der Versuch, ihm entgegenzuwaten, um etwas zu erreichen, war unsinnig... von einem so reißenden Strom würde auch der Stärkste mitgerissen werden, und selbst wenn er das Floß erreichte, würden dann drei statt zwei hilflose Personen darauf sitzen, und wahrscheinlich würde es sinken. Es mit dem Schirm zu angeln war die einzige Möglichkeit, da keine Zeit blieb, einen Bootshaken oder ein Tau zu holen, das sich den Passagieren zuwerfen ließe. Verzweifelt reckte sich der Padre nach vorn, rutschte aus, schlug lang ins Wasser und wurde nur deshalb nicht mit fortgerissen, weil er sich neben der untersten überschwemmten Treppenstufe an das Eisengeländer klammerte. Dann riß eine neue Strömung an dem Tisch, der sich, immer noch mit den Wassermassen treibend, über die Felder davonmachte. Als er verschwand, zeigte Lucia, aus welchem Holz sie wirklich geschnitzt war. Sie winkte, und ihre klare Stimme erscholl vergnügt über die Wasserfläche.

»*Au reservoir*, ihr alle«, rief sie. »Wir kommen wieder... wartet nur, bis wir wiederkommen«, und man sah, wie sie die Arme um die zusammengesunkene Gestalt der Mapp schlang und sie tröstete.

Die Beobachter sahen, wie der Küchentisch in das eigentliche Flußbett geriet, wo das Wasser noch schneller floß. Als winke er zum Abschied, drehte er sich noch ein- oder zweimal um die eigene Achse und schoß dann auf das Meer und die über dem Horizont hängende dichte Nebelbank zu.

Noch gab es keinen Anlaß zur Verzweiflung. Umgehend übermittelte man den Fischern im Hafen telephonisch eine Botschaft, eine zweite an die Küstenwache und eine weitere an das Rettungsboot, daß ein Küchentisch mit einer aus Damen bestehenden Fracht rasch den Fluß hinuntertrudelte und man sich jede erdenkliche Mühe geben sollte, um zu verhindern, daß das Gefährt aufs offene Meer hinaustrieb. Doch als der kurze Winternachmittag verstrich, kam von der Küste eine entmutigende Nachricht nach der anderen. Die Flut hatte sämtliche im Hafen vor Anker liegenden oder oberhalb der Hochwassermarke ans Ufer gezogenen Fischerboote losgerissen, und noch ehe ihn die telephonische Botschaft erreichte, hatte ein Mitarbeiter der Küstenwache beobachtet, wie ein nicht identifiziertes Objekt schnell die Flußmündung passierte. Er konnte nicht ausmachen, worum es sich handelte, da der Nebel aus dem Ärmelkanal bis zur Küste vorgedrungen war, es habe noch am ehesten wie die Köpfe und Beine miteinander spielender Seeschlangen ausgesehen. Doch als man ihn fragte, ob es sich um die Beine eines umgekehrt treibenden Tisches gehandelt haben könnte, räumte er ein, das, was er gesehen habe, bevor das Objekt im Nebel verschwand, passe ebenso auf einen Küchentisch wie auf Seeschlangen. Er habe Seeschlangen gesagt, weil es sich in der See befand, aber die Beine eines Küchentisches seien genausogut möglich, er habe es aber nicht für wahrscheinlich gehalten. Seine Alte habe genauso einen Küchentisch. . . aber da er in häusliche Erinnerungen zu verfallen schien, unterbrach ihn der Bürgermeister von Tilling, der persönlich die Nachforschungen durchführte, statt die Whistrunde im Institut mit einer kurzen Rede über die Sünde des Glücksspiels zu eröffnen. Es war nur zu klar, daß dieser phantasievolle Naturforscher – zu spät – gesehen hatte, wie der Küchentisch aufs Meer hinaustrieb.

Das Rettungsboot hatte sofort auf den Notruf reagiert, und da das schlimmste Hochwasser nun vorüber war, hatte die Mannschaft mit dem Boot auslaufen und sich bei dem dichten Nebel auf die Suche nach dem Tisch im Ärmelkanal machen können. Die Tidenrichtung war westlich die Küste entlang, die aus dem Fluß kommenden Wassermassen flossen gen Osten, und die Küstenwache war in jede Richtung aufgebrochen, in die der Küchentisch getrieben sein konnte. Von der Wache aus hatte man Leuchtraketen abgeschossen, für den Fall, daß die Damen nicht wußten, wo sie waren. Das, so der Bürgermeister, zeigte den Damen möglicherweise, wo sie waren, wenn es sie auch nicht in die Lage versetzte, irgendwo andershin zu gelangen.

Als der Abend dämmerte, begaben sich die Freunde der Vermißten in ihre jeweiligen Häuser zurück, da es keinen Zweck hatte, in dem schauderhaften kalten Nebel herumzustehen, der mittlerweile aus der Marsch heraufgekrochen war. Mit einer Lungenentzündung wäre gewiß niemandem geholfen. Vier von ihnen, Georgie, Major Benjy, Diva und die drollige Irene, lebten ledig und allein, und die Aussicht auf einen einsamen Abend, über den man sich nur mit Spannung und schwachen Hoffnungen bringen konnte, war absolut gespenstisch. Als daher jeder von ihnen nacheinander von Mr. Wyse angerufen wurde, der mit gebrochener Stimme seiner Hoffnung Ausdruck verlieh, daß sie noch nichts vorhätten und sich zum Abendbrot (nicht Dinner) in seinem Haus einfinden würden, nahmen sie alle erfreut an. Mr. Wyse verlangte, daß sie nicht in Abendkleidung erschienen, was man als sehr taktvoll empfand; keine Abendkleidung zu tragen war eine Art Symbol ihrer gemeinsamen Besorgnis. Abendbrot gab es um halb neun, und Mr. Wyse ging davon aus, daß es noch vorher erfreuliche Neuigkeiten geben werde.

Der Padre und Mrs. Bartlett waren ebenfalls eingeladen worden, so daß sich acht Personen zum Abendbrot einfanden. Als erstes gab es den köstlichsten Kaviar, und auf dem Kaminsims aus schwarzer Eiche standen zwei Drei-Penny-Weihnachtskarten. Susan häufte sich Unmengen Kaviar auf den Teller. Nichts zu essen half auch nicht weiter.

»Mein Weihnachtsgeschenk von der lieben Lucia«, sagte sie. »Von ihr und Ihnen, um korrekt zu sein, Mr. Georgie.«

»Lucia hat mir eine wunderbare Packung Nougatpralinen geschickt«, sagte Diva. »Sie beide, meine ich, Mr. Georgie.«

Major Benjy schluckte hörbar.

»Mrs. Lucia«, sagte er, »wenn ich sie so nennen darf, hat mir ein halbes Dutzend Flaschen Vorkriegswhisky geschenkt.«

Der Padre hatte sich mittlerweile zusammengerissen und sprach schottisch.

»Verfolgt' mich doch ein klitzekleines Mißgeschick mit meinem Schirm, und kaum zwei Tage ist es her«, sagte er, »und Mistress Lucia – potztausend, so'n patentes Weib! – schickt' mir drauf einen neuen. Und der treibt nun aufs Meer hinaus.«

»Du bist zu pessimistisch, Kenneth«, sagte Mrs. Bartlett. »Ein Schirm ist rasch durchweicht und sinkt, glaub mir. Wahrscheinlich wird man ihn morgen in der Marsch auflesen, und dann findet er zu dir zurück, denn am Griff befindet sich das herrliche Silberschild, auf dem dein Namen eingraviert ist.«

»Ho, das wäre frohe Kunde, wenn man ihn wiederfände«, sagte ihr Gatte.

Mr. Wyse dachte, das Gespräch drehe sich ein wenig zu sehr um Unbedeutendes; über den Verlust eines – wenn auch neuen – Schirmes konnte man später jammern. Außerdem war die andere vermißte Dame noch nicht erwähnt worden. Er deutete auf die beiden Drei-Penny-Weihnachtskarten.

»Unsere Freundin Elizabeth Mapp hat diese gestern meiner Frau und mir geschickt«, sagte er. »Wir werden sie immer in höchster Wertschätzung halten, für den Fall... ich meine für alle Fälle. Hübsche Motive. Schneebedeckte Dächer. Stechapfel. Rotkehlchen. Sie hatte einen sehr guten Geschmack, was Kunst anging. Ihre Bilder hatten immer etwas Bemerkenswertes und Originelles.«

Alle zermarterten sich die Hirne, um etwas Passendes über Elizabeths Beziehung zur Kunst zu sagen. Es war jedoch ein recht fruchtloses Unterfangen, da auch dem findigsten Hirn nur ihr gemeiner Trick bei der Ablehnung von Lucias und Georgies Bildern bei der letzten Ausstellung sowie die Ablehnung ihrer eigenen durch den neuen Ausschuß für die bevorstehende Ausstellung einfiel, und solange die Künstlerin auf dem Meer in höchster Gefahr schwebte (oder womöglich inzwischen auf dessen Grund ruhte), wäre es höchst pietätlos gewesen, an diese Mißtöne zu erinnern. Es folgte ein sehr langes Schweigen, nur unterbrochen von dem Geräusch bröckelnder Toastscheiben in den Mündern derer, die ihren Kaviar noch nicht aufgegessen hatten.

Irene hatte bisher weder Kaviar gegessen noch etwas zu der Unterhaltung beigetragen. Nun brach sie plötzlich in hysterisches Gelächter und Schluchzen aus.

»Was Sie alle für einen Blödsinn reden«, rief sie, sich die Augen wischend. »Wie können Sie so dumm sein? Verzeihen Sie, aber so ist es nun mal. Ich möchte jetzt bitte nach Hause.«

Sie floh aus dem Zimmer und warf die Tür so heftig ins Schloß, daß das ganze Haus wackelte und eine von Miss Mapps Karten in den Kamin fiel.

»Armes Ding. Sehr leicht erregbar und unbeherrscht«, sagte Susan. »Aber ich glaube, sie ist wohl besser allein.«

Es herrschte allgemeine Erleichterung, daß Irene gegangen war, und während Mrs. Wyses ausgezeichnetes Abendbrot seinen Verlauf nahm, mit seinem kalten Puter und den gebratenen Scheiben Plumpudding, dem gebackenen Käse und den Feigen, gefüllt mit von Amelia aus Capri geschickten Mandeln, verging die durch die Katastrophe ausgelöste allgemeine Lähmung. Mochten sie auch noch so sehr von Besorgnis um die beiden (besonders um die eine) erfüllt sein, die auf einem so ungewöhnlichen Gefährt in den Kanalnebeln verschwunden waren, so vergaßen sie doch nicht, welche Probleme von nie dagewesener Komplexität und Vielfältigkeit sich aus dem ergaben, was, wie alle hofften, sich nicht als Tragödie entpuppen möge. Aber ob es eine wurde oder nicht, die ganze Art eines solchen Vorkommnisses, die Ursache, die Bedingungen, die Umstände, die dazu führten, daß diese zwei unglücklichen Damen vom Hochwasser entführt worden waren, mußten besprochen werden, und schon durchbrach Major Benjy die unnatürliche Zurückhaltung.

»Auf dem Jumna habe ich zahlreiche Hochwasser erlebt«, sagte er und schenkte sich Portwein nach, »aber noch nie sah ich eines, das so plötzlich und so... so voller Rätsel war. Sie müssen in der Küche gewesen sein. Nun wissen wir alle, daß dort ein Weihnachtsbaum stand...«

Damit wurde ein Konversationshochwasser eingeleitet, das dem größten, das der Jumna je erlebte, um nichts nachstand; ein Schwall von Mutmaßungen und Rekonstruktion auf Rekonstruktion der möglichen Ereignisse, die zu dem geführt haben mochten, was sie alle gesehen hatten, wurde geprüft und wegen irgendeiner inhärenten Unstimmigkeit wieder verworfen. Und was bedeuteten eigentlich Lucias tapfere letzte Worte, als sie rief: »Wartet nur, bis wir wiederkommen«? Mittlerweile verlief die Diskussion völlig ungehemmt, die Rivalität der beiden, Miss Mapps Tricks und sinnlose Gemeinheiten, Lucias höhnische Siege und nicht zuletzt ihre anmaßende Art wurden offen angesprochen.

»Aber wir reden doch über ›Wartet nur, bis wir wiederkommen‹!« rief Diva. »Wir müssen beim Thema bleiben, Major Benjy. Meiner Meinung nach meinte sie einfach: ›Gebt die Hoffnung nicht auf. Wir *werden* wiederkommen.‹ Was sie gewiß tun werden.«

»Nein, es steckt mehr dahinter«, unterbrach Georgie sie. »Ich kenne Lucia besser als jeder andere hier. Sie meinte, daß sie uns etwas schrecklich Interessantes zu erzählen hat, wenn sie zurückkommt, was sie selbstverständlich tun wird, und es hat ganz bestimmt etwas mit Elizabeth zu tun. Etwas Neues, das sie über Elizabeth herausgefunden hat.«

»Aber in solch einem ernsten Moment«, sagte der Padre, erneut seine vorgebliche Herkunft aus dem schottischen Hochland vergessend, »als sie auf die See hinausgewirbelt wurden und dem Tod ins Antlitz schauten, kann ich mir kaum vorstellen, daß solche Trivialitäten wie jene, die zweifellos vorher zu den von uns mißbilligten Spannungen zwischen den beiden Damen geführt haben...«

»Blödsinn, Kenneth«, sagte seine Frau zu seiner Erleichterung, da er keine Ahnung hatte, wie er aus diesem Satz wieder herausfinden sollte, »du hattest immer viel Spaß an diesen Streitereien.«

»Gott sei Dank wohne ich auf einem Hügel«, rief Major Benjy aus, der wie üblich nur an sich dachte.

Mr. Wyse hielt die Hand hoch. Es war nur recht und billig, ihm als Gastgeber das Wort zu erteilen, da er es bisher noch nicht erhalten hatte. »Verzeihen Sie mir«, sagte er, »wenn ich einen Vorschlag wage, den man eine Kombination der Ideen unseres geistlichen Freundes und Mr. Pillsons« – er verbeugte sich vor beiden – »nennen könnte. Und zwar glaube ich, Mrs. Lucas spürte sehr wohl, daß sie dem Tod ins Angesicht blickte – wer täte das nicht? –, aber sie hat diese lebenswichtige Eigenschaft, nie das Interesse am Leben zu verlieren, bis sozusagen (was bei ihr nicht zutreffen möge) alles vorbei ist. Und wie es sich für einen wahren Christenmenschen geziemt, war sie, wie wir alle sahen, damit beschäftigt, die Schwachen zu trösten. Sie hätte ihre letzten Augenblicke – hoffentlich waren sie das nicht – nicht besser nutzen können. Und falls es Spannungen gegeben hat, so entstanden sie aus dem Aufeinandertreffen zweier mit enormer Lebenskraft erfüllter...«

»Und sie hat Elizabeth geküßt!« rief Mrs. Bartlett. »Ich hab's gesehen. Das hat sie seit Ewigkeiten nicht getan. Stellen Sie sich das vor!«

»Ich möchte auf die Küche zurückkommen«, warf Diva ein. »Was hätte Elizabeth in die Küche verschlagen können? Ich habe eine geniale Idee, weiß allerdings nicht, was Sie davon halten. Sie wußte, daß Lucia für die Chorknaben einen Weihnachtsbaum geschmückt hatte, weil ich es ihr gestern erzählt habe...«

»Ich frage mich, was daraus geworden ist«, sagte der Padre. »Wenn das Hochwasser ihn nicht weggeschwemmt hat, und das hätten wir ja wohl sehen müssen, ist er womöglich getrocknet.«

Wie üblich, wenn man sie unterbrach, hatte Diva den Mund offenstehen lassen, und sie redete sofort weiter.

»... und sie wußte auch, daß die Dienstboten ausgegangen waren, weil ich es ihr ebenfalls erzählt habe, und bestimmt wollte sie sich den Weihnachtsbaum ansehen. Ich will damit sagen, daß sie hinten herum in die Küche gegangen ist – das sähe ihr nämlich sehr ähnlich, wissen Sie –, um ihn zu betrachten, ohne daß sie...«

»Na, das nenne ich pfiffig«, unterbrach Georgie bewundernd. »Fahren Sie fort. Was passierte dann?«

Diva war noch nicht weitergekommen, aber nun wurde sie von einer gleißenden Helligkeit erleuchtet und klatschte in die Hände.

»Ich weiß, ich weiß«, rief sie. »Sie betrat also die Küche, und während sie den Baum betrachtete, kam Lucia herein, und dann kam auch das Hochwasser herein. Alle drei. Das würde erklären, was sich hinter Lucias Worten ›Wartet nur, bis wir wiederkommen‹ verbirgt. Das heißt, sie wollte uns sagen, daß sie Elizabeth in ihrer Küche angetroffen hat.«

Man war allgemein der Ansicht, Diva habe den Nagel auf den Kopf getroffen, und nach einem solchen Geniestreich auf dem Gebiet der Rekonstruktion wäre jedes weitere Gespräch antiklimaktisch gewesen. Statt dessen kam es zu einer Trauerreaktion, und alle betrachteten einander höchst schockiert, als ihnen auffiel, wie sehr sie sich für diese trivialen Angelegenheiten interessierten, während ihre beiden Freundinnen, um die optimistischste Variante zu nennen, irgendwo im Ärmelkanal auf einem Küchentisch trieben. Und doch hatte Lucia gerufen, sie und ihre Begleiterin kämen zurück, und obwohl es keine Neuigkeiten über die Schiffbrüchigen gab, glaubte jeder einzelne ihrer Freunde aus tiefstem Herzen, daß dies keine leeren Worte gewesen waren und daß sie ihr Vertrauen in Lucia aufrechterhalten mußten. Miss Mapp allein wäre garantiert schon längst ertrunken, aber Lucia, die sich bekanntlich immer zu helfen wußte, war bei ihr. Keinem fiel ein Vorschlag ein, was sie unter solchen Umständen wohl tun könnte, aber noch nie war sie auf die

Bretter geschickt worden, immer war es ihr gelungen, auch aus den bedrohlichsten Situationen siegreich hervorzugehen.

Mrs. Wyses Kuckucksuhr schlug unheilschwanger die erste Morgenstunde. Alle seufzten, alle standen auf, alle wünschten einander mit melancholischen Mienen gute Nacht und tasteten sich durch den kalten Nebel heimwärts. Als Georgie bei Mallards um die Ecke bog, ragte über ihm der Giebel des Gartenzimmers auf, wo so oft als Willkommensgruß ein schmaler Lichtstreifen durch die Vorhänge gefallen war, während von innen Mozartino-Musik erklang. So dunkel und voller Spannung die Gegenwart auch sein mochte, er konnte sich doch vorstellen, wie er wieder mit Lucia am Klavier sitzen und auf ihr »*Uno*, *due*, TRE« warten würde, wenn sie zum erstenmal insgeheim bekannte Duette übten, ohne das Gefühl zu haben, etwas sei für immer aus seinem Leben verschwunden.

Am ganzen nächsten Tag lag dichter Nebel über Land und Wasser, aber von der See kamen keine Neuigkeiten, abgesehen von dem Blöken und Tuten der Nebelhörner, und als die Stunden verrannen, wurde die Sorge immer brennender. Mrs. Wyse eröffnete die Ausstellung im Namen Lucias, da man der Meinung war, sie hätte es so gewollt, doch aufgrund des extrem unfreundlichen Wetters besuchten nur Mr. Wyse und Georgie diese Eröffnungszeremonie. Da die Verfasserin beklagenswerterweise abwesend war, las Mrs. Wyse Lucias Vortrag über moderne Kunst von den maschinengeschriebenen Seiten ab, die sie Georgie zwecks Durchsicht und Kritik geschickt hatte. Das dauerte eine Stunde und zwanzig Minuten, und als

Georgies Beifall verklungen war, las Mr. Wyse die Rede vor, die er verfaßt hatte, und worin er vorschlug, Lucia für ihre überaus fesselnden Ausführungen zu danken. Auch diese Rede war ziemlich lang, aber in ausgesprochen klassischem und weltmännischem Stil verfaßt. In einer kürzeren Rede unterstützte Georgie den Vorschlag, woraufhin Mrs. Wyse (anstelle Lucias) eine weitere längere Rede Lucias vortrug, die als Anhang ihres Vortrages vorlag und in der sie den Anwesenden für ihren Dank dankte und ihnen mitteilte, wie zaghaft sie, Lucia, vor sie getreten sei. Es gab erneut Beifall, und dann schlenderten die drei durch den Raum und betrachteten durch den dichten Nebel hindurch wechselseitig ihre Bilder. Es wurde wieder Abend, keine Neuigkeiten, und Tilling machte sich auf das Schlimmste gefaßt.

Am Morgen überbrachte das Meer eine stumme und schreckliche Nachricht. Der Nebel hatte sich verzogen, der Tag war kristallklar, und da sich frische Luft und körperliche Betätigung anboten, nachdem man den ganzen vorigen Tag zu Hause gesessen und den herrlichen Vorkriegswhisky getrunken hatte, brach Major Benjy mit der Elf-Uhr-Dampfbahn zu einer Runde Golf mit dem Padre auf. Auch wenn die Hoffnung rasch verlosch, sagte keiner von ihnen etwas, was eindeutig darauf schließen ließ, daß sie eigentlich nicht mehr damit rechneten, die beiden Damen wiederzusehen, wenn auch Äußerungen fielen, die indirekt auf die Katastrophe Bezug nahmen; der Major hatte beiläufig gefragt, ob Mallards uneingeschränktes Eigentum sei, worauf der Padre antwortete, sowohl Mallards als auch Grebe seien Eigentum ihrer Bewohnerinnen und nicht gepachtet; außerdem ließ er eine vage Andeutung über Gedenkgottesdienste fallen, indem er bemerkte, er habe kürzlich an einem teilgenommen, sehr ergreifend. Dann regte sich Major Benjy über den Caddie auf, und das Spiel verlief in normaleren Bahnen.

Inzwischen waren sie am achten Loch angelangt, dessen Abschlag wie eine Kanzel erhöht auf den Sanddünen lag, mit Meerblick. Das Spiel war ausgesprochen interessant; Loch auf Loch war mit brillanten sechs oder sieben Schlägen geteilt worden, die Spieler befanden sich in Hochform, und ihr Eifer hatte die auf ihnen lastende Sorge weitgehend aus ihren Gedanken verbannt. Hier toppte Major Benjy seinen Ball in ein direkt vor dem Abschlag stehendes Seggenbüschel, und nachdem er seinen Caddie tüchtig ausgeschimpft hatte, weil dieser sich beim Schlag bewegt habe, plazierte der Padre seinen Eisenschlag auf dem Grün.

»Ein phantastischer Tag«, rief er aus und blickte, als er sich drehte, um seine Schläger aufzuheben, Richtung Meer. Es war Ebbe, und vor ihm erstreckte sich eine unendliche Fläche »strahlenden Sandes«, wie es in Charles Kingsleys Gedicht hieß. Dann ein erstaunter Ausruf.

»Was ist das?« sagte er zu Major Benjy, einen zitternden Finger ausgestreckt.

»Großer Gott«, sagte Major Benjy. »Heb meinen Ball auf, Caddie.«

Sie kämpften sich die steilen Dünen hinab und gingen über den Sand zu dem Gegenstand, der die Aufmerksamkeit des Padres geweckt hatte. Es war ein riesiger umgedrehter Küchentisch, die Beine hochgereckt, naß von Salzwasser, aber in hervorragendem Zustand. Zweifellos war es der Tisch, den sie vor zwei Tagen gesehen hatten, als er gerade aufs Meer hinausgewirbelt wurde. Doch jetzt war er solo, keine Damen saßen darauf. Der Padre entblößte seinen Kopf.

»Wollen wir unser Spiel abbrechen, Major?« sagte er. »Wir sollten besser aus dem Clubhaus den Bürgermeister anrufen. Und ich muß dafür sorgen, daß ein paar Männer ihn zurückbringen. Er ist viel zu schwer, als daß wir ihn auch nur bewegen könnten.«

Die Neuigkeit, daß der Tisch an Land geschwemmt worden war, verbreitete sich wie ein Lauffeuer in Tilling, und als Georgie hörte, der Padre habe Anweisung gegeben, wenn der Tisch das Zollamt verlassen habe, solle er in das Pfarrhaus gebracht werden, begab er sich umgehend dorthin. Es wirkte beinahe gefühllos, in diesem ersten Verlustschmerz an Tische zu denken, aber sich jetzt darum zu kümmern würde später eine Menge Ärger ersparen. Der Tisch gehörte unbedingt nach Grebe.

»Ich verstehe Ihren Standpunkt durchaus«, sagte er zum Padre, »und was an die Küste geschwemmt wird, gehört natürlich im Prinzip dem Finder, wenn es sich um einen Korb mit ein paar Orangen handelt, da niemand weiß, wer der eigentliche Eigentümer ist. Aber wir alle wissen – wenigstens befürchten wir zu wissen –, woher dieses Stück stammt.«

Der Padre war ganz vernünftig.

»Sie meinen, er muß zurück nach Grebe«, sagte er. »Ja, einverstanden. Ah, da ist er ja.«

Sie begaben sich auf die Straße, wo ein mit dem

Tisch beladener Handwagen eingetroffen war. Dann gab es eine Schwierigkeit. Es war spät, und die Träger weigerten sich, den Tisch noch am selben Abend bis nach Grebe zu bringen und durch den Garten zu tragen.

»Dann schaffen Sie ihn eben für die Nacht hier herein«, sagte der Padre. »Sie können ihn hinten durch den Garten ins Nebengebäude bringen.«

Georgie sah sich genötigt, Einspruch zu erheben: Der Tisch gehörte nach Grebe, und es sah so aus, als gehörte Grebe ihm.

»Ich glaube, er sollte besser in Mallards Cottage kommen«, sagte er bestimmt. »Das ist gleich um die Ecke, und er kann in meinem Garten stehen.«

Der Padre hatte nichts dagegen, daß der Tisch nach Grebe gebracht wurde, aber warum sollte Georgie dieses Objekt beanspruchen, mit dem solch schmerzliche Interessen verbunden waren? Schließlich hatte er es gefunden.

»Und darum begreife ich nicht recht, weshalb Sie ihn haben sollten«, schloß er ein wenig steif.

Georgie nahm ihn beiseite.

»Es ist schauderhaft, so früh schon darüber zu reden«, sagte er, »aber darum möchte ich es gern hinter mich bringen. Sehen Sie, Lucia hat mir Grebe mit seiner gesamten beweglichen Habe hinterlassen. Ich klammere mich immer noch – ich kann nicht anders – an die Hoffnung, daß weder Grebe noch der Tisch je mir gehören mögen, aber in dem eventuell verstreichenden Zeitraum...«

»Nein! Wirklich!« sagte der Padre mit dem plötzlichen Interesse des Tillingers, das sich nicht unterdrücken ließ. »Ich gratu... Nun ja. Natürlich gehört der Küchentisch Ihnen. Völlig korrekt.«

Der Handwagen setzte sich erneut in Bewegung, und mittels Schmeicheleien und sanfter Überredungskunst brachte man das triste materielle Überbleibsel dazu, im Garten hinter Mallards Cottage Einzug zu halten. Hier würde es zunächst verbleiben müssen, aber gepökelt, wie er durch den langen Verbleib im Salzwasser war, konnte ihm die frische Luft nichts anhaben, und falls es regnen sollte, um so besser, denn das würde das Salzwasser abwaschen.

Der von diesen erschütternden Vorkehrungen sehr müde und abgespannte Georgie ruhte sich ein wenig auf seinem Sofa aus, als der Tisch sicher untergebracht war. Seine Köchin verabreichte ihm ein schmackhaftes und nahrhaftes Abendessen, um ihrem Mitgefühl Ausdruck zu verleihen, und Foljambe bediente ihn besonders aufmerksam, beständig ein Taschentuch vor der Nase, um ihre eigene Trauer zu betonen. Anschließend begab er sich ins Wohnzimmer, nahm seine Stikkerei zur Hand, jene »traurig betäubende Ablenkung«, und sah dem Verlust ins Antlitz.

Tatsächlich war es nur schwer vorstellbar, wie das Leben ohne Lucia aussähe, aber man brauchte es sich auch nicht vorzustellen, da er es bereits durchmachte. Es gab nichts, worauf man sich freuen konnte, und ihm wurde klar, wie vollständig Lucia, ihre Manöver, ihre unverwüstliche Vitalität, ihre Irreführungen und ihre Hochherzigkeit ihm das Salz des Lebens geliefert hatten. Nie war er auch nur im geringsten in sie verliebt gewesen, aber irgendwie hatte sie ihn stets so mit Beschlag belegt wie eine launische und bezaubernde

Geliebte. »Für alles wird es zu langweilig sein«, dachte er, »und es wird keinen einzigen Tag geben, an dem sie mir nicht ganz furchtbar fehlen wird. So war es immer: Wenn sie nicht in Riseholme war, hatte ich nie so recht Lust zu malen oder zu musizieren, außer weil ich ihr, wenn sie zurückkam, zeigen wollte, was ich getan hatte, und jetzt kommt sie nie mehr zurück.«

Er gab sich einer Weile der Verzweiflung hin, was seine zukünftige Lebensplanung anging. Niemand sonst, nicht einmal Foljambe, schien im mindesten von Belang zu sein. Doch dann stiegen durch die tiefen schwarzen Wasser seines Kummers nach und nach kleine Bläschen an die Oberfläche. Es war, als vergleiche man ein Glühwürmchen mit der gewaltigen Nacht, wollte man sie gegen diese allumfassende Finsternis aufwiegen, doch wo ein jedes einen Augenblick lang an die Oberfläche stieß, gab es, das ließ sich nicht leugnen, ein kleines Fünkchen, das sich kurz von der Dunkelheit abhob. Beispielsweise der Tisch: Darauf würde er eine Tafel anbringen lassen, auf der eine passende Inschrift die tragische Rolle festhielt, die das Möbel gespielt hatte, sozusagen einen Text, wie auf einem Grabstein. Wie wäre es mit Lucias letzten Worten? »Wartet nur, bis wir wiederkommen.« Aber wenn es ein Gedenktisch sein sollte, müßte er auch festhalten, daß Lucia nicht wiederkam.

Er holte einen Schreibblock und versuchte es noch einmal. »Dies ist der Tisch...« aber das ging nicht. Dabei dachte man an »Dies ist das Haus, das Jack erbaut«. Also: »Es war am 27. Dezember 1930, nachmittags, als auf diesem Tisch Mrs. Emmeline Lucas, wohnhaft in Grebe, und Miss Elizabeth Mapp, wohnhaft in Mallards...« Das war zu weitschweifig. Also: »In Gedenken an Emmeline Lucas und Elizabeth Mapp. Sie fuhren zur See...« Aber das klang wie ein Kinderreim von Edward Lear, oder womöglich kamen zukünftige Generationen auf den Gedanken, sie seien Seeleute gewesen. Dann fragte er sich, ob Lyrik irgend etwas beitragen könnte, und mußte an die Zeilen denken: »Und möge es kein trauriger Abschied sein, wenn ich einschiffe.« Aber das ging nicht; man würde sich fragen, warum sie sich auf einem Küchentisch eingeschifft hatte, was selbst jetzt, wo seit dem Ereignis erst eine so beklagenswert kurze Zeitspanne vergangen war, niemand so richtig wußte.

»Ich hatte ja keine Ahnung«, dachte Georgie, »wie schwierig es ist, ein paar wohlgesetzte und tiefempfundene Worte zu Papier zu bringen. Morgen sehe ich mir auf dem Friedhof die Grabsteine an. Lucia wäre sofort etwas Passendes eingefallen.«

So winzig diese und andere (größere) Bläschen auch waren, die Georgie nicht direkt betrachten wollte, sie sorgten für kurzfristige, flüchtige Helligkeit. Einige knallten beim Platzen laut, andere wiederum schufen Probleme. Diese Katastrophe hatte eine ernste Warnung beinhaltet, in einem so tiefgelegenen Haus zu wohnen, ein Gefühl, dem Major Benjy bereits Ausdruck verliehen hatte, indem er aus tiefstem Herzen den egozentrischen Ruf »Gott sei Dank, ich wohne auf einem Hügel« ausgestoßen hatte. Für Georgie stellte sich diese Frage bald konkret, auch wenn er noch nicht versuchen würde, einen Entschluß zu fassen. Es wäre absurd, zwei Häuser in Tilling zu haben, Mallards Cottage zu mieten und Grebe zu besitzen. Oder sollte er den Sommer über in Grebe wohnen, wenn keine Hochwassergefahr bestand, und im Winter in Mallards Cottage?

Er ging zu Bett; bevor sie nach Hause gegangen war, hatte die mitfühlende Foljambe ein herrliches Kaminfeuer angezündet, und seine Wärmflasche war so heiß, daß er seine Füße gar nicht darauflegen konnte. . . Wenn er in Grebe wohnte, müßte sie nur durch den Garten zu ihrem Cadman gehen, falls Cadman in seinen Diensten bliebe. Dann war da noch Lucias großes Auto. Das gehörte vermutlich zur beweglichen Habe von Grebe. Außerdem durfte er nicht vergessen, an Lucias Bild in der Ausstellung eine schwarze Schleife anzubringen. Dann übermannte ihn der Schlaf. . .

11

Obwohl Georgie geglaubt hatte, nach Lucias Verschwinden werde es nichts Interessantes mehr im Leben geben, und obwohl sich Tilling ganz allgemein bewußt war, daß die Beendigung ehemaliger Rivalitäten die Existenz nicht nur jeglicher Spannung berauben, sondern auch ihre fröhlichen Seiten auf das Schrecklichste verfinstern würde, bewies Georgie doch eines Morgens, als sich die Trauertage bereits zu Wochen summierten, daß es für ihn eine Menge zu tun gab, so wie es für Tilling eine Menge Gesprächsstoff gab. Lucia hatte bei der Abfassung ihres Testaments einen ortsansässigen Anwalt zu Rate gezogen, und heute kam Mr. Causton (bezüglich der Angelegenheiten von Mrs. Emmeline Lucas), um mit Georgie darüber zu sprechen. Er erklärte ihm in einem Ton, der sich auf dem schmalen Grat zwischen Mitgefühl und Glückwünschen bewegte, daß der kleine Betrag, von dem Lucia gesprochen hatte, sich auf nicht weniger als achtzigtausend Pfund belief. Und Georgie war, von gewissen Verpflichtungen abgesehen, ihr Gesamterbe. Er war sehr gerührt.

»Zu freundlich von ihr«, sagte er. »Ich hatte ja keine Ahnung...«

Mr. Causton fuhr betont taktvoll fort.

»Es wird einige Monate dauern«, sagte er, »ehe man, mangels neuer Beweise, juristisch gesehen vom Ableben meiner Mandantin ausgehen kann...«

»Ach, je länger, desto besser«, sagte Georgie recht vage und wischte sich die Augen, »aber was meinen Sie mit neuen Beweisen?«

»Das Auffinden, ob durch Anschwemmen oder anderweitige Identifikation, der betrauerten Leichen«, sagte Mr. Causton. »Bis es soweit ist, hat die... die möglicherweise verstorbene Mrs. Lucas keinerlei Vorkehrungen für den Notfall getroffen, mit dem wir uns konfrontiert sehen. Wenn und falls ihr Tod bewiesen wird, erhält das Personal seine aufgelaufenen Löhne sowie mit einmonatiger Frist die Kündigung. Bis dahin müssen die Ausgaben und der Unterhalt von Grebe aus dem – vermutlichen – Nachlaß bestritten werden. Ich würde mich um all dies kümmern, hielt es aber für korrekt, zunächst Ihre Genehmigung einzuholen.«

»Selbstverständlich, natürlich«, sagte Georgie.

»Hier nun besteht eine Schwierigkeit«, sagte Mr. Causton. »Ich bin nicht im Besitz einer Vollmacht, über das Bankkonto der verstorbenen – oder, wie wir hoffen, der lebenden Mrs. Lucas zu verfügen. Sehen Sie, es gibt keinen Fonds, aus dem sich die laufenden Kosten für den Unterhalt des Hauses bestreiten ließen. Verpflegung und Lohn der Dienstboten sind bereits seit mehr als einem Monat überfällig.«

Georgies Miene änderte sich ein wenig. Ein klein wenig.

»Dann bezahle ich sie wohl besser selbst«, sagte er. »Wäre das nicht das geeignete Verfahren?«

»Meiner Meinung nach wäre es das, unter diesen Umständen«, bestätigte Mr. Causton. »Genauer gesagt, ich wüßte nicht, wie man anders verfahren sollte, es sei denn, man entließe die Hausangestellten sofort und schlösse das Haus.«

»Nein, das kommt nicht in Frage«, sagte Georgie. »Ich muß sofort hingehen und alles in die Wege leiten. Falls Mrs. Lucas zurückkehrt, wäre es schrecklich für sie, wenn alle Dienstboten verschwunden wären, die schon so lange bei ihr waren. Alles muß so weitergehen, als wäre sie nur zu einer kleinen Reise aufgebrochen und hätte vergessen, einen Scheck für die laufenden Kosten zu schicken.«

Hier war immerhin etwas, was man bereits tun konnte, und Georgie, der dachte, an diesem frischen Morgen würde ihm ein kleiner Spaziergang guttun, und der zudem ganz sicher war, ein kleiner Plausch mit Freunden auf der High Street würde ihm auch guttun, warf sein dünneres Cape über, da ein Anflug von Frühling in der Luft lag und in der Blumenrabatte seines Gärtchens die Schneeglöckchen blühten. Lucia, so fiel ihm ein, hatte Schneeglöckchen immer verabscheut: Sie ließen die Köpfe hängen und waren schwächlich; für Lucia verkörperten sie schlaffe, wenn auch liebenswerte Ineffizienz. Um die ganze High Street entlangzuschlendern und so viele Gespräche wie möglich unter Dach und Fach zu bringen, ging er an Mallards und Major Benjys Haus vorbei. Letzterer sah ihn aus dem Fenster seines Arbeitszimmers, wo er sich so gern vor oder nach einer Runde Golf ein wenig Ruhe oder eine kleine Erfrischung genehmigte, und winkte ihn heran.

»Guten Morgen, alter Junge«, sagte er. »Ich hatte eine mächtige Glückssträhne; das ist zwar eigentlich die falsche Formulierung, ich meine nämlich folgendes... Anders gesagt, mich hat soeben der Anwalt unserer betrauerten Freundin Elizabeth Mapp, Gott habe sie selig, aufgesucht und mir eine ganz erstaunliche Neuigkeit mitgeteilt. Ich war davon ungeheuer gerührt – hatte nicht die geringste Ahnung, seien Sie versichert.«

»Sie wollen doch nicht etwa sagen...« setzte Georgie an.

»Und ob. Er informierte mich über die Bedingungen im Testament dieser lieben Frau. Eingedenk unserer langen Freundschaft, genau dies waren ihre Worte – und ich versichere Ihnen, ich habe mich nicht geschämt, mich umzudrehen und mir die Augen zu wischen, nachdem er mir das mitgeteilt hatte –, eingedenk unserer langen Freundschaft hat sie mir dieses herrliche Mallards sowie die Summe von zehntausend Pfund hinterlassen, wobei es sich, wenn ich recht verstanden habe, um den Großteil ihres Vermögens handelt. Was halten Sie davon?« fragte er und ließ sich kurzzeitig von seinem Jubel mitreißen.

»Nein!« sagte Georgie. »Ich gratuliere... jedenfalls für den Fall...«

»Ich weiß«, unterbrach Major Benjy. »Falls sich herausstellen sollte, daß unsere beiden Freundinnen für immer von uns gegangen sind, freuen Sie sich freundlicherweise darüber, daß das zutrifft, was ich Ihnen gesagt habe. Oder?«

»Ganz recht, und mich hat Mr. Causton aufgesucht«, sagte Georgie, der nicht länger an sich halten konnte, »und Lucia hat mir Grebe samt achtzigtausend Pfund hinterlassen.«

»Ja ist das denn! Was für ein ungeheuerliches Vermögen!« rief der Major in einem Anfall von Verdruß aus. »Ich gratu... Wie auch immer, Ihnen das gleiche. Ich werde mir ein Automobil kaufen, statt mit dieser schäbigen Dampfbahn zu meinem Golf zu fahren. Dann muß ich mich um Mallards kümmern. Ich werde es wohl möbliert vermieten, mit Dienstboten und allem. Das geht für zehn Guineen die Woche weg wie warme Semmeln. Na, letzten Sommer hat sie von dieser anderen armen Leiche fünfzehn gekriegt.«

»Ich würde es nicht tun«, sagte Georgie. »Angenommen sie kommt zurück und kann erst nach einem Monat in ihr Haus, weil Sie es vermietet haben?«

»Gebe Gott, daß sie zurückkommt«, sagte der Major, ohne auf der Stelle tot umzufallen. »Aber ich verstehe, was Sie meinen: Es wäre peinlich. Ich denke drüber nach. Wie auch immer, nach einer angemessenen Frist werde ich, wenn die Tragödie bewiesen ist, natürlich selber dort einziehen. Bis es soweit ist, zahle ich selbstverständlich die Personal- und Unterhaltskosten. Eine Belastung, läßt sich aber nicht ändern. Ich werde ihnen ein Kostgeld von zwölf Shilling geben; davon können sie in Saus und Braus leben. Donnerwetter, wenn ich an den schrecklichen Anblick denke, wie der Küchentisch da draußen am Strand lag, wird mir immer noch ganz anders. Nehmen Sie einen Schluck – wunderbarer Vorkriegswhisky.«

Georgie hatte Grebe bislang noch nicht aufgesucht und verspürte ein aufregendes, wenn auch schwermütiges Interesse, den Ausgangspunkt der Katastrophe in Augenschein zu nehmen. Der Weihnachtsbaum, so hatte er in Erfahrung gebracht, war in der Küchentür steckengeblieben, und der Padre war schon dagewesen, um ihn sich anzusehen, war aber zu der Auffassung gelangt, er habe irreparablen Schaden genommen. Nun lag der Baum im Garten, aus dem das Hochwasser Erde und Pflanzen weggeschwemmt hatte, aber Georgie ertrug es nicht, ihn dort liegen zu sehen, und gab Anweisung, ihn als Andenken in einem leeren Nebengebäude aufzustellen; vielleicht ebenso mit einer Tafel versehen wie der Tisch. Dann mußte er sich mit Grosvenor besprechen und eine Liste der Dienstbotenlöhne erstellen, deren Summe ihn doch sehr erstaunte. Er ließ die Köchin kommen und teilte ihr mit, er habe den Küchentisch in seinem Garten, doch sie flehte ihn an, ihn nicht zurückzuschikken, da er immer höchst unpraktisch gewesen sei. Mrs. Lucas, so erfuhr er, habe eine eigentümliche Vorliebe für das Möbel gehabt; sie habe geglaubt, es bringe Glück. Dann brach die Köchin in Tränen aus und sagte, nun habe der Tisch ihrer Herrin doch kein Glück gebracht. Das alles war furchtbar rührend, und Georgie teilte ihr mit, während dieser Zeit des Wartens, in der sie die Hoffnung nicht aufgeben dürften, würden ihre Löhne wie gewohnt bezahlt, und sie müßten wie immer weitermachen und das Haus in Ordnung halten. Dann fanden sich noch etliche unbezahlte Rechnungen Lucias, alles in allem ein ganz erschrekkender Betrag, der über kurz oder lang beglichen werden mußte, und aufgrund der Überschwemmungsfolgen mußte die Küche renoviert werden. Als er wieder in Mallards Cottage eintraf, war es bereits dunkel.

Da fehlte, was Mr. Causton neue Beweise in Form von Leichen nannte, ebenso Alibis in Form lebender Menschen, faßte der Padre im Laufe der folgenden

Woche den Entschluß, einen Gedenkgottesdienst abzuhalten, denn falls nicht bald einer stattfand, würden sich alle mit dem Verlust abgefunden haben, und der Gottesdienst verlöre seinen Sinn und die Schmerzlichkeit. Es lag auf der Hand, daß Major Benjy und Georgie, die eventuellen Erben der verblichenen Damen, als Hauptleidtragende allein in der ersten Reihe saßen, und Major Benjy hatte unverzüglich einen schwarzen Anzug in Auftrag gegeben, den er bei dieser ernsten Gelegenheit tragen wollte. Die Kirchenglocke läutete wie bei einer Beerdigung, und nachdem sich die Gemeinde versammelt hatte, gingen die beiden Seite an Seite hinein und nahmen allein ihre Plätze in einer Reihe direkt vor dem Pult ein.

Der Gottesdienst verlief wie gewohnt, und der Padre hielt eine ganz rührende Predigt über den Vers: »Geliebt und einander zugetan, im Leben und auch im Tode nicht geschieden.« Er erinnerte seine Zuhörer daran, daß die Betrauerten wie Schwestern gewesen seien, in gesellschaftlichen Aktivitäten führende Positionen eingenommen und alle, die sie kannten, mit ihrer großzügigen Gastfreundschaft beglückt hätten. Ihre Leben seien von liebenswerter Energie erfüllt gewesen. Bei allen künstlerischen und literarischen Unternehmungen hätten sie an vorderster Front gestanden; ja, er hätte beinahe den ganzen Vers, von dem er nur eine Hälfte vorgelesen hatte, nehmen und ergänzen können, sie seien schneller gewesen denn die Adler und stärker denn die Löwen. Eine der beiden sei ihnen allen seit Jahren bekannt gewesen, und der Name Elizabeth Mapps sei in ihre Herzen eingegraben. Die andere sei vergleichsweise ein Neuankömmling, aber sie habe während ihres kürzeren Aufenthalts hier ihrer aller Zuneigung gewonnen, und charakteristisch für ihr wunderbares Wesen sei, daß sie sich an demselben Tag, als sich die Katastrophe ereignete, mit einem Weihnachtsbaum für die Chorknaben beschäftigte, für die sie ein so nachdrückliches Interesse gezeigt habe.

Was die letzte traurige Szene betraf, so brauche er nicht viele Worte darüber zu verlieren, denn niemals würde einer der Anwesenden den rührenden, den adelnden, den erhebenden Anblick der beiden vergessen, so heldenhaft angesichts des Todes, wie sie es auch im Leben gewesen waren, als sie auf die See hinaustrieben. Mrs. Lucas, die Pein vor Augen, der sie alle sich eines Tages stellen müßten, habe den am Ufer in Sicherheit befindlichen Freunden den scherzhaften Gruß *au reservoir* zugerufen, den sie alle so gut kannten, ehe sie sich wieder ihrer weiblichen Arbeit zuwandte, ihre schwächere Schwester tröstete und ihr Mut zusprach. »Mögen wir alle«, sagte der Padre mit vor Rührung zitternder Stimme, »dem Tod in diesem gelassenen und friedlichen Geiste entgegentreten, bis zuletzt unsere Pflicht erfüllend. Und nun...«

Auf die Bitte einiger Freunde hin ließ er den Text dieser Predigt in der folgenden Woche im Gemeindeblatt abdrucken, und jeder bekam ein Exemplar.

Es war nur natürlich, daß Tilling Erleichterung verspürte, als die Zeremonie vorüber war, denn die seit der Entdeckung des Tisches vergangenen Wochen hatten der Zeit zwischen einem Tod und einer Beerdigung geähnelt. Nun waren die Rolläden wieder hochgekurbelt, und nach und nach kehrte das Leben in normalere Bahnen zurück. Der Januar ging in den Februar über, der Februar in den März, und als die Tage mit der zurückkehrenden Sonne länger wurden, wurden auch Tillings Freuden und Zänkereien länger und lebhafter.

Doch ein gewisser Reiz fehlte, der sie alle seit Lucias Ankunft aus Riseholme belebt hatte. Es lag nicht allein daran, daß keine Lucia da war, noch allein daran, daß keine Elizabeth da war, was allen so schrecklich fehlte, waren vielmehr die von beiden verursachten heftigen Wechselwirkungen. Tag für Tag trafen sich die Übriggebliebenen in der High Street und redeten, aber nie gab es Neuigkeiten von der aufregenden Sorte, die seit dem Sommer das Leben auf so spannendem Niveau gehalten hatten. Allerdings war es interessant, Major Benjy in seinem neuen Auto zu sehen – er fuhr selbst –, zu beobachten, wie er in scharfen Kurven um Haaresbreite Zusammenstößen entging, und den erschreckenden Ausbrüchen militärischer Sprache zu lauschen, wenn sich ein anderes Fahrzeug seiner grünen Motorhaube bis auf einen Meter näherte.

»Offenbar glaubt er«, sagte Diva zu Mrs. Bartlett, als sie sich eines Morgens beim Einkaufsbummel begegneten, »daß kein anderer mehr die Straße benutzen darf, seit er ein Auto besitzt.«

»Ein billiges Autochen«, befand Mrs. Bartlett. »Ich hätte gedacht, er könnte sich etwas Besseres leisten, wo er praktisch zehntausend Pfund in der Tasche hat.« Sie standen an der Ecke und sahen zu Mallards hinauf, als Diva plötzlich vor Major Benjys Haus ein Schild bemerkte, auf dem stand, das Gebäude stehe zum Verkauf.

»Nanu, was ist denn das?« rief sie. »Das muß erst heute angebracht worden sein. Guten Morgen, Mr. Georgie. Was ist mit Major Benjys Haus?«

Georgie trug immer noch ein schwarzes Band an seinem Ärmel.

»Ja, er sagte mir gestern, er wolle nächste Woche in Mallards einziehen«, sagte er. »Und seine Möbel wird er unverzüglich verkaufen.«

»Die werden niemanden hinter dem Ofen hervorlocken«, sagte Diva verächtlich. »Ein paar mottenzerfressene Tigerfelle, die er in Indien geschossen haben will.«

»Ich glaube, er braucht etwas Geld«, sagte Georgie. »Schließlich hat er einen Wagen gekauft, außerdem muß er Mallards und sein eigenes Haus unterhalten.«

»Ich nenne das sehr voreilig«, sagte Mrs. Bartlett. »Ich nenne es, das Fell des Bären verkaufen, bevor man ihn erlegt hat. O weh, wie konnte ich nur so etwas sagen! Furchtbar!«

Taktvoll vertuschte Georgie den Fauxpas durch einen Themenwechsel.

»Ich habe mich entschieden«, sagte er, »auf dem Friedhof ein Ehrenmal für die liebe Lucia und Elizabeth aufzustellen.«

»Was? Für beide?« fragte Diva.

»Ja, ich habe es sorgfältig überlegt, und es soll für beide sein.«

»Dann müßte Major Benjy die Hälfte der Kosten übernehmen«, befand Diva.

»Nun, als ich ihm von meinem Vorhaben erzählte«, sagte Georgie, »erfolgte keine Reaktion. Er sagte nur: ›Großartige Idee‹ und nahm einen Schluck Whisky-

Soda. Ich werde es also nicht mehr erwähnen. Dann mache ich es lieber allein.«

»Also, ich finde das gemein von ihm«, sagte Diva. »Wenn man alles bedenkt, sollte er einen Teil der Ausgaben tragen. Statt dessen kauft er ein Automobil, das er nicht fahren kann. Erzählen Sie mehr von dem Ehrenmal.«

»Ich habe es unten beim Steinmetz gesehen«, sagte Georgie, »und das brachte mich auf die Idee. Wunderbarer weißer Marmor in der Art – wenn auch natürlich viel kleiner – wie das Ehrenmal in London. Es war, so fand ich heraus, als Grabstein bestellt worden, aber der Mann, der den Stein bestellt hatte, machte pleite, und nun hatte der Steinmetz das Ding am Hals.«

»Ich hörte davon«, sagte Mrs. Bartlett in ziemlich überheblichem Ton. »Kenneth erzählte mir, daß Sie es ihm erzählt haben, und wir halten es beide für eine zauberhafte Idee.«

»Der Steinmetz müßte Ihnen den Stein aber billiger lassen«, sagte Diva.

»Er war nicht gerade billig«, sagte Georgie, »aber ich habe ihn gekauft, und heute wird das Ehrenmal errichtet, direkt vor dem südlichen Querschiff, und der Padre wird es weihen. Dann ist da noch die Inschrift. Sie wird lauten: In liebender Erinnerung an sie, von mir, und ein Stück des Verses, den der Padre in seinem Gottesdienst zitierte. Nur ›Im Tode nicht geschieden‹.«

»Sehr richtig. Das mit den Adlern und den Löwen bringen Sie besser nicht«, meinte Diva. »Nein, ich dachte, das lasse ich weg. Obwohl mir diese Stelle gefällt«, fuhr Georgie Mrs. Bartlett zuliebe fort.

»Da wir gerade von Whisky reden«, sagte Diva und bezog sich, wie es ihre Art war, auf einen weit zurückliegenden Gesprächsbeitrag, »Major Benjy hat den ganzen Vorkriegswhisky ausgetrunken, den Lucia ihm geschenkt hat. Zumindest hörte ich ihn gestern neuen bestellen. Ach ja, dann ist da noch seine Verkaufsankündigung. Altenglische Möbel – nun, das kann zweierlei heißen, und ich weiß, was hier gemeint ist. Wertvolle Kunstwerke. Also, da soll mich doch! Ein Druck ›Herrscher der Bergschlucht‹ und eine Photographie von ›Der Seele Erwachen‹. Blödsinn! Schöne Tigerfelle! Die Häute mögen noch intakt sein, aber sie sind kahl.«

»Meine Liebe, wie streng Sie sind«, sagte Georgie. »Jetzt muß ich aufbrechen und nachsehen, wie weit man mit der Inschrift ist. *Au reservoir*.«

Diva nickte Evie Bartlett zu.

»Schön, das mal wieder zu hören«, sagte sie. »Ich habe es nicht mehr gehört, seit. . . nun, seitdem.«

Das Ehrenmal mit seiner Inschrift in bleiernen Großbuchstaben, die besagten, Georgie habe es zu Ehren der beiden nicht geschiedenen Damen errichtet, erregte große Bewunderung, und eine ganzseitige Abbildung des Monuments erschien in der am letzten Märztag veröffentlichten Aprilausgabe des Gemeindeblattes. Da der Steinmetz sich bei dem ihm für die Inschrift zur Verfügung stehenden Platz leicht verrechnet hatte, waren die Worte »Elizabeth Mapp« beträchtlich kleiner geraten als die Worte »Emmeline Lucas«, damit sie noch in die Zeile paßten. Auch wenn sich Tilling nicht dazu äußerte, herrschte der Eindruck vor, der Fehler erzeuge einen sehr passenden Effekt, wenn man eine symbolische Bedeutung hineininterpretieren wollte. Man fand, das Ganze sei sehr nobel von Georgie gewesen, und sein Verhalten hebe sich ausgesprochen positiv von dem Major Benjys ab, denn während Georgie unter großen finanziellen Opfern Grebe instand hielt und auf eigene Kosten den durch das Hochwasser im Garten angerichteten Schaden behob, war Major Benjy, nachdem er vergebens versucht hatte, Mallards für zehn Guineen die Woche zu vermieten, nicht nur selbst dort eingezogen, sondern verhandelte bereits – ebenso übereilt wie taktlos – wegen der Veräußerung seines eigenen Hauses und hatte für den ersten April die Versteigerung seiner Möbel angesetzt. Er hatte ein Auto gekauft, er hatte den Keller in Mallards mit starken Weinen und noch mehr Vorkriegswhisky gefüllt, er gab das Geld mit vollen Händen aus, und an diesem letzten Tag im März veranstaltete er einen Bridgeabend im Gartenzimmer.

Georgie und Diva und Mrs. Padre waren an diesem Abend die Gäste; zunächst hatte es ein Essen gegeben, ein reichhaltiges, exquisites Dinner, und anschließend Bridge bis Mitternacht. Es war ein ungemütlicher Abend gewesen, und noch bevor er zu Ende ging, wünschten alle, sie wären nicht gekommen, denn Major Benjy hatte ihn eine Einzugsparty genannt, was zeigte, daß entweder sein Gedächtnis nachließ oder daß er sehr abgestumpft war, denn niemand, dessen Empfindungsvermögen nicht überaus verkommen war, hätte dieses Wort so bald in den Mund genommen. Er hatte mit übertriebener Wärme von seiner Wohltäterin gesprochen, es war aber peinlich deutlich, welcher Quelle seine posthume Verehrung entsprang.

Er trug sich mit dem Gedanken, das Gartenzimmer neu einzurichten, das Haus könnte ein wenig Auffrischung vertragen, er bot sogar jedem Besucher eines von Miss Mapps Aquarellen, die zuhauf an den Wänden hingen, als Erinnerung an die Freundin an, Gott habe sie selig... Wie er breitbeinig in der Tür stand, als die Besucher nachts heimwärts gingen, hatte er etwas von dem vulgär-neureichen Gehabe des neuen Eigentümers eines alten Familienbesitzes an sich, und sie hörten, wie er die Tür verriegelte, abschloß und die Kette vorlegte, die Lucia während ihrer Zeit als Mieterin dort hatte reparieren lassen, um Miss Mapps unerwünschte zwanglose Besuche zu verhindern. »Es geschähe ihm ganz recht«, dachte Georgie, »wenn sie zurückkäme.«

12

Es war eine ruhige und schöne Nacht mit Hochwasser, das über die Flußufer trat. Auf den überschwemmten Wiesen am Rande des Flusses erstreckte sich eine große Fläche mondbeschienenen Wassers, und es stieg bis zum Fuß des wiederaufgeschütteten Dammes gegenüber von Grebe. Am ersten April fuhr zwischen vier und fünf Uhr morgens ein Trawler in die Flußmündung ein, und genau zu der Zeit, als die Sterne verblaßten und die aufkommende Morgenröte den Himmel färbte, näherte er sich dem östlich der Stadt gelegenen Kai und wurde am Ufer vertäut. Ihm entstiegen zwei in Overalls und Öljacken gekleidete Gestalten.

»Ich finde, wir sollten direkt nach Mallards gehen, meine Liebe«, sagte Elizabeth, »da es so nah ist, und uns mit einer hübschen Tasse Tee wärmen. Von dort aus können Sie dann Grebe anrufen und sagen, man soll Ihnen den Wagen schicken.«

»Ich werde auch Georgie anrufen«, sagte Lucia. »Ich ertrage die Vorstellung nicht, daß seine Ungewißheit eine Minute länger als erforderlich anhält.«

Elizabeth zeigte nach oben.

»Sehen Sie, die Sonnenstrahlen streifen die Kirchturmspitze«, sagte sie. »Ich hätte kaum gedacht, daß ich das geliebte Tilling je wiedersehen würde.«

»Ich habe nie auch nur im geringsten daran gezweifelt«, entgegnete Lucia. »Sehen Sie, da liegen die Felder, über die hinweg wir auf dem Küchentisch getrieben sind. Ich wüßte gern, was aus ihm geworden ist.«

Sie stiegen die Treppe zur südwestlichen Ecke des Städtchens hinauf und weiter den Hang hoch zu dem quer über den Friedhof führenden Weg. Dieser Weg verlief dicht an der Südseite der Kirche, und der weiße Marmor des Ehrenmals glänzte im frühen Sonnenschein.

»Was für ein hübsches Grab«, sagte Elizabeth. »Es ist ganz neu. Aber wie kommt es hierher? Auf dem Friedhof ist seit hundert Jahren niemand mehr beerdigt worden.«

Lucia schnappte nach Luft, als ihr Blick auf die glänzenden Bleibuchstaben fiel.

»Das sind ja wir!« rief sie.

Seite an Seite standen sie in ihrem Ölzeug da, und in einer Art Singsang lasen sie gemeinsam die Inschrift laut vor.

DIESER STEIN
WURDE ERRICHTET VON
GEORGIE PILLSON
IN LIEBENDEM GEDENKEN AN
EMMELINE LUCAS UND Elizabeth Mapp
IM MEER VERSCHOLLEN
AM 26. DEZEMBER 1930

»IM TODE NICHT GESCHIEDEN«

»So etwas habe ich noch nie gehört«, rief Lucia. »Ich muß schon sagen, sehr voreilig von Georgie, anzunehmen, daß ich einfach so tot wäre. Die Inschrift muß sofort entfernt werden. Und dennoch, es war nett von ihm, und wieviel Geld er dafür ausgegeben haben muß! Meine Güte, er hat wohl gedacht... Wir wollen uns sputen, Elizabeth.«

Elizabeth starrte immer noch den Stein an.

»Ich wüßte wirklich gern, warum für meinen Namen so winzigkleine Buchstaben genommen wurden«, sagte sie bissig. »Man kann ihn kaum lesen. Wie Sie sagen, Liebe, das war sehr voreilig von ihm. Ich würde es unverschämt nennen und bin sehr froh, daß der liebe Major Benjy nichts damit zu schaffen hat. Es hat etwas Taktloses.«

Sie gingen rasch weiter, vorbei an Mallards Cottage, wo die Rolläden noch unten waren, und da war auch schon das Fenster des Gartenzimmers, von dem aus jede der beiden so viele aufregende Beobachtungen gemacht hatte, sowie die in der Sonne glänzende rote Backsteinfassade von Mallards. Als sie auf dem kopfsteingepflasterten Weg zur Haustür gingen, sah Elizabeth zur High Street hinunter und entdeckte nebenan am Haus von Major Benjy das Schild des Maklers, das verkündete, das Eigentumsrecht an diesem reizvollen Wohnhaus stehe zum Verkauf. An den Mauern klebende Handzettel verkündeten, am selben Tag finde ein Möbelverkauf statt.

Ihr Gesicht wurde aschfahl, und sie legte eine zitternde Hand auf Lucias Arm.

»Schauen Sie, Major Benjys Haus steht zum Verkauf«, sagte sie mit stockender Stimme. »O Lucia, was ist geschehen? Sind wir sozusagen von den Toten zurückgekehrt, um zu erfahren, daß statt dessen unser lieber alter Freund heimgeholt wurde? Und der Gedanke...« Sie konnte den Satz nicht beenden.

»Meine Liebe, Sie dürfen nicht so schrecklich voreilige Schlüsse ziehen«, sagte Lucia. »Vielleicht ist er umgezogen...«

Elizabeth schüttelte den Kopf; sie war wild entschlossen, das Schlimmste anzunehmen, und tatsächlich schien es höchst unwahrscheinlich, daß Major Benjy, der ein volles Vierteljahrhundert in demselben Haus gewohnt hatte, irgendeinen neuen Wohnsitz bezogen haben sollte, von einem abgesehen. Entschlossen, der Ungewißheit ein Ende zu machen, drückte Elizabeth ununterbrochen auf den Klingelknopf, und Lucia betätigte den Türklopfer von Mallards.

»Alle schlafen im Dachgeschoß«, sagte Elizabeth, »aber wenn wir weitermachen, müßten sie uns eigentlich bald hören. Aha, da sind Schritte auf der Treppe. Jemand kommt herunter.«

Sie hörten, wie die zahlreichen Riegel zurückschnappten, sie hörten das Rasseln, als die Kette abgenommen wurde. Die Tür wurde geöffnet, und im Rahmen stand Major Benjy. Er hatte eine Smokingjacke über seinen Pyjama gezogen und trug Hausschuhe an den Füßen. Er war schläfrig und kratzbürstig und sehr ungehalten.

»Was soll das eigentlich, Männer«, sagte er, als er die zwei in Ölzeug gewandeten Gestalten auf der Türschwelle stehen sah. »Wer gibt Ihnen das Recht, mich mit diesem infernalischen Lärm...«

Elizabeths Ungewißheit hatte ein Ende.

»Sie Schuft«, schrie sie wutentbrannt. »Wer gibt *Ihnen* das Recht? Was suchen Sie in meinem Haus? Aha, ich errate es! He, he, he! Sie haben von meinem Testament erfahren, nicht wahr? Sie konnten nicht warten, bis Ihnen Ihr ungeduldig erwartetes Erbe rechtmäßig zufiel, sondern haben es sich regelrecht unter den Nagel gerissen. Mein Testament wird noch heute widerrufen, mein Wort darauf... Und jetzt raus mit Ihnen, Sie ekelhafter Erbschleicher! Raus, in Ihr eigenes Haus mit Ihnen, denn Sie werden keine weitere Minute in dem meinen zubringen.«

Während dieser leidenschaftlichen Rede schlug Major Benjys Gesichtsausdruck in blankes Entsetzen um, als habe er etwas weit Schlimmeres als ein Gespenst gesehen (was ja auch der Fall war). Er riß sich partiell zusammen.

»Aber, meine liebe Miss Elizabeth«, sagte er. »Sie werden mir doch sicher gestatten, mich anzukleiden und vor allem ein Wort tiefempfundener Dankbarkeit zu äußern, daß Sie und Mrs. Lucas... es ist doch Mrs. Lucas, nicht wahr...?«

»Raus!« sagte Elizabeth und stampfte mit dem Fuß auf. »Dankbarkeit, daß ich nicht lache! Ihnen steht eine Menge Dankbarkeit ins Gesicht geschrieben! Hauen Sie ab! Schsch!«

Major Benjy war in Indien angeschossenen Tigern entgegengetreten (wie er behauptete), aber damals hatte er ein Gewehr in der Hand gehabt. Seiner Wohltäterin konnte er nicht entgegentreten, und so eilte er, wobei ihm erst der eine, dann der andere Latschen von den Füßen rutschte, über die paar Meter Bürgersteig zu seinem eigenen Haus. Die beiden Damen traten ein; Elizabeth knallte die Tür zu und legte die Kette vor.

»Das wäre das«, bemerkte sie (zweifellos zutreffend). »Ah, da ist ja Withers. Withers, wir sind wieder da, und obwohl Sie niemals hätten zulassen dürfen, daß der Major mein Haus betritt, mache ich Ihnen keine Vorwürfe, da er Sie gewiß eingeschüchtert hat.«

»Oh Miss!« sagte Withers. »Sind Sie es? Tatsächlich! Na, das ist eine Überraschung!«

»Jetzt bringen Sie Mrs. Lucas und mir eine Tasse Tee«, sagte Elizabeth, »und dann fährt sie nach Grebe. Dieser Schuft hat doch hoffentlich nicht in meinem Schlafzimmer genächtigt?«

»Nein, im Gästeschlafzimmer«, antwortete Withers.

»Dann bereiten Sie mein Zimmer vor, und ich werde mich ein paar Stunden lang zu Bett begeben. Wir waren die ganze Nacht auf. Dann, Withers, nehmen Sie die gesamte Kleidung Major Benjys, seine widerwärtigen Pfeifen und seine sämtlichen Habseligkeiten und legen die Sachen draußen auf die Treppe. Rufen Sie ihn an und teilen Sie ihm mit, wo er sie findet. Aber *mein* Haus wird er nie wieder betreten.«

Lucia ging zum Telephon und rief Cadmans Häuschen an, damit er sie abholte. Sie hörte seinen Ausruf »Mein Gott«, sie hörte (wie sie annahm) Foljambes Ruf des Erstaunens, und dann rief sie Georgie an. Er und sein Personal waren allesamt im Bett und schliefen, als das Telephon ertönte, aber bald drang das beharrliche Bimmeln in sein Bewußtsein und ließ ihn träumen, daß er erneut zusah, wie Lucia auf dem

Küchentisch von der Flut weggewirbelt wurde, und daß sie mit einer riesigen Essensglocke bimmelte, als sie an seiner Treppe vorbeirauschte. Dann wurde er hellwach und ihm wurde klar, daß es nur das Telephon war.

»Das gräßliche Ding!« murmelte er. »Wer um alles in der Welt ruft zu dieser Uhrzeit an? Klingle ruhig weiter, bis du es leid wirst. Ich leg mich wieder schlafen.«

Trotz dieser Vorsätze tat er nichts dergleichen. So nachdrücklich war die Aufforderung, daß er ein oder zwei Minuten später seinen gestreiften Morgenmantel (blau und gelb) anzog und sich nach unten in den Salon begab.

»Ja? Wer ist da? Was wollen Sie?« sagte er mürrisch.

Er hörte ein fröhliches kleines Lachen, und dann sprach eine Stimme, die, wie er glaubte, für immer verstummt war, in einem unverkennbaren Ton.

»Georgie! *Georgino mio!*« sagte sie.

Sein Herz blieb stehen.

»Was? Was?« rief er.

»Ja, es ist Lucia«, fuhr die Stimme fort. »Ich bin heimdetommen, Georgie.«

Achtzigtausend Pfund (abzüglich der Erbschaftssteuer) und Grebe schienen wie eine Lawine über ihm zusammenzuschlagen und in das Meer der Möglichkeiten zu plumpsen. Doch nicht der kalte Hauch dieses Ruins füllte seine Augen mit Tränen.

»O meine Liebe!« rief er. »Sind Sie es wirklich? Lucia, wo sind Sie? Von wo aus sprechen Sie?«

»Mallards. Elizabeth und ich...«

»Was, Sie beide?« schrie Georgie. »Dann... wo ist Major Benjy?«

»Soeben nach Hause gegangen«, antwortete Lucia taktvoll. »Und sobald ich eine Tasse Tee getrunken habe, fahre ich nach Grebe.«

»Aber ich muß sofort herüberkommen und Sie sehen«, sagte Georgie. »Ich ziehe nur rasch etwas an.«

»Ja, tun Sie das«, sagte Lucia. »*Presto, presto*, Georgie.«

Ungeachtet seines Rufes, der bestgekleidete Mann in Tilling zu sein, zog er irgendeine Anzughose und einen Pullover an, warf sein dickes braunes Cape über und kümmerte sich nicht um sein Toupet. Die Haustür von Mallards stand offen, und Elizabeths Hauspersonal deponierte auf der obersten Treppenstufe ein seltsames Sammelsurium von Golfschlägern, Zahnbürsten und Kleidern. Aus reiner Gewohnheit – eine Gewohnheit, die er mit jedem in Tilling teilte – sah er zum Fenster des Gartenzimmers hoch, als er unten vorbeiging, und entdeckte erstaunt, wie ihm zwei Matrosen in Südwesterkapuzen und Öljacken Handküsse zuwarfen. Ihm blieb gerade noch Zeit, sich zu fragen, wer das wohl sein mochte, als er es erriet. Er flog in Lucias Arme, dann überlegte er, ob er auch Elizabeth küssen sollte. Aber sie hatte eine gewisse Reserviertheit an sich, die ihn zögern ließ. Um diese frühe Stunde fehlte ihm die nötige Genialität, um zu erraten, daß sie die kleineren Buchstaben bemerkt hatte, in denen ihr liebendes Gedenken festgehalten worden war.

Es war gerade noch Zeit für ein paar Ausrufe und Georgies Versprechen, am Abend in Grebe zu speisen, ehe Lucias Wagen eintraf, der unerschütterliche

Cadman an seine Mütze tippte und zu Lucia sagte: »Sehr erfreut, Sie wiederzusehen, Ma'am«, während sie sich einen Weg zwischen den wachsenden Stapeln Socken und noch intimeren Artikeln männlicher Bekleidung bahnte, die mittlerweile auf der Treppe lagerten. Georgie eilte nach Mallards Cottage zurück, um sich so zu kleiden, wie es seinem Ruf eher entsprach, und Elizabeth hinauf in ihr Schlafzimmer, um noch ein paar Stunden zu ruhen. Unter ihrem Ölzeug trug sie noch immer die zerlumpten Reste der Kleider, in denen sie am Tag nach Weihnachten Tilling verlassen hatte, und nun zog sie aus der Tasche ihrer durchgescheuerten und vom Meer fleckigen Jacke einen Bogen verfärbten Papiers. Sie faltete ihn auf und verwahrte ihn sicher, nachdem sie noch einmal die magischen Worte »Man nehme zwei Hummerweibchen« gelesen hatte, zwecks späterer Verwendung.

Mittlerweile wurde Major Benjy im Nachbarhaus von den gräßlichsten Überlegungen geschüttelt; wohin auch immer er sich wandte, das Schicksal versetzte ihm irgendeinen schmerzhaften Schlag, der ihn schwanken und in eine andere Richtung taumeln ließ. Als er sich in seinem Haus aus einem der Fenster im ersten Stock beugte, konnte er sehen, wie seine Kleider, Schuhe und Toilettenartikel wie ein Vogelfrühstück auf der Treppe von Mallards ausgebreitet wurden, und als er sich anschickte, vor Zorn mit den Zähnen zu knirschen, merkte er, daß seine obere Zahnprothese noch in einem Glas Wasser in dem Gästeschlafzimmer liegen mußte, das er erst kürzlich so überstürzt verlassen hatte. Seinen Privatbesitz zurückzuerlangen war von höchster Priorität, und als er von seinem Beobachtungsposten aus sah, daß der Haufen zu beträchtlicher Größe angeschwollen war, schlich er den Bürgersteig hoch, schnappte sich ein Bündel diverser Gegenstände, soviel er tragen konnte, kroch wieder zurück, hier eine Nagelbürste und dort einen Sockenhalter verlierend, und ließ sie in seinem Haus fallen. Dreimal mußte er sich auf diese entwürdigenden Botengänge begeben, ehe er das gesamte Vogelfrühstück abgeräumt hatte; man könnte sogar sagen, daß es sich bei ihm um den sprichwörtlichen Vogel handelte, der zu früh gesungen hatte und am Abend von der Katze gefressen worden war.

Langsam erwachte Tilling; der Milchmann kam klappernd die Straße entlang, musterte verblüfft die unordentliche Gestalt und fragte den Major, ob er seine morgendliche Lieferung ins eigene Haus oder nach Mallards gebracht haben wolle. Daraufhin wandte Major Benjy ihm ein so entsetzliches Gesicht zu, daß der Mann überhaupt keine Milch zurückließ, sondern sich rasch in die weniger beängstigende Atmosphäre der Porpoise Street flüchtete. Wieder mußte der Major den Gang durch seine Via Dolorosa antreten, um all die Gegenstände einzusammeln, die seinen überladenen Armen entfallen waren, und auf dem Rückweg hörte er hinter sich ein Poltern und sah, wie sein neuer, von Withers ins Freie beförderter Handkoffer die Treppe hinunter und auf die Straße rollte. Der Major tauchte wieder auf, sobald Withers die Tür geschlossen hatte, packte weitere Gegenstände in den Koffer und zog ihn in sein Haus. Dort machte er rasch und traurig Toilette, denn es galt unaufschiebbare Geschäfte zu erledigen. Die Vorbereitungen für den Verkauf seines Mobiliars waren schon fast abgeschlossen: Teppich und Kaminvorleger in seinem Salon waren zusammengebunden und als Posten 1 beschriftet worden; das Kaminbesteck, eine Angelrute sowie eine Peitsche aus Nashornhaut bildeten Posten 2; ein mit Spielkartenpäckchen, einem Tabakgefäß, einem angeschlagenen Cloisonné-Geschirr und einer Rolle Toilettenpapier beladenes Tablett bildete den unappetitlichen Posten 3. Der Verkauf mußte umgehend verhindert werden, und so begab er sich zu dem Auktionator in der High Street und teilte ihm mit, aufgrund unvorhergesehener Umstände sähe er sich gezwungen, die Auktion abzusagen. Man wies ihn darauf hin, daß für Druck und Verteilung der Handzettel, die auf selbige hinwiesen, für die Anzeigen in der Lokalpresse und für die mit Sortieren und Kennzeichnen der Posten verbrachte Zeit und Umstände bereits beträchtliche Ausgaben entstanden seien, aber der Major blaffte nur: »Verdammich, die Sachen gehören mir, und ich werde kein einziges Stück verkaufen. Schicken Sie mir Ihre Rechnung.« Dann mußte er zum Makler und ihn anweisen, das Haus vom Markt zu nehmen und das Schild zu entfernen, und als er aus dem Büro trat, stieß er auf Irene, die bereits nach Grebe unterwegs war und rief: »Sie sind wieder da, alter Benjy-wenjy. Freude! Freude!«

Die dringendsten Bedürfnisse nach einem Dach über dem Kopf und einem Stuhl, auf dem er sitzen konnte, waren nun erfüllt, und da er sein eigenes Personal bereits entlassen und das von Mallards angestellt hatte, mußte er eine weitere Agentur aufsuchen, um irgendeine Köchin oder Zugehfrau zu finden, bis er sein Heim wieder auf Vordermann gebracht hatte. Man versprach, ihm eine höchst respektable, allerdings recht taube und gebrechliche ältere Dame zu schicken, wenn möglich morgen. Mit solch tristem Trost zu seiner Aufmunterung kehrte er nach Hause zurück und entdeckte auf der Treppe von Mallards ein halbes Dutzend Flaschen Wein. »Mein Gott, mein Keller«, murmelte der Major, »in dem Haus befinden sich noch Dutzende und Aberdutzende von meinen Wein- und Whiskyflaschen!« Wieder schlich er zu der verhaßten Tür, nahm die Flaschen mit nach Hause, setzte einen Wasserkessel auf und schnitt die Schnüre durch, die seine diversen Posten zusammenhielten. In diesem Moment stimmten die Kirchenglocken ein fröhliches Läuten an, und es fiel nicht schwer, sich den Grund für ihren unziemlichen Frohsinn zusammenzureimen. Und das alles vor dem Frühstück...

Eine Tasse starken heißen Tees ohne Milch stellte nicht nur seine körperliche Stabilität, sondern auch sein geistiges Leidensvermögen wieder her, und er setzte sich, um nachzudenken. Zuallererst kam die finanzielle Seite der Katastrophe, ein grausliches Thema. Gekauft (aber noch nicht bezahlt) hatte er ein Auto, etliche Dutzend Flaschen Wein, einen neuen Anzug, haufenweise Briefpapier mit Mallards im Briefkopf, eine Schachtel Zigarren sowie so viele andere Luxusgegenstände, daß man sie gar nicht alle aufzählen konnte. Daß er sich geweigert hatte, sich an dem Ehrenmal zu beteiligen, war nur ein kleiner Trost; eine so kleine Einsparung fiel nicht weiter ins Gewicht. Und welche Einstellung, so fragte er sich, würde seine Wohltäterin, wenn sie über alles informiert war, wohl hinsichtlich der Tatsache einnehmen, daß er Mallards übernommen hatte? Womöglich fand sie heraus (ja, da sie war, wer sie war, würde ihr das nicht entgehen), daß er versucht hatte, es für zehn Guineen die Woche zu vermieten, und daher würde sie ihm womöglich für die vierzehn Tage, die er dort verbracht hatte, eine Rechnung über den entsprechenden Betrag schicken, zuzüglich die Löhne für ihr Personal, die Gartenprodukte sowie die Verwendung ihres Klaviers. Glücklicherweise hatte er nur ein bißchen rote Bete aus dem Garten gegessen, und das Klavier hatte er stimmen lassen. Von all diesen gewaltigen Ausgaben ließen sich nur die Löhne, die er dem Personal von Mallards zwischen dem Tag nach Weihnachten und dem Tag seines Einzugs gezahlt hatte, eventuell wieder hereinholen; diese Kosten würde Elizabeth unter Umständen gegen die Sollbeträge aufrechnen. Nicht weniger gräßlich als das klar auf der Hand liegende finanzielle Debakel war sein Prestigeverlust in Tilling. Tilling, das wußte er, hatte seinen übereilten Einzug in Mallards mißbilligt, und Tilling, wie Irene voller Freude (Freude!) über die Rückkehr der Verlorenen, würde ihn einfach mit Gelächter überschütten. Mit schrecklicher Deutlichkeit sah er die plaudernden Gruppen auf der High Street vor sich, die vergeblich versuchen würden, ihr Lächeln zu unterdrücken, sobald er näherkam. Die Zeit der Protzerei war aus und vorbei, er würde sich gegenüber all denen still, demütig und dankbar erweisen müssen, die ihn mit dem gewohnten Respekt behandelten.

Er entrollte ein Tigerfell, um es wieder in seinem Hausflur auszubreiten: Ihm entwich eine Wolke von

Staub und ausgefallenen Haaren, die so durchdringend roch wie Schnupftabak, und das verbliebene Glasauge fiel aus seiner Höhle. Major Benjy blaffte »Qui-hi«, ehe ihm einfiel, daß er zumindest bis morgen allein im Haus sein würde, und selbst dann würde seine Haushälterin taub sein. Er öffnete die Haustür und sah wieder auf die Straße, und dort, auf der Türstufe von Mallards, standen etwa ein weiteres Dutzend Weinflaschen sowie ein Spazierstock. Erneut schlich er sich ins Freie, um sein Eigentum zurückzuholen, und er konnte sich des furchtbaren Gefühls nicht erwehren, daß ihn Elizabeth vielleicht aus dem Gartenzimmer beobachtete. Seine Zahnprothese lag – Gott sei Dank – ebenfalls auf der zweiten Stufe, ganz allein, glänzte im Sonnenschein und schien ihn betont höhnisch anzugrinsen. Anschließend schaute er den ganzen Vormittag über immer wieder nach draußen, wenn er sich von dem anstrengenden Ausbreiten der Teppiche und dem Bettenmachen erholte, und meist warteten wieder ein paar Flaschen auf ihn, neben etlichen Golfschlägern, Bridgemarkern und Spielkartenpäckchen. Gegen ein Uhr mittags, als er gerade einsammelte, was garantiert das letzte dieser Vogelfrühstücke sein mußte, öffnete sich die Tür von Mallards, und Elizabeth stieg vorsichtig über seinen Schirm und eine Zigarrenschachtel. Sie schien ihn nicht zu sehen. Sehr wahrscheinlich war sie unterwegs, um ihr Testament zu widerrufen.

Genau wie Major Benjy mußte Georgie ein wenig nachdenken, als er von seinem frühmorgendlichen Besuch in Mallards zurückkehrte. Seine Überlegungen kreisten um zwei Punkte, das Ehrenmal und den Küchentisch. Das Ehrenmal war in den wenigen Ausrufen des Glücks, die er mit Lucia gewechselt hatte, nicht erwähnt worden, und er hoffte, daß die Damen es nicht gesehen hatten. Und so ging er nach dem Frühstück zu dem Steinmetz und bat ihn inständig, sofort einen Handwagen und eine Gruppe kräftiger Männer zum Friedhof zu schicken und das Monument in den Garten hinter Mallards Cottage zu bringen, der zur Zeit hauptsächlich von dem mit einer Persenning abgedeckten Küchentisch belegt wurde. Aber Mr. Marble (so sein passender Name) schüttelte dazu den Kopf; das Ehrenmal sei geweiht worden, und er habe das bestimmte Gefühl, es müsse eine Befugnis eingeholt werden, bevor es entfernt werden könne. Das kam nicht in Frage; Georgie konnte nicht auf eine Befugnis warten, was immer das war, und er befahl, zumindest die Inschrift müsse unverzüglich entfernt werden... es war doch wohl keine Befugnis nötig, um alle Spuren einer Lüge zu entfernen. Mr. Marble müsse einige Männer hinschicken, die meißelten und meißelten und meißelten, was das Zeug hielt, bis die schönen bleiernen Buchstaben entfernt und die Oberfläche des Steins von jeder fehlerhaften Information befreit war.

»Und ich sage Ihnen noch etwas«, sagte Georgie, dem plötzlich ein großartiger Einfall kam, »warum malen (meißeln kann ich mir nicht mehr leisten) Sie nicht die Inschrift darauf, die ohnehin vorgesehen war, als der Mann Pleite machte und ich den Grabstein statt seiner erwarb? Er bekommt seinen Grabstein umsonst, und ich werde meinen los, und genau das will ich ja... Das ist wunderbar. Jetzt müssen Sie einen Handwagen zu meinem Haus schicken, und einen sehr großen Küchentisch, nämlich *den* Küchentisch, zurück nach Grebe schaffen. Er muß durch den Eingang zum Küchengarten hineingetragen und in aller Stille in der Küche abgestellt werden. Und ich lege großen Wert darauf, daß es noch heute passiert.«

All dies ging wie geplant über die Bühne. Georgie sah mit eigenen Augen, wie das letzte Wort seiner Inschrift in Marmorsplittern verschwand; und er nahm alle Bleibuchstaben mit, falls sie noch einmal für irgend etwas zu gebrauchen sein sollten, obwohl er nicht zu sagen wußte wofür. . . vielleicht würde er die Worte *Mallards Cottage* in seine Haustürschwelle einlegen lassen; bestimmt enthielt diese lange Inschrift die nötigen Buchstaben. Eine recht hübsche und originelle Idee. Dann vergewisserte er sich, daß der Küchentisch an seinen angestammten Platz zurückgebracht worden war, während Lucia schlief, und in dem Bewußtsein, sein Bestes getan zu haben, fuhr er zur Dinnerzeit hin. Zu dem freudigen Ereignis trug er seine weiße Weste mit den Onyxknöpfen.

Lucia sah ausgesprochen gut und sonnengebräunt aus. Um sich auszuruhen, hatte sie mehr Postkarten an all ihre Freunde, hier und anderswo, geschrieben, als Georgie je auf einem Haufen gesehen hatte.

»*Georgino*«, rief sie. »Es gibt so viel zu sagen, daß ich kaum weiß, wo anfangen. Zuerst bei meinen Abenteuern, glaube ich, ganz kurz, da ich meiner Sekretärin einen kompletten Bericht darüber diktieren werde, und nächste Woche lade ich ganz Tilling ein und lese ihn euch vor. In zwei Teilen, nehme ich an, da ich wohl nicht alles an einem Abend schaffe. Aber zurück zum Tag nach Weihnachten.

An jenem Nachmittag ging ich in die Küche«, sagte sie, als sie zum Dinner Platz nahmen, »und da stand Elizabeth. Ich fragte sie – was nur natürlich ist, meinen Sie nicht auch? –, was sie dort suche, und sie antwortete: ›Ich wollte mich für die köstliche *paté* bedanken und fragen, ob ich...‹ Als sie an dieser Stelle angelangt war – ich muß später noch einmal darauf zurückkommen –, brach mit einem schrecklichen Tosen der Damm, und das Hochwasser strömte herein. Ich war ganz ruhig. Wir stiegen auf, eigentlich sollte ich sagen: in den Tisch... Übrigens, wurde der Tisch je wieder an Land getrieben?«

»Ja«, sagte Georgie, »er steht jetzt in Ihrer Küche. Ich habe ihn zurückbringen lassen.«

»Danke, mein Lieber. Wir stiegen in den Küchentisch, wirklich ein perfektes Boot, keine Ahnung, warum man nicht mehr davon macht, rasten an der Treppe vorbei... ach ja, hat sich der Padre schlimm erkältet? Wie das gespritzt hat! Dabei haben wir den einzigen Tropfen Wasser der ganzen Fahrt abbekommen.«

»Nein, aber er hat den Schirm verloren, den er von Ihnen bekommen hatte«, sagte Georgie, »und eine Woche später fand ihn der Padre der katholischen Kirche und gab ihn unserem Padre zurück. War das nicht ein Zufall? Nur weiter. O nein, Moment mal. Was meinten Sie mit dem Ruf: ›Wartet nur, bis wir wiederkommen‹?«

»Nun, natürlich wollte ich Ihnen mitteilen, daß ich Elizabeth in meiner Küche angetroffen hatte«, antwortete Lucia. »Hurra! Ich dachte mir, daß Sie etwas in der Art gemeint haben«, sagte Georgie.

»Also, hinaus ging's – noch nie zuvor war ich in einem Küchentisch so schnell –, hinaus aufs Meer in einen unglaublich dichten Küstennebel. Du liebe Güte; die arme Elizabeth! Absolut keine Selbstbeherrschung! Ich sagte zu ihr, wenn wir gerettet würden, gäbe es keinen Grund zu heulen, und wenn nicht, wären unsere Sorgen ohnehin bald vorüber.«

Grosvenor hatte Lucia etwas Fisch vorgesetzt. Sie schüttelte sich ganz schrecklich.

»Huch, weg damit!« sagte sie. »Ich will, solange ich lebe, nie wieder Fisch sehen, besonders keinen Kabeljau. Richten Sie's der Köchin aus. Sie werden gleich verstehen warum, Georgie. Elizabeth wurde hysterisch und sagte, sie sei nicht bereit zu sterben, also schimpfte ich mit ihr – immer die beste Methode bei hysterischen Menschen – und sagte zu ihr, je länger sie lebe, desto weniger würde sie bereit sein, was ihr ein wenig half. Dann wurde es dunkel, und Nebelhörner tuteten überall um uns herum, und wir riefen und brüllten, aber ihre Stimmen waren viel kräftiger als unsere, und keiner hörte uns. Eine von ihnen wurde lauter und immer lauter, bis ich es kaum mehr aushielt, und wir stießen ganz sanft dagegen, gegen das zu dem Nebelhorn gehörende Boot, meine ich.«

»Lieber Himmel, Sie hätten kentern können«, sagte Georgie. »Nein, es war wie ein Liniendampfer, der am Kai anlegt«, sagte Lucia. »Überhaupt kein Aufprall. Als dann das Nebelhorn verstummte, hörten sie uns schreien und nahmen uns an Bord. Es war ein italienischer Trawler unterwegs zu den Kabeljaufischgründen (darum möchte ich nie wieder Kabeljau sehen) über der Gallagher-Bank.«

»Das war auch ein Glücksfall«, sagte Georgie, »denn so konnten Sie sich ein wenig verständlich machen. Besser, als wenn sie Spanier gewesen wären.«

»Ungefähr genauso schlimm, ich bin nämlich überzeugt, wie ich Elizabeth sagte, daß sie sich in einem höchst ausgefallenenen neapolitanischen Dialekt unterhielten. Es war sogar ein ziemliches Pech. Doch da der Kapitän ausgezeichnet Englisch verstand, machte es nichts. Sie waren ausgesprochen höflich, konnten uns aber nicht an Land bringen, da wir inzwischen meilenweit draußen im Ärmelkanal waren und uns auch einigermaßen verfahren hatten. Sie hatten keine Ahnung, wo sich die englische Küste oder irgendeine andere Küste befand.«

»Funkgerät?« schlug Georgie vor.

»Das war bei dem schrecklichen Sturm am Tag zuvor völlig zerstört worden. Wir trieben zwei Tage lang durch den Nebel, und als es aufklarte und wir die Sonne wieder schießen konnten – ein seemännischer Ausdruck, Georgie – befanden wir uns irgendwo vor der Küste von Devonshire. Der Kapitän versprach, jedes Fahrzeug anzuhalten, das nach England unterwegs war, aber er sah keins. Also hielt er weiter auf die Gallagher-Bank zu, die von Irland ungefähr gleich weit entfernt ist wie von Amerika, und da blieben wir zwei Monate lang. Kabeljau, Kabeljau, Kabeljau, nichts als Kabeljau, und Elizabeth schnarchte die ganze Zeit in unserer gemeinsamen Kabine. Häufig war es bitter kalt; wie froh ich war, daß ich so viele Freiübungen konnte! Bei meinem Vortrag werde ich Ihnen alles darüber erzählen. Dann erfuhren wir, daß ein Trawler aus Tilling über der Bank lag, und als der zur Heimreise bereit war, wurden wir übernommen – so nennen sie es – und kamen, wie Sie wissen, heute morgen zurück. Das ist das Skelett der Geschichte.«

»Das herrlichste Skelett, das ich je gehört habe«, sagte Georgie. »Beeilen Sie sich unbedingt mit der Abfassung Ihres Vortrags.«

Lucia fixierte Georgie mit ihrem durchdringenden Blick. Die lange Seereise hatte ihn keinesfalls weniger stechend werden lassen.

»Jetzt sind Sie für ein Weilchen dran«, sagte sie. »Gewiß weiß ich mehr, als Sie glauben. Zunächst zu dem Gedenkgottesdienst.«

»Ach, darüber wissen Sie Bescheid?« fragte er.

»Aber ja. Das Gemeindeblatt lag hier für mich bereit, und ich las es im Bett. Meines Erachtens war die Zeremonie ein wenig verfrüht. Sie haben, glaube ich, teilgenommen.«

»Wir alle«, sagte Georgie. »Übrigens hat der Padre ausgesprochen nette Dinge über Sie gesagt.«

»Ich fühlte mich sehr geschmeichelt. Aber dennoch war es zu früh. Sie und Major Benjy waren Hauptleidtragende.«

Georgie überlegte einen Moment.

»Ich will reinen Tisch machen«, sagte er dann. »Sie hatten mir gesagt, daß Sie mir Grebe und einen kleinen Geldbetrag hinterlassen, und Ihr Anwalt verriet mir, was dies bedeutete. Meine Liebe, ich war sehr gerührt, und natürlich war es nur recht und billig, daß ich Hauptleidtragender sein sollte. Genauso erging es Major Benjy. Er hatte Elizabeths Testament eingesehen, und da saßen wir also.«

Plötzlich packte ihn eine unwiderstehliche Neugier.

»Man hat Major Benjy den ganzen Tag nicht gesehen«, sagte er. »Verraten Sie mir doch, was heute morgen in Mallards passiert ist. Am Telephon sagten Sie nur, er sei gerade nach Hause gegangen.«

»Ja, mit Sack und Pack«, bestätigte Lucia. »Beziehungsweise er ging zuerst, und Sack und Pack folgten. Strümpfe und der ganze Kram, Sie haben einiges davon auf der obersten Treppenstufe gesehen. Elizabeth war außer sich vor Wut, hat gekeift wie ein Fischweib. So passend, da sie gerade von der Gallagher-Bank zurückkam. Aber erzählen Sie mir mehr. Was passierte nach dem Gedenkgottesdienst als nächstes?«

Die Hoffnung war sehr schwach, das Ehrenmal vor Lucia geheimhalten zu können. Wenn sie die Februarnummer des Gemeindeblattes gesehen hatte, hatte sie wohl auch die Aprilnummer gesehen, die mit der ganzseitigen Abbildung des Ehrenmals. Und dann war da noch der durchdringende Blick.

»Als nächstes ließ ich für Sie und Elizabeth ein wunderschönes Ehrenmal errichten«, sagte Georgie mit fester Stimme. »In liebender Erinnerung an... von mir. Aber heute habe ich die Inschrift entfernen lassen.«

Lucia legte ihre Hand auf die seine.

»Lieber Georgie, ich bin froh, daß Sie es mir gesagt haben«, sagte sie. »Übrigens wußte ich schon Bescheid, weil Elizabeth und ich den Stein heute morgen untersucht haben. Zuerst war ich irritiert, aber jetzt finde ich, daß es ganz lieb von Ihnen war. Es hat bestimmt eine Menge Geld gekostet.«

»Das stimmt«, bestätigte Georgie. »Und was hielt Elizabeth davon?«

»War bloß wütend, weil ihr Name kleiner geraten war als meiner«, sagte Lucia. »Sieht dem armen Ding so ähnlich.«

»War sie all die Monate sehr lästig?« fragte Georgie.

»Lästig trifft es nicht ganz«, sagte Lucia unparteiisch. »Eher unzulänglich als lästig, außer gelegentlich. Sie erkannte nicht die sich ihr bietenden gewaltigen Chancen. Nie machte sie das Beste daraus, und sie vergaß weder unsere kleinen Unbequemlichkeiten noch den ewigen Fischgestank. Ich hingegen lernte unendlich viel Neues, Georgie: die italienischen Ausdrücke für Steuerbord und Backbord – das sind die rechte und linke Seite des Schiffes –, und wie man einen Fischerknoten und eine Laufschlinge und einen Webeleinstek knüpft, und wie man die beiden Enden eines Taus verspleißt und alle möglichen anderen seltsamen und interessanten Dinge. Einiges werde ich Ihnen bei meinem Vortrag zeigen. Ich bin immer barfuß übers Deck gelaufen«, (Lucia hatte sehr hübsche Füße), »habe an Anker und Spill und Zeugs gezogen, und es gelang mir, nie aus meiner Koje auf den Boden zu fallen, wenn das Schiff schrecklich schlingerte, und nie seekrank zu werden. Aber die arme Elizabeth fiel ständig auf den Boden, und manchmal wurde ihr dort übel. Sie hatte keinen Schneid. Kleine Jammerlaute und Seufzer und Bedauern, daß sie am zweiten Weihnachtstag überhaupt den Hügel von Tilling hinabgestiegen war.«

Lucia beugte sich vor und musterte Georgie unverwandt.

»Ich konnte sie nicht ergründen, einfach weil sie so überaus oberflächlich war«, sagte sie. »Aber ich habe das bestimmte Gefühl, daß sie die ganze Zeit über etwas beschäftigte. Häufig schien sie kurz davor, mir etwas zu gestehen, doch dann bekam sie es nicht über die Lippen. Kein Schneid. Und auch wenn ich nicht genau dahinterkomme, was es genau war, weiß ich die ungefähre Richtung.«

»Wie aufregend!« rief Georgie. »Sagen Sie's mir!«

Lucias Blick war nun nicht mehr bohrend, sondern schweifte in die Ferne, immer noch stechend, aber spekulativ, als wäre sie Einstein, der sich auf irgendeinen kosmischen logischen Schluß konzentrierte.

»Georgie, warum kam sie am zweiten Weihnachtstag wie ein Einbrecher in meine Küche?« fragte sie. »Sie sagte, sie habe mir für die *paté* danken wollen, die ich ihr geschickt hatte. Aber das stimmte nicht, das mußte jedem Dummkopf klar sein. Niemand kommt in Küchen, um Leuten für *patés* zu danken.«

»Diva vermutete, sie sei gekommen, um sich den Weihnachtsbaum anzusehen«, sagte Georgie. »Sie beide waren damals nicht sehr gut aufeinander zu sprechen. Wir alle hielten das für eine brillante Idee von Diva.«

»Warum hat sie es dann nicht gesagt?« fragte Lucia. »Meiner Ansicht nach war es etwas viel Gemeineres und Hinterhältigeres. Außerdem bin ich überzeugt – manchmal nehme ich so etwas wahr, wie Sie sehr gut wissen –, daß sie während der Monate unserer Odyssee erzählen wollte, warum sie in der Küche war, und daß sie sich deswegen schämte. Natürlich habe ich sie nie gefragt, denn wenn sie es mir nicht von selbst erzählen wollte, wäre es unter meiner Würde, ein Bekenntnis zu erzwingen. Da waren wir gemeinsam über der Gallagher-Bank, sie ständig außer sich, und ich müßte eigentlich böse auf mich sein, daß ich nicht versucht habe, ihr die Wahrheit zu entlocken. Doch je mehr ich darüber nachdenke, Georgie, desto überzeugter bin ich, daß sich das, was sie mir gern gesagt hätte, aber nicht sagen konnte, um besagten Vorfall drehte. Schließlich hatte ich zuvor all ihre Intrigen gegen mich enttarnt und kannte bis zu diesem Augenblick all ihre Schandtaten. Sie hatte etwas vor, und dieses Etwas war der Grund, weshalb sie sich in meiner Küche aufhielt.«

Lucias entrückte, prophetische Phase war beendet.

»Ich werde es schon herausfinden«, sagte sie. »Die arme Elizabeth wird sich irgendwann verraten. Aber, Georgie, wie hat mir in diesen Wochen meine Musik gefehlt! Kein einziges Klavier an Bord all der dort versammelten Trawler! Bloß ein paar Schifferklaviere, und sonst nichts als Kabeljau. Lassen Sie uns gleich in mein Musikzimmer gehen und wieder ein wenig Mozartino spielen. Doch zunächst möchte ich eines sagen.«

Georgie ging rasch alles durch, was er getan hatte, während er überzeugt gewesen war, Lucia sei vor langer Zeit ertrunken. Doch wenn sie von dem Gedenkgottesdienst und dem Ehrenmal wußte, gab es nur noch den Küchentisch, und der war inzwischen wieder an seinem Platz. Sie wußte alles, was von Belang war. Lucia redete Babysprache.

»Georgie«, sagte sie. »Tu muß bissel enttäuschelt sein...«

Das war zuviel. Georgie schlug ziemlich fest auf den Tisch.

»Bin ich nicht«, rief er. »Wie können Sie so etwas sagen?«

»Tleines Scherzchen, Georgie«, piepste Lucia. »Hatte so lange kein Scherz mit dieser melancholischen Liblib. 'tschuldigung. Du nich bös auf Lucia?«

»Nein, aber sagen Sie so etwas nicht wieder«, sagte Georgie. »Ich dulde das nicht.«

»Das brauchen Sie auch nicht«, sagte Lucia, endlich wieder in die Erwachsenensprache verfallend. »Dieses Haus ist nun wieder blitzsauber, und von Grosvenor weiß ich, daß Sie alle Löhne bezahlt haben, Woche für Woche.«

»Selbstverständlich«, sagte Georgie.

»Das war sehr lieb und aufmerksam von Ihnen. Sie haben dafür gesorgt, daß mein Haus für meine Rückkehr wohlvorbereitet war, und Sie müssen mir morgen sämtliche Rechnungen und alles schicken, die ich sofort bezahlen werde, und ich danke Ihnen mächtig für Ihre Fürsorge. Und schicken Sie mir auch die Rechnung für das Ehrenmal. Ich möchte es bezahlen, wirklich. Es war ein netter Impuls von Ihnen, Georgie, wenn auch – Gott sei Dank – verfrüht. Aber ich ertrage die Vorstellung nicht, daß Sie pleite sind, weil ich noch lebe. Sagen Sie nichts – ich werde nicht zuhören. Und jetzt lassen Sie uns direkt zum Klavier gehen und eines unserer Duette spielen, und zwar das, was wir als letztes geübt haben, den himmlischen Mozartino.« Sie gingen ins Nebenzimmer. Die Noten lagen auf dem Klavier, das aussah, als habe Lucia bereits geübt, und sie glitt auf den höheren Klavierstuhl.

»Wir beide fangen auf drei an«, sagte sie. »Sind Sie soweit? Los! *Uno*, *due*, TRE!«

13

Der todunglückliche Major Benjy, der sich den ganzen Tag nicht aus dem Haus gewagt hatte, außer um mit Agenten zu reden und jämmerliche Touren zwischen seinem Haus und Mallards zu unternehmen, speiste an jenem Abend allein (wenn man von speisen reden konnte), und zwar Schweinefleischpastete und eine Flasche Burgunder. Die eintägige schwere Arbeit hatte die »Posten« seiner abgesagten Auktion wieder an ihre angestammten Plätze gebracht, und ein wenig Klebstoff hatte dem kahlen Tiger sein Auge zurückgegeben. Der Major selbst fühlte sich schlimmer als kahl, nämlich gehäutet, und Gott im Himmel mochte wissen, wie viele Felle man ihm noch über die Ohren ziehen würde. In ganz Tilling läuteten wohl die Telephonklingeln (wie auch die Kirchenglocken) von morgens bis abends vor lauter Gratulationen und entsprechenden Danksagungen zwischen den zurückgekehrten Damen und ihren Freunden, und er hatte sich noch nie so sehr wie ein Paria gefühlt. Gerade eben war Diva unter seinen Fenstern vorbeigegangen (im Lampenlicht deutlich sichtbar, da er die Vorhänge im Herrenzimmer noch nicht zugezogen hatte), und er hatte sie an die Tür von Mallards klopfen hören. Sie speiste wohl bei der unvermeidlichen Elizabeth zu Abend, und worüber mochten die beiden reden? Das wußte er nur allzugut, er kannte Elizabeth.

Hätte er in dem Geiste im Speisezimmer zugegen

sein können, in dem er erst gestern abend Diva, Georgie und Mrs. Bartlett so aufwendig bewirtet und geduldet hatte, wie sie kräftig dem Portwein zusprachen, hätte ihn das nicht viel fröhlicher gestimmt.

»In meinem Gästeschlafzimmer, Diva, hätten Sie das für möglich gehalten?« sagte Elizabeth. »Und sämtliche Schubladen voller Socken und Hemden und falscher Zähne, war es nicht so, Withers, und der Keller voller Wein? Der Himmel allein weiß, was er von meinen Dingen vertilgt hat. Da war die *paté*, die mir Lucia erst am Tag geschenkt hatte, bevor wir aufs Meer hinausgetrieben wurden...«

»Aber das ist drei Monate her«, wandte Diva ein.

»...und er hat meine Kohlen und mein elektrisches Licht benutzt, als wären es sein Eigentum, vom Feuerholz ganz zu schweigen«, fuhr Elizabeth genau da fort, wo sie aufgehört hatte, »und eine ganze Menge rote Bete.«

Diva platzte fast vor Neugier, die Geschichte der Reise zu hören. Sie wußte, daß Georgie bei Lucia aß, und er würde morgen allen davon erzählen, und wenn nur Elizabeth die rote Bete sein lassen und von allem anderen berichten würde, stünde sie, Diva, ebenfalls im Mittelpunkt des Interesses und sähe sich nicht genötigt, Georgie zuzuhören.

»Liebe Elizabeth«, sagte sie, »was bedeutet schon ein bißchen rote Bete im Vergleich zu dem, was Sie durchgemacht haben? Wenn eine alte Freundin, wie Sie es sind, solche unerhörten Erfahrungen gemacht hat, wie es bei Ihnen gewiß der Fall war, ist alles andere belanglos. Natürlich tut mir das mit Ihrer roten

Bete leid – höchst ärgerlich; aber ich will unbedingt von Ihren Abenteuern erfahren.«

»Davon werden Sie alle bald genug erfahren«, sagte Elizabeth, »da ich morgen mit einer kompletten Beschreibung beginne. Dann, sobald sie fertig ist, veranstalte ich eine große Teeparty, und statt Bridge lese ich sie Ihnen anschließend vor. Das ist streng vertraulich, Diva. Verraten Sie kein Wort davon, sonst stiehlt mir Lucia meine Idee und kommt mir zuvor.«

»Nicht ein Wort«, versprach Diva. »Aber bestimmt können Sie mir ein paar Einzelheiten erzählen.«

»Ja, es gibt gewisse Dinge, die ich in der Öffentlichkeit nicht erwähnen werde«, sagte Elizabeth. »Dinge über Lucia, die öffentlich zu erzählen mir nicht einmal im Traum einfallen würde.«

»Genau über die würde ich am liebsten etwas erfahren«, sagte Diva. »Bloß ein paar kleine Leckerbissen.«

Elizabeth überlegte einen Moment.

»Ich will ihr gegenüber nicht ungerecht sein«, sagte sie, »schließlich waren wir zusammen, und ich möchte mir nicht ausmalen, was passiert wäre, wenn ich nicht dagewesen wäre; vielleicht ein wenig übergeschnappt vor Panik, das ist die nachsichtigste Erklärung. Als wir auf dem Weg ins Meer an der Stadt vorbeigewirbelt wurden, schrie sie laut: ›*Au reservoir*: Wartet nur, bis wir wiederkommen.‹ Diva, mich wirft nichts so leicht um, aber ich war entsetzt, das muß ich zugeben. Der Tod starrte uns ins Gesicht, und sie konnte nur Witze machen! Da saß ich, ruhig und gefaßt, bereitete mich auf den ernsten Moment vor, wie es sich für einen Christen gehört, und meine Begleiterin ist diese kreischende Hyäne. Dann trieben wir aufs Meer hinaus, in dem dichten Nebel, die Wellen zerrten und rissen ans uns, bis wir gegen die Seite eines im Dunkeln unsichtbaren Schiffes krachten.«

»Wie furchtbar!« sagte Diva. »Erstaunlich, daß Sie nicht gekentert sind.«

»Das war tatsächlich ein Wunder«, sagte Elizabeth. »Wir wurden herumgestoßen, der Tisch bekam schlimme Schläge ab, und wenn ich nicht klaren Kopf bewahrt und mich an der Seite des Schiffes festgeklammert hätte, wären wir unweigerlich gekentert. Inzwischen hatte man unsere Rufe gehört, und ich sprang ohne einen Moment des Zögerns auf die Strickleiter, die sie hinuntergeworfen hatten, um den Tisch für Lucia leichter zu machen, und dann kletterte auch sie nach oben.«

Elizabeth hielt kurz inne.

»Diva, Sie werden bezeugen, daß ich – trotz Amelia Faraglione – immer gesagt habe, Lucia könne kein Wort Italienisch, und ich hatte recht. Es war ein italienisches Boot, und unsere Italienischexpertin war völlig perplex, so daß der Kapitän sich auf englisch mit uns unterhalten mußte. Also!«

»Nur weiter«, sagte Diva atemlos.

»Das Schiff war ein Schleppnetzfischer, unterwegs zur Gallagher-Bank, wo wir zwei Monate lang blieben, bis wir einen anderen Trawler fanden, der nach Hause fuhr, nach Tilling, und dem wir heute morgen entstiegen. Aber ich werde Ihnen nicht von unserem Leben und unseren Abenteuern berichten, da ich dies für meine Lesung aufspare.«

»Nein, macht nichts«, sagte Diva. »Erzählen Sie mir intime Details über Lucia.«

Elizabeth seufzte.

»Wir dürfen niemanden richten«, sagte sie, »und das werde ich auch nicht... aber ach, die Natur hat sich zu erkennen gegeben! Die Italiener waren eine Bande ungehobelter und lüsterner Männer der ordinärsten Sorte, doch Lucia blühte in ihrer Gesellschaft regelrecht auf. Tagtäglich spazierte sie übers Deck, häufig barfuß, hüpfte und absolvierte ihre Freiübungen und lernte ein paar Worte Italienisch; sie saß mit diesem oder jenem da, ihre Finger buchstäblich mit seinen verschlungen, während er so tat, als bringe er ihr bei, wie man einen Knoten oder einen Webeleinstek oder etwas anderes knüpft, das wahrscheinlich auch noch eine ähnlich unanständige Bedeutung hat. Solche Koketterie (und auch noch in ihrem Alter), solche Promiskuität habe ich noch nie erlebt. Aber ich richte sie nicht und flehe Sie an, es auch nicht zu tun.«

»Haben Sie sie denn nicht zur Rede gestellt?« fragte Diva.

»Ich habe versucht, mich dazu aufzuraffen«, sagte Elizabeth, »fand aber ihre Unmoral regelrecht abstoßend. Wir teilten eine Kabine, die ungefähr so groß wie ein Hundezwinger war, und ach, die schlaflosen Nächte, wenn ich von dem Brett geworfen wurde, auf dem ich lag! Doch selbst da wollte sie mich noch unterweisen und mich lehren, wie man sich festkeilt. Immer diese schauderhaft überhebliche Haltung, diese Manie, jedem alles beizubringen (außer Italienisch), was wir so oft mißbilligt haben. Aber das war noch gar nichts. Viel schlimmer war ihre Leichtfertigkeit damals, als das Hochwasser in die Küche von Grebe eindrang...«

»Erzählen Sie mir unbedingt davon«, rief Diva. »Das ist ja beinahe das Interessanteste überhaupt. Warum hat sie Sie in die Küche mitgenommen?«

Elizabeth lachte.

»Mein liebes Ding!« sagte sie. »Welch einen köstlichen Appetit auf Details Sie haben! Genausogut könnten Sie von mir erwarten, mich an das zu erinnern, was ich an jenem Morgen gefrühstückt habe. Wir hatten uns beide in die Küche begeben; da standen wir und betrachteten den Weihnachtsbaum. Welch ein billiger bombastischer Baum! Ähnelte ihr sehr. Dann kam das Hochwasser, und ich erkannte, daß unsere einzige Chance darin bestand, den Küchentisch zu besteigen. Übrigens, wurde er je an Land getrieben?«

»Aber ja, ohne einen Kratzer«, sagte Diva und dachte an die Stöße, die er angeblich an der Seite des Trawlers hatte einstecken müssen...

Elizabeth hatte offenbar nicht damit gerechnet, daß er stranden würde. Sie stand auf.

»Mich überrascht, daß er nicht kaputtgegangen ist«, sagte sie. »Aber lassen Sie uns ins Gartenzimmer gehen. Wir müssen uns unbedingt über den miesen Schnorrer nebenan unterhalten. Hat er sich wirklich von dem Geld, mit dem er nach meinem Tod gerechnet hat, ein Auto gekauft? Und der viele Wein... Flaschen über Flaschen, wie ich von Withers erfuhr. Wahre Champagnermeere. Wie soll er das jetzt alles mit seinem erbärmlichen kleinen Einkommen bezahlen, mit dem er zuvor schon geknausert und gedarbt hat?«

»Das weiß niemand«, sagte Diva. »Hat ihn schlimm getroffen. So übereilt und hastig, wie wir alle fanden.«

Sie machten es sich am Kamin bequem, nachdem Elizabeth einen Blick durch den Vorhangschlitz geworfen hatte.

»Ich bereue nicht im mindesten, daß ich heute morgen ein wenig streng mit ihm war«, sagte sie. »Jede Frau hätte das gleiche getan.«

Withers brachte ein Briefchen. Elizabeth warf einen Blick auf die Handschrift und wurde unter ihrer auf der Kabeljaubank erworbenen Bräune blaß.

»Von ihm«, fragte sie. »Keine Antwort, Withers.«

»Soll ich ihn lesen«, fragte Elizabeth, als Withers das Zimmer verlassen hatte, »oder direkt ins Feuer werfen, wie er es verdient?«

»Ach, lesen Sie ihn«, sagte Diva, die unbedingt wissen wollte, was in dem Brief stand. »Sie müssen erfahren, was er zu seinen Gunsten anführt.«

Elizabeth rückte ihren Kneifer zurecht und las schweigend.

»Armer Schuft«, sagte sie. »Aber soweit sehr anständig. Soll ich es Ihnen vorlesen?«

»Ja, ja, ja«, sagte Diva.

Elizabeth las:

»Meine liebe Miss Elizabeth (wenn Sie mir diese Anrede noch gestatten)...«

»Sehr anständig«, sagte Diva.

»Unterbrechen Sie mich nicht, Liebe, sonst lese ich es nicht«, sagte Elizabeth.

»... noch gestatten). Zuallererst möchte ich Ihnen von ganzem Herzen zu Ihrer Rückkehr gratulieren nach den Abenteuern und Prüfungen, die Sie, wie ich weiß, mit christlichem Mut ertragen haben.

Zweitens möchte ich Ihnen meine demütigsten Entschuldigungen für mein abscheuliches Verhalten während Ihrer Abwesenheit übermitteln, das eines Soldaten und Christen und, trotz allem, Gentleman unwürdig ist. Ihre Vergebung, sollten Sie so gnädig sein, sie mir zu gewähren, würde meine gegenwärtige Lage sehr mildern.

Hochachtungsvoll

Ihr (wenn ich das so formulieren darf)
Benjamin Flint

»Das nenne ich sehr nett«, sagte Diva. »Das ist ihm nicht leichtgefallen!«

»Und mir fällt es nicht leicht, ihm zu verzeihen«, entgegnete Elizabeth.

»Elizabeth, Sie müssen Ihrem Herzen einen Stoß geben«, sagte Diva energisch. »Tillings Gesellschaft zerbricht in tausend Stücke, wenn wir nicht aufpassen. Daß Sie und Lucia von den Toten zurückgekehrt sind, ist eine sehr gute Gelegenheit, sich versöhnlich zu zeigen und von neuem zu beginnen. Er kann wirklich nicht mehr sagen, als er gesagt hat.«

»Noch hätte er, wenn er ein Soldat, ein Christ und Gentleman ist, weniger sagen können«, bemerkte Elizabeth.

»Nein, aber er hat das Richtige getan.«

Elizabeth erhob sich und spähte noch einmal aus dem Fenster.

»Ich vergebe ihm«, sagte sie dann. »Ich werde ihn morgen zum Tee einladen.«

Elizabeth nahm große Mengen Gedankennahrung mit ins Bett, an der sie bis zu sehr später Stunde zu kauen hatte. Sie war haufenweise Gehässigkeiten gegen Lucia losgeworden, was für einen klareren Kopf gesorgt hatte, und sie würde morgen sehr damit beschäftigt sein, ihren Bericht des großen Abenteuers zu verfassen. Doch am meisten beschäftigte sie der Gedanke an Major Benjy. Es hatte eine Zeit gegeben, als er zweifellos sehr kurz davor gewesen war, ihr einen Antrag zu machen, den sie immer bereitwilligst angenommen hätte. Sie pflegten damals miteinander Golf zu spielen, ehe diese Unruhestifterin Lucia über Tilling hereingebrochen war; er pflegte ihr zwanglose Besuche abzustatten, und sie pflegte ihm Blumen ins Knopfloch zu stecken. Tilling hatte mit ihrer beider Ehebund gerechnet, und Major Benjy war ohne Zweifel kurz davor gewesen. Jetzt, überlegte sie, war genau der richtige Augenblick, ihm eine so unbeschränkte Vergebung zu gewähren, daß ein neues Kapitel im Buch des Verzeihens aufgeschlagen wurde. Obwohl sie erst am Morgen seine Golfschläger, seine Strümpfe und falschen Zähne mit allen Anzeichen von Verachtung hinausgeworfen hatte, ließ seine inständige Bitte neue Hoffnungen in ihr aufleben, die bislang nicht realisiert worden waren. Wie für einen verlorenen Sohn müßten für ihn gemästete Kälber geschlachtet werden, er müßte in diesem Haus, das er entweiht hatte, eine Herzlichkeit und ein Willkommen für die Zukunft sowie ein Vergessen der Vergangenheit finden, die seine zölibatären Neigung zwangsläufig unterminieren würden. Durch seine voreilige Übernahme von Mallards diskreditiert, durch seine peinliche Vertreibung aus demselben gedemütigt sowie durch den unbesonnenen Erwerb von Weinen, Automobil und Holzschlägern mit Stahlschäften verarmt, würde er sicherlich diese großartige Gelegenheit, die sie ihm bot, beim Schopf ergreifen. Vielleicht würde er zunächst schüchtern sein, das Ausmaß seines Glücks nicht fassen können, doch mit ein wenig Taktgefühl, wenn man ihm sozusagen ein paar Schälchen mit Milch anbot, wie einen vereinsamten streunenden Kater, und dem lieben Tier nette Angebote unterbreitete, sich füttern und streicheln zu lassen, wobei man ihm insgeheim Honig um den Bart schmierte und, offen gesagt, plötzlich die Tür zuschmiß, wenn Kater sich eingelebt hatte, dann müßte Kater unweigerlich den Wunsch verspüren, sich domestizieren zu lassen, falls er nicht geistesgestört war. »Ich glaube, ich schaffe es«, dachte Elizabeth, »und dann wird die arme Lulu nur eine Witwe sein, ich hingegen eine verheiratete Frau mit einem wohlkontrollierten Ehemann. Wie ihr das schmecken wird?«

Solche lieblichen Gedanken lullten sie allmählich in den Schlaf.

Bald wurde deutlich, daß die Rückkehr der Verlorenen, an sich bereits ein Ereignis erster Ordnung, umgehend ein Wiederaufleben der Rivalitäten zur Folge haben würde, die im Herbst das Leben in Tilling so aufregend hatten werden lassen. Als Georgie drei Tage nach Lucias Rückkehr in die Stadt ging, um sie zu treffen, entdeckte er entlang der High Street jede Menge Plakate, auf denen ein Vortrag angekündigt wurde, den Mrs. Lucas in zwei Tagen im Institut halten würde, Eintritt frei und keinerlei Sammlung vor, nach oder während des Ereignisses. »Eine moderne Odyssee« lautete der Titel der Lesung. Er eilte weiter nach Grebe, wo sie mit der Korrektur des maschinengeschriebenen Manuskripts beschäftigt war, das sie am Tag zuvor ihrer Sekretärin diktiert hatte, fast ohne Essenspause.

»Also, ich dachte, es sollte nur eine abendliche Lesung nach dem Dinner werden«, sagte er sofort, ohne zu erklären, was er meinte.

Lucia legte einen Brieföffner auf die Seite, bei der sie gerade war, und blätterte zur ersten zurück.

»Mein kleines Zimmer würde die vielen Leute nicht fassen, die es, soviel ich weiß, kaum erwarten können, von all dem zu hören, was ich durchgemacht habe«, sagte sie. »Sehen Sie, Georgie, ich halte es für eine Pflicht, denjenigen auferlegt, die das Privileg hatten, ungeheure Abenteuer unbeschadet zu überstehen, andere soweit wie möglich an ihren Erfahrungen teilhaben zu lassen. Ich habe übrigens vor, damit meinen Vortrag zu eröffnen. Ich las soeben den ersten Satz. Wie hat er Ihnen gefallen?«

»Großartig«, sagte Georgie. »So gut formuliert.«

»Dann komme ich kurz auf Nansen, Stanley und Amundsen zu sprechen«, fuhr Lucia fort, »die alle dicke Bücher über ihre Reisen verfaßt haben, und sage, da ich nicht im Traum daran dächte, mein Abenteuer mit den ihren zu vergleichen, müsse ein kurzer verbaler Abriß der mir zugestoßenen seltsamen Ereignisse genügen. Ich rechne damit, daß es nicht über zwei Stunden dauern wird, höchstens zweieinhalb. Ich bin etwa um ein Uhr heute morgen fertiggeworden.«

»Tja, da haben Sie sich beeilt«, sagte Georgie. »Sie sind ja erst seit drei Tagen zurück.«

Lucia schob den Stapel maschinengeschriebener Blätter beiseite.

»Georgie, es war eine schlimme Arbeit«, sagte sie, »aber ich mußte mich von dem Alpdruck dieser Erinnerungen befreien, indem ich sie niederschrieb. Aristoteles, Sie verstehen: die Reinigung des Geistes. Außerdem habe ich bestimmt recht, wenn ich mich beeile. Es sähe Elizabeth ähnlich, etwas Gleichartiges zu versuchen. Jedenfalls habe ich das Institut gemietet...«

»Das ist aber interessant«, fiel ihr Georgie ins Wort. »Praktisch jedesmal, wenn ich während der letzten beiden Tage an Mallards vorbeikam, saß Elizabeth im Fenster des Gartenzimmers und schrieb. Schrecklich beschäftigt; hat kaum aufgesehen. Ich weiß nicht mit Bestimmtheit, ob sie ihre Odyssee aufschreibt – was für ein guter Titel –, aber irgend etwas schreibt sie, und es muß das sein. Und bei zwei dieser Gelegenheiten saß Major Benjy neben ihr auf dem Klavierstuhl, und sie las ihm aus einem Stapel blauer Schreibpapierblätter vor. Natürlich verstand ich die Worte nicht, aber ihre Lippen standen nicht still. So beschäftigt, daß sie mich nicht sah, aber ich glaube, er hat mich gesehen.«

»Nein!« rief Lucia, einen Moment lang ihren Vortrag vergessend. »Hat sie sich denn wieder mit ihm versöhnt?«

»Das muß sie wohl. Er hat einmal mit ihr zu Abend gegessen, ich sah ihn nämlich ins Haus gehen, und er hat einmal bei ihr zu Mittag gegessen, ich sah ihn nämlich herauskommen, und dann hat sie ihm beim Tee vorgelesen, und eben bin ich an ihnen im Auto vorbeigekommen. Alle ihre vier Hände waren am Lenkrad, und ich glaube, er hat ihr das Autofahren beigebracht, oder vielleicht lernt er es selbst.«

»Und stellen Sie sich vor, er hat ihr all die Beschimpfungen verziehen und daß sie sein Gebiß vor die Tür gelegt hat«, sagte Lucia. »Ich glaube, dahinter steckt mehr, als man zunächst annimmt.«

»Und zwar viel mehr«, sagte er. »Sie wollte ihn nämlich heiraten und hat ihn, kurz bevor wir kamen, auch fast gekriegt, sagt Diva. Sie wird einen neuen Versuch starten.«

»Raffiniert von ihr«, sagte Lucia anerkennend. »Ich hätte nicht gedacht, daß sie so etwas schafft. Jetzt hat sie ihn nämlich am Wickel, wenn er ihr so unendlich dankbar ist, weil sie ihm vergeben hat. Aber raffiniert, Georgie, recht niederträchtig und raffiniert. Ganz offensichtlich schreibt sie in aller Eile unsere Abenteuer auf. Es ist gut, daß ich keine Zeit vergeudet habe.«

»Ich würde zu gern ihre Miene sehen, wenn sie von ihrer Ausfahrt zurückkommt«, gestand Georgie. »Als ich kam, wurde gerade die High Street mit Plakaten beklebt. Und Freitag nachmittag ist ein guter Zeitpunkt, weil die Geschäfte früher schließen.«

»Ja, natürlich, darum habe ich ihn gewählt«, sagte Lucia. »Sie kann wohl unmöglich einen ganzen Tag vor mir fertig sein, und wenn sie das Institut am Tag nach mir mietet, geht keiner mehr hin, weil ich ihnen schon alles erzählt habe. Und sie kann das Institut nicht am selben Tag wie ich gemietet haben, weil nicht zwei Vorträge – schon gar nicht zum selben Thema – gleichzeitig im selben Raum gehalten werden können. Unmöglich.«

Grosvenor kam mit der Nachmittagspost.

»Und ein Brief durch Boten, Ma'am«, sagte sie.

Natürlich nahm sich Lucia zuerst den durch Boten überbrachten Brief vor. Nichts, was von außerhalb Tillings kam, konnte so dringend sein wie ein lokales Sendschreiben.

»Georgie!« rief sie aus. »Köstliche Verwicklung! Elizabeth lädt mich – mich! – zu ihrer ›Aus den Augen verloren‹ betitelten Lesung im Gartenzimmer ein, und zwar am Freitag um fünfzehn Uhr. Major Benjamin Flint hat sich freundlicherweise bereit erklärt, die Einführung zu halten. Um genau dieselbe Stunde wird der Padre im Institut die einführenden Worte für mich sprechen. Ich weiß, was ich tun werde. Ich werde Elizabeth eine gesonderte Einladung schicken und sie bitten, bei meinem Vortrag auf dem Podium Platz zu nehmen, und zwei Stunden später schicke ich ihr noch eine, als hätte ich ihre soeben erst bekommen, in der ich ihr mitteile, da ich am selben Nachmittag im Institut lese, sei ich leider nicht in der Lage etc. pp. Dann kann sie nicht behaupten, ich habe sie nicht eingeladen.«

»Und wenn sie heute nachmittag von ihrem Ausflug zurückkommen, sie und Major Benjy«, rief Georgie, »werden sie die mit Ihren Ankündigungen beklebte High Street bemerken. Noch nie war ich so aufgeregt, außer bei Ihrer Rückkehr.«

Am nächsten Tag wuchs die Spannung auf das Angenehmste. Als Elizabeth hörte, daß Lucia das Institut gemietet hatte, gab sie sich alle erdenkliche Mühe, sie des Publikums zu berauben, und schickte nicht nur an ihre engsten Freunde Einladungen, sondern auch an

Apotheker, Lebensmittelhändler, Auktionatoren und Metzger, in denen sie diese Leute für den Tag der Schlacht um fünfzehn Uhr in das Gartenzimmer von Mallards einlud, um den *wahren* (unterstrichen) Bericht ihrer Abenteuer zu hören. Lucia reagierte mit einem persönlichen Feldzug durch sämtliche Läden, bezahlte all ihre ausstehenden Rechnungen und teilte allen mit, zwischen den beiden Teilen ihres Vortrags werde dem Publikum gratis Tee und ein Imbiß gereicht. Dieses Manöver zögerte sie bis zum Freitag vormittag hinaus, so daß kaum noch Gelegenheit für einen Gegenangriff bestand.

Am selben Vormittag schickte der Padre, der fand, er müsse alles unternehmen, um für die Zeit nach dem bevorstehenden Waffengang den Frieden zu sichern, zwei Schreiben an Lucia und Elizabeth, in denen stand, ein paar Freunde (was gelogen war, er hatte sich das selbst ausgedacht) hätten ihm gegenüber angeregt, wie angebracht es sei, einen kurzen Dankgottesdienst abzuhalten, weil die beiden den Gefahren des Meeres und der Kabeljaufanggründe entronnen waren. Daher schlage er vor, diesen Gottesdienst direkt nach den Taufen am Sonntag nachmittag stattfinden zu lassen. Er werde nicht lange dauern, ein paar Gebete, allgemeine Danksagung, ein Lied (»Die Gnade des Herrn gleicht der wogenden See«) sowie einige wenige Worte von ihm. Er hoffe, die zwei Damen würden gemeinsam in der ersten Reihe sitzen, wo während des Gedenkgottesdienstes die Hauptleidtragenden Platz genommen hatten. Beide waren von der Idee begeistert, da keine abzulehnen wagte, aus Furcht, sich ins Unrecht zu setzen. Am Sonntagnachmittag (und es war bereits Freitagnachmittag) nach etwa vierzehn Uhr fünfundvierzig mußte also Frieden herrschen, denn wer könnte nach diesem gemeinsamen Dankgottesdienst weiter Krieg führen?

Freitag um drei Uhr nachmittags war im Institut kein Platz mehr frei, und viele standen. Um die gleiche Zeit waren im Gartenzimmer noch viele Plätze frei, da niemand auf ihnen saß. Um halb vier brachte Lucia geographische Länge und Breite der Gallagher-Bank ziemlich durcheinander, und die Karte war heruntergefallen. Um halb vier waren Elizabeth und Major Benjy im Gartenzimmer allein. Es wäre zu strapaziös für sie, sagte er, noch einmal den Vortrag vorzulesen, den sie ihm gestern vorgetragen hatte, und er werde es nicht zulassen. Jedes einzelne Wort habe sich bereits in sein Gedächtnis eingegraben. Daher setzten sie sich zusammen neben den Kamin, und Elizabeth hub an, von der Einsamkeit der Einsamkeit und von Verbundenheit zu reden. Um halb fünf hatte sich Lucias Publikum, nachdem es den reichhaltigen Imbiß eingenommen hatte, verflüchtigt, so daß nur Irene, Georgie, Mr. und Mrs. Wyse sowie Mr. und Mrs. Padre übrigblieben, um sich den zweiten Teil des Vortrags anzuhören. Um halb fünf hatten sich Elizabeth und Major Benjy im Gartenzimmer verlobt. Es gab keinen Grund für eine lange Verlobungszeit (vielmehr sprach alles dagegen), und so würde am kommenden Sonntag das kirchliche Aufgebot verlesen werden.

»Sie werden also alle davon erfahren, *Benjino mio*«, sagte Elizabeth, »wenn wir am Sonntag nachmittag unseren kleinen Dankgottesdienst haben, und ich werde alle unsere Freunde, Lucia eingeschlossen, zur

Feier unserer Verlobung zu einem gemütlichen Lunch am Montag einladen. Sie müssen mir ein paar Flaschen Ihres besten Weines herüberschicken.«

»Als wüßten Sie nicht, daß Ihnen mein ganzer Keller zur Verfügung steht«, antwortete er.

Elizabeth sprang auf und klatschte in die Hände.

»Oh, ich habe eine köstliche Idee für dieses Essen«, sagte sie. »Fragen Sie mich nicht danach, denn ich werde Ihnen nichts verraten. Eine zauberhafte Überraschung für alle, besonders für Lulu.«

Elizabeth war am nächsten Tag leicht gekränkt; denn als sie anbot, an einem beliebigen Nachmittag den Armenhäuslern ihren Vortrag vorzulesen, fand sie heraus, daß Lucia bereits alle, die nicht bettlägrige oder taub waren, für denselben Tag zum Tee nach Grebe eingeladen hatte, um eine gekürzte Fassung ihres Vortrags im Institut zu hören; eine Stunde wurde für ausreichend erachtet, da die Aufregung und Anstrengung einer längeren intellektuellen Leistung für einige Zuhörer vielleicht zuviel sein mochte. Doch diese Kränkung wurde völlig aus ihrer Erinnerung gelöscht, als der Padre am Sonntag vormittag nach dem zweiten Bibeltext das kirchliche Aufgebot verlas. Wie eine plötzliche Invasion von Schmeißfliegen erfüllte ein nicht zu unterdrückendes Gesprächssummen die Kirche, und Lucia, die hinter dem Chor saß und die Altistinnen unterstützte, sagte vernehmlich »Das dachte ich mir«. Elizabeth unterstützte die Sopranistinnen auf der Nordseite, und wäre sie nicht eine vollendete Dame und der Ort ein heiliges Gebäude gewesen, hätte sie sich durchaus verleitet sehen können, in Richtung der Altistinnen auf der Südseite die Zunge herauszustrecken oder eine Grimasse zu schneiden. Dann folgte nachmittags der Dankgottesdienst, und man erlebte mit, wie sich die beiden Protagonistinnen einen Bühnenkuß gaben. Diva, die in der Bankreihe direkt hinter ihnen saß, war sicher, daß kein direkter Kontakt hergestellt wurde. Sie nahmen wieder ihre Plätze ein, ein wenig voneinander abgerückt.

Wie zu erwarten gewesen war, ergossen Glückwunschschreiben und Zusagen zu dem montäglichen Lunch über das junge Paar. Der gesamte engere Kreis Tillings war anwesend, die Anrichte ächzte unter Major Benjys teuersten Weinen, und alle glaubten, das Kriegsbeil, das in der Vergangenheit so viele interessante Schläge ausgeteilt hatte, sei begraben, denn noch nie hatten sich zwei Menschen so herzlich einander zugeneigt gezeigt wie Lucia und Elizabeth.

Sie nahmen ihre Plätze bei Tisch ein. Obwohl es sich nur um ein Mittagessen handelte, gab es Menükarten, und auf ihnen war als erster Gang des Banketts »Hummer *à la Riseholme*« aufgeführt.

Georgie bemerkte es als erster, eine Behauptung, die von Diva leidenschaftlich bestritten wurde, aber alle anderen außer Lucia sahen es nur Sekunden später, und die fröhlichen Tischgespräche verstummten. Was mochte passiert sein? Hatte Lucia eines Tages über der Gallagher-Bank ihrer Gastgeberin das Geheimnis verraten, das sie ihr so eisern vorenthalten hatte? Irgendwie schien das kaum glaubhaft. Die Augen der Gäste, Paar um Paar, versanken in Nachdenken, denn nach und nach mußten alle an ein Rätsel denken, das sie verwirrt hatte. Nie war man dahintergekommen, warum sich Elizabeth bei der Überschwemmung in Lucias Küche aufgehalten hatte, aber bestimmt... Ein leichter Starrkrampf erfaßte die Anwesenden, und alle Augen waren auf Lucia gerichtet, die nun zum erstenmal auf die Speisekarte schaute. Wenn sie Elizabeth das Rezept gegeben hatte, würde sie gewiß ein Wort dazu sagen.

Lucia las die Speisekarte und feuchtete ihre Lippen ein wenig an. Sie richtete einen durchdringenden Blick auf Elizabeth, eine stumme Frage. Dann änderte sich der Charakter dieses Blickes. In ihm lag kein Tadel, nur Begreifen und grenzenlose Verachtung.

Die gespenstische Stille hielt an, während der Hummer herumgereicht wurde. Als erstes kam er zu Lucia. Sie probierte und befand, daß er genau richtig sei. Dann legte sie ihre Gabel nieder und grub das provisorisch begrabene Kriegsbeil wieder aus.

»Wissen Sie genau, daß Sie das Rezept völlig korrekt abgeschrieben haben, *Elizabetha mia*?« fragte sie. »Sie müssen irgendwann einmal nachmittags auf einen Sprung in meiner Küche vorbeikommen – ganz gleich, ob ich da bin oder nicht – und noch einen Blick daraufwerfen. Und sollte auch meine Köchin abwesend sein, so finden Sie das Rezept in einem Buch auf dem Küchenregal. Aber das wissen Sie ja, nicht wahr?«

»Danke sehr, meine Liebe«, sagte Elizabeth. »Zauberhaft von Ihnen.«

Dann hatten es alle sehr eilig, mit dem Reden zu beginnen.